MEGAN HART

vainilla

Editado por Harlequin Ibérica.
Una división de HarperCollins Ibérica, S.A.
Núñez de Balboa, 56
28001 Madrid

© 2015 Megan Hart
© 2018 Harlequin Ibérica, una división de HarperCollins Ibérica, S.A.
Vainilla, n.º 150 - 28.3.18
Título original: Vanilla
Publicada originalmente por Mira Books, Ontario, Canadá

Todos los derechos están reservados incluidos los de reproducción, total o parcial. Esta edición ha sido publicada con autorización de Harlequin Books S.A.
Esta es una obra de ficción. Nombres, caracteres, lugares, y situaciones son producto de la imaginación del autor o son utilizados ficticiamente, y cualquier parecido con personas, vivas o muertas, establecimientos de negocios (comerciales), hechos o situaciones son pura coincidencia.
® Harlequin, HQN y logotipo Harlequin son marcas registradas por Harlequin Enterprises Limited.
® y ™ son marcas registradas por Harlequin Enterprises Limited y sus filiales, utilizadas con licencia. Las marcas que lleven ® están registradas en la Oficina Española de Patentes y Marcas y en otros países.
Imagen de cubierta utilizada con permiso de Harlequin Enterprises Limited. Todos los derechos están reservados.

I.S.B.N.: 978-84-9170-567-3
Depósito legal: M-34936-2017

Dedicado a ti
Tú ya sabes quién eres

Prólogo

El zumbido y la picadura

La artista se inclinó sobre mi muñeca y trazó el contorno del sencillo diseño con la aguja, la pistola. Después, procedió a rellenar las líneas con ébano y sombras. Mi piel absorbió la tinta de tal modo que la chica murmuró en tono de apreciación:

—Va a quedar estupendo —me aseguró—. Superjodidamente guay.

Dolió. Por supuesto que dolió. Los tatuajes siempre dolían. A fin de cuentas no te los pintaban a base de lametazos de bebés de unicornio con lenguas de gatito, hay que joderse. Ya tenía otros dos, una pequeña estrella judía en mi cadera derecha y otro, un poco aunque no del todo lamentado, tatuaje golfo de un sol llameante en la parte baja de la espalda. El de la muñeca escocía más de lo que habían hecho los otros. La tinta siempre dolía, pero era una especie de dolor limpio. Un dolor buscado que permanecía cuando el tatuaje estaba acabado y empezaba a sanar, y a veces seguía doliendo mucho después, como si la piel quisiera recordarte eternamente cómo se sintió al ser marcada.

—¿Qué te parece? —la chica se apartó y limpió mi piel de todo exceso de color.

No me hacía falta un espejo para ver el interior de mi muñeca izquierda. Había elegido ese lugar porque así siempre podría verlo, quisiera o no. El diseño, poco más grande que una moneda de cincuenta céntimos, era sencillo. Negro y gris. Unas finas líneas y curvas que, sin embargo, formaban un dibujo claramente reconocible. Alrededor de los bordes la piel seguía un poco inflamada y roja la primera vez que lo miré. Y seguía escociendo. Cada vez que lo mirara me escocería.

–¿Por qué un conejo? –preguntó ella mientras inclinaba la cabeza–. La verdad es que casi nunca pregunto. Quiero decir que es algo personal, ¿verdad?

–Sí –yo asentí.

–Y no seré yo quien lo juzgue –continuó ella–. Quiero decir que si hubieras querido una mariposa o un hada, o una flor, no habría preguntado. Pero un conejo está guay. ¿Qué significa?

–Es para que no olvide –le contesté.

Ella sonrió, pero no me preguntó qué necesitaba recordar.

–Me parece justo. ¿Satisfecha, entonces?

Lo que yo buscaba no era precisamente satisfacción. Dolor y permanencia, sí. Un eterno recordatorio. Pero dado que eso ya lo tenía, y el diseño que habíamos elaborado juntas era exactamente como ella lo había dibujado, no tuve más remedio que asentir.

–Sí –le contesté–. Es perfecto.

Capítulo 1

Había algo encantador en la curvatura de la columna de un hombre arrodillado, la cabeza inclinada, las manos a la espalda. La nuca, vulnerable y expuesta. Los dedos de los pies extendidos y apoyados sobre la alfombra del hotel, alfombra que le rozaba las rodillas y se las dejaría rojas en poco tiempo. Yo también iba a dejar mis propias huellas sobre él, con cuidado, asegurándome de que desaparecieran tan deprisa como la rozadura de la alfombra. No podía dejar nada permanente sobre él. Lo habíamos acordado desde el principio.

De todos modos, no me apetecía hacerle mucho daño. Ese nunca había sido mi juego. Una pequeña picadura aquí o allá. La bofetada del cuero sobre la piel desnuda. La marca del mordisco de mis dientes o el arañazo de mis uñas eran cosas destinadas a hacerle estremecerse o gemir. Yo prefería obtener lo que deseaba con promesas de placer y no con dolor. Así nos iba bien.

Esteban me estaba esperando en esa postura cuando entré en la habitación del hotel. Las luces estaban apagadas y el sol del atardecer, que se filtraba a través de la cortina, en su mayor parte cerrada, era la única fuente de iluminación. Él habría estado dispuesto a hacer las cosas que hacíamos con las cortinas abiertas, ambos expuestos por completo sin ningún disimulo. Fui yo la que pidió que todo estuviera en penumbra. Resultaba más ensoñador y yo me encontraba más cómoda así.

—Te he traído un regalo —le anuncié mientras soltaba el bolso sobre la mesa. Sonó a algo metálico, tal y como había sido mi intención, para que se preguntara qué demonios llevaba ahí dentro para él, y quizás también para que se pusiera un poco nervioso.

Esteban no estaba de frente a mí, y tampoco se giró mientras yo sacaba las cosas del bolso, aunque por la evidente tensión en sus músculos, se notaba que deseaba hacerlo... desesperadamente. Dispuse sobre la mesa los regalos que había llevado conmigo. En ocasiones planificaba el contenido de nuestras citas mensuales. Construía las escenas en mi mente para estar segura de no olvidar nada. Pero no en esa ocasión. Ese día me sentía pletórica con miles de posibilidades que aún no había considerado.

Escondí la mano detrás de la espalda para ocultar lo que llevaba y me senté en una silla frente a él. Subí ligeramente la falda para excitarlo con la visión de mis medias. Metí uno de los tacones entre sus rodillas, mi pantorrilla acariciándole la cara interna del muslo.

Sonrió, pero no se movió. Tenía los labios un poco mojados allí donde acababa de lamérselos. Me incliné hacia él y coloqué mi mano ahuecada sobre su mejilla, y él la frotó contra mi palma.

—Buen chico —murmuré. Le ofrecí un pequeño estuche que una vez había contenido una pulsera—. Abre.

Él tomó el estuche de mis manos y se sentó sobre los talones para quitarle la tapa. En su interior encontró una cinta negra enrollada. Un ligero temblor escapó de su cuerpo al sacar el pedacito de satén de la caja y deslizarlo por sus manos y muñecas. Me miró y yo tiré de un extremo de la cinta para enrollarla, aunque no demasiado fuerte, alrededor de sus muñecas cruzadas delante de él.

Había cinta suficiente para rodearle también el cuello y, por último hacer una lazada alrededor de su ya endurecida polla.

—Pensé que iba a estar algo más... apretado —observó él con ese delicioso acento que nunca fallaba a la hora de arrancarme un escalofrío—. Para que no pudiera escaparme.

—Si me hiciera falta algo más que esto para inmovilizarte, más me valdría irme a casa ahora mismo —contesté.

Esteban se estremeció y sus ojos se cerraron un instante. Cuando volvió a abrirlos, su mirada se había vuelto soñadora y oscura. Varias gotas de sudor se habían formado encima del labio superior, y su lengua las barrió, saboreándolas.

Me encantaba ver cómo le habían afectado esas sencillas palabras. Me acerqué un poco más para acariciarle la comisura de los labios con mi boca, lo bastante cerca para que resultara íntimo, aunque nunca nos besábamos en los labios. Era otra de nuestras normas, una no verbalizada, pero jamás rota. Deslicé una mano sobre sus negros cabellos y la dejé posada sobre la nuca, sintiendo tensarse los músculos ante el contacto. Permití que mis labios se desplazaran a lo largo de la mandíbula hasta la oreja.

—Abre —repetí, pero ya no me refería al estuche.

Esteban abrió la boca a la primera. Obediente. Dispuesto. Delicioso y hermoso y, de momento, mío.

Deslicé mi dedo índice dentro de su boca y él lo mordió juguetón. Agarrándolo con fuerza de la barbilla, lo obligué a mantenerse inmóvil. Él emitió una leve mezcla de suspiro y gemido, de manera que lo agarré con un poco más de fuerza. Tiré de su rostro hacia mí, excitándolo con la promesa de un beso que ambos sabíamos nunca llegaría, pero que formaba parte de aquello que nos funcionaba. La promesa, el rechazo.

Deslicé mi dedo mojado por su torso y rodeé con él la

erección, que casi le golpeaba el estómago. Volví a meter mis dedos en su boca y, en esa ocasión, no los mordió sino que los humedeció con entusiasmo para mí. Con los dedos húmedos, le acaricié la polla atada con la cinta, lentamente, antes de deslizar la mano hacia arriba para tomar sus pelotas.

–Dime qué quieres –en ocasiones le pedía que me enviara con antelación una lista de las cosas con las que fantaseaba, aunque para esa cita no lo había hecho. Lo pregunté sin ninguna intención de darle lo que deseaba, lo cual ambos ya sabíamos. Sin embargo ese día, sin ningún plan por mi parte, inquieta y sintiéndome atrapada por el trabajo, la familia y la vida, sentía curiosidad por saber si él deseaba algo que yo pudiera darle.

–Quiero besarte –me confesó–. Allí.

–Aquí –contesté mientras me deslizaba la falda hacia arriba y le mostraba brevemente mis bragas de satén. Hundí los dedos entre mis piernas y enarqué una ceja.

–Por favor –añadió él.

–A lo mejor –yo reí ante su expresión cargada de frustración y me incliné hacia delante para tomar su rostro entre mis manos y mirarlo a los ojos–. Eres adorable.

–Quiero complacerte –él ladeó la cabeza y entrecerró los ojos.

–Sabes que lo haces. Y quiero sentir tu boca sobre mí –volví a reír, más suavemente, ante su estremecimiento–. Pero todavía no. Súbete a la cama.

Esteban parpadeó varias veces sin responder de inmediato. Yo estaba preparada para su reacción y mi mano tiró con fuerza de la cinta que rodeaba su polla. El tirón no le haría tanto daño como mi desaprobación por lo mucho que tardaba en ponerse en pie.

Quien alguna vez haya intentado levantarse desde una posición arrodillada, con las manos atadas y sin apoyarse en nada, sabrá lo incómodo y poco elegante que puede resultar el gesto. No es imposible, sobre todo cuando la atadura es casi simbólica, pero, aun así, Esteban odiaba mostrarse torpe, y ese era en parte el motivo por el que volví a dar otro tirón a la cinta, urgiéndole a darse más prisa y sin darle tiempo para equilibrarse. Terminamos de pie, cara a cara, mis dedos todavía sujetando la cinta. Con los tacones, yo medía casi tres centímetros más que él, la estatura perfecta para mirar hacia abajo y no de frente. También lo había hecho a propósito.

—¿Hace falta que vuelva a insistir, Esteban?

—No, señora.

—Dime otra vez qué quieres —repetí.

—Quiero complacerte.

Mierda, cómo me gustaba el temblor en su voz. Más tarde le obligaría a elaborarlo en una frase en español. Le obligaría a enseñarme cómo responder, y los dos nos reiríamos con mi pésima pronunciación. Pero en esos momentos, no había risa alguna.

Solo anticipación.

Me aparté de él, y su cuerpo se balanceó hacia delante mientras yo desataba la cinta y la dejaba caer al suelo. Era un capricho, algo bonito con lo que comenzar. Había visto la cinta en oferta en la mercería a la que había ido para hacerle un recado a mi madre y enseguida había pensado en Esteban. Cada vez me sorprendía más a menudo pensando en él entre cita y cita. Pero no quería analizar los motivos.

—Quiero que te tumbes de espaldas —le ordené.

Él dio un paso atrás, y luego otro, antes de volverse y subirse a la cama. Había quitado la colcha antes de que yo llegara y pude tomarme un respiro para disfrutar de la visión de un hombre hermoso y obediente tumbado sobre unas inmaculadas sábanas blancas, antes de ir en busca de los objetos que ya había colocado sobre la mesa.

Había elegido la cinta porque me había parecido algo

juguetona, y la idea de convertirle en un regalo para mí me complacía. El fino y suave objeto que tenía en mi mano en ese momento, sin embargo, no había sido una compra impulsiva. Me había llevado mucho tiempo encontrarlo, asegurarme de elegir el correcto. Moldeado en pesado cristal templado, el peso bastaría para hacer mucho daño en caso de que se cayera sobre un pie... o las pelotas. No se parecía a un juguete sexual, sino más bien a una escultura vanguardista, en cristal transparente con vetas azules, rojas y naranjas. De tacto frío, podía calentarse agradablemente hasta alcanzar la temperatura del cuerpo. Según la información del producto, se podía lavar en el lavavajillas, aunque la idea no me resultaba nada seductora. Tenía un juguete similar en mi casa, más largo y un poco más grueso, pero la curvatura de ese había sido diseñada para acariciar cuidadosamente la próstata. Ese juguete no era para mí.

Con el tapón de cristal en una mano y un frasco de lubricante en la otra, me arrodillé sobre la cama entre las piernas de Esteban.

—Te he traído otro regalo.

—¿Qué es eso? —incorporándose sobre un codo para mirar, él sonrió.

—Ya sabes lo que es.

Dejé el lubricante sobre la cama y deslicé mi mano por la cara interna de su muslo. Esteban se afeitaba el torso y las pelotas, pero en el muslo mis nudillos recibieron las cosquillas de un vello fino y negro. Con la punta de los dedos acaricié su polla, y luego seguí hacia abajo.

Sus rodillas se separaron de inmediato, dándome acceso a su cuerpo. Cuando tomé las pelotas con las manos ahuecadas, Esteban me obsequió con otro de esos deliciosos suspiros y basculó las caderas.

—Mira tu bonita polla chorreando para mí.

Rodeé la punta con un dedo hasta que estuvo mojada y lo sostuve en alto. Nuestras miradas se fusionaron mientras yo me chupaba la punta del dedo. Era una actuación dedicada a él, para arrancarle otro de sus ruiditos, pero no era mentira. El hecho de que estuviera tan duro, tan excitado que goteaba para mí antes de que apenas lo hubiera tocado siempre me encendía.

—Dime qué quieres —volví a preguntarle, con voz suave y baja. Una caricia, no una bofetada.

Esteban se retorció sobre la cama y posó las plantas de los pies sobre el colchón mientras separaba aún más las rodillas. Cerró los puños sobre la sábana, pues sabía muy bien que más le valdría no intentar tocarme. Durante un segundo deseé que lo intentara, yo jamás le haría daño de verdad, pero ¿disciplinarlo? Desde luego que sí. Eso sí podíamos hacerlo.

—Quiero verte —me pidió.

Yo fingí reflexionar sobre ello, sosteniendo el tapón de cristal en alto, mientras con la otra mano jugueteaba con los botones de mi blusa. Uno, dos, mostrando un atisbo de pezón. Lo mejor de tener los pechos pequeños era que una no necesitaba llevar sujetador, algo que Esteban había reconocido, lo volvía loco de deseo. Me paré. Él gimió. Yo reí, y él también. Posé mi mano libre sobre su estómago y la que sujetaba el tapón sobre la cama para apoyarme mientras me inclinaba sobre él, deslizando mi boca sobre su barbilla antes de mordisquearle.

—No —contesté—. Hoy todavía no te lo has ganado.

Y entonces Esteban levantó las manos para tocarme. Sus manos se deslizaron sobre mis muslos y caderas, levantándome la falda. Me besó la mejilla y la barbilla, y luego encontró mi garganta donde me mordisqueó y chupó como a mí me gustaba.

—¿Podría convencerte? —me preguntó al oído mientras subía las manos hasta los pechos y jugueteaba con los pezones a través de la fina tela de mi blusa. Al sentirlos endurecerse con sus caricias, Esteban gimió suavemente–. Mucho más fácil tocarte...

Yo lo abofetee, aunque no muy fuerte y le agarré la barbilla, clavándole las uñas. Esteban cerró inmediatamente los ojos. Su cuerpo se tensó. Levantó los brazos por encima de la cabeza y entrelazó los dedos de sus manos.

Estuve a punto de llegar allí mismo. Su reacción era el mejor afrodisíaco del mundo.

–Me tocarás cuando yo te diga que puedes tocarme –le advertí en voz baja, peligrosa, firme.

–Sí, mi diosa.

–Joder, cómo me gusta cuando dices eso –aflojé los dedos y, rápidamente, alivié con la lengua las marcas que le habían dejado en la piel. Después me senté–. Mírame.

Él lo hizo.

Me revolví entre sus piernas y me senté a horcajadas sobre uno de sus muslos para presionar mi coño contra él. Se me habían mojado las bragas. Sostuve en alto el lubricante y el juguete de cristal.

La polla de Esteban se irguió de un salto. También lo hicieron los músculos de la cara interior de sus muslos y, un momento después, cuando presioné con un dedo húmedo su ano, también se tensó ahí.

No era la primera vez que jugaba con su culo. Una de las primeras cosas sobre las que habíamos hablado cuando comenzamos la relación había sido sobre lo que nos excitaba y lo que no. Los límites, duro y suave. Expectativas. Palabras de seguridad. Habíamos sido muy prácticos y elaborado sendas listas. Nuestro acuerdo no tendría validez en un juzgado, pero lo habíamos trabajado en profundidad para asegurar que nos fuera bien a los dos. Realista, quizás en exceso.

Pero no se trataba de una relación amorosa.

Sí era, sin embargo, la primera vez que utilizaba un

objeto sobre él, en lugar de limitarme a los dedos o la lengua. Esteban me había hablado de sus fantasías sobre ser tomado de esa manera, y aunque aparentemente lo nuestro daba la impresión de consistir únicamente en lo que yo quería, lo cierto era que se trataba de satisfacer a ambos. Él quería complacerme, a mí me gustaba que me complacieran. Pero, sobre todo, lo que más me gustaba era ver cómo las pequeñas cosas que le hacía yo lo ponían duro. Le hacían sufrir. Me encantaba hacerle llegar para mí, su orgasmo un tributo. Algo que me debía y yo me merecía.

Calenté el frío cristal contra mi ardiente piel mientras le arañaba el interior de los muslos con las uñas. Haciéndole cosquillas en las pelotas y la cabeza del pene. Eché lubricante sobre la punta y lo acaricié entero, aunque cuando empezó a moverse dentro de mi puño cerrado, solté una carcajada y me detuve.

—Por favor —Esteban soltó una risa entrecortada.

—Así no —le pellizqué la tetilla, no tan fuerte como para que le doliera, pero sí lo suficiente—. Sabes cómo me gustan tus frases en español.

Cuando lo pellizqué tenía las caderas basculadas y volvió a soltar un respingo.

—*Compláceme, por favor*.

Despatarrado para mí, desencajado, aunque sin moverse porque yo no le había dado permiso, Esteban consiguió dibujar una sonrisa traviesa en su rostro. Basculó el cuerpo hacia arriba, consiguiendo hacer unas cuantas embestidas antes de que le agarrara la polla en la base para mantenerlo quieto. Sus ojos brillaban mientras deslizaba la lengua por el labio inferior y decía algunas palabras más en español. No las entendí. Tampoco me hacía falta. Por mí como si recitaba la lista de la compra o algún poema. Mi español se reducía a lo necesario para elegir el menú en el restaurante mexicano. Lo que me ponía era el sonido de su voz pronunciando palabras en su lengua materna, y él lo sabía.

Como respuesta a su traviesa provocación, presioné su ano con un dedo y le hice dar un respingo.

—¿Esto es lo que quieres?

—Oh... sí. Por favor, por favor, por favor... *¡Te lo suplico!*

Probé la temperatura del cristal contra mis labios. Seguía frío, pero ya no tanto. Lo sostuve en alto.

—¿Quieres esto?

Él intentó contestar, pero solo logró producir un sonido suave y desesperado. Yo sonreí y deslicé el juguete por su pierna hasta dejarlo sobre su tripa unos segundos para que pudiera comprobar el peso. La sonrisa de Esteban se relajó, la mirada se perdió.

Conocía a mujeres que se enorgullecían de hacer llorar o aullar a sus mascotas, pero ni siquiera de niña me gustaba romper mis juguetes. Me gustaba mucho más que el hombre que tenía debajo se retorciera y me suplicara que lo permitiera alcanzar la liberación, no porque le estuviera haciendo daño sino porque le hacía sentir insoportablemente bien. Solo sabía que me gustaba y que lo deseaba, y que Esteban me lo daba. Unas pocas caricias más de su polla y explotaría para mí, pero no hasta que yo se lo permitiera.

Eso era el poder. Eso era el control. En esos momentos yo era su dueña.

Además, ¿a qué mujer no le gustaría verse convertida en una diosa?

De nuevo la pulsación del deseo palpitó entre mis piernas, mitigándose un poco mientras untaba el juguete con el lubricante y lo presionaba lentamente contra él. Esteban siseó entre dientes y se tensó, y yo volví a acariciar su pene.

—Abre —susurré.

El tapón estaba tan bien diseñado que prácticamente se colocó él solo, la curva apuntando hacia el estómago de Esteban, de tal modo que le presionaría la próstata. La base ensanchada tenía una anilla que impedía que se introdujera en exceso, y también que se pudiera agarrar, para que yo pudiera sacarlo y meterlo. Lo hice, y Esteban gritó. Fue un grito grave y gutural, semejante al dolor. Yo lo conocía, a él y sus sonidos, lo bastante bien como para saber que, si bien podía resultarle algo incómodo, le gustaba más de lo que le desagradaba.

Solté el juguete y volví a deslizar mis manos por la cara interna de sus muslos. No le toqué la polla, pero sí mojé un dedo en el líquido claro que se acumulaba sobre su estómago. Me deslicé por su cuerpo hasta posar la yema del dedo en su labio inferior, y luego me lo metí en mi boca, disfrutando de su sabor.

–Dime qué quieres –murmuré en su oído.

–Complacerte –él volvió el rostro hacia mí. Su aliento ardía.

Yo ya estaba deslizando mis braguitas por las caderas y los muslos para quitármelas. También me subí la falda para mostrarle mi desnudez, y las medias enganchadas con liguero. Su pene volvió a dar una sacudida, golpeándose el estómago. Si hace unos años alguien me hubiera asegurado que las erecciones se movían por voluntad propia, que no era solamente algo que se leía en las novelas eróticas, me habría reído. Pero en esos momentos sabía muy bien cómo la verga de un hombre, tensa hasta el punto de vaciarse con una caricia más, podía palpitar y sacudirse.

–Quiero tu boca sobre mí, Esteban.

Él gimió y basculó las caderas de modo que su polla volvió a apuntar hacia arriba. Sabía que su culo estaría sujetando el juguete. Un reguero del anticipo de la eyaculación colgaba de la punta del miembro y yo me detuve de nuevo para admirarlo. A continuación me di la vuelta y, mirando de frente a su verga, me senté a horcajadas sobre la cara de Esteban para que su habilidosa lengua y labios tuvieran acceso a mi tenso clítoris.

Había llegado mi turno de gemir y contener la respiración al ritmo de los movimientos de la boca de Esteban. Me moví sobre su lengua, mis manos apoyadas en sus caderas mientras me inclinaba hacia delante. Le acaricié la punta del pene con mi propia lengua, pero no lo tomé con mi boca. Quería excitarlo, pero también excitarme yo, y sabía que en cuanto lo metiera en mi boca, perdería todo control.

Él me sujetó las caderas y yo no se lo impedí. Me gustaba sentir las manos allí, agarrándome. Quizás me dejaría una o dos marcas.

Alargué una mano y volví a agarrar el tapón con un dedo. Mientras me retorcía sobre su cara, permitiendo que su lengua y sus labios me llevaran hasta el clímax, moví rítmicamente el tapón, pero sin meterlo y sacarlo como si me lo estuviera follando, sino presionando con delicadeza, pero sin pausa, sobre ese punto interno del placer. Esteban empujó el pene hacia arriba y yo acaricié la punta durante un instante hasta que emitió un grito ahogado contra mí. Entonces me detuve. Aflojé el ritmo. Giré las caderas para empujar el clítoris contra él al ritmo de la presión que estaba imprimiendo contra su próstata.

—Siéntelo —le dije casi sin aliento.

Me costaba articular las palabras, mi voz muy lejos de la tranquilidad o la firmeza. Pero quería que me oyera hablar así, la voz entrecortada, para que supiera lo mucho que me estaba agradando.

—¿Lo sientes?

—Sí —contestó él—. ¡Oh!

Con la mano apoyada en su cadera me empujé hacia arriba, el hueso duro bajo mi palma. Esa adorable polla estaba hinchada, suplicando liberación, el color más oscuro a medida que se ponía más dura. Estaba sin circuncidar, algo nuevo para mí, y permití que mis dedos acariciaran ese prepucio que se había retraído de la erección.

—Adoro tu polla —le dije como si tal cosa y me erguí lo justo para que le costara alcanzarme. Mi cuerpo estaba palpitante y tenso, tan al borde del precipicio, que quise sujetarme un momento más—. Esta gruesa y hermosa polla.

—Es tuya —contestó él.

Y yo le permití mentirme porque ambos deseábamos fingir que era cierto.

—Soy tuyo —continuó Esteban—. Te pertenezco. ¡Ah!

Otra retahíla de palabras murmuradas en español, unas cuantas palabras que entendí, surgieron de sus labios en un desesperado y entrecortado suspiro. El sonido, las palabras, el tono hambriento de desquiciante placer que había en su voz, lo consiguió al fin. De nuevo le ofrecí mi coño y le permití saborearlo mientras me sentaba con las manos apoyadas en su pecho para cabalgar sobre su boca hasta llegar.

Mi cuerpo se sacudió con los fuertes espasmos del placer. Esteban me sujetó con fuerza, hundiendo los dedos en mi piel. Su verga volvió a brincar y él gritó contra mí. Mientras se me nublaba la visión de puro placer, vi cómo un espeso chorro salía disparado de él y aterrizaba sobre su estómago. Esteban llegó sin que me hiciera falta tocar su miembro, y yo me volví loca ante la imagen. Y llegué de nuevo, con la fuerza suficiente para sentirme débil. A medida que los espasmos del orgasmo desaparecían, rodé sobre mi espalda y quedé tumbada a su lado, floja y colmada, sobre la enorme cama.

Permanecimos tumbados en silencio un momento o dos, el sonido de nuestras respiraciones lo único que se oía. El fuerte latido del corazón que atronaba en mis oídos empezaba a disiparse. La mano de Esteban descansaba sobre mi pantorrilla. Mi cabeza estaba lo bastante cerca de su pierna para que yo pudiera besarle la rodilla simplemente girándome. Me senté sobre unas piernas entumecidas y tomé una de las toallas de mano que él había llevado del cuarto de baño y dejado sobre la cama.

−Despacio −susurré mientras sacaba el tapón de su interior y lo envolvía en la toalla para ocuparme de él después.

Utilicé un borde de la toalla para limpiar a Esteban y, cuando terminé, él desnudo y yo completamente vestida salvo por las braguitas, me acurruqué junto a él con la cabeza apoyada sobre su hombro.

Respiramos al compás. Yo posé una mano sobre su estómago, la piel todavía caliente y un poco pegajosa. Ya estaba flácido, pero algo en la intimidad de ese proceso me conmovió más de lo esperado, y volví a tomarlo con la mano ahuecada mientras le besaba el hombro. Con los ojos cerrados aspiré su aroma, consciente de que impregnaría toda mi ropa. La llevaría puesta el resto de la noche, hasta que me duchara para eliminar a ese hombre de mi piel. Pero de momento, sentía y olía a Esteban por todo mi cuerpo y, de momento, no me apetecía moverme.

Él iba a ducharse antes de irse. Siempre lo hacía. Siempre tenía cuidado de no dejar ninguna evidencia de que habíamos estado juntos, a diferencia de mí, que permanecía impregnada de él durante horas. Nunca le pregunté por qué lo hacía. No quería que me lo explicara, porque entonces lo sabría.

Su teléfono vibró sobre la mesilla de noche. Ninguno de los dos le hizo caso. Esteban me acarició los cabellos y me abrazó con más fuerza. El gesto no me pasó desapercibido. Había elegido atraerme más hacia sí en lugar de contestar la llamada, y eso podría significarlo todo, o no significar nada.

Unos segundos después el teléfono dejó de sonar y se oyó el pitido del buzón de voz. Él suspiró y me besó la sien.

—Tengo que irme —anunció.

Yo me acurruqué contra él, sopesando la posibilidad de volver a adoptar una actitud de firmeza, pero lo cierto era que si bien yo podía pedir, ordenar y exigir, al final él solo me hacía lo que deseaba hacer. Le besé el hombro y le di un pequeño mordisco para que se le cortara la respiración. Y luego me senté para que pudiera levantarse. Cuando salió de la ducha, los cabellos secados con toalla y otra toalla enrollada alrededor de las fibrosas caderas, extendí una mano y le ofrecí el último regalo. Esteban se sentó en el borde de la cama, a mi lado, y me sedujo con el tono sonrosado de sus mejillas arreboladas, y también de las orejas, que los cortísimos cabellos dejaban expuestas.

Tomó el fino tapón de silicona, parecido al que yo había utilizado, pero más pequeño y ligero y cerró los dedos en torno a él. Al principio no me miró, aunque se inclinó hacia mí. Yo le rodeé con un brazo y él hundió el rostro en mi cuello.

—Eres tan buena conmigo —susurró.

—Quiero que pienses en mí durante los días que no estamos juntos.

—Pienso en ti cada noche antes de dormirme —me aseguró.

—¿En serio? —encantada, moví el cuello sobre su mejilla.

Cuando intenté apartarme, Esteban me sujetó unos segundos más y yo le acaricié los cabellos.

—No quiero irme —susurró.

«Pues no te vayas», fue la respuesta que acudió a mis labios, aunque no pronuncié las palabras en voz alta. Me aparté con energía y le tomé una mano. No era la primera vez que le había dado una tarea para los días que estábamos separados, pero sí era la primera vez que añadía un accesorio.

—Quiero que te lo pongas por mí —le cerré la mano en torno al tapón—. En el trabajo. Todos los días no. Pero sí cuando yo te lo pida.

Y entonces, tal y como sabía que haría, Esteban asintió y me dio lo que le pedía.

Contestó que sí.

Capítulo 2

Mi socio no quería trabajar. Yo quería ganar dinero. Era la misma vieja discusión de siempre.

—Uno de los dos no es rico —espeté bruscamente mientras apartaba sus pies de mi escritorio—. A no ser que tu intención sea mantenerme cuando sea vieja, será mejor que te pongas a trabajar en esa larguísima lista de cosas que te dije que tenías que aprobar antes del fin de semana.

Alex Kennedy podría haber hecho carrera con sus encantos, y lo sabía.

—Vamos, Elise. Es miércoles. ¡Día de joder!

—Pues jódete a ti mismo hasta tu escritorio y firma esos documentos.

—Sí, señora —contestó Alex con una descarada sonrisa.

Yo puse los ojos en blanco, negándome a ceder a su inagotable carisma.

—Conmigo eso no funciona.

—Por supuesto que sí.

—No cuando viene de ti —insistí mientras deslizaba una carpeta hacia él.

—Maldita sea. Funciona con todos los demás.

—Yo no soy como todos los demás —enarqué una ceja.

Alex se levantó y empezó a pasearse delante de mi escritorio.

—Trabajar es aburrido e irritante, y llevamos haciéndolo todo el día. Salgamos a comer. Yo invito.

—No seré yo quien rechace una comida gratis, pero antes tenemos que cuadrar a todos esos clientes. Papeleo —ante su gruñido alcé una mano—. Sí, sí, ya lo sé. Soy el azote de tu vida. Lo pillo. Pero tú eres el que tiene que aprobar todo esto, de lo contrario no saldrá nada.

—Hay que joderse —Alex suspiró—. Creí que montar mi propio negocio significaría tener más tiempo libre.

—¡Firma ya esta mierda! —agité la carpeta delante de él—. Y luego podrás tomarte todo el tiempo libre que quieras. También podrás invitarme a comer, todo eso está bien. Pero acaba con esto para que no tenga que enfrentarme a un puñado de irritantes mensajes de voz sobre transacciones que no salieron adelante porque tú estabas demasiado ocupado bailoteando por ahí.

Alex inició un pequeño bailoteo, sacudiendo el trasero y sonriendo de nuevo.

—Bailar, bailar, bailar...

Un breve golpe de nudillos nos hizo volvernos. Olivia, la esposa de Alex, asomó la cabeza por la puerta y rio ante mi expresión.

—¿Te está haciendo de rabiar otra vez? —preguntó.

—Nena —Alex se acercó para besar a su esposa—. Lo que hacía era intentar invitarla a comer. Estaba intentando ser agradable.

—¿Comer? —preguntó ella extrañada—. ¿Tan tarde?

—Hemos estado trabajando todo el día —le explicó él.

—Al menos uno de los dos. Él ha hecho el vago —le aclaré.

Olivia puso una expresión que me indicó que sabía exactamente a qué me refería. Cuando Alex intentó acercarse a ella bailando, lo detuvo con una mano sobre su pecho, aunque cuando se agachó para besarle el cuello, soltó una risita y cedió un minuto antes de volver a apartarlo de un empujón.

—He enviado un enlace a tu correo con las fotos en las que he estado trabajando para el proyecto del calendario —me anunció ella por encima del hombro de su marido—. He marcado las que me han parecido mejor, pero hazme saber si hay otras en las que quieras que trabaje.

En mi época de universidad había empezado a ejercer de modelo cuando un amigo que asistía a clases de fotografía necesitó a alguien que posara para un proyecto de fin de curso. Las fotos no habían sido muy buenas, mi amigo no era precisamente un artista. Pero resultó que se me daba muy bien posar. Otras personas de su curso me pidieron ayuda con sus proyectos, y una cosa llevó a la otra y antes de darme cuenta tenía un considerable portafolio. Y porque estaba dispuesta a hacer cualquier cosa, la mayoría de las fotos eran lo que mi madre consideraba «sucias». Nunca consideré que posar desnuda fuera pornográfico, pero suponía que eso dependía del espectador.

Unos cuantos años atrás, cuando yo era nueva en el mundo de la dominancia/sumisión, limitándome a mojarme los pies, por así decirlo, asistí a una sesión, una reunión puramente social patrocinada por un grupo de mujeres, y los hombres a los que les gustaba servirlas. La sesión se había desarrollado en una galería de arte local en la que se exponían obras de Scott Church. El artista buscaba personas dispuestas a posar para una serie de retratos basados en el sadomaso. Yo accedí. Desde ese día habíamos hecho un montón de fotos juntos, desde inocentes tomas dulcemente provocativas en lencería, hasta retratos explícitamente duros. Me gustaba trabajar con Scott, nunca por el dinero, aunque a veces me pagaba, sino porque me gustaba que me hicieran fotos. En cierto modo, posar como modelo, como las cosas que hacía con

Esteban, tenía que ver con el control. Salvo que cuando posaba para una foto, yo no era la que ejercía ese control. Y en eso residía también la fuerza de todo aquello, en darle a otro lo que quiere de ti para hacerlo suyo.

Conocí a Olivia en uno de los seminarios sobre fotografía de Scott en el que yo había ejercido de modelo. Poco después ella había sido invitada a participar en un proyecto sobre un calendario local para la beneficencia de Harrisburg y, aunque no era exactamente la clase de fotografía que yo había estado haciendo, era por una buena causa. Las fotos que había hecho Olivia habían resultado ser mucho más divertidas, y tan buena había sido la acogida que ya habíamos repetido tres años consecutivos.

–¿Puedo ver las fotos? –Alex rodeó mi escritorio y se colocó detrás de mí, aunque yo aún no había abierto el correo de su mujer, mucho menos el álbum adjunto.

–Dado que al parecer no tienes intención de trabajar de verdad –protesté mientras encontraba el enlace y lo abría–. Supongo que sí.

Alex se acercó un poco más mientras la pantalla se llenaba de miniaturas de las fotos que había hecho Olivia.

–Esa me gusta –él señaló una.

–A mí también –admití tras agrandarla.

–Ya lo supuse –Olivia sonrió al ver cuál era la foto elegida.

Juntas habíamos recreado un famoso retrato de Vargas, el artista conocido por sus cuadros de mujeres retratadas en diversas situaciones, siempre mostrando las medias y los ligueros. La elegida era una foto en la que estaba delante de un barril de manzanas flotantes, las manos atadas a la espalda mientras atrapaba una manzana con los dientes. Llevaba una bonita falda *vintage* y medias, una perfecta dama con las manos atadas. No había ninguna insinuación, la intención de la foto era que fuera sexy.

—Resulta un poco explícita para un calendario benéfico —opiné—. Pero es divertida.

—Es endemoniadamente sexy —Alex me miró—, eso es lo que es.

—Tienes razón, mi adorable pervertido —intervino Olivia mientras estudiaba la imagen—. Pero es que Elise también lo es. Es demasiado sexy para el proyecto. Las que he marcado quedarán mejor. Elise, ya me dirás qué opinas. Ahora tengo que irme. Tengo una sesión de fotos programada de gemelos recién nacidos, y su madre me ha dicho que si no los pillamos a la hora de la siesta, será imposible conseguir una buena foto. Intenté explicarle que ya sabía trabajar con niños, pero a fin de cuentas ella es la clienta.

Tras besar a su esposo se despidió de mí agitando una mano en el aire y se marchó. Alex se había puesto a pasar las imágenes. Todas eran variaciones de lo mismo, aunque mucho más discretas que la primera elegida. Se detuvo en una en la que yo aparecía con la cabeza echada hacia atrás y los ojos entrecerrados mientras me reía. Habíamos pasado un buen día en el estudio de Olivia.

—Podrías dedicarte a esto a tiempo completo. ¿Por qué te dedicas a destripar números y analizar datos para mí?

—¿Porque soy algo más que una cara bonita? —lo expuse como una pregunta, añadiendo un inocente guiño y con la mirada vacía—. ¿Porque me gusta pagar las facturas y hacer cosas como comer y comprar?

—Facturas, vaya porquería —observó Alex.

—Dice el multimillonario —yo puse los ojos en blanco.

—¡Bah! —Alex volvió a inclinarse sobre mi hombro para continuar pasando fotos antes de darme un codazo—. En serio, sé que mi mujer es un maldito genio con la cámara, pero tú… mírate.

Contemplé la foto que había elegido. Siendo crítica, entendía qué quería decir. Siempre he pensado que la falsa modestia es un pecado peor que la vanidad. Yo era guapa. Lo había sido toda mi vida.

—Soy algo más que ojos, boca y tetas, Alex.

Él se apartó cuando yo empujé la silla y, aunque siempre se podía confiar en él para hacer un chiste de casi cualquier cosa, en esa ocasión me miró muy serio.

—Sí, tienes razón. Lo siento.

—No hace falta que te disculpes —yo me encogí de hombros y volví a contemplar las fotos—. Me gusta que me hagan fotos. Me gusta trabajar con Olivia. Me gusta la idea de que algo que hemos hecho juntas sirva para recaudar dinero para algo útil. Le da un sentido.

—Y si no hubieses conocido a Olivia en el taller de Scott, jamás me habrías conocido a mí, y yo nunca habría podido convencerte de que mi vida no sería completa sin ti a mi lado —Alex apoyó la barbilla sobre los puños cerrados y aleteó las pestañas repetidamente—. Qué suerte tuve.

En realidad la afortunada era yo. Alex había montado un negocio de inversiones unos años atrás, básicamente dedicado a la consultoría. Poseía los contactos y la habilidad para hacer ganar mucho dinero a sus clientes, si ellos se lo permitían. Me había contratado como socia y mi trabajo consistía en ocuparme de los aspectos del negocio que a él le resultaban aburridos, es decir casi todo aparte de encontrar el mejor sitio en el que invertir. Yo me encargaba de las cuentas de los clientes, del papeleo, de los archivos, las facturas... y aunque había días en los que trabajar con él se parecía a intentar encajar un saco lleno de gatitos en el sombrero de un pulpo de once brazos, y que odiara a los gatos, no habría cambiado de trabajo por nada del mundo. Antes de aceptar la responsabilidad de mantener a raya a ese bromista, yo me estaba ahogando en el departamento de recursos humanos de Smith, Brown y Kavanagh, donde acudir a trabajar me hacía sentir como si me arrancaran un pedazo de alma cada día.

—Serendipia. Si yo no hubiera conocido a Scott, nunca habría conocido a Olivia y entonces no te había conocido a ti ese día que ofrecías una sesión de autocompasión sobre cómo empezar tu propio negocio suponía mucho más trabajo del que deseabas realizar...

—No era autocompasión —interrumpió Alex—, estaba siendo justo.

—Lloriqueabas —insistí con una sonrisa mientras me encogía para esquivar su intento de sacudirme un puñetazo en el brazo.

Lo cierto era que aunque se mostrara más que perezoso a la hora del papeleo y archivar cosas, era un genio con los clientes. Y sabía cómo hacer que creciera el dinero, sobre eso no había duda.

Se inclinó sobre mi hombro y volvió a estudiar la foto en la que yo aparecía delante del barril de manzanas flotantes.

—Esta foto le pone a uno cachondo, Elise.

Si el comentario lo hubiera hecho otro tipo, en otra oficina, se habría ganado una demanda por acoso sexual. Pero yo miré la foto, lo miré a él y enarqué una ceja.

—¿Te gustan las mujeres atadas y con algo metido en la boca?

—¿Y a quién no? —Alex rio.

Alex y yo no teníamos por costumbre hablar con detalle de nuestras respectivas vidas sexuales. Nos habíamos hecho amigos, pero algunas cosas no las hablabas con tus compañeros de trabajo. Sobre todo cuando ese compañero era un hombre casado y la plantilla estaba compuesta, básicamente, por dos personas: tú y él. No tenía ni idea de si Alex había visto algunas otras fotos mías, las que había hecho para Scott. Tanto Alex como yo teníamos cuenta en Connex, por supuesto, porque vivíamos en una época en la que la gente coleccionaba conexiones, como los chicos solían coleccionar cromos de béisbol años atrás. Hacía algún tiempo, yo había colgado unas cuantas fotos mías allí, pero últimamente evitaba publicar cosas demasiado privadas en esa red social porque había miembros de mi familia que también estaban conectados a esa aplicación. Mi madre ya sufría bastante para aceptar que posara en sujetador y braguitas. Si me viera con un traje de vinilo negro, disfrazada de gata, con un látigo en la mano y un hombre a mis pies, se caería muerta. A mí no me avergonzaba ninguna de mis fotos, ni me arrepentía de haberlas hecho, no era un secreto para nadie, pero tampoco iba por ahí en plan: «Hola, soy Elise y a veces me gusta dominar a los hombres».

—A mucha gente le gusta al revés, créeme —yo también reí.

—De las dos maneras funciona —aseguró él con una sonrisa que, sospechaba, le había facilitado el acceso a no pocas mujeres.

Alex Kennedy era uno de esos tipos que hacía que las chicas volvieran la cabeza y aletearan frenéticas las pestañas. No era solo por su rostro, hermosísimo. Era por cómo te miraba, como si lo que estuvieras diciendo en esos momentos fuera importantísimo, como si no existiera nadie más en todo el mundo.

—Tú también podrías posar como modelo —observé con cierta brusquedad—. Me sorprende que Olivia no te utilice más a menudo.

Un destello brilló en sus ojos, y una sonrisa enigmática se dibujó en sus labios antes de que volviera a centrarse en mí.

—Ya he dejado que Olivia me haga fotos.

—Ya —asentí, pero no pregunté. Su mirada ya me había dicho todo lo que necesitaba saber sobre «eso»—. Te diré una cosa, estrella del rock, ¿qué te parece si firmas todo esto, me llevas a comer y luego te vas pronto a casa con tu estupenda mujer y hacéis algunas fotos juntos?

—Veo que lo has pillado —Alex sonrió—. Nunca te he invitado a *sushi*, ¿a que no?

—Impresionante —deslicé la carpeta en su dirección—. Firma.

Quince minutos más tarde, mientras caminábamos hacia el restaurante de *sushi* más cercano, yo le tomaba el pelo sobre lo poco doloroso que había resultado terminar una parte del trabajo. Escondido en un pequeño local de la calle Front, justo enfrente del aparcamiento, era un lugar muy apreciado por muchas personas que trabajaban en el centro. Por suerte para nosotros, la pasividad de Alex en el trabajo había permitido que la muchedumbre de la comida ya se hubiera ido, y que los de la cena aún no hubiesen llegado. Pudimos elegir mesa en el acogedor rincón trasero del restaurante y decidimos sentarnos en una esquina. El camarero nos sirvió té caliente y unos cuencos de sopa de miso. Yo hundí mi cuchara de porcelana en el caldo dorado, dándole vueltas a unos trocitos de puerro y soplé para enfriarlo. De repente me sentí famélica.

Hablamos durante un rato de nuestro programa de televisión preferido. Alex había logrado que me interesara por una serie sobre dos hermanos cazadores de monstruos que viajaban en un coche negro Impala. En ocasiones en el trabajo nos lanzábamos frases del programa en una competición verbal. Dado que él llevaba mucho más tiempo que yo viendo la serie, solía ser quien ganaba. En esos momentos me preguntaba cuál de los dos hermanos me pedía ser si pudiera elegir. Él siempre se había pedido ser Dean, el hermano mayor, y yo debía conformarme con ser el pequeño, Sam.

—Solo que más bajito —observó él.

—Y sin pene —yo hice una mueca—, no olvides esa parte. Es bastante importante. En cualquier caso, yo soy Dean. Es mucho más guay.

—Los dos no podemos ser Dean —señaló Alex.

—Tú tienes el pelo de Sam —señalé la andrajosa mata de cabellos oscuros que le cubrían la frente.

—Pero tú eres la más lista, y haces todo el trabajo con el ordenador —puntualizó Alex—. Tienes que ser Sam.

Ambos nos reímos. Alex acercó el plato de salmón picante hacia mí y luego se sirvió él. Luego agitó los palillos en mi cara.

—¿Y bien? ¿Qué tal tu... reunión del viernes?

Yo me detuve. Mis reuniones mensuales con Esteban no eran precisamente secretas. Para Alex no suponía ningún problema que yo reorganizara mi trabajo para acomodarme a las citas. Y una vez al mes, siempre el segundo viernes, yo celebraba una «reunión». Nunca le había explicado a Alex en qué consistía, ni él me había preguntado... hasta ese momento, aunque por su tono se notaba que sospechaba que acudía a un quiropráctico.

—Muy productiva —contesté.

Él esperó. Yo sonreí. Él sacudió la cabeza.

—¿Cuál es tu historia, Elise?

—No tengo ninguna historia —yo lo miré con expresión fingidamente inocente.

—Todo el mundo tiene una —insistió Alex—. Todos tenemos secretos. ¿Cuál es el tuyo?

—Si te lo cuento, dejaría de ser un secreto, ¿no?

—Vamos —él sonrió—. Sabes que te mueres por contármelo.

Y de repente sentí ganas de contárselo, una repentina e intensa necesidad de compartir la excitación que habitaba en mi interior. ¿Por qué? No tenía ni idea, aparte del hecho de que no le había hablado a nadie sobre el amante al que veía más o menos una vez al mes desde hacía año y medio. Ni siquiera se lo había contado a mi mejor amiga, Alicia. Ella se había mudado a Texas hacía dos años, lo que había facilitado mantener el secreto sobre Esteban. Si no había compartido nuestra relación con la chica que conocía desde la escuela primaria, desde luego no iba a hacerlo con Alex.

Mi teléfono empezó a sonar con el tono reservado a mi sobrino, William. Fue mi salvación.

—Hola, chaval —deslicé el dedo por la pantalla para contestar—. ¿Qué hay?

—¿Puedes venir a recogerme a clase?

Yo reflexioné mientras mojaba un pedazo de *sushi* en una salsa de soja y *wasabi*.

—¿A qué hora terminas?

—Se suponía que a las seis y media, pero el rabino tenía otra reunión y me ha dicho que me marche ya. Le he enviado un par de mensajes a mamá, pero no contesta —William hizo una pausa—. También he enviado un mensaje a papá, pero me ha dicho que está en una reunión y que te pregunte si tú puedes venir a recogerme.

—Puede que tu madre esté metida en un atasco —sugerí mientras masticaba la mezcla de arroz y pescado—. ¿No puedes esperar unos minutos más a que te conteste?

—¿Y tú no podrías venir a recogerme, tiíta? —preguntó William tras una breve pausa.

Hacía mucho tiempo que no me llamaba así. A punto de cumplir trece años, William había empezado a llamarme Elise, sin siquiera colocar el apelativo de «tía», delante, una costumbre que me entristecía, aunque me lo reservé para mí misma. Los chicos se hacían mayores. Era inevitable.

—Claro, chico. Termino de comer y voy a buscarte. En unos quince minutos o así, ¿de acuerdo? Si acaso apareciera tu madre antes que yo, envíame un mensaje —colgué la llamada y le dirigí a Alex una mirada de disculpa—. Mi sobrino necesita que lo recoja de sus clases de *Bar Mitzvah*. Supongo que su madre se ha retrasado. Estamos a unos pocos minutos de la sinagoga. ¿Te importa si voy corriendo a recogerlo?

—No, claro, adelante —Alex se encogió de hombros—. ¿Hemos terminado ya en la oficina?

—Yo sí —le dirigí una mirada significativa que él devolvió con una sonrisa—. Y supongo que tú también. Gracias por el *sushi*. Hasta mañana.

Me llevó unos diez minutos regresar al aparcamiento frente a la oficina. Y otros diez llegar a la sinagoga, gracias a que pillé todos los semáforos en rojo en Second Street. Vi a William sentado en uno de los bancos frente a la entrada de la sinagoga. Estaba tecleando en su teléfono, la cabeza inclinada, todavía con la kipá puesta, tal y como se exigía a los varones en el interior del templo, aunque no solía llevarlo puesto fuera de él.

Levantó la vista cuando detuve el coche. Su expresión era desconfiada. Odiaba ver esa expresión en la cara del chaval, porque no sabía a qué se debía.

—¡Hola! —saludé asomándome a la ventanilla del copiloto—. ¿Tu mamá viene de camino o sigues necesitando que te lleve?

—Sí, lo necesito —William se sentó en el coche y dejó la mochila a sus pies mientras se ponía el cinturón sin necesidad de que se lo recordara.

Por Dios, cómo adoraba a ese crío. A mi mente acudió un delicioso recuerdo del olor de su cabecita cuando era un bebé. Mi hermano y Susan se habían quedado embarazados, y casado, a los veinte años, un año antes de que nos graduásemos. Yo había vivido con ellos durante los últimos cuatro meses del embarazo, y todo el primer año de vida de William, para que los tres pudiésemos ahorrar dinero y, a la vez, para echarles una mano con el bebé y que así ellos pudieran terminar los estudios. Había cambiado pañales y dado el biberón a medianoche, todo el lote. William me mataría si me inclinara sobre él para olisquearlo, por no mencionar que estaba segura de que la experiencia no sería la misma de cuando pesaba casi cinco kilos y encajaba en mi brazo como un muñeco. Así pues, esperé a que se hubiera acomodado en el asiento antes de arrancar y dirigirme hacia la calle Front.

—¿Aún no te ha devuelto mamá la llamada?

—Me ha dicho que si no te importaba llevarme a casa —el teléfono de William vibró y el chico miró la pantalla—. Dice que saldrá tarde de yoga y que te dé las gracias por recogerme.

—No hay problema, chico. Es un placer —no había demasiado tráfico todavía, aunque en otra media hora podría empezar a empeorar, cuando los habitantes del extrarradio intentaran llegar a la autopista a la hora punta. Estábamos a finales de abril, pero era uno de esos días que olían a verano tras un amargo y eterno invierno—. ¿Te apetece un helado?

—¿Ahora? —William se volvió hacia mí—. ¿Antes de cenar?

—Pues sí, claro que antes de cenar. Es el mejor momento para tomar un helado —le sonreí y él me devolvió la sonrisa.

En lugar de girar a la derecha en dirección al puente para llevarlo a su casa, seguí recto hacia el centro, en dirección a nuestra heladería favorita. Cada año temía que sería el último, que la competencia de las cadenas de heladerías acabaría con el negocio, pero de momento, el Conejo Afortunado seguía funcionando. Mi hermano mellizo, Evan, y yo habíamos trabajado en esa tienda de Lancaster durante los veranos de nuestra ya lejana adolescencia, dándole vuelta a las hamburguesas en la parrilla y llenando conos de barquillo con helado casero. El tiempo había sido cruel con el cartel del Conejo Afortunado, y en el aparcamiento había muchos socavones, pero los inviernos de Pennsylvania siempre hacían eso con las carreteras, las dejaban llenas de baches y socavones.

Entré en el aparcamiento de gravilla, intentando evitar las zanjas lo mejor que pude, y encontré un hueco cerca de una maltrecha mesa de picnic. Pedimos helado y aritos de cebolla. Ni siquiera me molesté en invitarle a una cena saludable. Las tiítas no estaban obligadas a hacer eso.

—¿Y qué tal te va? —pregunté con la boca llena de aritos de cebolla mojados en helado de chocolate.

William se encogió de hombros. Él había pedido un helado de menta con pepitas de chocolate y salsa de caramelo, una mezcla que me daba escalofríos.

—Bien, supongo. Mi parte de la Torá es muy larga.

—Tienes tiempo. Otros tres meses, ¿verdad? —el *Bar Mitzvah* de mi sobrino estaba previsto para el fin de semana de su cumpleaños, a finales de julio, y eso significaba que iba a pasar un asqueroso verano de clases y servicios.

El muchacho volvió a encogerse de hombros. Terminamos de comer prácticamente en silencio. William devoró casi todos los aros de cebolla, todo su helado y la parte del mío que el *sushi* tardío me había impedido terminar. Hablamos un poco sobre el curso escolar que estaba a punto de terminar. Su nuevo videojuego. Su mejor amigo, Nhat, que a lo mejor se cambiaba de escuela. William se hacía el remolón, hasta que al final le pregunté qué sucedía.

—No quiero ir a casa —contestó.

—¿Y eso? —recogí la basura sin dejar de mirarle por el rabillo del ojo mientras me levantaba para tirarlos al contenedor.

—No quiero, ya está —William volvió a encogerse de hombros. Se estaba convirtiendo en su respuesta favorita.

—¿Va algo mal en casa?

De nuevo me senté en el banco de la mesa de picnic y di un respingo al clavarme una astilla en el muslo.

Tendría suerte si no acababa con un montón de astillas clavadas en el culo.

—No.

Sabía que mentía, pero no quería agobiarlo. William se parecía a su madre, pero con la personalidad de su padre. Mi hermano siempre había tenido la costumbre de guardárselo todo, e intentar obligarle a hablar nunca había funcionado.

—Tienes que ir a tu casa, muchacho. Mañana hay colegio. Tu padre volverá pronto y estoy segura de que tu madre se estará preguntando dónde estás.

—Pues yo apuesto a que no.

Hice una pausa ante su contestación, pero decidí no continuar por ese camino.

—Venga, vámonos. Oye, a lo mejor podrías pasar el fin de semana conmigo. Hace mucho que no vienes.

—No puedo —contestó William con gesto hosco—. Tengo que asistir a los servicios.

Adoraba a ese chico, pero de ninguna manera iba a ofrecerme a llevarle al servicio de tres horas del *Sabbat* del sábado. Hacía años que me había apeado del tren de la religión, hecho que seguía matando a mi madre todos los días. La ansiedad que le generaba seguramente había contribuido en gran medida a mi falta de devoción. En ocasiones uno retorcía un cuchillo sin poder evitarlo, aunque te avergonzara admitirlo.

—¿Y qué te parece el sábado por la noche? Podría recogerte después de los servicios. Podríamos ir al cine.

—Tengo que preguntárselo a mamá —contestó William dubitativo.

—¿De verdad crees que va a decir que no? —yo solté un bufido aunque me controlé para no revolverle los cabellos—. Hablaré con ella. Pero tenemos un plan. ¿De acuerdo?

La respuesta fue una fugaz sonrisa del adolescente. Me sentí aliviada.

—¿Sabes una cosa? —pregunté en el coche cuando ya estábamos frente a su casa—, no tienes que ser absolutamente perfecto en este asunto del *Bar Mitzvah*. Nadie esperará que lo bordes sin cometer ningún error. El rabino y el *gabbaim* están allí para ayudarte si lo necesitas. No estás recitando una obra que debas aprenderte de memoria. No pasa nada si no sale perfecto.

—Mamá dice que espera que lo haga lo mejor posible —él sacudió la cabeza.

—Lo mejor posible —repetí mientras apagaba el motor—. No perfecto.

Entré con él en la casa, tanto para asegurarme de que hubiera alguien antes de marcharme dejándolo allí, como para hablar con mi hermano si estaba ya en casa. Evan no estaba, pero Susan acababa de llegar porque al entrar en el salón la encontramos bajando las escaleras con el pelo enrollado en una toalla. Sin perder ni un segundo le ordenó a William que recogiera sus cosas y pusiera la mesa para la cena. Apenas me dirigió una mirada.

—Gracias por traerlo —me dijo con expresión distraída—. Se me hizo tarde en yoga. La clase es nueva y...

—No pasa nada —esperé un par de segundos, pero mi cuñada no iba a darme ni la hora.

Ya estaba acostumbrada. Nunca habíamos estado unidas, aunque no sabía por qué, pero hacía años que había dejado de preocuparme. Me fijé en sus cabellos mojados y los churretes de rímel bajo los ojos. Las huellas de carmín en las comisuras de los labios. Llevaba unos pantalones de yoga y una camiseta holgada, pero también un par de bonitos pendientes de plata, junto con una pulsera a juego. No eran precisamente los accesorios que yo habría elegido para hacer ejercicio, caso de que decidiera hacer ejercicio alguna vez.

—Me ha encantado —añadí al ver que ella no contestaba nada–. La sinagoga está a unas pocas manzanas de mi trabajo. Me encantaría recogerle cuando sea necesario. O él podría acercarse a pie y hacerme una visita…

Eso sí que llamó la atención de Susan, que frunció el ceño y sacudió la cabeza.

–¿Ir andando hasta tu oficina? ¿En el centro de Harrisburg? Aún no ha cumplido los trece, ¿qué quieres, que lo atraquen?

No me molesté en señalar que tendría que caminar menos de dos kilómetros por unas calles céntricas y a media tarde, no deambular por un callejón oscuro a las dos de la mañana.

–Yo solo te lo digo por si te hace falta.

–Gracias –ella alzó la barbilla y, por fin, me miró, aunque rápidamente desvió la mirada–. Sí podría ser estupendo. Es por esta clase nueva. Acaba…

–Tarde, lo he pillado.

Un incómodo silencio se estableció entre nosotras. Podría haberlo suavizado, pero, sinceramente, hacía tiempo que había decidido que los problemas que la esposa de mi hermano tuviera conmigo eran cosa suya. Sin embargo, dado que Evan no estaba en casa, era con ella con la que iba a tener que hablar de William.

–He invitado al chico a pasar el fin de semana conmigo. Puedo recogerlo al terminar los servicios del sábado, si quieres. Lo traeré de vuelta el domingo.

–Tiene que ir a la escuela religiosa el domingo por la mañana.

–Pues entonces lo llevaré a la escuela religiosa –contesté–. Me aseguraré de que llegue a tiempo. En cualquier caso, a Evan y a ti os dejaría la noche libre para salir. Incluso podréis dormir hasta tarde.

Una breve y brusca carcajada escapó de sus labios antes de que pudiera evitarlo. Y entonces sí me sostuvo la mirada, al menos durante un par de segundos.

—Claro. Suena estupendo. Gracias. Le prepararé una bolsa. Gracias, Elise.

—No hay problema —contesté de nuevo—. Me encanta tenerlo conmigo.

Otro rato de incómodo silencio me empujó hacia la puerta. Le grité una despedida a William mientras salía, pero él no contestó. Susan cerró la puerta con tanta fuerza que no me cupo la menor duda de lo contenta que estaba de verme marchar.

Algunas personas te amaban. Algunas te odiaban. Algunas te toleraban por mantener la paz y, si todo el mundo se las apañara para hacer eso mismo, habría muchas menos desgracias en el mundo.

Capítulo 3

Quiero verte esta noche.
No había escrito «podría», o «desearía», sino «quiero». El mensaje fue inesperado, aunque como sorpresa era agradable. Yo había estado en el supermercado, comprando toda clase de comida basura para la velada con mi sobrino. El móvil había permanecido en el bolsillo delantero del bolso y no me había dado cuenta de la llegada del mensaje, veinte minutos antes. Mientras esperaba en la línea de caja, tecleé una respuesta.
Esta noche no puedo.
Para mi sorpresa, en la parte superior de la pantalla apareció «John Smith está escribiendo». Eso significaba que Esteban había leído mi respuesta y estaba contestando, lo cual no era usual en fin de semana. Al principio solíamos conectarnos a última hora de la noche, a esas horas oscuras entre la medianoche y las tres de la madrugada, cuando la gente inteligente dormía. Pero últimamente, la mayor parte de nuestras conversaciones tenía lugar entre semana, entre las dos y las cuatro de la tarde.
Pero es que quiero verte.
Antes de poder teclear otra respuesta, el teléfono sonó. Eso me sorprendió aún más, porque Esteban nunca

me llamaba sin pedirme permiso antes. Deslicé el dedo por la pantalla para contestar.

–¿Qué sucede?

La mujer que aguardaba delante de mí me miró con expresión de curiosidad, y yo bajé el tono de mi voz.

–¿Estás bien?

–Quiero verte –me dijo.

Esa no era la respuesta a mi pregunta.

–¿Podemos vernos esta noche?

–Tengo... –dudé un instante. Esteban y yo no hablábamos de nuestras vidas, al menos no con detalle. Hablábamos de nuestros trabajos. Hablábamos de sexo. Lo demás, por un acuerdo no verbalizado, quedaba oculto bajo una capa de vaguedades y nubes. Yo tenía mis motivos para que así fuera y siempre había dado por hecho que Esteban también–, planes. No puedo cambiarlos. Lo siento. De haberlo sabido antes...

–Yo no sabía que iba a poder verte esta noche –su voz rezumaba desilusión.

La nuestra nunca había sido una relación espontánea, ni siquiera antes de establecer nuestras citas mensuales. La repentina urgencia me hizo sospechar.

–Pues lo siento, no sabía que fueras a querer verme.

–Te echo de menos.

Miré a la mujer que tenía delante, y que escuchaba descaradamente la conversación.

–¿Pasa algo?

–Nada. Das la sensación de estar muy lejos –la voz de Esteban se volvió más gutural, su impecable inglés recubierto de la pátina de ese delicioso acento que afectaba tanto a los silencios entre palabras como al modo en que pronunciaba esas palabras. Esteban suspiró–. Necesito verte.

Antes de él había habido otros hombres. Más de los que querría recordar, no porque me arrepintiera sino porque la mayoría no había merecido el esfuerzo que les había dedicado. Cuando se perdía algo que se amaba antes de estar preparada para renunciar a ello, se buscaba compulsivamente en cualquier otro lugar, y yo busqué lo que quería en muchos sitios antes de que el dulcemente respetuoso mensaje de Esteban apareciera en mi buzón de entrada de OnHisKnees.com

«Me muero de hambre», me había dicho cuando ya llevábamos semanas hablando. Yo le pregunté qué buscaba, por qué acudía a esa página. Le pregunté qué quería. «Tengo hambre todo el tiempo, de algo que no parezco capaz de encontrar».

Entendí perfectamente a qué se refería. Sobre el hambre. Sobre cómo podías inflarte de algo y seguir sintiéndote vacía.

No pude evitar que Esteban me gustara. Era dulce y listo y divertido. Me hacía reír y me desafiaba mentalmente, aparte de regalarme deliciosos orgasmos. No solíamos hablar de ello, de la frágil conexión emocional que había entre nosotros, y que se suponía no debía estar allí porque lo que teníamos era puramente físico.

—Estoy aquí —me coloqué el teléfono entre la barbilla y el hombro mientras dejaba los artículos sobre la cinta. Mantuve el tono de voz bajo para no ofrecerles un espectáculo gratis a los que me rodeaban—. Ahora mismo estoy en la tienda. Tengo que irme. ¿Puedes llamarme dentro de una hora? Entonces tendré un rato para hablar contigo.

—¿Una hora para poder empaparme de tu melodiosa voz? —Esteban suspiró—. De acuerdo.

Colgué el teléfono, desconcertada ante tanta urgencia. Halagada, un poco. ¿Mi melodiosa voz? Una frase exagerada y cursi, pero me gustó.

Dejé la compra en casa y me dirigía a la sinagoga cuando volvió a sonar el teléfono. Pasé la llamada a los altavoces del coche para poder conducir mientras hablaba.

—¿Estás conduciendo? —preguntó Esteban—. Oigo ruido.

—Sí, estoy en el coche.

—Conduce hasta mí —me suplicó—. ¡Reúnete conmigo!

No contesté inmediatamente. No era propio de él ser tan exigente y, si bien el deseo es afrodisíaco, nuestro juego nunca consistía en Esteban diciéndome qué hacer. Y no estaba dispuesta a empezar a jugar a eso.

—Cállate —contesté con brusquedad—. Ya te lo he dicho, no puedo. Tengo planes.

Había oído ese respingo las veces suficientes como para conocer su reacción. Era por mi tono de voz. La idea de haberme contrariado y tener que enfrentarse a las consecuencias. A esas alturas estaría duro como una piedra.

Mierda, cómo me gustaba eso.

—Lo siento —se disculpó Esteban de inmediato.

—He dicho que te calles —insistí, aunque en un tono más mesurado—. Me hace feliz saber que quieres verme. Y, normalmente, me encantaría verte esta noche. Pero no puedo, ya te lo he dicho.

—¿Tienes una cita?

—Eso no es asunto tuyo —contesté en un tono más seco del intencionado, aunque dejando clara mi postura—. Te he explicado que tengo planes. No necesitas saber más.

—¿Te hará él lo que yo estoy dispuesto a hacerte?

No contesté de inmediato, sino que dejé reposar mi reacción antes de permitir que tomara el control. Otros hombres habían intentado obligarme a darles lo que ellos deseaban, ya fuera una mamada o una palabra cariñosa. Tuve que recordarme a mí misma que Esteban no era como los otros hombres, y que me lo había demostrado una y otra vez.

Cada vez que lo ataba, yo era responsable de asegurar

que no sufriera daño más allá de sus propios límites. Yo estaba a cargo de su cuerpo. También estaba a cargo, en cierto modo, de su corazón.

—No se trata de una cita, Esteban.

Su risa sonó a alivio.

—Pero si lo fuera —lo interrumpí antes de que volviera a hablar. Creía saber por qué actuaba de ese modo, pero eso no cambiaba nuestra dinámica—, no sería asunto tuyo.

—Lo siento. No debería haberte preguntado —se disculpó tras unos segundos.

¿Había temblor en su voz?

—¿Qué sucede, cielo?

Me ablandé. Iba sola en el coche, pero aun así hablaba en voz baja. Me lo imaginaba, los ojos cerrados. Arrodillado en el suelo, apoyando su mejilla en la palma de mi mano. Esteban tenía los cabellos suaves y finos, como la pelusa del diente de león, y su piel dorada siempre estaba caliente.

—¿Qué sucede? Háblame.

—Te echo de menos, eso es todo —contestó tras respirar hondo—. Quería verte. Ya sé que no nos toca, pero podría hacer que funcione.

Levanté la vista y vi abrirse las puertas de la sinagoga. William aparecería en unos minutos. Hice una oferta, suponiendo que Esteban diría que no.

—Tengo que irme. Esta noche no puedo verte, pero mañana por la mañana podríamos tomarnos un café...

—Sí. Sí, me encantaría. Solo quiero verte.

Sin duda algo le pasaba.

—A las nueve y media, en el Morningstar Mocha. ¿Lo conoces?

—Sí. Gracias, ama.

Resultaba extraño oírle llamarme así fuera de la habitación de un hotel, pero aun así consiguió que me estremeciera.

—Tengo que mantener contento a mi chico, ¿no?

En cuanto las palabras salieron de mi boca, sentí un escalofrío. A continuación, una oleada de calor subió por mi garganta hasta mi cara. «Tengo que mantener contenta a mi chica, ¿no?», solía decirme George a menudo, pero al final había hecho todo lo contrario.

Sin percibir mi repentino silencio, Esteban rio y, cuando volvió a hablar, sonaba más como él mismo.

—Tu chico está desesperado por recibir una caricia tuya, eso es todo.

—No habrá muchas caricias en la cafetería.

—Me bastará —insistió él.

Vi salir a un pequeño grupo de la sinagoga, pero mi sobrino no formaba parte de él.

—Tengo que irme. Te veré mañana.

Colgué la llamada y seguí esperando a William. Cuando las puertas se cerraron sin que él hubiera aparecido, salí del coche y fui en su busca. Había olvidado los almuerzos *kidush* de los sábados en el auditorio. Seguí el sonido del murmullo de voces y el olor a *bagel* tostados hasta que encontré a William hablando con el rabino ante una mesa con fuentes de ensalada de huevo y atún. Mi sobrino asentía. El rabino tenía el gesto serio, aunque de repente soltó una carcajada y le dio una palmada en el hombro.

—Hola —saludé yo, demasiado consciente del vaquero y el top sin mangas que llevaba puesto, y del hecho de que no me había cubierto la cabeza, aunque en esa sinagoga a las mujeres no se les exigía cubrirse a no ser que estuvieran leyendo la Torá. Me alegró haberme puesto una rebeca para que, al menos, los brazos no estuvieran desnudos—. Hola, rabino.

—Me olvidé de que vendrías —comentó William.

—Siéntate. Come algo —el rabino señaló con la mano hacia la mesa del bufé aún repleta de fuentes de comida, aunque el custodio empezaba a retirarlas–. Tenemos de sobra.

Aquella mañana yo solo había comido una manzana, de modo que la perspectiva de un *bagel* untado con crema de queso y salmón ahumado resultaba tentadora. Aun así, no quería quedarme mucho tiempo allí. Hacía siglos que no asistía a los servicios y no me parecía apropiado engullir una comida gratis. Tampoco tenía ganas de eludir preguntas incómodas sobre cuándo acudiría a la sinagoga.

–No me apetece, gracias –sacudí la cabeza.

–William me ha dicho que vas a leer la Torá en su *Bar Mitzvah* –observó el rabino mientras William rebañaba los últimos restos de la ensalada de huevo de su plato.

–Pues sí –yo asentí e intenté parecer entusiasmada.

–Eso es estupendo –contestó el rabino, él sí con entusiasmo–. Siempre necesitamos gente que pueda leer la Torá.

Esa era la entrada para que yo me largara de allí antes de que ese hombre empezara a hablar de *minyan*, los servicios de los viernes por la noche, o cualquier cosa parecida.

–Me alegra haberlo visto, rabino. William, tenemos que irnos.

Ya en el coche William rio por lo bajo hasta que le pregunté qué le parecía tan divertido.

–Parecías temer que fuera a perseguirte con un *taled* hasta que le leyeras la Torá.

–Cállate –le ordené, aunque yo también reía.

–Ojalá no tuviera que ir a los servicios –continuó él tras una pausa–. Es tan aburrido.

No podía discutírselo, no sin convertirme en una hipócrita integral.

–Solo quedan unos meses más, chico, y habrás terminado.

—Mamá dice que espera que vaya a un instituto hebreo y que me confirme, que el *Bar Mitzvah* no es el final de mi educación judía —se quejó el joven, el ceño fruncido.

—Puede que tu madre cambie de idea, nunca se sabe. ¿Y tu padre qué dice?

—Él no dice nada —William puso los ojos en blanco.

Evan no había proseguido con su formación judía después de muestro *Bar Mitzvah*, que había concluido a duras penas, dejándome a mí a cargo de casi todo el servicio que compartimos. Si alguna vez iba a la sinagoga era por William. Susan, sin embargo, siempre había sido algo más cumplidora.

—Bueno, es que, por mi experiencia, son las madres las que deciden esas cosas —yo me encogí de hombros—. Yo te aconsejaría que hablaras con ella. Nunca se sabe. Puede que te escuche.

—¿La tuya te escuchaba?

La pregunta era legítima, dado que para William, mi madre era «abuela», y por tanto una entidad totalmente diferente.

—Normalmente no.

Él rio, y yo también. Encendí la radio y ambos empezamos a cantar la canción de Metallica que sonaba.

Fue un día muy bueno, como casi todos los que pasaba con ese chico.

Capítulo 4

Jaulas de bateo, comida basura para cenar, una película inapropiada que sabía que su madre no le dejaría ver. Así funcionaba la tiíta. William había intentado convencerme de que le permitiera quedarse levantado hasta tarde viendo los viejos episodios de *Expediente X* que tenía grabados en DVD. Íbamos por la cuarta temporada y el chico, comprensiblemente, se había enganchado. Le obligué a irse a la cama. Había prometido llevarle a la escuela religiosa y tenía que levantarse a las ocho de la mañana. No era una completa irresponsable.

La verdad era que no necesitaba mi adosado de tres dormitorios, dado que vivía sola, pero lo había comprado como inversión con vistas a tener una habitación para las visitas de William. Mi sobrino era, probablemente, el único niño que habría en mi vida y me gustaba que se sintiera tan a gusto en mi casa como se sentía en la suya. A medianoche le eché un vistazo. La lámpara de noche seguía encendida, iluminando la novela que había estado leyendo. Él estaba tumbado encima de las sábanas, como siempre. Cuando era pequeño, yo solía meterle bajo las sábanas y darle un beso en la frente, pero desde que medía unos cuantos centímetros más que yo, me resultaba demasiado grande para moverlo. Puse el marcapáginas en la hoja que había estado leyendo y dejé el libro sobre la mesilla de noche antes de apagar la luz y cerrar la puerta del dormitorio al salir.

Las ocho de la mañana también era muy temprano para mí, pero el sueño me había eludido como ese irritante hombre de jengibre del cuento que tanto le gustaba a William de pequeño. Ya en la cama intenté leer, pero había terminado el libro que había estado leyendo la última semana y me limité a quedarme tumbada mirando al techo.

Conté hacia atrás desde cien, pero no funcionó. Lo hice de nuevo. Seguía sin funcionar.

Podría haber estado con Esteban, pensé sin querer. No lamentaba tener a mi sobrino en casa, me encantaba pasar tiempo con él. Pero en esos momentos, tumbada en la cama, la idea de una velada inesperada con mi amante sí era algo que lamentaba no poder disfrutar.

Desconecté distraídamente el móvil del cargador y abrí mi cuenta de correo electrónico. Fui eliminando un montón de ofertas basura del tipo «chicas ardientes en vivo», o pastillas para perder peso o alargar el pene. También eliminé un montón de mensajes de Connex que me advertían de que tenía notificaciones. Ni me molesté en abrir la aplicación de Connex. Sin embargo, sí leí unos cuantos mensajes de OnHisKnees.com, aunque no contesté ninguno. Todos eran de hombres que me rendían tributo llamándome «Ama» o «Mi señora», aunque ni siquiera los conocía. Prometían adorarme y servirme como yo quisiera utilizarlos. No había actualizado mi perfil en casi un año, salvo para comunicar que ya no buscaba un chico con el que jugar, pero los mensajes seguían llegando regularmente. Invariablemente me hicieron fruncir los labios. Todas esas promesas apestaban a desesperación, no a sumisión. Esos hombres quizás aseguraran que querían servir, pero casi siempre significaba que querían a alguien con quien hacer realidad su fantasía de una mujer embutida en vinilo, siempre hermosa, siempre un poco cruel, que en realidad nunca les exigiría nada que ellos no estuvieran deseosos de dar. Quizás los ataría, o los excitaría rechazándolos durante un rato, pero siempre los permitiría llegar. Seguramente sobre sus tetas o la cara. Cualquier humillación que ella propusiera sería, a la hora de la verdad, dirigida por él. Para él. Esos tipos no tenían ni idea de quién era yo, de lo que yo quería, ni siquiera de cómo dármelo.

Para mí, eso no era sumisión.

En ocasiones la pregunta era precisamente, qué era la sumisión, pero supongo que, como el viejo dicho sobre la pornografía, yo lo sabría cuando lo viera. O más bien, cuando lo sintiera. Nunca se limitaba a algo tan sencillo como a un hombre arrodillado. Era mucho más complejo. Lo que funcionaba para mí con un tipo no lo hacía con otro, y nunca había logrado saber por qué era así. Solo sabía que algunos hombres me lo daban y otros no, y a veces su sumisión rompía nuestro acuerdo, pero a veces no.

Y yo no veía nada malo en ello.

Cuanto más tiempo llevaba formando parte del mundo de la perversión, más gente conocía que parecía pensar que, de algún modo, ser pervertido significaba ser rígido, estricto e incapaz de mostrar flexibilidad alguna. Bueno, pues el que me gustara el filete no significaba que no pudiera comer una ensalada de vez en cuando. Demonios, lo que más me gustaba era el filete con ensalada y patatas fritas por encima. Y con el sexo me pasaba lo mismo, dulcemente variado y a veces sorprendente. El que me gustara estar al mando no significaba que me hubieran despreciado de niña y estuviera decidida a destruir a todos los hombres, o que no me gustara que me hicieran tumbarme sobre una silla de vez en cuando.

Me gustaba lo que me gustaba y no tenía por qué darle explicaciones a nadie, ni siquiera a mí misma.

Nunca había sido muy aficionada a páginas de citas, pero OnHisKnees.com era técnicamente más parecido a Connex que a una página de citas a ciegas. Uno podía apuntarse a foros para discutir diversos temas, descubrir restaurantes locales, colgar fotos y entradas al estilo de los blogs, y mensajes privados para otros miembros. Aun así, también era un lugar donde conocer gente, aunque hubiera que vadear todo un océano de basura para descubrir unos pocos que tuvieran posibilidades.

Así había conocido a Esteban, de modo que daba fe de que era posible encontrar a alguien que mereciera la pena. Desde el principio él se mostró tremendamente respetuoso sin llegar al servilismo. Ingenioso. Divertido. Receptivo. Mantuvimos una relación *online* durante cuatro meses antes de que él abordara siquiera la idea de vernos en persona, y a mí me atraía tremendamente la idea de que para él aquello fuera más que un juego casual, de que se hubiera estado tomando su tiempo para asegurarse de que era yo la persona a la que deseaba entregarse, de que no era una mujer protagonista de un bucle mental recurrente de imágenes porno.

De que yo era diferente.

De que yo era especial.

No había conservado todos sus primeros mensajes, pero algunos pocos sí. Nostálgica, abrí la carpeta del correo y repasé algunas de nuestras primeras conversaciones. Abrí la primera foto que me había enviado de su adorable rostro. No se parecía en nada al tipo de rostro que me gustaba. Era pequeño, de cabellos oscuros y grandes ojos marrones. Físicamente desde luego no era mi tipo. Aun así estaba dispuesto a entregarse a mí, a ser mi juguete. Su adoración era sincera, y disfrutaba de ella tanto como yo, lo cual para mí era más importante que las líneas y curvas de su rostro.

Esteban había deseado verme aquella noche porque me echaba de menos.

Yo no quería pensar demasiado en ello. Nunca habíamos hablado de convertir nuestras citas mensuales en algo más serio. Su perfil, en efecto, indicaba que solo estaba interesado en una cíber conexión, nada en tiempo real, mientras que la mía especificaba claramente que me iba el cambio de parejas y las relaciones a corto plazo. Supongo que ambos habíamos cambiado de idea sobre nuestras preferencias.

Esteban me echaba de menos y yo tenía que admitir que el tiempo que transcurría entre dos citas cada vez se me hacía más largo. Mi dulce y sumiso niño que se había instalado en un lugar cercano a mi corazón. No estaba segura de que me gustara eso. Por otra parte, tampoco estaba segura de que no me gustara.

Inquieta, aburrida, incapaz de dormir, me puse a jugar a algunos juegos del móvil que llevaba siglos sin tocar. Tras perder una ronda de Bubble Burst, lo dejé. Envié un saludo a Esteban, pero, tal y como había esperado, la pequeña marca que apareció junto a mi mensaje me indicó que no estaba conectado a la aplicación de mensajería que nos gustaba utilizar.

Habían pasado meses desde la última vez que me había conectado a mi vieja aplicación de mensajería instantánea, pero el insomnio era un activador de la desesperación. Viendo la lista de nombres que apareció en pantalla, me alegré de conectarme como anónimo. Ya utilizaba esa cuenta mucho antes de conocer a Esteban. Algunas de las personas habían buscado una amante insistentemente, y en ocasiones yo había sido lo bastante tonta como para acceder aún a sabiendas de que no deseaba continuar de manera seria con ninguno de ellos.

Y de repente, allí, a la mitad de la lista, otro nombre llamó mi atención. En realidad no era un nombre. Hacía tiempo que lo había sustituido por la imagen de un conejito porque leer su nombre me daba ganas de vomitar.

Y allí estaba el conejito, destacando en la lista de nombres, ese único emoticono. Verlo hizo que se me formara un nudo en la garganta y que mis dedos se retorcieran con tanta fuerza que se me cayó el móvil de la mano. Me golpeó en la cara lo bastante fuerte como para hacerme ver las estrellas, y el dolor se acrecentó por el hecho de que, estúpida e irreflexivamente, me había mordido la lengua.

—¡Joder! ¡Mierda! ¡Maldita sea! —exclamé mientras me debatía con las sábanas revueltas para sentarme. La pantalla se apagó antes de que pudiera alcanzar el teléfono. Deslicé una mano sobre el colchón, pero solo toqué la suave tela.

Para cuando encontré el móvil, me senté y volví a abrir la aplicación de mensajería, el conejito se había ido dando saltitos.

Me llevé el teléfono al corazón, odiando el hecho de que me importara tanto como para hacerme llorar solo con verlo *online*. Me apreté los párpados con las yemas de los dedos, intentando hacer desaparecer las ardientes lágrimas, pero solo conseguí emitir un sollozo ahogado. «No», me dije a mí misma. «No lo hagas. No abras ninguna aplicación, no busques su perfil, no le envíes un mensaje».

«No lo hagas, Elise».

«Lo lamentarás».

Y, en efecto, lo lamenté, pero de todos modos lo hice.

En una ocasión me dijiste que yo era fuerte, pero últimamente lo más fuerte que hago es no enviarte ningún mensaje a las tres de la mañana cuando soy incapaz de respirar por el peso que tu ausencia provoca en mi pecho. Y, mierda, aquí estoy otra vez, enviándote este mensaje cuando sé que lo leerás y no me contestarás. De modo que supongo que, después de todo, no soy tan fuerte. No cuando se trata de ti.

Capítulo 5

El Morningstar Mocha estaba abarrotado. Tras dejar a William rodeé la manzana antes de encontrar un sitio donde aparcar. El tiempo que me llevó me hizo llegar unos minutos tarde, pero aun así me paré para mirar a través del escaparate antes de entrar. Vi a Esteban sentado a una mesa en un rincón con una taza frente a él. No miraba en mi dirección, de modo que pude observarlo durante treinta segundos.

Habíamos quedado en una ocasión o dos para comer. Pero eso antes de empezar a reunirnos en una habitación de hotel, cuando todavía estábamos meditando si dar ese paso. Desde que habíamos empezado a vernos en hoteles, no habíamos vuelto a quedar en público.

Estaba muy distinto con ropa.

Eso no debería ser lo nuestro. Amigos que quedaban para tomar un café, charlar sobre magdalenas y, quizás, rozarnos con el pie bajo la mesa o tomarnos de la mano. No. Nosotros éramos de habitaciones de hotel en penumbra y órdenes y fantasías, nada que ver con la realidad. ¿O no? Estaba a punto de marcharme cuando un hombre vestido con un abrigo negro se acercó por detrás con la intención de entrar en la cafetería, y yo me dejé arrastrar al interior como si no tuviera elección.

Esteban se levantó en cuanto me vio entrar.

Que a una la saludaran con una sonrisa y una expresión muy parecida al alivio, como si fuera lo más importante que hubiera visto la otra persona en su vida, resultaba realmente embriagador. Me abrí paso hacia él entre las mesas abarrotadas y colgué el bolso del respaldo de la silla vacía. Me pregunté si iría a abrazarme, y si yo se lo iba a permitir. No lo hizo, limitándose a deslizar una mano desde mi hombro hasta la muñeca, apretando con suavidad antes de apartarse.

—Pensaba que no vendrías —me saludó.

—Te habría enviado un mensaje, cielo. No iba a dejarte plantado sin más —y sin embargo era lo que había estado a punto de hacer. Esteban jamás lo sabría. Me senté—. ¿Qué estás tomando?

—Café. ¿Quieres?

—Tomaré un *mocha latte* —decidí tras consultar la carta colgada de un tablón—. Ah, y un *muffin* de arándanos.

Esteban me dio otro discreto apretón al pasar a mi lado. El gesto me divirtió y emocionó a la par. Ese hombre me tocaba físicamente todo el tiempo, por supuesto, pero ese gesto había sido diferente. Breve, aunque no dubitativo. Fuera de la habitación del hotel se comportaba de otra manera y, supongo, yo también.

Esteban regresó unos minutos más tarde con mi café y el *muffin*, y se sentó enfrente de mí. Mientras me escrutaba el rostro con la mirada, sonrió, aunque yo no estaba segura de qué buscaba. Se inclinó hacia delante.

—Estás preciosa.

Yo no reí. Me había arreglado, por supuesto. ¿Quién se reuniría con su amante sin procurar lucir el mejor aspecto posible? Pero, a diferencia de lo que sucedía en la mayoría de nuestras citas, a las que acudía completamente maquillada y con ropa cuidadosamente elegida, esa mañana me había recogido los rizados cabellos negros en un despeinado moño y puesto unos pantalones vaqueros con una blusa tipo túnica, muy apropiado para acompañar a mi sobrino a la escuela religiosa. ¿Conjuntada? Desde luego, pero ¿preciosa?

—Es verdad —insistió él, a pesar de que yo no había protestado.

—Me alegro de verte —yo también me incliné un poco hacia delante, como había hecho él.

—¡Pues yo me alegro más de verte a ti! —la mirada de Esteban resplandecía, siempre fija en la mía.

—Le sientas muy bien a mi ego —en esa ocasión sí que reí mientras pellizcaba un trozo de *muffin* y empujaba el plato hacia él—. Prueba un poco.

Él tomó un pedacito. Juntos, comimos el *muffin* y bebimos nuestro café mientras las mesas a nuestro alrededor se iban vaciando y llenando de nuevo. No hablamos de nada importante y sí mantuvimos, en cambio, la conversación perfecta para una resplandeciente mañana de domingo de finales de primavera.

—Ha sido agradable —anuncié cuando ya se aproximaba la hora de la comida.

—Sí —él asintió—. Muy agradable.

Durante un segundo se me ocurrió que estaba a punto de preguntarme si podríamos repetirlo, pero Esteban se limitó a mirarme con una expresión que no logré descifrar. No era tristeza. Quizás reticencia. Quizás resignación.

—Acompáñame al coche —le pedí—. Todavía no estoy preparada para despedirme.

Al fin una expresión que sí lograba descifrar. Esteban se alegró. No nos tomamos de la mano mientras caminábamos hacia el coche, y la distancia entre nosotros era lo bastante grande como para que nadie hubiera podido imaginarse que su boca hubiera estado entre mis piernas. Lo miré por el rabillo del ojo mientras avanzábamos por la acera llena de gente.

Cuando llegamos a mi coche, me volví hacia él.

—¿Qué sucede?

Quizás lograra engañarme por teléfono, pero no en persona, no cuando podía verle la cara. Intentó desviar la mirada, pero le tomé suavemente la barbilla y le giré el rostro hasta que no tuvo otra opción que mirarme. Aun así, no me contestó de inmediato.

—Esteban —insistí con más firmeza.

Los hombros cayeron y, para mi inmensa sorpresa, Esteban me abrazó. Su rostro pegado a mi cuello, su piel ardiente. Su aliento me hizo cosquillas.

—Entra en el coche —le ordené tras responder con un breve abrazo.

Obedientemente, él se dirigió al asiento del copiloto. Yo me senté al volante y me volví hacia él.

—Cuéntame qué está pasando.

—Lo llevo puesto —anunció. No era la respuesta a mi pregunta.

A pesar de esa inhabitual desobediencia, sentí un escalofrío recorrer mi columna.

—¿Mi regalo?

Él asintió. Yo tragué saliva, mi mirada posándose en su regazo un instante antes de que nuestras miradas se fundieran. Esteban se humedeció los labios. Entre nosotros la tensión iba en aumento, creciendo como la resistente tela de una araña. Lo único que necesitaba hacer era deslizar un dedo por el dorso de su mano, que tenía posada en el muslo, para que se estremeciera. El suave gemido que emitió me obligó a encajar la mandíbula para controlarme.

—¿Y qué se siente?

—Me siento... lleno. De deseo. Me hace pensar en ti —contestó en un ronco susurro.

—Bien. Me gusta que pienses en mí cuando no estamos juntos —dibujé círculos con la yema de mi dedo sobre su pie, mi mirada nunca abandonando la suya–. Pero ¿qué más? ¿Estás incómodo? ¿Te preocupa algo? Quiero que utilices mi regalo para complacerme, pero si no te hace feliz a ti también…

–No, no –Esteban sacudió la cabeza enérgicamente–. Me hace feliz. Mucho. Quizás demasiado.

Eso, al menos, sí era capaz de comprender; el que hubiera algo capaz de hacerte sentir demasiado feliz. Me acerqué un poco más a él y deslicé una mano por la cara interna de su muslo hasta apretar la creciente protuberancia de su miembro.

–Quiero saber cómo te hace sentir, profundamente en tu interior.

–Al principio pensé que sería demasiado. Demasiado grande –susurró él–. Dolió un poco, al principio.

–¿Y ahora?

–Ahora no –Esteban volvió a sacudir la cabeza–. Ahora lo siento cuando me muevo. Me presiona en el punto adecuado. Y si me giro hacia la derecha, si aprieto…

Yo sonreí.

Él se estremeció. No le acaricié la polla, aunque la sentía gruesa y dura, comprimiendo la parte delantera de los vaqueros. Esteban volvió a gemir, un poco entrecortadamente.

–Quieres que te toque –le susurré al oído.

Los ojos de Esteban, que permanecían entrecerrados, se abrieron de golpe.

–Sí, por favor…

–Me hace muy feliz saber que llevas mi regalo –le aseguré mientras le oprimía el miembro con la mano. Retiraba la mano. Le volvía a oprimir.

Cualquiera que nos viera pensaría que estábamos manteniendo una conversación, nada más. Bastante juntos, aunque no besándonos. Nada escandaloso… salvo que mi dulce chico empujaba su polla contra la palma de mi mano. Me imaginé la presión del tapón en su culo, tocándole en el lugar adecuado.

—Quiero que lo sientas dentro de ti. ¿Lo sientes?

—Sí —él se estremeció de nuevo—. Qué gusto.

—¡Joder! Quiero tus dedos dentro de mí —murmuré, lo que le provocó otro espasmo y arrancó un nuevo gemido.

Mis pezones se habían tensado y endurecido. Y mi clítoris también. Apreté los músculos de la vagina, balanceándome un poco, aunque no tenía ningún juguete que me ayudara a aliviarme.

—Mírame.

Y Estaban lo hizo, aunque, comprensiblemente, le llevó unos segundos enfocar la mirada. Un ligero rubor había teñido sus mejillas, y los ojos marrones se habían vuelto más oscuros por la dilatación de las pupilas. Volvió a humedecerse los labios, y yo pensé en lo deliciosa que era la sensación de su lengua sobre mi coño, y en esa ocasión no pude contener un gemido.

—Eres tan hermosa... —las palabras de Esteban se convirtieron en un gruñido mientras se movía tan lentamente contra mí que apenas parecía hacerlo.

A continuación pronunció otras palabras, que no entendí, en su lengua, un idioma tan fluido y sexy que cada palabra sonaba como una parte de un poema.

—¿Qué sientes? —pregunté con la voz entrecortada.

Esteban me miró.

—Me llena como me gustaría que tú...

—¡Oh...!

Yo ataba a los hombres, les vendaba los ojos, a algunos los azotaba, a otros los atizaba con un látigo, vestida con poco más que unas braguitas con encaje. Pero nunca había follado a un hombre por el culo con un arnés. La idea me hizo estremecer de placer.

¿Por qué? Pues porque Esteban lo deseaba. Porque había abordado el tema del sexo anal con esperanza, con visible miedo de que me apartara horrorizada, o que me burlara de él, de que no fuera capaz de tomarlo así sin recordar lo difícil que le había resultado siquiera pedírmelo, y de lo hermosamente agradecida que había sido su expresión ante mi respuesta.

—Me encantaría.

Podría tratarse de dominación. ¿Qué otra cosa volvería a un hombre más sumiso que ser penetrado en lugar de ser el que penetraba? Podría tratarse de control y poder, porque esas eran las cosas que me ponían. Pero lo cierto era que se trataba únicamente de que mi dulce niño lo quería, lo deseaba, se moría por ello, y yo era la única que podía dárselo.

Porque dárselo me convertía en algo para él, algo que nadie había sido nunca.

Yo no me estaba tocando, pero habría bastado con una caricia o dos para lanzarme hacia el orgasmo. Estuve a punto de deslizar una mano entre mis piernas, pero una pareja que paseaba a su perro estaba a punto de pasar a nuestro lado, de modo que aparté mi mano de su polla. Solo verían a dos personas conversando. Nada más.

—Lo deseo —le aseguré—. Quiero estar dentro de ti. Follarte. Llevarte a la cima, y más allá, hasta que me supliques que te permita llegar.

—Por favor —susurró él casi sin aliento. Sus dedos se habían cerrado sobre la tela del pantalón, clavándose en su pierna. Volvió a bascular las caderas casi imperceptiblemente—. Por favor, ¿lo harías?

La pareja con el perro acababa de pasar, de modo que me acerqué a él y hundí el rostro en su cuello antes de susurrarle al oído mientras volvía a posar mi mano sobre su verga.

—Sí, nene. Lo haré. Y me encantará.

Esteban soltó un ronco suspiro. Bajo mi mano, su polla palpitó y una sensación de calor se extendió por mi palma. Todo su cuerpo se estremeció mientras volvía su rostro hacia mí y apoyaba la mejilla contra la mía. Ambos respirábamos aceleradamente. Mis pezones dolían, mi clítoris palpitaba. Quería frotarme contra él.

En cambio me recliné sobre el asiento. Esteban parpadeó rápidamente antes de enfocar la mirada sobre mí. Yo quería tocar su cara. Quería besar su boca. Y sin embargo, saqué un paquete de pañuelos de la guantera y se los entregué sin decir una palabra.

—Soy como un niño —él rio avergonzado.
—Eres mi niño —le aseguré—. Y eso ha sido muy sexy.
—Pero tú no...
—La próxima vez —le aseguré.

Y en ese instante al fin comprendí por qué su comportamiento había sido tan extraño. Solo me llevó un par de segundos captar la expresión de su rostro. De deducirlo.

Debería haberme figurado que su insistencia en que nos viésemos fuera de nuestra rutina solo podía presagiar algo malo. Debería haberlo adivinado, por encantador que se hubiera mostrado. Debería haberlo sabido.

—¡Oh! —yo volví a reclinarme en el asiento, sorprendida, en realidad estupefacta. Y herida—. ¿No habrá próxima vez?

—*Querida...*

Querida. No era la primera vez que me llamaba así. Siempre me había gustado, pero en esa ocasión lo percibí más como una disculpa que como un apelativo cariñoso. Me eché hacia atrás.

—No me llames así —le dije con voz distante y fría mientras volvía el rostro hacia el parabrisas y apoyaba las manos en el volante.

Ninguno de los dos se movió. Oía su respiración cada vez más acelerada, pero no lo miré. Vi su mano extendida, como si pretendiera tocarme, pero al final debió decidir no hacerlo porque volvió a posarla sobre el muslo.

Unos segundos más tarde oí la cremallera del pantalón que se bajaba, el crujido del paquete de pañuelos al abrirse. Esteban carraspeó.

Sabía que esperaba que yo dijera algo, pero no sabía qué decir. En el pasado, incluso antes de conocerlo a fondo, nunca había dudado sobre lo que deseaba decir. Cómo deseaba que se desarrollaran las sesiones, las reacciones que quería provocar. Unas cuantas veces me había equivocado en mi impresión, pero había corregido sobre la marcha. En esa ocasión, sin embargo, no tenía ni idea de lo que Esteban necesitaba de mí.

—Por favor, no me odies —suplicó.

—No te odio —yo tragué con fuerza para contener la emoción que empezaba a embargarme—. Pero creo que deberías bajarte de mi coche. Ahora.

Al principio no lo hizo. Pensé que iba a tener que enfrentarme a él, y no quería hacerlo, no cuando tenía mis emociones dibujadas por toda la cara, como estaba segura que estarían. Esteban estaba cortando conmigo. No necesitaba conocer el motivo. No quería conocerlo. Al oír de nuevo su voz, lo interrumpí.

—Fuera.

Y, tal y como siempre había hecho, Esteban me dio lo que yo le pedía.

Capítulo 6

—Pon tu mano sobre su cadera. Más abajo —la cámara zumbó antes de disparar.

Scott se detuvo para quitarse los rubios cabellos de la cara y contemplar la foto que había hecho. Frunció el ceño.

—Jack, te quiero de rodillas.

—¡Uuu! —Jack y yo soltamos una carcajada.

Scott sonrió fugazmente y se acercó de nuevo la cámara al ojo.

—Con la cabeza inclinada... de acuerdo, te diré una cosa. Elise, haz lo que... harías.

Yo apoyé una mano sobre los negros cabellos de Jack. Tenía un pelo espeso y reluciente, que llevaba un poco más largo por la parte delantera, de manera que siempre le caía sobre los ojos. Hundí mi mano en esos cabellos, desde la frente y hacia atrás, antes de agarrar un buen mechón de pelo y tirar de su rostro hacia mí.

La cámara zumbó.

—No voy a hacerte daño —le aseguré en un susurro—, pero necesito saber si te encuentras cómodo, ¿de acuerdo?

—Adelante, hazle daño —sugirió Scott.

Mis dedos tiraron un poco más fuerte y Jack rio. Yo miré a Scott.

—Esto es solo para las fotos. No creo que necesitemos una palabra de seguridad ni nada de eso en aras del arte, ¿no?

—Si no necesitas una palabra de seguridad para el arte —contestó Scott—, entonces no es muy bueno como arte.

Yo devolví la mirada hacia Jack y dejé que mi sonrisa desapareciera. Mis dedos tiraron un poco más.

—De todos modos no voy a hacerte daño a propósito. Tú avísame si te duele.

—Estoy bien —Jack sonrió.

Yo empujé su cabeza hacia atrás con más brusquedad, sin perderlo de vista por si hacía algún gesto. No quería hacerle daño, y no habría querido aunque se hubiera tratado de una sesión verdadera entre los dos. No era de las que disfrutaban haciendo daño. Por una foto, sin embargo, sí podía fingir que era una sádica de primera, si eso era lo que quería el fotógrafo. Tras recibir unas palabras de aprobación por parte de Scott, miré al hombre que tenía arrodillado ante mí y esperé sentir algo. Cualquier cosa. Era hermoso, con unos cabellos espesos y oscuros, una sonrisa que podría matar, un cuerpo atlético y una bonita polla a medio empalmar que no iba a mirar fijamente porque no sería educado. Me gustaba el envoltorio, pero nada más. No saltó ninguna chispa de atracción.

Hacer de modelo tenía en ocasiones tanto que ver con posar como con actuar, de modo que puse mi mejor cara de zorra y comencé a trabajar. Me trabajé a Jack, un tipo encantador y excelente compañero. No follamos ni nada de eso, ni siquiera fingimos hacerlo. Sin embargo, sí que hubo mucho contacto piel con piel. Él estaba completamente desnudo y la lencería que yo llevaba puesta me estaba pequeña, algo que ya había señalado al probármela. A modo de respuesta, un sonriente Scott me había asegurado que la talla era perfecta. Cuando hicimos una pausa, Jack se disculpó por haberse puesto duro.

—Cielo, si no te hubiera pasado me habría sentido insultada —le aseguré.

Me puse la bata de seda que había llevado conmigo y Jack se envolvió las finas caderas en una toalla. Ambos bebimos unas gaseosas que la ayudante de Scott había comprado en la tienda más cercana mientras el fotógrafo volcaba las primeras fotos al ordenador para echarles un vistazo.

Jack estiró sus largas piernas sobre un diván en un rincón mientras que yo me acomodaba en un sillón. Llevábamos una hora casi desnudos y abrazados, y aunque solo hacía dos que nos conocíamos, llegados a ese punto, tenía la sensación de que era uno de mis más viejos amigos.

—Trabajas con Alex, ¿verdad? —me preguntó Jack—. El marido de Olivia.

Yo eché la cabeza hacia atrás para tomar un trago de gaseosa.

—Sí.

—Sí, pues mi novia es algo así como su mejor amiga.

—¿Sarah? —yo solté una carcajada—. Vaya, qué pequeño es el mundo.

—Pues sí. Diminuto —Jack asintió.

—No la conozco —añadí—. He oído a Olivia hablar de ella, pero no nos conocemos.

—¿Tienes novio? —Jack volvió a asentir—. ¿O novia? Supongo que no debería haberlo preguntado, lo siento. No pretendía ser como se llame, sexista.

—No tengo. Nunca he tenido novia, aunque he estado a punto de probarlo en una ocasión o dos, pero estoy demasiado predispuesta a las pollas. La última vez que tuve novio fue hace mucho tiempo —me reclinó en el sillón y me obligué a apartar de mi mente los recuerdos de Esteban. Él nunca había sido mi novio.

—¿Y eso? —Jack se inclinó hacia delante y apoyó los codos sobre las rodillas.

—Acabó mal —me encogí de hombros—. No he tenido muchas ganas de repetir la experiencia.

—¿Y cuánto tiempo hace?

—Unos cuatro años —contesté, aunque me avergonzaba un poco decirlo en voz alta.

—¡Vaya! —Jack sacudió la cabeza—. Qué pena.

—No pasa nada —yo reí—. De verdad. Créeme si te digo que no he sufrido por la falta de un novio.

—Venid a echar un vistazo —llamó Scott desde su mesa.

Jack y yo nos levantamos para ver el trabajo del fotógrafo. Había ampliado una imagen en blanco y negro que había hecho a primera hora. Jack estaba de rodillas y yo tenía la mano hundida en sus cabellos. Scott me había inmortalizado con una pequeña sonrisa en la cara. Jack tenía los ojos cerrados y la boca ligeramente entreabierta. Su miembro no estaba eréctil del todo, pero iba por buen camino.

—Hermoso —opiné, refiriéndome a Jack.

—Bastante caliente, tío —Jack rio.

Scott no nos miró a ninguno de los dos. Sus dedos seguían trabajando sobre la imagen, mejorándola, pero no cambiándola. Me encantaba cómo me había sacado. Había trabajado con otros fotógrafos que siempre habían intentado agrandar mis tetas, aplanar mi barriga, redondear mi culo. Pero Scott siempre me sacaba tal y como era, solo que un poco... mejor.

—Bonita, ¿a que sí? —se volvió ligeramente hacia nosotros y sonrió.

—Preciosa —lo abracé por detrás y presioné mi mejilla contra la suya—. Y yo también estoy bien.

—¿Bromeas? —intervino Jack—. Estás jodidamente impresionante.

—Gracias —yo le dediqué una tímida sonrisa.

—¿Necesitáis descansar más? Quiero probar algunas cosas —Scott se volvió—. ¿Estáis dispuestos? Quiero llevaros fuera.

Ambos estábamos dispuestos. Debo aclarar que nunca he sido una exhibicionista, pero hay algo tremendamente excitante en el hecho de desnudarse en medio de un bosque, abrazada por un tipo absolutamente atractivo. También fue divertido. Nos mojamos bajo una cascada, muertos de frío y con los dientes castañeteando. Nos tumbamos al sol para secarnos y nos tomamos de la mano mientras charlábamos, y mientras Scott hacía foto tras foto.

—Perfecto —anunció al fin tras echar otro vistazo a la cámara—. Ya está. Hemos terminado.

De vuelta al estudio, Jack y yo nos despedimos con un abrazo. Intercambiamos nuestros números de teléfono y prometimos mantenernos en contacto. Scott se aseguró de que tomáramos nota de su siguiente exposición de fotos en la que, nos aseguró, colgaría algunas de las que acababa de hacer.

—Allí estaré —le prometí.

—Más te vale —contestó Scott antes de besarme con firmeza en los labios y luego en la mejilla y, por último, abrazarme mientras me susurraba al oído—. No se te ve mucho. ¿Estás bien? ¿Qué pasa?

—Nada —yo sacudí la cabeza.

—Sí, claro —él me miró con expresión de sospecha.

No iba a hablarle de Esteban, sobre todo después de haber sido abandonada tan indecorosamente.

—En serio. Te lo aseguro. Te veré en la galería para la exposición.

—Más te vale que nos veamos antes —me advirtió.

Yo le prometí que sí, aunque ambos sabíamos que no era muy probable.

—Mira esto antes de irte —Scott me hizo un gesto.

Me mostró el resto de las fotos que había tomado. Incluso sin editar eran impresionantes. Cualquiera que no supiera que Jack y yo habíamos sido unos perfectos desconocidos al comenzar el día, creería que éramos amantes de toda la vida.

–Eres preciosa –observó Scott mientras pasaba las imágenes–. Mírate.

Y yo me miré.

Y vi a qué se refería. Líneas, curvas y sombras. Tetas y culo, labios y pelo. Allí había belleza, desde luego. Pero yo tenía la sensación de estar contemplando la foto de otra persona. Era una extraña para mí misma. Esa mujer de las fotos era una persona adorada, querida, venerada, y esa persona ya no era yo.

Capítulo 7

Resultaba curioso cómo tus mejores amigos sabían cuándo algo va mal. Aparte de enviarnos algunos mensajes, hacía semanas que no había hablado con Alicia, pero eso daba igual. En cuanto vi su número en la pantalla contesté, y en pocos minutos nos estábamos riendo como de costumbre.

–Bueno, ¿alguna novedad? ¿Cómo estás? Tengo la sensación de llevar años sin hablar contigo –comentó ella–. He recibido a través de Connex una invitación para la exposición de Scott. Supongo que estarás allí. Fotos sexys. ¡Uy, uy!

–Si te gusta esa clase de cosas –contesté con cierta altivez, como si Alicia no fuera mi mejor amiga de toda la vida y no me hubiera acompañado más de una vez a la mercería para comprar cuerdas y mosquetones para echar un polvo–. De todos modos qué raro que te haya invitado.

–Seguramente ha invitado a todos los de la zona, una de esas invitaciones masivas. Desgraciadamente no puedo ir. Lo he intentado –continuó Alicia–. A mi madre le encantaría que le hiciera una visita. Pero no puedo tomarme tiempo libre. Una pena.

–Qué mierda –contesté yo–. Es un asco.

—Lo sé. Te echo de menos —lloriqueó—. ¿Cuándo vas a venir a Texas?

—En Texas hace calor —objeté.

—Y los hombres son calientes —contestó ella—. Necesitas trasladarte aquí a vivir conmigo. ¡Podríamos ser compañeras de piso!

Yo ya había vivido con Alicia unos meses nada más terminar la universidad. El que nuestra amistad hubiera sobrevivido a esa experiencia era fiel testimonio de lo agradable, paciente e indulgente que era mi amiga. Algunas personas no estaban hechas para vivir de continuo con otros seres humanos. Yo, por ejemplo.

—Sabes que no puedo —contesté—. ¿Dónde iba a encontrar un trabajo tan bueno como el que tengo aquí?

—Eso es verdad —Alicia suspiró—. Zorra afortunada. Pero podrías venir de visita, Elise. Sería divertido. Y te echo muchísimo de menos. Tendrás vacaciones alguna vez, ¿no?

—Claro. Un montón. Alex es un gran aficionado a las vacaciones.

Seguimos charlando un rato más sobre cuándo sería el mejor momento para mi visita. En verano no, le dejé claro, en cualquier caso no hasta después del *Bar Mitzvah* de William, y en otoño, cuando el calor en Texas no fuera tan brutal.

—Ya sabes, soy una flor que se marchita con el calor.

—¡Cómo eres! —exclamó ella con una carcajada—. Tampoco se está tan mal aquí. Basta con no salir a la calle. ¡Ay! Qué ganas tengo de que vengas. Y Jimmy también.

—¿Quién es Jimmy? —pregunté tras una pausa.

—Un chico al que quiero que conozcas.

Me la imaginé claramente con una expresión de inocencia en la mirada.

—Te gustará —añadió.

Alicia sabía lo que me gustaba, de modo que no me

cabía duda de que tenía razón. Aun así, la idea de conocer a un tipo con el que intentaba que me liara... por muy ardiente que fuera el vaquero, no era de mi agrado.

—Alicia...

—Han pasado siglos —me interrumpió.

Eso era lo mejor y lo peor de las mejores amigas. Ellas siempre sabían lo que intentabas decir aunque no lo dijeras.

—Olvídate de él.

—No puedo —admití sin dudar. No tenía ningún sentido fingir otra cosa, con ella no.

Esa chica me había apartado los cabellos del rostro mientras vomitaba después de haberme pasado con los chupitos de tequila. Me había dado su último tampón. Siempre había estado allí durante la delirante agonía de mi última relación, y después también.

—Pues supéralo —insistió—. Ese tipo no merece la pena, Elise.

—Ya lo sé.

—Pero de todos modos no puedes evitarlo —Alicia suspiró, evidenciando su disgusto, aunque no conmigo—. Sí, lo sé.

—Y yo sé que lo sabes.

Alicia había vivido su propia relación amorosa maldita. Lo llamaba el señor Darcy, igual que yo llamaba al mío, George. Ninguno de los dos era el nombre verdadero. Era una referencia literaria, un código que habíamos inventado en la universidad para referirnos a los novios. El suyo procedía de *Orgullo y prejuicio*. El mío de *De ratones y hombres*.

—¿Has tenido noticias de Darcy? —pregunté.

—Sí, por supuesto —Alicia bufó—. Cada pocos meses, como un brote de herpes.

—Qué asquerosidad.

—Tuvimos una buena bronca la última vez —ella rio—.

Hará un par de semanas. Tuvo la desfachatez de preguntarme si quería contactar con él por videoconferencia…

—¡No! —la interrumpí—. ¿En serio? ¿Qué mierda es esa?

—¿A que sí? Dijo que sentía, y cito textualmente, «curiosidad», sobre mi vida —Alicia se mantuvo unos segundos en silencio. Cuando volvió a hablar, sonaba a la vez enfadada y triste—. Le dije que ya no tenía ningún interés en mantener ninguna clase de conversación con él. Le dije que me dolía demasiado hablar con él, como si fuésemos dos conocidos que apenas significaban algo el uno para el otro. Me dijo que no tenía intención de hacerme daño, pero que no era justo que yo me enfadara con él por hacer, y vuelvo a citar textualmente, «un ejercicio de buena fe al contactar conmigo».

—No tiene ni idea.

—Un imbécil —Alicia estuvo de acuerdo conmigo. Parecía más enfadada que triste—. Le dije que estaba segura de que su intención no era hacerme daño, pero lo mismo podía decirse de una puerta cuando me pillaba los dedos. Y yo no ponía mis dedos sobre una puerta a propósito.

—¿En serio?

—Y luego colgué y lo bloqueé —terminó ella.

—¡No puede ser verdad! Qué tía —yo estaba impresionada. El señor Darcy llevaba mucho tiempo entrando y saliendo de la vida de Alicia.

—Tuve que hacerlo —Alicia suspiró—. Estaba… harta, ¿sabes a qué me refiero? Por fin estaba harta. Ojalá pudieras hacer lo mismo con George, Elise.

A mí también me gustaría, pero sospechaba que en mi caso no iba a suceder. Le iba a permitir pillarme los dedos con esa puerta una y otra vez, si tan solo hablara conmigo una vez más. Ojalá.

Después de eso pasamos a otro tema. Hablamos de su trabajo, que ya no era tan nuevo, pero que seguía mereciendo la pena de que se hubiera trasladado hasta allí. Nos pusimos al día en cuanto a cotilleos sobre gente con la que habíamos ido al colegio. Yo le hablé sobre el creciente drama familiar que rodeaba al *Bar Mitzvah* de William.

—Ay, tu madre —Alicia volvió a suspirar. Nos conocíamos desde tercer curso, y no le hacía falta añadir nada más.

—Sí —yo reí y gemí al mismo tiempo—. Lo sé. Estoy esperando a que la mierda alcance el ventilador en cualquier momento. Hasta ahora todo ha ido bien, aparte del berrinche que se pegó por la fecha.

—¡Cuéntame! ¿De qué va eso?

Le conté a Alicia que Evan y Susan habían intentado que el *Bar Mitzvah* de William fuera una semana más tarde de lo que finalmente iba a ser por algún motivo que yo desconocía y que tampoco me importaba. La ceremonia podía celebrarse en cualquier momento una vez que el chico hubiera cumplido los trece, de modo que si ellos querían concederle una semana más para que estudiara o para que no interfiriera con otra cosa, no era asunto mío. Pero, al parecer, mi hermana, Jill, tenía un problema con la agenda. Mi madre se puso como loca y la fecha fue modificada para acomodarse a ella.

—Cualquiera diría que con eso, con un enorme y jodido enfrentamiento nada más empezar con los preparativos, bastaría —yo sacudí la cabeza—. Pero esto aún no ha terminado, ya verás.

—Vente a Texas —bromeó Alicia—. Líbrate de todo eso.

—No puedo hacerle eso al chico. Ni a mi hermano. Alguien tiene que mantener la cordura aquí —le expliqué—. Cuando todo haya terminado, te prometo que iré a verte. Pero no me organices ninguna cita, prométemelo.

—Qué aburrida eres —Alicia soltó un profundo suspiro.

—¿Te gustaría que fuera a visitarte y te dejara tirada por una cita a ciegas? —pregunté.

—Podríamos celebrar una doble cita —protestó ella.

—¡Oh! —eso lo cambiaba todo—. ¿Estás viendo a alguien?

—Sí —ella no añadió nada más, a pesar de que yo aguardaba en silencio.

—Pensaba que me lo contarías de inmediato —no estaba exactamente dolida, pero sí me preguntaba por qué tanta demora.

Cierto que no hablábamos con la misma frecuencia con la que lo habíamos hecho en el pasado, pero cada vez que lo hacíamos era como si no hubiera pasado el tiempo. Por fin entendía por qué había mandado a freír espárragos a Darcy.

—Si te molestaras en conectarte alguna vez a Connex —contestó ella—, lo habrías visto.

—¡Vaya! —exclamé—. ¿Es merecedor de Connex?

—Sí —Alicia soltó una carcajada—. Lo es. Se llama Jay.

Durante los cuarenta minutos que siguieron hablamos de Jay, hasta que ella tuvo que marcharse. Volvió a hacerme prometer que iría a Texas de visita, y yo accedí de nuevo. Además, tenía intención de hacerlo.

—Podrías habérmelo contado —insistí—. Pero me alegro por ti.

—Me resultaba un poco raro, eso es todo. Las dos estuvimos unidas un tiempo en nuestras respectivas desgracias. Mierda. Lo siento, eso ha sonado fatal.

—No —yo solté una carcajada—. Lo he entendido. Mal de muchos, consuelo de tontos.

—No creía que fuera a conocer a alguien a quien de verdad pudiera... ya sabes. —Alicia sonaba casi tímida—. Amar. De nuevo. Yo no quería. Y sé que tú tampoco quieres, Elise, pero...

—Escucha, no pasa nada. Me alegro por ti. Estoy bien, en serio. No soy una vieja solterona célibe ni nada de eso, Alicia. Salgo con chicos. He estado saliendo de vez en cuando con alguien —las palabras surgieron de mi boca antes de poder retenerlas. Era más mentira de lo que había pretendido, pero qué demonios. Si exageraba sobre la clase de relación que habíamos mantenido, era por orgullo, no por engañar a mi amiga—. No es nada serio, al menos no lo era, se llama Esteban.

—¿Esteban?

—Es español. Quiero decir que viene de España —antes de que mi amiga se emocionara en exceso, se lo aclaré—. Pero acabamos de dejarlo. No fue por nada malo, simplemente no funcionaba. De modo que no hace falta que te preocupes por mí. Cabalgo de nuevo.

—A ti también te sucederá. Lo sé —sentenció Alicia con el optimismo del que solo es capaz alguien que acaba de enamorarse.

Yo ni siquiera intenté disuadirla. Nos despedimos y colgamos, prometiendo mantenernos más en contacto. Ella tenía un nuevo novio, de modo que me imaginé que no iba a cumplir su parte de la promesa. Y tampoco había nada malo en ello.

Me duché y me metí en la cama intentando no mirar el reloj. Cuanto más tarde fuera, más me iba a costar dormirme. No por primera vez se me ocurrió tomarme alguna pastilla, pero si había algo que odiara más que el insomnio era volverme dependiente de una sustancia que me empujara al sueño. Un par de tragos de whisky debería funcionar, pero tampoco quería volverme dependiente del alcohol.

Conté hacia atrás sin ningún resultado. Deslicé una mano entre mis muslos con la esperanza de que un orgasmo me facilitara el sueño, pero aunque llegué en pocos minutos, el climax me produjo un sentimiento de melancolía y los jadeos fueron más por esas irritantes lágrimas que por la pasión. Me tumbé boca abajo y la emprendí a puñetazos con la almohada antes de enterrar la cara en ella y aspirar el olor a aceite de lavanda con el que la había impregnado antes de acostarme.

¿Quién era yo para reprocharle a Alicia que no me hubiera hablado antes de Jay? Yo debería haberle hablado de Esteban hacía meses. Nos habríamos reído como tontas, incluso emocionado un poco. Ella se habría alegrado por mí, aunque mi relación con él hubiera estado basada únicamente en el sexo y no en los sentimientos. Aunque no hubiera sido mi novio, podría haberlo compartido con ella para que, una vez terminada la relación, al menos pudiésemos hablar de él. Pero lo único que me quedaba era mi propio malestar para mantenerme despierta.

Cualquiera que tenga problemas crónicos de insomnio, tendrá una colección de trucos para conseguir dormirse. Yo ya lo había intentado con los que tenía en la reserva: contar hacia atrás y el orgasmo. Mi madre habría sugerido un vaso de leche caliente. Qué asco.

Llevada por el corazón, mis manos encontraron el teléfono antes de que mi cabeza pudiera ordenarles que se detuvieran. Abrí la aplicación de mensajería y mis dedos comenzaron a teclear. Borrar. Volver a teclear.

Le hablé a George sobre Esteban. Se lo conté todo, cómo nos habíamos conocido *online*. Cómo follábamos, las cosas que habíamos hechos, los lugares a los que él me había permitido conducirle y a los que él me había conducido. Cómo me descubría pensando en él en los momentos de tranquilidad en los que dejaba divagar mi mente sin ningún esfuerzo consciente. Le conté cómo habíamos roto... y que yo jamás había amado a Esteban. Que jamás amaría a nadie como lo amaba a él.

Y le di a enviar.

Y él no contestó.

Capítulo 8

Habían pasado tres días desde la conversación mantenida con Esteban en el asiento delantero de mi coche. No lo había bloqueado ni eliminado de mis contactos, pero aun así me sobresalté cuando mi teléfono trinó mientras me cambiaba de ropa tras volver del trabajo y me ponía algo más cómodo para sentarme en el sofá a comer helado y ver algunos episodios de *Queer as Folk* en Interflix. De haber sonado el móvil cinco minutos más tarde no lo habría oído, porque siempre lo dejaba cargando y no tenía intención de bajármelo al salón.

Lo mantuve en la mano, contemplando la pantalla, pero sin leer el mensaje. Todavía. Permití que mi pulgar sobrevolara la pantalla. Si lo deslizaba podría eliminar el mensaje sin leerlo. Pero entonces me quedaría con las ganas de saber qué decía, y si bien la curiosidad había matado al gato, no ceder a ella me atormentaría de por vida.

Te echo de menos.

Vaya. Pues desde luego era bonito. Mentiría si hubiera dicho que no me animó un poco. Hizo que mi corazón latiera con fuerza. Pero también hizo que se me encajara la mandíbula y que entornara los ojos.

No contesté. No inmediatamente. Dejé pasar media hora, aunque era consciente de que él ya sabía que había recibido el mensaje y que lo había leído. Me acomodé en el sofá con mi helado, sintiendo el peso del móvil, con el mensaje sin contestar, en mi bolsillo. Encendí el televisor. Elegí el programa. Y por fin, y porque odiaba que la gente no contestara a mis mensajes, saqué el teléfono del bolsillo y tecleé una respuesta.

No lo hagas.

Comprobé que en la parte superior de la pantalla aparecía inmediatamente «JohnSmith está escribiendo», y mi corazón volvió a lanzarse al galope. Sentí un pequeño nudo en la garganta, pero me obligué a apartar cualquier emoción de mí. No estaba dispuesta a sentir alivio. Y mucho menos algo tan patético como gratitud.

Lo siento. Quiero verte. ¿Esta noche? En nuestro lugar.

Nuestro lugar, como si tuviéramos uno. Como si tuviéramos cualquier cosa que pudiera ser calificada como «nuestro». De inmediato me sentí irritada, aunque sabía que no debería. Mi relación con Esteban se había basado desde el principio en las normas, la mayoría de las cuales había redactado yo misma, y habiendo sido todas negociadas y acordadas por los dos. Me sentía dolida por su modo de acabar repentinamente con la relación, pero esa había sido una de las normas: cualquiera de los dos, en cualquier momento, podía decidir terminar. Simplemente había dado por hecho que sería yo la que lo haría. Me merecía esa bofetada en el ego. Un recordatorio de que por especial que una pueda creer ser, nunca es del todo cierto.

Estoy ocupada.

Pasó un minuto, y luego otro. Había leído mi mensaje, puede comprobarlo, pero no estaba escribiendo ninguna respuesta. Dejé mi teléfono a un lado, deseando que estuviera justificado el que me sintiera como una imbécil, pero encontrando muy poca satisfacción en ello. Intenté concentrarme en el programa de televisión, uno de mis preferidos y, normalmente una garantía de fuente de placer. Pero ver a Brian negarse a admitir que amaba a Justin, aunque había sido evidente durante cinco temporadas de sexo ardiente y angustia, solo consiguió que pensara en Esteban.

Tenía de nuevo el teléfono en la mano para escribir otra vez cuando llegó su mensaje. Una frase, escrita en español. Una de las pocas que entendía sin necesidad de emplear un traductor.

Te lo suplico.

Capítulo 9

No me vestí para él.

Me cepillé el pelo y los dientes y me quité el pijama para ponerme unos ajustados vaqueros y una camiseta, también ajustada. No llevaba sujetador porque no me hacía falta. Tampoco llevaba ligas, medias, encaje o satén. Unas braguitas de algodón, no como las de las abuelas, pero desde luego nada sexy. Por último me calcé unas sandalias de goma que habían conocido mejores días, renunciando a mi calzado más sexy.

Cuando Esteban abrió la puerta de la habitación del hotel, la visión de su rostro hizo que me entraran ganas de llorar. Tenía los ojos un poco rojos, como si hubiera estado conteniendo las lágrimas. Al verme, en su cara apareció una expresión de alivio. Yo quería abrazarlo y acariciarle los cabellos y susurrarle al oído. Quería hacerle entender que todo iba a salir bien.

Pero esperé a que él se hiciera a un lado para poder entrar en la habitación sin tocarlo. Mi corazón volvió a acelerarse estúpidamente al captar el olor que desprendía a agua y jabón, como si acabara de darse una ducha. Tragué nerviosamente y mis dedos se encogieron, clavándome las uñas en las palmas de las manos. Apartándome de él me dirigí hacia el sillón, cerré los ojos y me tomé unos segundos para recomponerme, para suavizar mi expresión. No era más que un juego, pero un juego muy serio en cualquier caso, y si no lo conseguía mantener de ese modo, acabaría perdiendo.

Había llevado conmigo el libro que estaba leyendo en esos momentos, un escalofriante relato gótico que llevaba por título *Los del otro lado*, de Christopher Buehlman. No me había leído más que un par de capítulos y lo cierto era que no tenía esperanzas de avanzar mucho en la lectura aquella noche. No llevaba conmigo esposas o cuerda, ni siquiera una cinta, tampoco un látigo.

Me acomodé en el sillón y me descalcé para sentarme sobre un pie. Abrí el libro y me incliné para leer, o al menos fingir que leía. No le dije nada a Esteban. No lo miré. Sabía que él sí me estaba mirando. El peso de su mirada me provocó un escalofrío que logré disimular. Pero también me endureció los pezones, y eso no lo podía disimular. Debería haberme puesto sujetador.

Esteban hizo un pequeño sonido, como si tuviera intención de hablar, y sin siquiera mirarlo, yo chasqueé los dedos de una mano.

–A mis pies.

Al principio no se movió. Al cabo de unos segundos emitió otro sonido, más parecido a un gruñido. Yo mantuve la mirada fija en el libro, aunque las letras parecían moverse ante mí. Mi respiración se hizo un poco más acelerada a medida que esperaba a que obedeciera. No tenía ninguna duda de que lo haría, pero siempre estaba esa parte deliciosa, la de la anticipación. Ese momento en que podría rechazarme, aunque no lo haría.

Después de unos segundos, Esteban cayó de rodillas ante mí. Le había obligado muchas veces a adoptar esa postura, normalmente con los brazos cruzados a la espalda, pero por el rabillo del ojo vi que las tenía apoyadas sobre los muslos. Inclinó la cabeza y los hombros subieron y bajaron con un profundo suspiro.

Permanecimos así largo rato.

Pasé las páginas de mi libro, aunque después no iba a recordar ni una sola palabra de las que había estado mirando. Estaba demasiado pendiente del suave susurro de su respiración y el calor de su cuerpo, que yo sentía sobre mi pie descalzo, muy cerca, pero sin tocarlo. Mis manos empezaron a temblar y, al fin, dejé a un lado el libro y lo miré. No dije nada, simplemente hice un gesto.

Esteban se inclinó hacia delante y me rodeó las caderas con sus brazos antes de apoyar su cara contra mi estómago. Empezó a decir algo.

–Calla –susurré, y él obedeció.

Le acaricié los cabellos y, nuevamente, encontré su nuca, los fuertes músculos, y apoyé mi mano sobre su piel desnuda. Esteban volvió a suspirar y se acomodó contra mí.

Permanecimos sentados en silencio, pero en esa ocasión más a gusto que la vez anterior en el coche. De vez en cuando él frotaba su cara contra mí cuando yo le acariciaba el pelo. El movimiento se volvió hipnótico y en poco rato ambos nos habíamos quedado dormidos.

Desperté sobresaltada y descubrí que se había marchado. El pie sobre el que estaba sentada también se había dormido y la sensación de pinchazos de alfileres y agujas dibujó una mueca de dolor en mi cara. La cisterna del inodoro se vació y, segundos después, Esteban salió del cuarto de baño. Cuando me vio frotarme el pie, se arrodilló de nuevo ante mí y lo tomó en sus manos. Con sus fuertes manos me masajeó los dedos de los pies, ayudando a que la sangre volviera a fluir hasta que yo empecé a retorcerme, no por el dolor sino por las cosquillas.

–Para –le pedí entre risas–. ¡Basta!

Él se llevó la planta del pie hasta sus labios y la besó antes de posarla delicadamente sobre el suelo. Después se irguió y me tomó las manos, y yo se lo permití.

—Gracias por venir a verme —me dijo mirándome fijamente a los ojos—. Estaba seguro de que no lo harías.

Yo podría haber seguido mostrándome rígida y cruel, pero en ocasiones resultaba más agotador fingir una emoción que simplemente sentirla. Tiré de sus manos hasta que se acercó lo suficiente para que pudiera abrazarlo. Le besé la mejilla y apoyé la mía contra la de él durante unos segundos, sintiendo su respiración sobre mí.

—Pensé que no volvería a verte —me susurró al oído—. Y no lo pude soportar.

Decidí no preguntarle por qué creía que tenía que hacerlo. Me habría contestado con sinceridad, y yo no quería escuchar la respuesta. Le apreté las manos y me recliné en el sillón.

—Ya basta de todo eso —le dije.

—¿Vas a castigarme por decepcionarte? —la expresión de Esteban se volvió ligeramente pícara.

Yo parpadeé unos segundos antes de echarme un poco más hacia atrás y soltarle las manos. No era decepción lo que yo sentía. Rechazo, sí. Sorpresa. Y en esos momentos, pensando que quizás había orquestado todo aquello para recibir una buena azotaina, sentí ira.

Lo aparté a un lado y me puse de pie, describiendo un círculo a su alrededor. Tomé el libro y, para cuando me di la vuelta, Esteban se había puesto en pie y me bloqueaba el camino a la puerta.

—Espera, lo siento —me agarró por los brazos—. He dicho algo inconveniente.

—¿Lo hiciste a propósito? ¿Romper conmigo para que me enfadara contigo? ¿Para que te castigara? —intenté soltarme, pero había olvidado que, aunque Esteban me había permitido dominar durante todo el tiempo, él era físicamente más fuerte que yo.

Me sujetaba con la suficiente fuerza como para hacerme daño, aunque yo sabía que no era esa su intención. No me resistí. Lo miré con firmeza, pero él volvió a sorprenderme. Aflojó un poco la presión, pero no me soltó.

–*Querida* –comenzó con mucha calma–. Lo siento. Hice lo que sentía que debía hacer, hasta que me di cuenta de que no podía hacerlo.

Yo solía mantener la mirada fija en sus ojos a modo de castigo, pero en esos momentos descubrí que no podía mirarle a la cara. Aquello no era amor, pero era lo único que teníamos.

–Acordamos que cualquiera de los dos podría terminar esto en cualquier momento.

–Pero por el modo en que lo hice, te lastimé, y lo siento –me atrajo hacia sí, poco a poco, hasta que estuvimos abrazados.

Ninguno de los hombres con los que había estado me había pedido perdón de esa manera, y había habido uno que me había hecho mucho más daño que Esteban. Recurrentemente y a propósito. Aspiré el olor a jabón mientras me preguntaba qué contestar. Al fin solo se me ocurrió una respuesta. Me aparté y lo miré.

–No vuelvas a hacerlo.

Capítulo 10

Nunca tuve miedo de amarte. Por muy bajo que cayera, por mucho que amara, no tenía ninguna duda de que cuando estábamos juntos, todo parecía correcto. Cuando yo te ofrecía mi mano, tú la tomabas.
Ojalá no la hubieras soltado.

Eran las tres de la madrugada, y era otro mensaje enviado con la seguridad de que no obtendría respuesta. Había elegido golpearme de nuevo la cabeza contra la pared. Pillarme los dedos con la puerta, tal y como lo habría expresado Alicia. ¿Y por qué? Podría invertir la vida entera, y un millón de dólares, en terapia intentando averiguar por qué me aferraba con tanta fuerza a lo que no me producía más que una constante angustia. Era estúpido, sin sentido, inútil.

Pero de todos modos lo hice.

Capítulo 11

—No me puedo creer que sigas dedicándote a esto –mi madre frunció los labios–. ¿Esta clase de fotos? Y encima tuve que enterarme a través de Connex, ni más ni menos. Un extraño me ha invitado a un espectáculo en el que tú apareces ahí colgada de la pared, con tu trasero al aire para que todo el mundo pueda verlo. ¡Qué vergüenza!

—No tenía ni idea de que me identificara en las fotos. Pero no me avergüenzo.

Hundí un chip de pita en el cuenco de humus. No me alegraba de que la invitación de Scott hubiera puesto a mi madre de los nervios, pero qué demonios, ya era adulta.

Mi madre apretó los labios y alzó la barbilla.

—No te comprendo, Elise. Yo te he educado bien. Nunca pensé que siguieras haciendo esas... cosas. Con todos esos hombres.

—Mamá –yo suspiré mientras fingía que hablábamos únicamente de las fotos–. Es un espectáculo artístico. Son fotos, nada más. Podría estar haciendo cosas mucho peores, ¿no crees?

—¿Por qué no te buscas un buen chico y sientas la cabeza? –ella se cruzó de brazos.

—Si no quieres ver esas fotos, no vengas. Nadie va a obligarte a mirar —puntualicé ignorando su pregunta, tantas veces formulada y jamás contestada.

—Están por toda tu comosellame. Tu página de Connex.

—Pues táchame de tu lista de amigos —yo enarqué las cejas. Las fotos a las que se refería eran antiguas.

—Todas mis amigas las van a ver. Joan Simon me dijo que a ella también la habían invitado. ¿Qué está haciendo ese hombre? ¿Pedir a todo el mundo que vaya a verte desnuda en esas fotos?

Yo la miré de soslayo. A bote pronto no se me ocurría el nombre de ninguna de las amigas de mi madre a quien le hubiera concedido acceso a mi página de Connex, pero eso no significaba gran cosa. Tiempo atrás, yo solía aceptar a todo el que quisiera ser mi «amigo». Pero últimamente no aceptaba a nadie.

—No soy solo yo. Habrá muchas fotos de desnudos de otra gente.

—Estupendo —mi madre puso los ojos en blanco—. Genial.

—Es arte.

—Es antinatural —sentenció ella y se preparó para mi respuesta.

Seguramente lo que buscaba era que yo le asegurara que no eran más que fotos, que en realidad yo no hacía «esas cosas».

Pero no podía. Nunca le había confesado a mi madre que era una pervertida, pero tampoco se lo había negado. Dudaba que hubiera muchas personas a las que les gustara hablar de su vida sexual con sus padres, y las personas aficionadas a cosas que no se consideraban «normales», seguramente aún menos. Cuando tenía catorce años, acudí a mi madre con algunas preguntas sobre sexo, concretamente sobre posturas sobre las que había leído en uno de esos libros que ella intentaba esconder al fondo de la estantería. La mujer colocada encima era la que más me intrigaba, pero había sido incapaz de adivinar cómo funcionaba exactamente. A los catorce años ya había visto un pene, concretamente el de mi hermano, que no contaba realmente, pero al menos estaba un poco más informada que la mayoría de mis amigas sobre el aspecto que tenía. Alicia me había mostrado algunas fotos de las revistas porno de su padre, fotos de personas follando, pero en todas aparecía el chico encima. Yo quería saber cómo se hacía al revés.

Mi madre me había contestado lo mismo que acababa de decirme, que era antinatural que una mujer quisiera ponerse encima. Lo había dicho cuando yo tenía catorce años, y lo había repetido a los veintidós, la primera vez que había visto mis fotos «guarras», y unas cuantas veces más desde entonces. Y sin embargo, así era como me gustaba a mí, como siempre me había gustado desde que había descubierto que era posible. Y así era como siempre iba a gustarme.

—Yo solo te lo digo —continuó mi madre porque, por supuesto, tenía que decir ella la última palabra.

—Resulta un poco cargante que sigas machacando con el mismo tema —espeté bruscamente mientras me levantaba para servirme otro vaso de agua—. Creía que estábamos aquí para ayudar a Susan con el asunto del *Bar Mitzvah*, no para hablar de mi vida privada. Además, ¿dónde está Jill?

Era una reunión más adecuada para Jill. A mí me daba igual la combinación de colores o el tipo de servilletas y esas cosas. Por otra parte, mejor que estuviera yo para calmar los ánimos. Si mi relación con Susan era neutralmente agradable, la suya con mi madre era lo que yo consideraba una especie de «alto el fuego temporal». Mi hermana, Jill, no parecía darse cuenta de que Susan la odiaba descaradamente. Claro que Jill estaba convencida de que el mundo giraba a su alrededor, y la idea de que pudiera no gustarle a alguien ni siquiera se le pasaba por la cabeza.

—Jill tenía una reunión del consejo escolar, y Susan llega tarde —puntualizó mi madre.

Consulté la hora. Faltaba poco para las ocho de la tarde. No me apetecía nada quedarme allí toda la noche, no cuando me esperaba un trayecto de cuarenta y cinco minutos en coche para regresar a mi casa. Mi madre iba a insistir en que me quedara a dormir en su casa y yo iba a tener que rechazar no muy amablemente su invitación. Ella iba a hacer un mohín. Yo iba a saltar y Susan iba a poner los ojos en blanco.

—¿A qué hora se supone que…?

—Ya estoy aquí. Lo siento, lo siento —Susan, los ojos brillantes y las mejillas arreboladas, irrumpió en la cocina de mi madre con una carpeta de acordeón bajo el brazo.

Suegra y nuera se enfrentaron como dos vaqueros en el viejo Oeste, pero ninguna de las dos desenfundó. Tras unos segundos, mi madre le ofreció a regañadientes un café, que Susan amablemente rechazó. Las dos me miraron como si yo tuviera algo que decir al respecto, pero yo me limité a encogerme de hombros, y las dos se dirigieron al comedor para disponer sobre la mesa una serie de menús y folletos de diferentes lugares.

El primer desacuerdo se produjo con el catering *kosher*. Poco importaba que hubiera salido a comer con mi madre muchas veces y la hubiera visto devorar una ensalada Cobb como si no estuviera plagada de cerdo, Susan devolvería el plato si apareciera un trozo inesperado de bacon. O que ninguna de ellas mantuvieran su cocina *kosher*, con cacerolas y sartenes separadas y cosas así. Mi madre quería poder invitar e impresionar a sus amigos. Mi cuñada quería un sitio bonito para celebrar una fiesta y comer bien. No vivíamos en una zona donde el catering *kosher* fuera habitual.

En otras circunstancias me habría preparado un cuenco de palomitas y me habría acomodado en el sofá para disfrutar del espectáculo, pero esa noche estaba realmente cansada porque había estado levantada hasta las tres de la madrugada enviando mensajes como una imbécil, sin recibir ninguna respuesta. No tenía la paciencia para oírles discutir sobre entrantes. No era mi fiesta ni mi dinero. Mi teléfono zumbó en el bolsillo. Sorprendida, comprobé que se trataba de un mensaje de Esteban. Sorprendida y encantada. Más de lo que quería reconocer.

—No pienso servir cóctel de gambas —anunció Susan con firmeza—. Habrá un carrito de pasta y otro de puré de patatas, a petición de William. También habrá brochetas de pollo a la parrilla. No veo qué problema hay.

—Yo pensaba que ibas a servir comida que tus invitados pudieran comer —espetó mi madre con un bufido.

—Cualquiera de las personas a las que yo pienso invitar estarán encantados con esta comida —contestó Susan con los ojos entornados.

—Lo vais a celebrar en el William Pen Inn, ¿verdad? —pregunté yo distraídamente mientras leía la breve, aunque descriptiva, lista de cosas que Esteban quería hacer por mí, y quería hacerme a mí.

Había empezado con un «Humildemente solicito el honor», y terminado con «Si resulta de tu agrado», y aunque las palabras eran tontas y cursis, no me cabía ninguna duda de que sus propuestas eran sinceras.

Ambas se callaron y se volvieron hacia mí.

—Hay muchas otras posibilidades —murmuró mi madre.

—Allí celebramos Evan y yo el banquete de boda —Susan emitió un sonido de desagrado—. Ya hemos hablado de esto.

—Lo sé —yo asentí sonriente, pero por algo que mi amante me había enviado, no por ninguna de las dos—. Estuve allí, ¿recuerdas? La del brillante vestido amarillo y mangas afaroladas. El padrino me pisó el dobladillo y lo rasgó hasta la cintura justo antes de recorrer el pasillo.

Mi intención había sido aligerar el ambiente, pero Susan no se rio. Mi madre hizo otra mueca.

—Es un sitio estupendo —yo asentí—. Fui allí hará un par de meses. Tenían un enorme bufé vegetariano con humus y champiñones a la parrilla y cosas así. Podrías ofrecer comida vegetariana para la gente que tenga un verdadero empeño en comer *kosher* aunque, sinceramente, no habrá muchos de esos. Nadie se va a comer el pollo a la parrilla si no quiere. Que lo preparen en otro rincón.

—Bueno, a lo mejor a ti no te importa lo que los demás opinen de esta familia —intervino mi madre—, pero a mí sí.

Susan garabateó algo en su cuaderno y se disculpó para ir al baño. Mi madre me fulminó con la mirada. Yo aparté mi vista de los mensajes, crecientemente guarros, y me encogí de hombros.

—¿Qué? No es tu fiesta, mamá.

—Quiero poder invitar a mis amigos y no sentirme avergonzada.

—Tú querrás lo que quieras —contesté, repitiendo una de las frases más empleadas por mi madre durante mi niñez—, pero obtendrás lo que obtengas.

El móvil me hizo cosquillas a través del bolsillo de los vaqueros, y yo le devolví toda mi atención mientras mi madre se fue a hacer mohines a la cocina.

—¿Va a invitar a tu padre?

De nuevo arranqué la vista del mensaje de Esteban, que incluía una foto que haría que las que tanto sofoco le provocaban a mi madre parecieran beatíficas.

—No lo sé. Me imagino que sí.

Mis padres llevaban divorciados casi tanto tiempo

como habían estado casados. Mi padre se había trasladado a Florida, lo que había dado al traste con la custodia cada dos fines de semana, algo que mi madre se aseguraba de recordarnos una y otra vez. Que si había sido una madre soltera, que si había tenido que hacerlo todo ella sola. Aquello ya era agua pasada, sobre todo dado que el acuerdo económico que habían alcanzado le había permitido trabajar solo a media jornada en tiendas, cambiándose de trabajo cada vez que decidía aprovechar los descuentos de empleados de un determinado establecimiento. A mi mamá no le había ido todo sobre ruedas, no pretendería jamás insinuar tal cosa, pero tampoco había tenido que trabajar en un campo de trabajos forzados para poder criarnos.

—¡Ni siquiera está unido a William!

—William pasa una semana cada año con papá en Florida, mamá. Como hacíamos nosotros cuando éramos niños.

—¿Una semana al año? —ella bufó—. Eso no es nada.

—No es tu fiesta —insistí en tono de advertencia—. Tú no decides. Si Evan y Susan quieren que esté aquí papá, será invitado.

—¡Menuda manera de hablarme que tienes! —mi madre frunció el ceño.

—Alguien tiene que hacerlo —contesté, odiando que tuviera que ser yo ese alguien, pero, joder, Jill era mi madre multiplicada por dos, y Evan era el señor Escaqueo. Y de todos modos yo ya era la pervertida oveja negra. No me iba a pasar nada por cargar también con la etiqueta de hija desagradecida.

Susan regresó del cuarto de baño con los ojos sospechosamente rojos y yo me sentí mal por todo el jaleo que se estaba organizando.

—Ya está. Sustituiré el carrito de la pasta por un bufé vegetariano. ¿Mejor así?

Antes de que mi madre pudiera contestar, mi cuñada se colgó el bolso del hombro.

—Tengo que irme.

Diez minutos más tarde se había marchado llevándoselo todo salvo un par de menús arrugados. Mi madre apenas se despidió de ella. Estaba concentrada en frotar la encimera de la cocina con tanta fuerza que daba la sensación de que pretendía asesinar al estropajo. Cuando intenté darle un abrazo de despedida, apartó la cara de mí.

—¿Quieres quedarte a dormir? Tu cuarto está preparado. He grabado algunas películas de Shirley Temple —concluyó mientras cerraba el grifo.

Yo eché otra ojeada al teléfono, pero para mi desilusión, Esteban se había desconectado tras un apresurado «tengo que irme». Me guardé el móvil en el bolsillo.

—No. Tengo que trabajar por la mañana. Y no he traído mis cosas.

—Pues deberías haberlo hecho. Desde que te has mudado tan lejos, casi nunca te veo.

Hablábamos por teléfono varias veces por semana y nos enviábamos mensajes con mayor frecuencia aún. Suspiré y la abracé. Mi madre había menguado con los años. Solíamos ser más o menos igual de altas, aunque no nos veíamos cara a cara muy a menudo. Casi podría apoyar mi barbilla sobre su cabeza.

—Te llamaré —hice una pausa y, aunque recé para que la respuesta fuera negativa, formulé la pregunta de todos modos—. Entonces no es probable que vengas a la exposición en la galería de arte el viernes, ¿verdad?

—¿Para verte en más fotos de esas? —mi madre sacudió la cabeza—. No, gracias.

—Podría enviártelas por correo electrónico —sugerí mientras le ofrecía una de esas expresiones de inocencia que Evan y yo habíamos perfeccionado durante nuestra adolescencia para volver loca de rabia a nuestra madre–. Las fotos, quería decir.

—¡No, gracias!

Yo reí, aunque una parte de mí se avergonzaba por cómo ella calificaba lo que yo consideraba arte. Y, sinceramente, por cómo ella calificaba algo que yo consideraba una parte significativa de mí misma. De todos modos volví a abrazarla, porque era mi madre. A continuación salí pitando de esa casa en dirección a mi hogar.

Capítulo 12

Alex y Olivia no irían a la galería de arte. Tenían planeada una escapada lejos de la ciudad para ese fin de semana desde hacía meses. De todos modos, Alex me había dado permiso para salir pronto del trabajo, por si necesitaba tiempo para arreglarme. Yo sabía que lo hacía para poder irse él temprano sin sentirse culpable, suponiendo que Alex Kennedy tuviera capacidad para sentirse culpable. Sospechaba que rara vez lo hacía, y ese era uno de los motivos por los que éramos amigos y no solo compañeros de trabajo.

—No estoy segura de que seas tú quien decide a qué hora me marcho —observé mientras incluía algunos datos de última hora en la ficha de un cliente y lo miraba, apoyado en la entrada—. Soy yo la que imprime los cheques.

—Sí, bueno, pues para tu información pagamos por transferencia, de modo que a la mierda tus razonamientos.

—¡Vaya! —yo solté una carcajada—. Qué ambiente de trabajo más agradable.

—Lo adoras —contestó él mientras me lanzaba un avioncito de papel que yo ni siquiera me había dado cuenta de que tenía en la mano.

—¿Adónde vais el fin de semana? —pregunté mientras atrapaba el avioncito en el aire.

—A una playa nudista —me explicó Alex.

—¿Qué? —yo me giré en la silla.

—Te pillé. ¿Alguna vez has ido a una playa nudista?

—Una playa nudista —yo me estremecí—. No. ¿De verdad vais a ir?

—¿Y qué me dices de uno de esos complejos sexuales todo incluido?

—Eh, pues no —yo volví a estremecerme—. ¿En serio vais a ir allí?

—No. Solo a Miami.

—Bastante cerca —contesté—. ¿Vas a hacerte algunos arreglitos mientras estás allí?

—No, solo voy a tumbarme en la playa llevando puesto mi tanga —Alex sonrió y se volvió para mostrarme su trasero, cubierto por unos pantalones hechos a medida que, estaba segura, debía costar tanto como uno de los plazos de mi coche. Ese hombre sabía vestir, no podía negarlo.

—No me envíes ningún *selfie*, por favor.

—Te los dedicaré todos —Alex me miró con semblante inexpresivo.

—Psicópata —yo sacudí la cabeza y suspiré—. ¿Vas a venir el lunes?

—¿Por qué? ¿Tenías pensado llegar tarde?

—No. Solo me lo preguntaba.

—¿No tienes ningún plan para el fin de semana? —preguntó él.

—No —yo volví a sacudir la cabeza—. Solo la exposición en la galería. Ya está. Nada más. Aunque puede que me acerque a una mazmorra del sexo para practicar algún jueguecito de ponys, o echar un vistazo a una nueva cama de succión, de vinilo —me interrumpí ante su expresión—. Te pillé.

—¿Qué demonios es una cama de succión, de vinilo?
—Es una cama en la que te tumbas y te meten un pequeño tubo de respiración en la boca, y luego te sacan todo el aire —le informé—. Como si estuvieras al vacío, como esas bolsas que se utilizan para guardar los jerséis, pero esta es para sexo.
—¡Joder! —Alex hizo una mueca de desagrado—. Yo pensaba haber visto algunas cosas raras, pero eso es...
—No estoy buscando una cama de succión, de vinilo —le aclaré—. Si fuera verdad no te lo habría contado.
—Suena un poco demasiado pervertido, ¿no?
—Solo es demasiado pervertido si no te van esas cosas —contesté con una carcajada.
—Pero ¿lo del jueguecito de ponys iba en serio?
Los dos soltamos una carcajada. El juego de ponys existía realmente, pero yo nunca lo había practicado. Ni siquiera lo había visto hacer. Nadie a quien yo conociera lo había hecho.
—Creo que es algo típico en la serie de la Bella Durmiente, de Anne Rice —observé—. Quiero decir que creo que existe, pero no, no tengo pensado colocarle un arnés a mi amante y atarlo a un carro antes de meterle una cola de caballo por el culo y hacer que tire de mí durante el fin de semana.
—¿Y por qué no? Suena divertido —dijo Alex antes de hacer una pausa—. De modo que tienes un amante.
—¡Oh, Dios mío! —grité—. ¡Eres un obseso del sexo! ¡Sal de aquí, pervertido! Llévate a tu mujer a Miami y túmbate en una playa mientras te emborrachas.
—No olvides lo del tanga —añadió Alex, saliendo a toda prisa de la oficina antes de que pudiera arrojarle algún objeto.
De todos modos me había hecho pensar. Alicia se había trasladado a Texas hacía poco más de dos años, pero uno no podía sustituir a su mejor amiga como se

sustituía a un amante o a un novio. Tras abandonar mi último trabajo había descubierto que las amistades de trabajo no perduraban sin el nexo de unión del odio al jefe. Había quedado con ellos para tomar unas copas un par de veces, pero dado que ya no era capaz de seguir el hilo de los chismorreos de la oficina, solía quedarme fuera de la conversación. Cuando comencé a buscar en serio por internet algún compañero de juegos, había conocido a un puñado de personas afines con las que había trabado amistad, pero muy pocos tenían algo en común conmigo aparte de la perversión. Tras conocer a Esteban, me había distanciado de esa gente, suponía que inconscientemente.

Hacía siglos que no había participado en ninguna reunión social sadomaso, pero un vistazo a OnHisKnees.com me indicó que había una programada para esa misma noche. Podría ir a la galería y reunirme con ellos después, si aún tenía ganas. Envié un par de mensajes a algunos amigos *online*, varios de los cuales pensaban asistir a la reunión. Charlamos durante unos minutos hasta que me desconecté para terminar el trabajo y poder marcharme pronto.

Había bromeado con Alex sobre su condición de obseso sexual, y era cierto que los juegos fetichistas iban de esa clase de cosas. Pero había más, al menos para mí y para cualquiera que yo conociera que estuviera realmente metido en cosas que se alejaban de la norma. La dominancia y la sumisión trataban de intercambio de poderes, desde luego. De tener orgasmos. Pero también iban de conexiones emocionales. De encontrar a esa persona que encajaba contigo.

Y eso me hizo pensar en él.

Pero en lugar de enviarle un mensaje a George, algo que solía hacer a las tonta en punto, o a las borracha y media, envié un mensaje a Esteban.

Llámame.

Y lo hizo unos veinte minutos más tarde, mientras recogía mis cosas para marcharme.

—Hola.

—Hola. ¿Te apetece acompañarme esta noche a una exposición en una galería?

Nunca le había pedido que saliera conmigo en algo que pareciera una cita oficial.

Al principio no contestó, y enseguida supe que la respuesta sería negativa.

—Me gustaría, pero...

—Da igual —intenté que mi voz no trasluciera irritación o enfado.

No tenía derecho a sentirme molesta cuando era yo la que estaba rompiendo las normas que había ayudado a establecer desde el principio. Esteban y yo éramos amantes con normas. Yo misma lo había dejado claro desde el principio. No deseaba implicarme en nada emocional. Pero eso era lo divertido, y a la vez terrible, de follar con alguien. Si lo hacías bien, cuanto más lo hicieras más fácil sería que esa persona te gustara. Algo había cambiado desde nuestra reconciliación, pero quizás solo en mi interior.

—*Querida...*

—No pasa nada —mi voz se suavizó—. Tendrás que compensarme por ello.

—Con mucho gusto —Esteban equiparó su tono de voz al mío—. Ponle un precio.

—Vete al cuarto de baño —le ordené mientras cerraba con llave la puerta del despacho por dentro, aunque Alex ya haría tiempo que se habría marchado.

—Tengo una reunión dentro de veinte minutos...

—Pues entonces tendrás que ser rápido —mi tono de voz era tan duro como iba a ponerse su polla, como bien sabía—. Quiero oírte llegar.

Él emitió un sonido camuflado y ahogado. Yo sonreí y me recliné en la silla mientras me subía la falda. Deslicé un pulgar sobre mis braguitas y permití que la presión me encendiera.

—Lo que quiero es tocarte a ti —dijo Esteban cinco minutos más tarde, después de asegurarme que había entrado en el pequeño servicio de la tercera planta de su edificio—. Mi polla duele de deseo por ti.

—Demuéstramelo —yo humedecí mis dedos y los deslicé bajo el encaje para describir círculos alrededor de mi clítoris.

Una imagen en mi mente me dejó sin respiración. Esa gruesa y dura polla roja por la excitación. El puño de Esteban rodeándola, el prepucio apenas cubriendo la cabeza del pene.

—Hermoso —susurré contra el teléfono—. Fóllate a tu puño por mí. Imagina que es mi boca.

—Eso hago.

Yo no necesitaría más de un minuto para llegar, pero me excité oyendo el sonido de su respiración que se iba acelerando. Que se hacía más fuerte. No oía el sonido de sus caricias, pero las imaginaba. Me moví para excitarme más, y cuando murmuró mi nombre me dejé ir. Un orgasmo estalló por todo mi interior, fuerte, ardiente y maravilloso.

Con mi coño aún palpitando, me erguí en la silla.

—¿Estás llegando?

—Sí, a punto. Estoy muy duro, por ti. Muy cerca...

—Para —sonreí y apoyé un codo sobre la mesa, mientras me cubría con la otra mano ahuecada.

Si quería podría volver a llegar, pero aparté la mano.

—¿Pa...parar? —balbuceó Esteban.

—Sí —insistí con firmeza—. Aparta tu mano de la polla. Ahora.

—Por favor... —él gimió.

—No. Cualquiera puede hacerte llegar, pero yo quiero saber que te has detenido por mí.

—Me vas a matar —Esteban suspiró ruidosamente.

—Demuéstramelo, cielo —yo reí.

Una nueva imagen de su miembro deliciosamente duro apareció en mi mente. El brillo del semen hizo que se me secara la boca. Durante uno o dos segundos estuve a punto de cambiar de idea para poder oírle alcanzar el orgasmo, sabiendo que era por mí.

Pero me mantuve firme y continué con calma.

—La próxima vez que llegues, será mejor que sea sobre mis tetas.

Esteban murmuró algo en español, un juramento o una plegaria. Quizás ambas cosas. Yo sonreí.

—Lo digo en serio —insistí, gustándome cada vez más ese nuevo juego—. Tu orgasmo es mío. ¿Me entiendes, Esteban? No llegarás hasta que yo no te diga que puedes hacerlo.

—¿Y cuándo será eso? —su voz sonaba agónica, y también agradecida.

—Dentro de unas semanas —susurré, por supuesto sin decirlo en serio—. Quizás meses.

—Sí, señorita —contestó tras una pausa.

—Dilo —susurré de nuevo con la mirada puesta en el reloj.

No quería hacerle llegar tarde a su reunión, ni crearle problemas en el trabajo. A fin de cuentas, yo era responsable de él.

—Mi orgasmo es tuyo. Mi polla es tuya —añadió aunque no se lo había pedido—. Solo quiero llegar para ti.

—¡Oh, cariño! Eso me hace sentir tan… —suspiré, calculando cuánto tardaría yo misma en alcanzar otro orgasmo—. Tan bueno.

—¿Vas a llegar para mí? —preguntó él.

—Sí. Otra vez. ¡Mmm, sí! Repítemelo otra vez.

—Soy tuyo —dijo Esteban—. Tu juguete. Hago lo que tú quieras que haga, cualquier cosa para complacerte, mi reina, mi diosa.

Y llegué, con menos violencia que la primera vez, pero no por ello fue menos agradable. Mi aliento salió tembloroso, y me aseguré de que él lo oyera. Y reí en medio del orgasmo ante el gemido de Esteban.

—Y ahora ve a tu reunión —le ordené, todavía recuperándome—. No llegues tarde.

—Quiero hablar más contigo. Quiero oírte volver a llegar.

—No lo haré, no una tercera vez, y tú tienes que ir a otro sitio —insistí—. Vete.

—Me encanta cuando te pones tan seria conmigo —Esteban rio.

—Ya lo sé —yo también reí y cerré los ojos para imaginarme su rostro—. A mí también me gusta.

Capítulo 13

No creía que hubiera en el mundo una mujer capaz de contemplar una fotografía suya, de tamaño póster, sin mostrarse crítica consigo misma. Ya era bastante difícil mirarse en una instantánea sin juzgar esa papada, esa ceja mal depilada. Poros demasiado abiertos, pechos demasiado pequeños. Pero cuando yo me contemplaba a mí misma en los retratos expuestos sobre las paredes de la galería, no me centraba en las imperfecciones. Me centraba en la belleza de cada obra, y no solo en el encanto físico de las personas fotografiadas, o en el escenario o la temática, sino en esa cualidad indefinible que Scott había logrado encontrar y plasmar en cada imagen.

—Haces unas fotos muy bonitas –le comenté mientras se acercaba por detrás y me rodeaba la cintura con su brazo.

Yo alcé la copa de vino hacia el retrato de mayor tamaño, rodeado de un sencillo marco negro. No era nuevo, lo habíamos hecho unos años atrás, pero hacía tiempo que no lo veía.

—Ese es mi preferido.

—Es el único en el que no se te ve la cara –Scott sonrió.

—Ese no es el motivo –seguí estudiando la imagen.

La foto estaba ligeramente desenfocada, los bordes de todos los objetos borrosos. Yo jamás le había hecho el amor al hombre que posaba conmigo, pero Scott había encontrado la manera de capturar ese instante entre dos personas cuando la pasión los había agotado y solo permanecía la ternura. En la foto yo aparecía con el rostro ligeramente vuelto y mi mano sobre la mejilla de mi pareja, que permanecía arrodillado ante mí.

—Es por la belleza —añadí—. Es arte. Es auténtico, encantador y sincero. Y no se ve ni un látigo, ni una cadena.

—Ya hay suficientes cadenas y látigos en esas otras fotos —él rio y me atrajo hacia sí para besarme en la mejilla.

—Esas son las fotos sobre las que la gente hablará. Pero esta —insistí sin dejar de estudiarla—. Esta es...

Auténtica, quise decir. No estaba segura de qué significaba. De todas las fotografías expuestas, aquella era una de las pocas totalmente escenificada, lo que debería haberla convertido en algo menos natural que las tomadas en una verdadera mazmorra sadomaso, o durante una sesión BDSM. Aun así, esa foto era la que parecía más real, porque si bien yo había acudido en dos ocasiones a una mazmorra, y participado en fiestas BDSM en algunas ocasiones más, la mayor parte del tiempo para mí no se trataba de juguetes o escenarios sino de emociones. No era tanto lo que hacía sino cómo me sentía al hacerlo. Esa foto, montaje o no, mostraba la verdad.

—Es preciosa. Tú eres preciosa —me aseguró Scott antes de besarme de nuevo, tras lo cual fue atrapado por una chica, vestida con un vestido largo y negro, que quería hablar con él de... algo que no era asunto mío.

Me volví de nuevo hacia la foto mientras bebía a sorbos de mi copa de vino. A mis espaldas, el DJ de la galería había empezado a poner música para bailar. El vino era gratis y, aunque la gente no parecía muy dispuesta a bailar, desde luego empezaba a estar muy borracha.

Un destello azul llamó mi atención y me volví. La mujer, de pie a mi lado, que contemplaba la foto tenía un precioso cabello teñido de color turquesa, azul y verde claro, recogido en un moño coronado por una flor espectacular que hacía juego con el ajustado vestido estilo *vintage*. La mujer señalaba el retrato colgado al lado del que yo había estado contemplando.

—Soy Sarah. Ese de la foto de ahí contigo es mi novio —sonrió.

—Elise —yo le ofrecí mi mano—. De modo que tú eres la famosa Sarah. He oído hablar mucho de ti.

—Y estoy segura de que todo malo —Sarah rio y se puso de puntillas para mirar a su alrededor antes de volver a centrar su atención en mí—. Está por aquí, en alguna parte. Pero quería venir a saludarte. Jack dice que esta foto es una de sus preferidas.

—¿En serio? Yo también me divertí posando para ella. Hicimos unas cuantas fotos realmente buenas. Bueno, las hizo Scott, como siempre, ¿verdad?

La sonrisa de Sarah se hizo más amplia.

—Sí, es impresionante. Yo le he encargado muchas de sus obras para mis clientes.

Olivia me había explicado que Sarah era diseñadora de interiores y decoradora. Yo no estaba segura de qué clase de clientes querría colgar fotos como las de la galería en sus casas. Las obras de Scott eran arte, desde luego, pero no escenas del mar o bodegones con cestas de fruta.

—Lo que yo le encargo son paisajes —me aclaró ella, sin duda viendo la expresión de perplejidad en mi rostro—. ¿Has visto esa de una mujer en el campo sujetando una tela roja hacia arriba, al viento? Colgué esa pieza, junto con unas telas de satén rojo, de la pared del despacho de la casa de uno de mis clientes. A esa clase de cosas me refería. Sin duda nada que ver con esto.

Sarah unió la palabra a la acción de señalar una de las fotos colgada junto a mi preferida. Era de dos hombres vestidos de cuero, uno con casco de ciclista. Cadenas. Una mordaza de bola. Era mucho más dura y explícita que cualquiera de las otras fotografías que Jack y yo habíamos hecho. Era salvaje, cruda, y su belleza era dura. Contaba una historia, desde luego, a través de las expresiones de los rostros de los modelos, pero no parecía ser una historia con final feliz.

—Pero las tuyas —continuó ella con un suspiro—. Son tan... sutiles. Me encantan. Me encantan todas las fotos que habéis hecho juntos.

—La gente no entiende que pueda resultar sutil —contesté, sin estar muy segura de por qué, de repente, me sentía obligada a ofrecerle una explicación, pero soltándosela a borbotones de todos modos—. Ellos no piensan en la ternura, la responsabilidad, en dar y tomar. Cómo se siente una al cuidar de alguien, al ser cuidada. Básicamente lo que quiere la gente es ver fotos como esa otra.

—No todo el mundo —puntualizó Sarah—. Algunas personas lo entienden.

No había ningún motivo para ese nudo que se había formado en mi garganta, ni para el escozor que las lágrimas causaban en mis ojos. No había necesidad, ni era el momento o el lugar, para emocionarse. Pero algo en la despreocupada respuesta de Sarah me conmovió.

—Sí —asentí—. Algunas personas sí.

Reconocí de inmediato el rostro del hombre que apareció detrás de mí, aunque la última vez que lo había visto llevaba mucha menos ropa. La sonrisa de Jack, sin embargo, lo delataba. Besó a Sarah en una mejilla y me tomó una mano.

—Hola. ¿Qué tal te va?

—Bien. ¿Has recibido muchos elogios? —yo agité una mano a mi alrededor, en dirección al público.

—Por supuesto —Jack se echó a reír—. Algunos incluso me han mirado la cara.

—¿Y quién iba a querer mirar esa cosa tan fea cuando tu polla es mucho más bonita? —Sarah le propinó un golpe de cadera.

De repente vi a mi hermano al otro lado de la habitación y, tras disculparme ante Jack y Sarah, fui a su encuentro. Él siempre había estado al corriente de mi actividad como modelo, y aunque prefería no contemplar mis fotos más atrevidas, había asistido a varias de mis exposiciones y siempre me había mostrado su apoyo. Evan ojeaba un tríptico en el que aparecían tres mujeres distintas, vestidas con lencería, todas en la misma postura. Las fotos estaban tomadas desde arriba para dar la sensación de que el espectador estuviera mirándolas hacia abajo. Ninguna de ellas era yo, y por eso las contemplaba tanto rato. En una mano sujetaba una copa de vino y en la otra un plato con queso y galletitas saladas, aunque cómo esperaba comer y beber al mismo tiempo escapaba a mi comprensión.

Nos saludamos como siempre hacíamos, con una leve inclinación de la barbilla, no con un beso y un abrazo. Mi hermano y yo habíamos compartido un útero, después de eso abrazarnos no nos parecía especialmente necesario. Sin ningún preámbulo, él asintió en dirección al tipo que lo acompañaba.

—Este es Niall. Trabaja conmigo. Esta es mi hermana, Elise. Es la que aparece en las fotos guarras.

Niall me estrechó la mano y le dirigió a Evan una adorable mirada avergonzada. Yo reí y le apreté la mano antes de arrebatarle a mi hermano el plato de queso.

—No hagas caso de mi hermano. Se cree que es gracioso porque nuestros padres pensaban que los chicos debían ser comediantes y las chicas princesas. Pero yo soy Elise —añadí—. Y soy la que aparece en algunas de estas fotos. No soy ninguna de estas tres. Siéntete libre para babear todo lo que quieras ante el tríptico.

La mano de Niall estaba caliente y apretaba la mía con más fuerza de la que yo me había imaginado. Miró hacia atrás, a la foto que Evan había estado contemplando.

—Sí... hola. Cuando Evan me invitó a una exposición de arte, supongo que no me esperaba algo así.

El muy cretino de mi hermano soltó una carcajada.

—Te dije que era arte, tío. ¿Y qué mejor arte que este? Gente desnuda.

Niall y yo intercambiamos una mirada. Yo no sabía qué podía significar, no fui capaz de descifrarla. Pero duró hasta que ambos sonreímos en el mismísimo instante. Me soltó la mano muy lentamente, y yo me sorprendí a mí misma deseando que no la hubiera soltado. Nos miramos fijamente hasta que Evan bufó.

—Tío, que es mi hermana.

—¿En serio? —Niall no apartó la mirada de mí—. ¿Y qué piensas hacer? ¿Darme una paliza?

—No —contestó el muy borrico de Evan—. Pero, al parecer, ella sí podría hacerlo. Eso, si tienes suerte.

—Siempre he sido bastante afortunado —contestó Niall.

Mi hermano y yo lo miramos al mismo tiempo. Niall se encogió de hombros y sonrió. Yo le propiné un puñetazo en el brazo a Evan, como si aún estuviésemos en cuarto curso.

—Cállate.

—¡Eh! —Evan se apartó de mí frotándose el brazo—. ¡Se supone que debo cuidar de ti!

—Sé cuidar de mí misma —me volví de nuevo hacia Niall—. ¿Trabajas con este idiota?

—Sí, en la misma oficina —contestó él.

—Pues te compadezco.

—¡Oye! —Evan frunció el ceño mientras Niall y yo nos sonreíamos.

El móvil de mi hermano vibró en su bolsillo y él miró la pantalla con esa mueca que yo odiaba ver en su cara. No hizo falta que me dijera que se trataba de su esposa. Alzó un dedo en el aire mientras contestaba la llamada, apartándose de nosotros para encontrar un rincón tranquilo.

—Y bien —Niall me miró—. Elise.

—Niall —yo sonreí—. Mi hermano te ha convencido para salir esta noche, ¿eh?

—Dijo que necesitaba un poco de cultura.

—¿Y la necesitas?

La pregunta le hizo reír.

—¿Supongo...?

—Mi hermano no reconocería la cultura aunque tuviera colmillos y le mordiera el culo —le expliqué—. Pero ha estado bien que te haya traído con él para que apoyes este acto. ¿Has comprado algún boleto para la rifa? Es por una buena causa.

—La señorita de la puerta me pilló, sí —Niall hundió la mano en el bolsillo y sacó un puñado de boletos rojos—. He comprado un montón por cinco pavos.

—Así se hace. ¿Te apetece un poco de queso? —le ofrecí el plato de mi hermano—. Todavía va a tardar un poco.

Niall agitó una mano para rechazar el queso, pero miró hacia el rincón en el que estaba Evan.

—Sí... me parece que a ella no le gustó que saliera esta noche.

—Pues entonces debería haberle pedido que se quedara en casa, o acompañarlo aquí, en lugar de interrumpirle cuando está en medio de algo —espeté bruscamente antes de meter un pedazo de queso en mi boca para evitar seguir diciendo esas cosas.

—Puede que no le guste el arte —sugirió Niall en un tono tan inocente que, de inmediato, supe que ya conocía a mi cuñada.

—No —yo sacudí la cabeza y solté una carcajada tras tragarme el queso—. Seguramente no.

Sinceramente, tenía la sensación de que a Susan no le gustaba casi nada últimamente, pero yo no podía hacer gran cosa al respecto. Niall se volvió para contemplar los retratos, y yo lo seguí en su recorrido. Terminé el queso y tiré el plato, junto con la copa vacía de vino. Ya había visto todas las fotos, de manera que, en lugar de contemplarme a mí misma, me dediqué a contemplarlo a él.

Scott había colgado las fotos sin ningún orden, había fotos a color de gente desnuda junto a fotos en blanco y negro, descentradas o ligeramente desenfocadas para quitarle énfasis a lo que hacían los modelos y permitir que el espectador absorbiera el impacto emocional en su lugar. Niall no hizo ningún comentario, aunque algunas fotos llamaron su atención más que otras. En varias ocasiones sacudió la cabeza y me miró, aunque no fui capaz de descifrar su expresión. ¿Excitado? ¿Indiferente? Era difícil saberlo, pero me estaba divirtiendo mucho intentando adivinarlo. Llegamos a la última foto colgada en esa pared y yo me detuve, preguntándome si debería advertirle.

A diferencia de la que había estado contemplando anteriormente, esa foto no tenía nada suave o sutil. Hecha en blanco y negro, los bordes estaban bien definidos, enfocados. Lo bastante como para que no hubiera error posible en identificar la acción.

Yo también aparecía en esa. Pero Jack no era mi pareja. Para ser sincera, no recordaba el nombre del hombre que aparecía conmigo en la foto. No nos conocíamos de antes de la sesión, y así seguimos después, aunque nuestro momento hubiera quedado inmortalizado en papel y tinta, aprisionado tras un cristal.

—Ajá —fue todo lo que dijo Niall sin apartar la vista de la foto.

Yo reí, tímidamente al principio, y luego un poco más fuerte, y todavía más cuando me devolvió una sonrisa cargada de ironía. Contempló de nuevo la foto mientras cruzaba un brazo sobre el pecho y apoyaba sobre él el codo del otro brazo, el dedo índice acariciándole la mejilla. Miró muy intensamente esa foto.

—Para ya —yo me acerqué y le susurré al oído—, me estoy ruborizando.

—Me cuesta creer que eso sea posible —contestó sin volverse siquiera.

Lo cierto era que no me había sonrojado. Pero su intenso análisis de la foto estaba haciendo que me subiera la temperatura. No era por vergüenza. Curiosidad, quizás. O anticipación. Una descarga eléctrica que se había producido entre los dos, inesperada y aun así nada sorprendente.

Niall dibujó una línea en el aire justo por encima del cristal, trazando las curvas de mi cuerpo. En la foto yo llevaba un vestido *vintage*, medias con costuras y un peinado retro a base de enormes tirabuzones conocidos como *victory rolls*. Estaba sentada en una silla de madera labrada y tapizada con terciopelo rojo, a juego con mi carmín de labios, aunque en el retrato en blanco y negro tanto la silla como mis labios parecían negros. El hombre a mi lado no llevaba nada salvo unos puños de cuero. Tenía las manos a la espalda y la cabeza agachada. Quizás uno de los motivos por los que apenas me acordaba de él era que en la foto tenía el rostro oculto mientras que el mío miraba a la cámara. Recordaba haber tocado delicadamente su cabeza, mis dedos tan ligeros sobre sus cabellos que apenas los había notado. Recordaba el clic de la cámara y la instrucciones murmuradas por Scott para que inclinara mi cabeza, me girara un poco hacia un lado o hacia el otro. Recordaba la sutil sacudida del corazón mientras me concentraba en permanecer inmóvil.

—¿En qué pensabas mientras te hacían esta foto? —preguntó Niall.

—Yo... —la pregunta me dejó perpleja. Sacudí la cabeza un poco y le sonreí quitándole importancia—. ¿Quién sabe?

—Pareces triste.

Intenté contestar algo divertido, quizás coquetear un poco, quizás con algo de sarcasmo. Pero lo que surgió de mis labios fue la verdad.

—Lo estaba.

—¿Por qué?

Tenía la costumbre inconsciente, cada vez que la emoción me asaltaba, de presionar con el pulgar el interior de mi muñeca izquierda, allí donde llevaba el tatuaje. Normalmente no me daba cuenta, pero en esa ocasión, la presión de mi uña fue muy fuerte. Me obligué a dejar caer las manos a los costados.

—Fue hace mucho tiempo —contesté.

—Fuera lo que fuera, ¿sigue poniéndote triste?

Evité presionar de nuevo la muñeca cerrando el puño con fuerza contra la palma de la mano, pero no contesté. Niall asintió y volvió a contemplar la foto. De ahí pasó a la siguiente, una foto mucho más pequeña. También aparecía yo. Llevaba la misma ropa, el mismo peinado, pero en esa ocasión estaba sola. Scott me había capturado en el instante de reírme de algo que sucedía fuera de cámara. Tenía el rostro girado y el fondo estaba algo borroso. Lo cierto era que yo lo habría considerado una toma falsa, pero Scott era un maestro a la hora de convertir una foto fallida en algo encantador.

—Esta me gusta más —opinó Niall—. Aunque sigues pareciendo triste.

—Me estoy riendo —dije en mi defensa.

—Tus ojos no —Niall me miró con solemnidad.

—Ni siquiera me conoces —yo fruncí el ceño.

Él se encogió de hombros y parecía a punto de contestar algo cuando la música terminó y la ayudante de Scott, Laura, dio unos golpecitos al micrófono para conseguir la atención de todos. Pasaron unos cuantos segundos antes de que el murmullo de las conversaciones se detuviera por completo, pero la mayoría nos volvimos expectantes. Niall se colocó ligeramente detrás de mí y no pude evitar imaginarme la caricia de su aliento sobre mi nuca, mi hombro desnudo. O quizás no fuera mi imaginación.

—¡Voy a sacar el primer número ganador! Quien haya comprado boletos rojos que los saque. Podréis elegir cualquiera de las fotos expuestas para llevárosla a vuestra casa —Laura rio tontamente y hundió la mano en una pecera llena de boletos rojos. Sacó uno y leyó el número en voz alta.

—Es el mío —anunció Niall tras un momento de silencio.

—¡Ya tenemos un ganador! —exclamó Laura mientras señalaba desde el otro extremo de la sala—. ¿Qué foto quieres?

Todo el mundo, no solo yo, miraba a Niall, pero fue mi rostro en el que se centró brevemente antes de señalar la foto en la que yo aparecía en plena carcajada. Mi corazón falló un latido, dos. Y no pude evitar sonreír.

—Ese —anunció él—. Quiero llevarme a esa chica a casa.

Capítulo 14

Niall, en efecto, me llevó a su casa. Al menos se llevó mi foto, cuidadosamente envuelta en papel atado con una cuerda, y cargada en la parte trasera de su coche. Evan se había marchado a casa, pero su amigo no. Y en esos momentos estábamos los dos en al aparcamiento, bajo un cielo de finales de mayo cuajado de estrellas, y yo me preguntaba exactamente qué iba a suceder.

—Y bien —dijo él. Simplemente eso.

—¿Y bien? —yo sonreí.

—Y bien... es pronto. Quizás te apetezca ir a algún sitio a cenar algo —Niall se llevó una mano al estómago—. Un hombre no puede sobrevivir únicamente a base de dados de queso. Y una mujer tampoco.

—Lo cierto es que tengo planes.

—Sí, claro —él asintió—. Por supuesto. Es viernes por la noche.

—Podrías acompañarme, si quieres —pensé en la fiesta BDSM. Un puñado de pervertidos comiendo salchichas de cóctel y hablando sobre *True Blood*. No era más que una reunión social, no habría nadie atado por los tobillos ni nada de eso. Quizás incluso la encontrara aburrida. Ni siquiera sabía si Niall era aficionado a la serie *True Blood*.

—No es nada elegante. Solo una pequeña reunión de algunos amigos a los que hace tiempo que no veo. Habrá comida, y también bebida.

—No quiero entrometerme si ya has hecho planes con amigos —sus palabras decían que no, pero la expresión de su rostro era toda afirmación.

—Ya te he dicho que es algo informal —yo reí—. Y no estoy muy segura de quién estará allí. Quizás resulte que no conozco a nadie. Deberías acompañarme. Será divertido.

—¿Seguro que no te importa?

—No soy de esa clase de chicas —yo volví a sonreír.

—¿A qué clase de chicas te refieres? —Niall también sonrió.

—A la clase que hace cosas solo por ser amable. Yo no pido lo que no quiero que me den.

—Una mujer que sabe lo que quiere —contestó él—. No sé por qué no me sorprende.

—Puedes seguirme —yo señalé con la cabeza hacia el coche—. Es en The Slaughtered Lamb, también conocido como el cordero masacrado, en el centro.

Durante unos instantes no hubo más que silencio.

—¿Debo preocuparme por si acabo en una bañera llena de hielo o algo así?

—¿Por qué...?

—Por si el objetivo es conseguir riñones para trasplantes —contestó él.

—¿Debería sentirme ofendida al saber que das por hecho que yo tendría algún interés en trasplantar tus riñones? —fruncí el ceño.

—Lo siento —Niall pareció avergonzado—. Ha sido un chiste malo.

—Estoy segura de que tienes unos riñones estupendos y todo eso —continué—, pero yo ya tengo los míos.

Nos miramos fijamente, yo inexpresiva y él que seguía pareciendo un poco avergonzado. Y entonces yo, muy lentamente, comencé a sonreír y después de unos segundos, él también.

—Vamos —insistí—. Sígueme.

Mientras entrábamos por la puerta trasera de The Slaughtered Lamb, se me ocurrió que debería haber advertido a Niall de que la fiesta era para mujeres dominantes y hombres sumisos. No esperaba que sucediera nada escandaloso, a fin de cuentas la reunión se celebraba en un lugar público y existían unas normas para esas cosas. Después de la exposición en la galería, cualquier cosa que sucediera en la fiesta sería totalmente insulsa. No había logrado hacerme una idea sobre qué pensaba ese hombre acerca todo eso que mi hermano en ocasiones calificaba de «patatas con salsa y fusta», pero empezaba a percibir un cierto interés por su parte. Él, sin duda, ya sabía hacia qué lado me inclinaba yo. Aun así, no me parecía justo meter a Niall en algo sin que supiera exactamente qué estábamos haciendo.

—Escúchame una cosa —comencé.

Pero antes de poder terminar la frase, Cubby saltó sobre mí, me rodeó con sus enormes brazos y yo no pude hacer otra cosa que emitir un grito ahogado.

—¡Elise, muñeca! Cuánto tiempo, siglos. ¿Dónde te habías metido? Pasa, y tráete a tu... ¿amigo? —Cubby hizo una pausa y esperó a ser presentado.

—Niall Black —Niall le ofreció una mano.

Cubby, que medía casi dos metros y pesaba por lo menos ciento cincuenta kilos, había sido luchador profesional, en su variante de espectáculo. Él y su esposa, Sonya, llevaban años organizando esas reuniones, y fueron una de las primeras parejas que conocí cuando empecé a buscar *online*. Adoraba a ese hombre, a pesar de que me estuviera aplastando con su abrazo.

—Encantado de conocerte, Niall. Cubby —Cubby estrujó la mano de Niall—. Vamos, chicos, tenemos una barra libre ahí atrás y también entremeses. Basta con echar un billete de cinco en ese cubo sobre la mesa del bufé, si podéis. Si queréis pedir algo fuera del menú, creo que hay algo en las mesas.

El hombretón se marchó para saludar a otros recién llegados que yo no reconocí. Dejé que Niall me condujera hasta el bar, donde pidió dos whisky sour, y luego hasta una mesa en la que se abalanzó sobre la comida. Yo miré a mi alrededor con la esperanza de encontrar algún rostro conocido, pero aparte de Sonya al otro extremo de la sala, no vi ninguno.

—Me muero de hambre —admitió Niall—. ¿Vas a comer algo?

—Sí —yo eché un vistazo al menú—. Pescado con patatas fritas. Aquí lo preparan muy bien.

—Para mí pastel de carne con patatas —le pidió a la camarera que se acercó para tomar nota—. Y para la dama, pescado con patatas fritas.

No podía decirse que me gustara que un hombre pidiera por mí, pero el modo en que lo hizo Niall me produjo un cálido cosquilleo ahí abajo. Me había escuchado y había recordado lo que quería. Había prestado atención. Algunos lo encontrarían despótico, pero a mí me encendió el interruptor. Mierda.

—¿Desde cuándo trabajas como modelo?

—Desde hace unos cuantos años —yo me encogí de hombros—. No es mi trabajo, ni nada de eso. Lo hago por diversión. Para algún acto benéfico, o para amigos. Me... me gusta.

Niall me miró fijamente. Al principio con curiosidad. Luego evaluándome. Tras unos segundos asintió, como si le acabara de explicar algo de lo que ni siquiera yo misma estuviera segura.

—Evan dijo que trabajas para una empresa privada. ¿Planificación financiera o algo así?

Yo hice una pausa, preguntándome qué más se le había ocurrido a mi hermano contarle de mí a ese extraño.

—Sí. Planificación patrimonial, financiera, universitaria. Esa clase de cosas. Mi socio solía hacer muchas cosas financieras, bolsa y eso, a nivel internacional. Montó su propia empresa para ayudar a sus clientes a ganar dinero y planificar el futuro. Yo hago casi todo el *marketing* y la difusión. Me ocupo de resolver las dudas de los clientes. Llevo la contabilidad y me aseguro de que no nos corten la luz. Más o menos cualquier cosa que haga falta, salvo los consejos de inversión.

—Qué interesante. Evan me dijo que eres contable.

—En realidad no —yo puse los ojos en blanco—. Solía trabajar para una empresa contable, en recursos humanos. Soy licenciada en Matemáticas. Ahora me dedico a esto. Lo único que sabe mi hermano es que trabajo con números, supongo. La verdad, no es muy observador.

Niall bebió un sorbo de su copa y echó un vistazo a su alrededor.

—Y bien... yo nunca había venido aquí. Está bien.

—Es divertido. Entre semana vienen un montón de empresarios calentorros.

Esperé una reacción. Algunos hombres se mostraban celosos, aun cuando no tuvieran motivo para ello.

—Qué bien —Niall soltó una carcajada—. Me juré a mí mismo que jamás trabajaría en un lugar en el que tuviera que ir vestido con traje y corbata.

—¿No?

—No. Polos y pantalones caqui todo el rato —él sonrió.

—Pero un hombre vestido de traje resulta tan...

—Incómodo —me interrumpió.

—Pues prueba a ponerte medias y tacones —observé con ironía, poniéndolo un poco a prueba—. En serio. Deberías probarlo.

—En una ocasión me disfracé del doctor Frank-N-Furter para Halloween. Y esa fue la última oportunidad para verme con tacones —Niall sacudió la cabeza—. Soportaría el carmín de labios, pero maldita sea, esos zapatos casi me rompieron los tobillos.

Yo reí encantada y excitada al imaginármelo.

—Me encanta el *Rocky Horror Show*.

—Deberíamos ir alguna vez. Lo representan en el teatro Allen de vez en cuando, con todos sus accesorios. Pero yo jamás volveré a vestirme como Tim Curry.

—¿Y como Rocky? —el whisky sour me estaba caldeando por dentro. Aflojando mi lengua. Empujándome a coquetear.

—¿Con braguitas de bikini doradas? —Niall bufó—. ¡Vaya! Ni hablar. Nadie debería ver algo así.

—Apuesto a que estarías estupendo —deslicé mi mirada por todo su cuerpo—. Eres un nadador.

—¿Cómo...? —él sacudió la cabeza—. Ya no, quiero decir que ya no compito. Pero en el instituto sí. ¿Cómo lo has sabido?

—Tienes cuerpo de nadador —tomé otro sorbo y me recliné en la silla para que la camarera pudiera servirnos los platos—. ¿Eras bueno?

—Nunca perdí —me aseguró Niall.

Yo me detuve en el proceso de mojar una patata frita en el kétchup.

—¿Nunca? ¿Ni una sola vez?

—No —él sacudió la cabeza con expresión a la vez orgullosa y un poco avergonzada—. Ni una sola vez.

—¡Vaya! Eso es impresionante.

—A la larga no me hizo ningún bien, ¿sabes? —Niall se encogió de hombros—. Quiero decir que lo que eres y lo que haces en el instituto deja de tener importancia cuando abandonas el instituto.

—En el instituto yo era animadora —me metí la patata frita en la boca, deleitándome con el sabor salado y grasiento—. ¿Qué te parece?

—¡Ra, ra, ra! —gritó Niall.

—¡Elise!

Me volví hacia otro rostro familiar. Eric era un médico de urgencias local con el que había salido un par de veces antes de que descubriéramos que no estábamos realmente hechos el uno para el otro. Él daba tumbos buscando un ama mucho más dura de lo que yo podría ser jamás. Buscaba algo a tiempo completo y largo plazo, un rollo tipo estilo de vida, cosa a la que yo no estaba dispuesta, aunque ese tipo me gustara mucho. Le presenté a Niall.

—Hola, encantado de conocerte. ¿Eres nuevo? —preguntó Eric.

Niall titubeó y me miró antes de contestar.

—Sí. Quiero decir que Elise me invitó. Digamos que me he apuntado.

—Di que sí —Eric asintió—. Alguna vez hay que mojarse. Y este es un gran grupo para hacerlo. Y Elise es una gran dama. Trátala bien o Cubby caerá sobre ti.

Niall me miró con una sonrisa un poco retorcida, misteriosa. Y muy sexy.

—No creo que me gustara eso.

Eric levantó la vista hacia un pequeño grupo de personas en otra mesa alta cerca del bufé. Alzó la copa de vino blanco que tenía en la mano.

—Debería reunirme con mi dama. Cuídate, Elise. Encantado de conocerte, Niall.

Quise preguntarle a Eric quién era su dama, ¿la gélida rubia con ese vestido negro ajustado? Parecía la clase de mujer capaz de darle una paliza a un tipo al que le fueran esas cosas. Para mi sorpresa, sin embargo, le ofreció la copa de vino a la pelirroja bajita y rellenita sentada en uno de los taburetes al lado de la rubia. La pelirroja llevaba una especie de túnica que se ajustaba a las generosas curvas, y un par de sandalias ortopédicas. Se giró para que Eric se apoyara contra ella, y lo besó, seguramente para darle las gracias por el vino. Mi expresión debía reflejar la sorpresa que me había producido, porque Niall siguió mi mirada.

—¿La conoces?

—No —yo sacudí la cabeza—. Pero no la hubiera elegido a ella como... bueno, supongo que uno nunca sabe realmente lo que les gusta a los unos de los otros, ¿verdad?

—Supongo que no —Niall miró con curiosidad a la pelirroja antes de devolverme su atención.

Aparecieron más antiguos amantes míos y la fiesta se animó. Alguien había conectado un iPod a un micrófono. Los entremeses desaparecieron. La gente bailaba un poco o pedía comida, pero la mayoría nos limitamos a charlar en pequeños grupos sobre la vida, el trabajo, la familia. Yo hablaba con Randi, una mujer a la que había visto unas cuantas veces, pero a la que no conocía muy bien, cuando Niall se disculpó para ir al servicio. En cuanto se hubo marchado, ella se acercó más a mí.

—¿Cómo os habéis conocido vosotros dos?

—Trabaja con mi hermano —le informé.

—Es muy mono —Randi me miró por encima del borde de su copa de vino.

Yo me giré automáticamente hacia donde Niall había desaparecido, aunque ya no lo veía.

—¿En serio?

—Desde luego. Y es evidente que te adora —ella asintió.

—Pero si nosotros no... —yo solté una carcajada.

—¿No? Debes estar de broma —Randi enarcó las cejas—. Dabais la impresión de llevar juntos toda la vida, lo digo por la manera en que conversáis.

Iba a tener que reflexionar sobre eso. Niall y yo desde luego teníamos facilidad para hablar el uno con el otro.

—No. Acabamos de conocernos en realidad.

—Llevo toda la vida buscando a alguien. Las citas *online* son terribles para la gente recta, pero que Dios se apiade de los que somos un poco torcidos. La mitad de los tíos buscan a un ama, sea lo que sea que signifique eso, y normalmente no son lo que yo quiero —Randi puso los ojos en blanco y bajó el tono de voz—. Me refiero a que, mira, no me importa meterme de vez en cuando en un corsé, pero la mayor parte del tiempo, cuando estoy azotando a alguien, prefiero ir con pantalones de chándal.

—Yo no…

—Dicen que quieren someterse, pero todo sigue girando en torno a ellos —Randi adoptó una expresión de desagrado.

Desde luego yo había tenido una buena dosis de todo aquello. Pensé en Esteban, mi niño encantador. Encontrarlo había sido un raro golpe de suerte, y, aun así, no exento de problemas. Si me hubiera acompañado, la velada se estaría desarrollando de una manera muy diferente.

—Niall y yo no salimos.

—Pero es sumiso, ¿verdad?

—No lo creo —yo volví a soltar una carcajada—. No es mío. En ningún sentido.

—Pues yo intentaría convencerle —insistió Randi en el mismo instante en que un toquecito en el codo hizo que me apercibiera de la presencia de Niall, que llevaba un vaso de té helado.

—Te he traído algo para beber.

Randi me dedicó una mirada tan significativa que tuve que taparme la boca con la mano para no soltar otra carcajada. Niall nos miró a las dos como miran los hombres a las mujeres cuando sospechan que están siendo el objeto de un chiste que ellos no entienden ni quieren entender.

—Gracias —contesté—. ¿Te importaría pedirle al camarero que pusiera unas rodajas de lima en lugar de limón? Y si tienen hielo picado, mejor también. Y una pajita.

—Claro —Niall asintió sin parecer en lo más mínimo molesto—, no hay problema.

Randi esperó a que estuviera fuera del alcance de nuestras voces.

—Si no es tuyo, ¿puedo quedármelo yo?

—Eh... —yo reí incómoda—. ¿Claro que sí? ¿Supongo?

Niall regresó unos minutos después y me entregó el vaso de té helado. Un sorbito me bastó para comprobar que estaba perfecto.

—Gracias. Tenía mucha sed.

Randi volvió a mirarme fijamente. Yo no quería reír, pero no pude evitarlo. Cuando ella se disculpó y se marchó, Niall la siguió con la mirada antes de volverse hacia mí y sacudir la cabeza.

—Vaaaale.

Había mucha menos gente. Sorprendentemente habíamos aguantado casi hasta el final.

—¿Quieres que nos marchemos de aquí?

—Claro, si tú quieres.

—Es tarde —apenas contuve un bostezo—. Y la fiesta empieza a decaer.

En el aparcamiento, de pie junto a mi coche, me pregunté si Niall iría a besarme, y cuál sería mi reacción si lo intentaba. De repente, curiosamente, era lo único en lo que podía pensar, a pesar de que era incapaz de decidir si quería que lo hiciera o no. Abrí el coche con el mando a distancia e intenté sin demasiada suerte sacudirme de encima ese cosquilleo de anticipación que se extendía a toda velocidad hasta las puntas de los dedos.

—¿De qué te reías con esa mujer?

—Ah, ¿Randi? Pensaba que tú y yo éramos pareja —yo volví a reír y sacudí la cabeza.

Pero no abrí la puerta del coche.

—¿En serio? —Niall sonrió—. Vaya...

—Sí. Ella pensó que eras mi... —me interrumpí.

Ese hombre había estado en la galería de arte. Había visto las fotos. Evan había hecho un par de chistes. Aun así, no era lo mismo que soltarlo abiertamente. No había dado la impresión de pensar que yo era una zorra exigente por lo del té con hielo, pero los hombres tenían la manía de sacar sus propias conclusiones cuando averiguaban lo de mis perversiones.

—¿Tu qué? ¿Tu novio?

—Más o menos. Más bien mi... sumiso —me mordí el interior de la mejilla en un intento de no soltar otra risita.

Le llevó un segundo pillarlo, y cuando lo hizo, me miró boquiabierto.

—¿Qué? ¿Por qué?

Recordé cómo había pedido mi comida porque me había prestado atención. Cómo me había llevado el té con hielo, intuyendo que lo necesitaba e intentando hacerlo de forma natural, como si nos conociésemos desde hacía más que unas pocas horas. Cómo había encajado mi petición para cambiarlo. Eso también lo había hecho muy bien. Mejor que muchos «novios», que había tenido.

—Bueno, esta era una fiesta para... —de nuevo dudé, decidiendo ir a las claras—. Era una fiesta para mujeres dominantes y hombres sumisos. Una especie de, no exactamente un club, no con miembros y cuotas y esas cosas. Más bien una reunión de aficionados. Como esas de personas aficionadas a la apicultura o a los álbumes de recortes, o las que conducen coches clásicos, esa clase de cosas.

—Salvo que ese grupo era para tíos a los que les gusta, ¿qué?, ¿que les den azotes y esas cosas?

—A algunos sí —mi sonrisa se esfumó ante el tono de voz que Niall había empleado—. Pero no siempre es así.

—¿Es así para ti?

—Puede serlo —yo me encogí de hombros y lo miré de reojo.

—Qué raro —observó Niall—. ¿Por qué haces esas cosas?

—No es lo que hago —contesté de manera cortante—. Es lo que soy.

—¿Por qué no me lo contaste? —preguntó él tras meditarlo unos segundos.

—Iba a hacerlo, pero no pensé que importara realmente. Quiero decir, ¿nunca has asistido a una reunión social en la que había un puñado de personas comiendo y bebiendo? ¿Hasta qué punto importa lo que hagan en el dormitorio? No son más que personas.

—Personas que pensaron que yo era tu... —Niall sacudió la cabeza y frunció el ceño—. Maldita sea, Elise. Ojalá me lo hubieras dicho.

Sentí el impulso de tocarlo, de deslizar una mano por la pechera de su camisa para calmarlo, pero no lo hice. A fin de cuentas no era mi sumiso. No podía mimarlo solo porque yo quisiera hacerlo. Y su comentario, «raro», me había molestado.

—Lo siento. Tienes razón. Pero nunca te habrías dado cuenta de no haber sido Randi tan descarada, ¿verdad?

—No. Y eso lo empeora todo.

—No fue más que una reunión —insistí yo—. No una fiesta de mazmorras ni nada de eso.

—Supongo que si me hubieras llevado a un sitio así, me habría dado cuenta mucho antes —Niall volvió a fruncir el ceño.

—Las esposas colgadas de las paredes de piedra suelen dar una pista bastante buena, sí —esperé a que él sonriera primero, pero no lo hizo.

—¡Por Dios! No tenía ni idea —exclamó él.

Yo me apoyé contra mi coche. La noche era fresca y el metal ya no conservaba el calor del sol. Me froté los brazos. La piel se me había puesto de gallina.

—Tú no lo harías, ¿verdad? —observé, interrumpiéndome cuando él se quitó la chaqueta y me la pasó sin decir una palabra. De inmediato sentí calor. Por todo el cuerpo—. Ya te lo he dicho. Son solo personas.

—Supongo que me imaginé que sería algo más parecido a lo de esas fotos.

—Puede serlo —admití—. Pero te diré una cosa: la mayoría de las personas no va al supermercado vestida de cuero llevando a su sumiso de la correa. En la vida cotidiana somos... normales.

Algo cambió en su expresión. No fue desagrado, algo que me habría afectado más que oírle decir «raro». Tampoco fue excitación, por desgracia. Sacudió la cabeza y luego se la frotó con una mano, aplastando sus cabellos marrones.

—Es que me siento como un idiota, eso es todo.

—Pues no deberías. Lo siento. Debería habértelo contado. ¿Me habrías acompañado de todos modos? —lo miré fijamente.

—Creo que no.

Yo asentí.

—¿Y lamentas haberlo hecho?

—No, supongo que no. Fue divertido —contestó él mirándome a los ojos—. Salir contigo.

Nos miramos sin decir gran cosa. Yo sentía ampliarse mi sonrisa. También el calor que se aferraba a mis mejillas y mi garganta. Y más abajo.

Niall emitió un sonido parecido a un gruñido y echó la cabeza hacia atrás para contemplar el cielo.

—Se supone que esta noche se deberían poder ver algunas estrellas fugaces.

—Son buenas para pedir deseos.

—¿Y qué deseo pedirías tú? —él me miró de reojo.

—Ya sabes, lo habitual. Un unicornio. La paz en el mundo. Una secuela realmente buena para *Las alucinantes aventuras de Bill y Ted*.

Niall rio por lo bajo y se volvió hasta apoyarse contra mi coche, a mi lado. Ambos levantamos la vista al cielo. Casi todo estaba ocupado por los rascacielos y las luces de la ciudad, pero me esforcé por intentar encontrar algo que atravesara la oscuridad.

—Se está haciendo tarde —anuncié finalmente cuando una serie de bostezos amenazaron con provocarme un calambre en la mandíbula. Me quité la chaqueta y se la devolví—. Muchas gracias.

—No hay de qué. Supongo que soy un caballero —contestó Niall.

«Desde luego que sí», pensé yo. Pero también algo más.

No me besó, y no nos dimos la mano. Eso sí, me pidió mi número de teléfono, y yo se lo di, aunque no esperaba recibir ninguna llamada suya.

Le di vueltas a la cabeza de camino a mi casa, donde me duché y me lavé bien la cara.

Yo le gustaba a Niall. Estaba segura. Y yo era libre para salir con quien quisiera, aunque estuviera viendo a Esteban. Pero ¿saldría yo con Niall si me lo pidiera?

Me puse unos pantalones de pijama y me metí en la cama. Permanecí tumbada con la mirada puesta en el techo y mientras lamentaba haberme tomado ese té con hielo tan tarde. Sin duda me iba a empezar a presionar la vejiga en cualquier momento. Al menos podría culpar al té de mi insomnio, aunque lo cierto era que me iba a haber costado dormirme en cualquier caso.

Pensaba demasiado.

«Pareces triste», había dicho Niall. «¿Por qué?».

Cerré los ojos, pero los sueños seguían muy lejos.

«¿Sigue poniéndote triste?».

«Sí», pensé. «¡Mierda, sí! Cada jodido día».

Y entonces, porque era tarde y yo imbécil, desconecté el móvil del cargador y abrí la aplicación que era incapaz de desinstalar. Ahí estaba. La misma foto de perfil, el mismo nombre. Siempre contenía la respiración durante un par de segundos cuando abría esa aplicación, expectante por si hubiera cambiado de foto, de nombre. Por si se hubiera dado de baja. Pero no, ahí estaba. Siempre estaba ahí.

Y en medio de la oscuridad y el silencio, a través de una cortina de lágrimas, le conté la verdad.

Te echo de menos.
Te echo tanto de menos.
La oscuridad es demasiado grande sin ti a mi lado.

Esperé, recriminándome esas lágrimas que rodaban por mis mejillas y se metían en mi boca, pero consciente de que era inútil pensar que podría detenerlas. Conté los segundos, le concedí un minuto. Otro. Era tarde, y sin duda no leería el mensaje. Debería eliminarlo mientras podía, pero entonces jamás sabría si lo había leído. Podría ocultar la aplicación entre la maraña de archivos que nunca utilizaba de mi móvil. Podría fingir a la mañana siguiente que no había sucumbido a la debilidad.

Al lado del mensaje apareció el símbolo indicativo de que había sido leído.

Pero no me contestó.

No eliminaba su cuenta, y siempre leía los mensajes que yo le enviaba, pero jamás respondía.

Y yo, la imbécil, la débil, con el corazón hecho trizas, borré los mensajes que le había enviado y cerré la aplicación antes de cometer una nueva estupidez.

Capítulo 15

—Es un poco raro —se quejó mi hermano sobre un plato de huevos con patatas.

Había llevado a William a la escuela dominical y evitaba regresar a su casa. Yo tenía hambre, sin nada de comida en casa. Habíamos estado de acuerdo sobre el lugar en el que comer.

—La gente me hace fotos desnuda, Evan. De todas las fotos que podría haber elegido, esa es la menos rara —me lancé sobre los huevos—. Su boleto resultó ganador. Ganó. No puede decirse que comprara la foto a propósito.

—Pero saliste con él después, ¿verdad?

—Sí. Pero… no sucedió nada —le expliqué, incómoda con el tercer grado—. Fuimos a The Slaughtered Lamb para reunirnos con unos cuantos amigos con los que ya había quedado. Algo muy frío. Deja de comportarte como una vieja.

Mi hermano soltó un gruñido y se echó azúcar en el café.

—Trabaja conmigo. Me resulta raro, nada más. Tú eres mi hermana, ¡joder!

—Puede que no la cuelgue en su casa —bromeé—. ¡Por Dios, Evan! Te comportas como si te preocupara que pudiera despellejarme y hacerse un traje con mi piel.

—Qué asco —eso por fin le hizo reaccionar y soltó una carcajada.

Los minutos que siguieron los dedicamos a comer en silencio. Evan dejó su plato limpio y, como siempre solía hacer, me robó unas cuantas patatas.

—Y bien, ¿no quieres hablar de lo que está pasando en casa? —pregunté cuando ambos nos reclinamos en el asiento, suspirando satisfechos, con las tazas de café llenas y el reloj acercándose al mediodía.

—No.

—De acuerdo —yo tomé un sorbo de café.

No servía de nada agobiar a Evan. Mi hermano me lo contaba todo, pero solo cuando estaba preparado para hacerlo.

Nuestra conversación pasó al *Bar Mitzvah* de William y los quebraderos de cabeza que estaba ocasionando. En esa ocasión por parte de Jill, que al parecer había llamado a Evan para hablar de la «falta de respeto», de su mujer hacia nuestra madre. Jill siempre había sido un poco diva, una combinación letal de egocentrismo y no ser nada consciente de sí misma. Tenía siete años más que Evan y que yo, y llevaba molesta con nosotros dos desde el día en que nuestros padres nos habían llevado a casa desde el hospital. Algunas personas superaban las rivalidades entre hermanos. Algunas personas maduraban. Nuestra hermana no. Imaginé que sería cuestión de tiempo que Jill y nuestra madre se enfrentaran mano a mano a Susan, y yo estaba segura de que la esposa de Evan iba a salir airosa de esa pelea, por mucho que mamá y Jill pensaran otra cosa.

—Jill también se quejó de que si Susan hubiera esperado a la reunión de planificación, ella podría haber asistido. Reunión de planificación. Como si se tratara de un jodido comité, como los de las juntas en las que se sienta.

—¿Y qué le dijiste? —pregunté.

—Nada —Evan se encogió de hombros.

—¿Qué quieres decir con «nada»? ¿Por qué no le dijiste que se fuera a la mierda?

—Todo esto es un jodido fastidio —insistió mi hermano—. Ya sabes cómo son. Deja que hablen y todo termina por pasar.

—Intentan arrollar a Susan con toda clase de cosas —yo fruncí el ceño.

—Le dije que las ignorara. Que haga lo mismo que hago yo. No merece la pena discutir, ¿verdad? Sonríe, asiente y sigue con lo tuyo, sea lo que sea que quieras hacer, eso le dije a Sue.

Dudaba que esa fuera la respuesta que su esposa había querido oír.

—Ha comenzado la tormenta de mierda. Espero que no sea una réplica de vuestra boda.

Mi hermano no pareció apreciar el comentario. Durante un segundo su expresión fue demacrada y de cansancio. Yo quise abrazarlo, como hacíamos de pequeños cuando se caía y raspaba ambas rodillas. Pero me conformé con apretarle la mano un segundo.

—Lo único que pretendía era que a mi hijo le fuera bien y que se divirtiera en su fiesta —me explicó Evan—. En realidad me da igual lo que piensen mamá y Jill.

—Pues quizás deberías decírselo.

Él se encogió de hombros. La camarera se acercó para ofrecernos más café, pero ambos lo rechazamos. Yo ya estaba a punto de salir volando.

Ya en el aparcamiento, Evan me abrazó con fuerza, lo cual me sorprendió. Pero le permití hacerlo todo el tiempo que le resultara necesario.

—Tienes mi apoyo —le susurré al oído. Sus brazos se apretaron un poco más en torno a mí antes de que se apartara—. Lo sabes, ¿verdad?

—Sí. Lárgate de aquí —me dio un ligero puñetazo en

el brazo y, durante un segundo, su sonrisa fue genuina y relajada.

—Ah, por cierto, ¿puedes preguntarle a Susan si necesita que recoja a William en la escuela el miércoles?

—¿Eh? —Evan me miró confuso.

—Los miércoles tiene esa clase de yoga, o lo que sea. Esa que termina tarde. Le dije que la ayudaría... —era evidente que mi hermano no tenía ni idea. Yo suspiré—. La llamaré yo.

—¿Desde cuándo va Sue a clases de yoga?

—Tío, no tengo ni idea. Es tu mujer, no la mía.

En una ocasión había oído a mi cuñada quejarse por teléfono a una de sus amigas sobre el hecho de que su esposo nunca la escuchaba. Nunca le prestaba atención. En su momento me había molestado y me había puesto de parte de mi hermano, pero empezaba a pensar que quizás estuviera en lo cierto.

Evan frunció el ceño y yo le propiné un puñetazo en el brazo. Intentó agarrarme del cuello y frotarme la cabeza con los nudillos, pero un rápido codazo en el estómago le hizo soltarme de golpe.

—Mierda —protestó—. ¿Dónde has aprendido a hacer eso?

—Clases de defensa personal. Hice un curso —me lo había ofrecido uno de los amigos de Cubby. Un curso específico para gente BSDM. Demasiadas personas daban por hecho que todas las mujeres eran sumisas o que a todos los hombres sumisos les gustaba que los azotaran. Cosas así. A raíz de que una de nuestras amigas acabara en coma por una paliza tras una sesión muy arriesgada con alguien a quien ella había conocido a través de un amigo común, yo había optado por pasar una tarde en un apestoso gimnasio para aprender a sacudir a la gente.

—¡Ya, pero conmigo no se supone que deberías usarlo!

—Te parece bien, pero no cuando te lo hacen a ti, hermanito –yo solté una carcajada y le di un toquecito con la punta del dedo.

–Lo que tú digas. Por cierto –Evan me apuntó con el pulgar–, escucha, a propósito de Niall...

–¿Qué hay de Niall? –yo lo miré con desconfianza.

–Es un buen tipo, Elise.

–Ya, ¿y?

–Solo eso, que es un buen tipo. Nada más –mi hermano apartó la mirada.

Y yo me aparté de él.

–De modo que, ¿no debería volver a salir con él? ¿Es lo que quieres decirme? ¿Porque es demasiado bueno para mí?

–Eso no es lo que quise decir –mi hermano dio un respingo y se pasó los labios por la boca, aunque no tenía nada de comida por la cara.

–¿Entonces qué querías decir? –yo volví a golpearlo con el dedo.

–Que quizás no sea tu tipo, nada más.

–Ya –yo fruncí el ceño y me crucé de brazos–. A lo mejor es asunto mío. O a lo mejor deberías decírselo. Quiero decir que fue él quien eligió mi foto. ¿Ya has mantenido esta conversación con él?

–Aún no –Evan me miró–, pero supongo que tendré que hacerlo.

–Tú no me mandas –balbuceé.

Ridículo. Infantil. Cierto.

Evan sonrió levemente. Yo intenté no reírme, pero no pude evitarlo, aunque seguían molestándome sus palabras. Él sacudió la cabeza.

–No es más que una foto –insistí–. Seguramente la donará a alguna tienda de segunda mano, si es que se molesta en desenvolverla. Lo más seguro es que permanezca en su garaje hasta que tenga suficientes cosas para montar un mercadillo.

—No debería haberlo llevado a esa exposición —se quejó mi hermano amargamente.

—Debería, podría, quisiera.

—Ni siquiera estás interesada en él, ¿verdad? Me refiero de ese modo.

—No lo sé —le di un puntapié a la grava con el pie, sin dejar de mirar a mi hermano.

Evan había conocido a George, por supuesto. A fin de cuentas habíamos estado juntos durante un año. Evan también sabía que aquello había terminado mal. Y conocía algunos detalles acerca de los hombres que habían llegado después, los que me permitían atarlos y vendarles los ojos.

—¿Preferirías que saliera con alguien que no fuera un buen tipo?

—Lo que preferiría es que fueras feliz. ¿Qué te parece?

—¡Jolines! —yo sonreí—. Qué dulce.

—Bueno, pero es verdad —mi hermano me fulminó con la mirada.

Aquello me conmovió. De no haber alcanzado ya nuestro cupo anual de abrazos, lo habría abrazado de nuevo. En su lugar me conformé con un puñetazo amistoso.

—No tengo ningún proyecto para Niall Black, Evan. ¿De acuerdo? ¿Eso te hace sentir mejor?

—Un poco.

—Y dudo mucho que él lo tenga para mí —yo reí.

—Será mejor que no —gruñó mi hermano.

Capítulo 16

George me había devuelto a los quince años, llena de deseo, de anhelo, y excitada al saber que me deseaba. Y como de nuevo tenía quince años, llena de deseo y anhelo, mi luz se había apagado cuando había dejado de desearme.

Ya debería haberlo superado. Habían pasado casi cuatro años desde aquello sin que hubiera recibido una palabra suya. No desde la última vez, cuando me había deseado «buenas noches», y yo le había respondido «adiós».

Me estaba comportando como una estúpida con ese amor. No tanto como para no entender que George se había convertido en otra cosa para mí. Quizás en un símbolo. Un ideal. Algo que anhelar, pero nunca tener, en una especie de retorcida autonegación para la que necesitaría años de terapia con el fin de desenmarañar mis motivos para anhelarlo.

Pero tampoco pensaba en él cada segundo del día. Tenía el tatuaje del conejo en la cara interior de mi muñeca para asegurarme de no olvidarlo nunca, pero había largos períodos de tiempo, incluso días enteros, durante los cuales apenas aparecía en mi mente. También había muchas ocasiones en las que pensar en él era como recordar algo que había leído en un libro o visto en una película. Algo que le había sucedido a otra persona. Algo irreal. Pero en la oscuridad, sola e incapaz de dormir, los recuerdos reaparecían como una especie de monstruo que normalmente permanecía escondido en el fondo de un lago desde 1978, junto con esas zapatillas de deporte y varias botellas de cerveza rotas.

Como un drogadicto que intentaba distraerse de la dosis que le hacía falta, yo intenté evitar enviarle un mensaje. Lo intenté en serio. Di vueltas en la cama y la emprendí a puñetazos con la almohada, dándole la vuelta para disfrutar de un momentáneo frescor. Conté hacia atrás desde cien, y otra vez, y una vez más. Pero el sueño me eludía. Mi mente regresaba sin remedio al recuerdo de sus caricias y a su sabor.

Deslicé los dedos entre mis piernas. Ya estaba mojada. Basculé las caderas al hundir mis dedos dentro de mí y los saqué para dibujar círculos alrededor del clítoris.

Pensé en su boca, su lengua. Pensé en el modo en que deslizaba las manos bajo mi trasero para levantarlo y acercar mi coño a su boca, y en cómo se daba un banquete conmigo. Cómo en una ocasión había logrado que yo llegara tres veces seguidas sin apenas hacer una pausa entre medias, hasta que tuve que suplicarle, ¡yo suplicar!, que parara el tiempo suficiente para que pudiera recuperar el aliento.

Murmuré su nombre, su verdadero nombre, no George, que quedó atrapado en las emociones que atascaban mi garganta, saliendo de mí como si estuviera cubierto de espinas. Balbuceando, temblando, me follé a mí misma con mis propios dedos, deseando que fueran los suyos. Dentro y fuera, alrededor del clítoris, frotando, frotando hasta que al fin mis músculos se tensaron y el placer me envolvió lanzándome hacia…

Permanecí con la mirada fija en el techo mientras los latidos de mi corazón volvían a la normalidad, consciente de la repetitiva e irritante alarma de un coche que sonaba a varias manzanas de distancia. Y entonces, por supuesto, porque en las postrimerías del orgasmo era todavía menos capaz de resistir las constantes necesidades de mi corazón, tomé el teléfono y tecleé su nombre.

Si pudiera regresar al punto de partida y cambiarlo todo, si hubiera sabido entonces lo que sé ahora, ¿lo haría? ¿Me alejaría de ti en lugar de acercarme? ¿Te permitiría tomarme de la mano y bailar conmigo o sacudiría la cabeza con una sonrisa, apartándote de mi camino como hice con todos esos hombres que intentaron lograr que yo los deseara?

No lo sé.

Hay días en que lo único que quiero en este mundo es acurrucarme a tu lado y escuchar tu respiración acompasada con la mía, la lluvia sobre el tejado y las hojas de los árboles en la calle. Nuestros dedos entrelazados, sin decir nada, sin nada que decir porque juntos podemos permanecer en silencio y aun así saber lo que piensa el otro.

Y hay días en los que no soy capaz de pensar en ti sin sentir el suelo moverse bajo mis pies, de manera que caigo a cuatro patas respirando entrecortadamente con tanta fuerza que no oigo nada más. Porque lucho por no llorar, y las lágrimas surgen de todos modos, ardientes y amargas. Porque estoy enferma de amor y deseo por ti, pero tú no estás aquí.

¿Tienes idea de lo que supone amarte? Es como colocarme de pie al borde de un abismo al que arrojo pedazos de mi corazón. Por supuesto que sé que nunca llenaré ese vacío, y al final ya no me quedarán más pedazos y no tendré nada. Pero sigo haciéndolo porque soy una jodida idiota. Porque te amo. Y si tengo que arrancarme el corazón a tiras y lanzar los trocitos al vacío, quiero que seas tú por quien lo haga.

Si hay algo que cambiaría sería lo último que te dije. No los mensajes que te he enviado desde entonces. No el estado de mi perfil de Connex, ni los no tan sutiles mensajes en las fotos de perfil o los nombres que aparecen en pantalla, y que cambian en función de mi estado de ánimo. Me refiero a las palabras que salieron de mi boca. Esas son las que cambiaría. Me las tragaría, las retiraría.

Te diría «buenas noches», en lugar de «adiós».

Capítulo 17

Había sido clara en mis instrucciones para Esteban. Que encontrara lo que deseara y me enviara los enlaces con la información. La última palabra sobre el material a utilizar sería mía, pero quería que él me dijera qué objetos le gustaban más.

Y su elección me sorprendió un poco. Era una selección variada, pero siguiendo un mismo tema. Los arneses eran menos prácticos de lo que me había imaginado, más delicados y femeninos que las tiras de cuero y las hebillas que había esperado. Los consoladores variaban en longitud y grosor, los había de todos los colores, pero ninguno se asemejaba a una polla verdadera. Todos eran curvados de manera que estimularan la próstata, y viendo las elecciones que me había dejado a mí, una repentina oleada de afecto hacia él me había incapacitado temporalmente para elegir nada de nada.

Pero la incapacidad solo duró unos minutos, porque después me había concentrado en los pros y los contras de las diferentes combinaciones y en cómo me sentiría mientras utilizaba esos juguetes con él. Ser follado por el culo era más para él que para mí, algo de lo que él había hablado desde el inicio, dubitativo al principio y luego, al ver que yo no me echaba atrás, con más deseo. Me dijo cómo había experimentado que le dieran por culo por primera vez mientras se masturbaba, y cómo había deseado que lo tomaran de ese modo, en lo que para muchos hombres era el sumun de la sumisión y porque, tal y como me explicó «la sensación es jodidamente deliciosa».

Yo quería que perdiera la cabeza cuando estuviera conmigo.

Muchas de las cosas que, descubrí, adoraba y deseaba en la dominación estaban basadas, no en accesorios y disfraces, sino en la sencilla, inmediata y agradecida aquiescencia de un hombre consagrado a complacerme. De un hombre que prestaba atención a lo que yo quería y se aseguraba de dármelo. De que me conociera.

Yo había empleado muchas veces juguetitos. Esposas, látigos, tapones. Algunos me gustaban mucho, otros no. Me gustaba que Esteban se retorciera, gimiera y llegara para mí. Me encantaba excitarlo para lograr la mejor reacción. Pero si bien me había travestido con ropa masculina y aceptado en mis relaciones sexuales lo que la sociedad a menudo consideraría el rol masculino, nunca había follado a un hombre con mi propia polla.

Y me moría de ganas.

Lo cual no significaba que no estuviera un poco nerviosa. Al fin, tras un par de horas de deliberación, había elegido un bonito arnés de raso negro y morado, que parecía más un liguero. El suave consolador negro no era precisamente el más grande que hubiera visto, pero tampoco era el más pequeño. La descripción del producto garantizaba «alucinantes orgasmos prostáticos», que yo tomé por una exageración publicitaria, aunque los comentarios de los usuarios eran todos de cinco estrellas.

No mentiré: cuando me vi en el espejo del baño, con él puesto, me sentí ridícula. Tenía un aire pornográfico, y las correas me apretaban un poco excesivamente en algunos puntos delicados sobre los que preferiría no atraer la atención. Había acariciado el consolador con forma de polla, sin poder evitar echarme a reír. Y eso que estaba sola.

Sin embargo, delante de Esteban todo lo que sentí fue hermoso. La dominancia iba de autoconfianza, aunque el noventa por ciento fuera en ocasiones fingido. Tuve que poner cara de póker en ese cuarto de baño de hotel, contemplándome al espejo, respirando hondo. Me recordé que me lo había pedido, que eso era lo que deseaba y que, por ridícula que me sintiera, si no conseguíamos reírnos juntos no deberíamos follar juntos.

Cuando Esteban me vio no se rio. Sus ojos se abrieron desmesuradamente y se llevó una mano al corazón, encogiendo los dedos sobre su piel desnuda. Respiró hondo y su polla se retorció ante mí. Y justo en ese instante dejé de sentir la necesidad de fingir cualquier clase de confianza. Esa cosa me pertenecía, y él también.

–Hola, cielo.

–Mi diosa –murmuró él mientras caía de rodillas delante de mí.

Cualquier mujer que piense que ese momento de adoración pueda resultar exagerado e incómodo, nunca habrá tenido ante ella a un hombre empalmado y tembloroso, dispuesto a servir.

–¿Te gusta? –pregunté mientras me agarraba desde la base, tal y como había visto hacer con su polla a todos mis amantes.

–Sí, es perfecta –Esteban se sentó sobre los talones para contemplarme con una sonrisa pícara–. ¿Lo harás despacio?

–Sí –yo le agarré la barbilla y levanté su rostro hacia mí–. Iré despacio, muy despacio.

Él gimió y yo me acerqué un poco más para lamerle los labios. No fue un beso, solo una pasada de mi lengua destinada a excitar, a que se abriera para mí. A continuación introduje mi pulgar en su boca para tirar de su cara un momento hacia un lado, para poder susurrarle al oído:

—Hasta que me supliques que te folle duro, duro, duro.

Le di una pequeña bofetada en la mejilla. No pretendía hacerle daño, aunque reaccionó con un pequeño grito ronco. Yo deslicé mi mirada hacia abajo, a su polla, tan dura que le golpeaba el estómago. Tenía las manos apoyadas sobre las caderas.

—A la cama —le ordené—. A cuatro patas.

—Boca abajo —murmuró él—, con el culo hacia arriba.

Ambos reímos ante el comentario, y me encantó que pudiésemos hacerlo. Me sentía resplandeciente por dentro. Esperé a que me obedeciera. Admiré su cuerpo, musculoso y fibroso. Se había afeitado por completo, lo cual me gustaba un poco menos aunque era su elección y jamás le pedí que dejara de hacerlo. La parte trasera de sus muslos era tan musculosa que me entraron ganas de morderlas. Y su culo... ¡qué culo!

Tenía la piel suave y dorada, más pálida en aquellos lugares que nunca habían visto el sol. Todo en él era musculoso. Dio un respingo cuando yo me subí a la cama detrás de él, de rodillas, y deslicé mis manos por esos muslos y los cachetes.

—Tranquilo —susurré.

Tenía junto a mí el envase de lubricante que había adquirido en la misma página web que todo lo demás. Se suponía que era especial para sexo anal, pero no contenía ningún componente sedante. Supuse que simplemente sería más espeso. La base era acuosa, y por tanto se podía emplear con cualquier clase de juguete. Mis manos temblaban cuando le quité el tapón y permití que un espeso y largo chorro cubriera la verga. Mientras yo hurgaba el juguetito y me arrimaba un poco más a él, Esteban me miró por encima del hombro.

—Iré despacio —le prometí.

—Confío en ti –él sonrió.

Y en ese instante supe que todo iría bien. Y, de repente, tremendamente excitada, empujé la cabeza de mi polla artificial contra la estrecha abertura. Lo hice despacio, tal y como había prometido, hasta introducirme profundamente en su interior.

—¿Estás bien?

—¡Oh, sí...sí! Más, por favor.

Yo reí por lo bajo, casi sin aliento y me salí tan lentamente como lo había penetrado. Y de nuevo entré. Dentro, fuera, el ritmo cada vez más acelerado a medida que él empezaba a empujar contra mí. Le sujeté las caderas para no perder el equilibrio, para encontrar mi ritmo. Con cada embestida, el extremo romo del consolador me frotaba el clítoris, tal y como estaba concebido, y aunque no me lo había esperado, sentí el orgasmo formarse en mi interior.

—Más fuerte –me suplicó Esteban, y yo obedecí.

Existía un increíble poder en el acto de controlar a alguien a través del placer, más de lo que jamás sentí cuando utilizaba el dolor. Me lo follé durante un rato, hasta que sus súplicas quedaron ahogadas en unos gemidos entrecortados. En ese momento me salí de él y le ordené que se diera la vuelta. Me acomodé entre sus piernas para follármelo en esa posición.

—Quiero ver tu cara –le expliqué–, cuando llegues.

Volví a introducirme dentro de él, en esa ocasión con más suavidad. Su polla estaba tan dura y gruesa que cuando la agarré por la base, toda la verga pulsó contra la palma de mi mano. El dulce y traslúcido semen resplandecía y yo deslicé un pulgar por la cabeza del pene para saborearlo, como siempre hacía.

Lo había visto en numerosas ocasiones perder el control en pleno éxtasis, muchas veces, pero nunca me cansaba de ese modo encantador que tenía de desenfocar la mirada. En ocasiones la mandíbula se le quedaba floja, en ocasiones tensa. En esos momentos sus dedos se aferraban con fuerza a las sábanas blancas, y su espalda se arqueó un poco, facilitándome el camino a su interior.

Lo follé un poco más deprisa, permitiendo que la presión sobre mi clítoris aumentara. Mi frente se perló de sudor, que pude saborear al lamerme los labios. Nunca me había dado cuenta del inmenso esfuerzo que había que hacer para embestir, pero, ¡joder!, lo que me estaba costando. No tanto simular la penetración, sino el aspecto mental. Observar a Esteban intentar controlarse para no bascular las caderas o mover su polla dentro de mi puño embadurnado de lubricante, y verlo fallar, verlo perder el control con lo que yo le estaba haciendo, oírle gritar mi nombre. La manera en que suplicaba... no hay nada como eso. Nada.

Cedí al deseo, basculando mi cuerpo al compás. Más duro. Más rápido. El golpeteo del consolador contra mí no era lo bastante preciso para hacerme despegar, pero seguí repitiendo el movimiento, aumentando el placer, que crecía y crecía hasta hacerme llegar. Ya no estaba en posesión del control sobre mí misma. Y permití que el orgasmo se llevara cualquier rastro de razonamiento.

Joder, qué bueno había sido. Embistiendo una y otra vez con las manos apoyadas sobre las rodillas flexionadas de Esteban, ocasionalmente extendiendo una de esas manos para acariciarle la polla en toda su extensión. Él gritó y se estremeció ante el contacto con mi mano, pero una presión firme en la base de su verga impidió que eyaculara. Yo aún no había terminado, nunca pensé que podría llegar haciendo eso, pero estaba muy cerca, jodidamente cerca, no estaba aún preparada para detenerme.

—Suplícame que te deje llegar –le ordené en un susurro.

Nuestras miradas se fundieron.

—Por favor, mi diosa, por favor fóllame con más fuerza y hazme... ¡oh!

Yo me estremecí con mi propio climax, mis embestidas cada vez más irregulares. No tenía intención de seguir acariciándole la polla, pero me vi atrapada en mi propio placer y me olvidé de negárselo a él. Al sentir el húmedo chorro que me cubrió la mano, yo llegué. Él se derramó por todo mi pecho y mi mano, alcanzándose su propio rostro en una ocasión, y ambos nos enredamos en la zambullida final de la montaña rusa del orgasmo simultáneo en el que ninguno de los dos sabíamos qué demonios gritábamos, ni qué parte del cuerpo pertenecía a quién, porque todo se había concentrado en unos últimos treinta segundos de bombeo, rechinamiento, tensión, palpitante olvido.

Y se hizo el silencio.

Lenta y delicadamente, me retiré y desaté las cintas que sujetaban el arnés en su sitio a la altura de mis caderas. Me retorcí hasta desembarazarme de él y caí sobre la cama al lado de Esteban, que aún no se había movido, ni siquiera para limpiarse la cara. Lo hice yo por él, con ternura, con el borde de la funda de la almohada, dejando sin tocar por el momento todo lo que había sobre su estómago. Me acurruqué a su lado, mis labios pegados a su hombro. Saboreé la sal de su sudor y aspiré su aroma.

—¡Madre mía! —exclamó Esteban después de un rato.

Yo empecé a dormirme, sonriente contra su piel. Él se movió para que yo pudiera acomodarme sobre su pecho, y me acarició el pelo con una mano. Me besó la frente.

—¡Madre mía! —exclamó de nuevo.

Yo levanté la vista hacia él. Me sonrió, aunque sus ojos permanecían serios. Dibujó la línea de mis cejas con un dedo, y luego la línea de mi nariz. Mis labios.

—Quiero volver a verte, pronto —me aseguró—. ¿Puedo? —añadió.

—¿El viernes que viene? —sugerí tras reflexionar un rato.

Permanecimos en silencio. Al cabo de unos minutos yo me apoyé sobre un codo para mirarlo.

—¿En qué piensas?

—En nada —él sacudió la cabeza.

—«Nada», no es una respuesta —respondí.

Esteban abrió la boca, pero la cerró de inmediato.

—Nada que quiera expresar en voz alta. Las palabras podrían romper lo que estoy pensando.

Yo conocía esa sensación y no lo presioné. Yo también había estado pensando en algunas cosas, cosas que prefería guardar para mí misma.

Capítulo 18

No reconocí el número que apareció en pantalla, y por eso dejé que saltara el buzón de voz y a continuación me olvidé de él hasta que volví de la comida y comprobé el móvil para ver si Esteban me había enviado algún mensaje. Todavía repasaba en mi mente una y otra vez la increíble noche que habíamos disfrutado. Una y otra vez, incapaz de contener una sonrisa cada vez que lo recordaba. Nos habíamos visto tres viernes seguidos, y mi intención era que también lo hiciéramos el siguiente. Alex había intentado sonsacarme, pero yo no había dicho ni una palabra.

–Esto, eh, Elise. Soy Niall. Black –añadió la voz grabada, como si yo conociera por lo menos media docena de hombres llamados Niall–. Me preguntaba si te apetecería ver una película conmigo en el teatro Allen. Dicen que es muy buena.

Mencionó el título de una película independiente que había estado recibiendo muy buenas críticas. No la proyectaban en ningún cine comercial aunque supuse que, si el éxito era muy grande, algún gran distribuidor acabaría por comprarla. Sin embargo, sí había pensado en ir a verla, seguramente sola dado que no conocía a nadie a quien que le gustara esa clase de películas.

—Hola —Alex asomó la cabeza por la puerta de mi despacho. Nada más. Solo la cabeza.

—Eh, ¿sí? —yo dejé de escuchar el mensaje de voz—. ¿Qué?

—¿Qué tenías pensado hacer esta noche?

—¿Por qué? —contesté yo con otra pregunta y con una mirada cargada de desconfianza.

—Eso me ha dolido —se quejó él—. No confías en mí. Tampoco es que te lo reproche. Soy tan jodidamente poco digno de confianza como la mierda.

Yo no pude contener una carcajada ante el comentario, pero sacudí la cabeza.

—¿Te he mencionado últimamente lo afortunada que soy al trabajar en un lugar en el que la confianza se cataloga como «mierda»? Y, mierda, entra del todo en mi despacho. Deja de asomarte... —yo me interrumpí cuando él hizo lo que le había pedido—. ¿Qué...?

Alex no llevaba pantalones. Yo pestañeé una y otra vez ante la visión de la camisa colgando sobre lo que parecía un par de braguitas rosas. Inmediatamente me tapé la cara.

—¡Qué demonios!

—Lo siento —se disculpó—. Me he echado el café por encima.

Poco antes había llevado puestos unos pantalones blancos, una prenda de tendencia que, pensaba yo, no podría ser superada, hasta que vi la lencería rosa. Casi me ahogué con una carcajada y mis mejillas se sonrojaron de vergüenza, porque lo último que quería yo en el mundo era encapricharme de mi socio, un socio casado.

—Por el amor de Dios, Alex.

—Oye, que son muy cómodas.

—No lo discuto. Pero no me apetece verte vestido con las braguitas de tu mujer.

Giré la silla del escritorio para evitar mirarlo. Mi pequeño Elvis con copete. ¡Cómo me gustaban los hombres vestidos con lencería femenina!

—No son suyas —Alex soltó un bufido—. Son mías. ¿Por qué solo las mujeres pueden llevar las braguitas más estupendas?

—¡Aghhh!

—De acuerdo, espera un poco.

Salió por la puerta y enseguida oí cómo revolvía algo. Cuando volvió a entrar en mi despacho un minuto más tarde, llevaba puesta una falda hecha a base de jirones de papel de periódico grapados que colgaban de tal manera que, desde luego, no iba a conseguir taparlo si se movía lo más mínimo. Pero al menos era mejor que las braguitas y yo me volví de nuevo hacia él. Y volví a sacudir la cabeza.

—No me juzgues —me pidió—. Tú fuiste la que insistió en que entrara del todo.

—Me parece justo. Y ahora que hemos perdido media hora de trabajo, ¿qué querías?

—Solo quería saber si te apetecía acompañarnos a Olivia y a mí esta noche. Cena. Espectáculo. Tenemos entradas para ver a los acróbatas chinos en el teatro Hershey.

—Suena divertido —yo me retorcí en el asiento, considerando la propuesta.

—Estupendo. Nos sobran dos entradas. A lo mejor podrías invitar a tu... —Alex hizo una pausa y me miró—. ¿Amante?

—No —una vez más, sacudí la cabeza.

En una ocasión ya le había pedido a Esteban en el último minuto que saliera conmigo, y ese había sido el día que me había dejado. No quería que se convirtiera en costumbre.

—Pero podría llamar a otro.

Alex fingió tambalearse.

—¡Por Dios! Me vas a matar. ¿Insinúas que tienes otro más?

—Así es la vida de una dama loca y soltera, sí. Lo sé. Para un vejestorio casado como tú debe resultar escandaloso. ¡Dos hombres a la vez!

Jugueteé con mi collar de perlas falsas provenientes de un rastrillo benéfico, pero que daban el pego.

—¡Qué horror! —un destello cruzó su mirada y la sonrisa de Alex se borró ligeramente.

—No sé —contesté pensativa—. A mí me suena más bien impresionante.

—Eso depende de los hombres, supongo —contestó él—. Y si no es tu amante, ¿quién es el otro tipo?

—El otro tipo trabaja para mi hermano. Acudió a la exposición de fotos en la galería y luego salimos un rato. Me acaba de dejar un mensaje de voz en el que me pregunta si me apetece ir al cine.

—Proponle venir al espectáculo en su lugar. ¿Te apuntas a una doble cita?

—Déjame llamarle a ver que dice, ¿de acuerdo? A lo mejor ni siquiera estaba pensando en esta misma noche para el cine.

—Si te ha llamado para una cita a última hora, deberías decir que no. Por principio —me aconsejó Alex.

—¿Sabías que hay un montón de razones por las que me gustas?

—Es que soy jodidamente encantador —Alex se frotó las uñas de las manos sobre la pechera de la camisa.

—Lárgate de aquí. Déjame hacer esa llamada en privado. ¡Y consíguete otros pantalones! —agité una mano en el aire y marqué el número de Niall en la pantalla del móvil. Sufrí unos segundos de aterrada anticipación antes de que contestara, pero en cuanto oí su voz, se me pasó.

—Hola, soy Elise. He oído tu mensaje.

—Hola, Elise —parecía estar encantado—. ¿Cómo estás?

Seguimos un rato intercambiando formalidades, esas tonterías que hacen las personas mientras están pensando en el verdadero motivo de la llamada. Yo no estaba dispuesta a sacarlo a la luz de inmediato. Había sido yo la que le había devuelto la llamada, debería ser él quien me invitara a salir. No me importaba que me llamaran anticuada.

—Y bien —dijo Niall—, ¿te apetece ver esa película conmigo?

—Sí, me gustaría. Parece que está muy bien. ¿En qué día estabas pensando?

—¿El viernes por la noche? Podríamos cenar y luego ir a la última sesión, si te apetece.

Yo sonreí a la pantalla del teléfono.

—Ya tengo planes para el viernes, pero ¿qué tal el sábado?

—Claro, sin problema. El sábado por la noche.

Por su tono de voz daba la sensación de que él también sonreía.

Seguimos charlando un rato sobre el trabajo, el tiempo. La arquitectura en el centro de la ciudad. Alex volvió a asomar la cabeza por mi despacho y empezó a gesticular hasta que me disculpé con Niall y quité el sonido a la llamada.

—Me dijiste que si me invitaba a salir esta noche debería decir que no.

—Pero solo si te lo pedía —contestó Alex—. Si eres tú la que se lo pide a él no hay nada malo.

—Eres... eso es... —yo lo miré con los ojos entornados.

Alex se encogió de hombros. Y yo volví a activar el sonido de la llamada.

—Escucha, Niall. Sé que es muy precipitado, pero ¿te apetecería cenar algo y ver el espectáculo de acróbatas chinos en el teatro Hershey? Mi socio y su mujer tienen dos entradas de más.

—Vaya, qué pena. A la cena no puedo ir —contestó él y, para mi sorpresa, mi corazón cayó al vacío—. Pero ¿a qué hora es el espectáculo? A eso seguramente sí que pueda ir.

Conseguí los detalles de Alex y se los transmití, acordando reunirnos en el teatro. Después colgué la llamada. Mi teléfono vibró con mensajes de William y algunos de Jill, que leí con los ojos en blanco. Después me recliné en el asiento y aguardé a que Alex cacareara sobre mi llamada.

Pero no lo hizo. Lo que sí había hecho, en cambio, era ponerse los pantalones de nuevo. Por delante se notaba que estaban húmedos, y seguramente quedarían eternamente manchados de café.

—Tú sí podrías venirte a cenar con nosotros.

—No puedo. Acabo de recibir un mensaje. Tengo que recoger a mi sobrino en la escuela hebrea y llevarlo a su casa. También he recibido otro mensaje de mi hermana en el que dice que mi madre y ella necesitan hablar conmigo sobre mi cuñada y, deja que te diga una cosa, esto no va a salir como ellas se piensan —yo fruncí el ceño, temiendo el momento de devolver la llamada.

—La familia es un asco —observó Alex.

—No me digas.

Acordamos que me reuniría con Olivia y con él en el teatro, y con eso Alex salió de mi despacho. Yo le envié un mensaje a William para recordarle que lo recogería a las seis y media de la tarde, y luego envié otro a mi madre en el que le aconsejaba a ella y a Jill que dejaran que Susan decidiera qué clase de jodidas servilletas quería para la fiesta del *Bar Mitzvah*, aunque no puse lo de «jodidas», a mi madre no. Quizás fuera una persona irrespetuosa, vergonzosa y antinatural, según ella, pero ni siquiera yo era capaz de pronunciar la «J», delante de ella.

Los mensajes se cruzaban unos con otros mientras yo esperaba a William en el aparcamiento. Mi madre no pillaba del todo lo de formar parte de un grupo, de modo que una gran parte de lo que me contestaba yo tenía que reenviárselo a Jill hasta que, por fin ya harta, me rendí y llamé a mi hermana por teléfono. Ya estaba al borde de las lágrimas, pero yo la corté repitiendo su nombre una y otra vez hasta que, por fin, se detuvo.

—¿Qué?

—Esta no es tu fiesta.

—Bueno, pero he organizado docenas de eventos, eso es todo. Perdóname si resulta que sé un poquito sobre estas cosas.

Con mi madre se podía contar, de vez en cuando, para que reculase. Jill era un pitbull.

—Estás armando un jaleo por unas servilletas de papel, ¿te das cuenta? ¿Por qué te importa tanto una cosa así?

—Ya he elegido unas —contestó Jill—. Susan quiere encargarlas en un sitio *online*. ¡A saber qué condiciones de transporte y qué calidad tendrán!

—¿Y a ti qué más te da? —yo suspiré y me froté los ojos.

Ella empezó de nuevo con su cantinela, pero yo la interrumpí.

—Jill, Jill, Jill —repetí en un suave monótono hasta que ella gritó.

—¿Qué?

Si me echaba a reír ella se volvería loca, de modo que contuve una carcajada. Pero, maldita fuera, era muy divertido hacer rabiar a mi hermana.

—¿Por qué te importa?

—Me importa, y ya está —insistió ella.

—Si Susan quiere encargar las servilletas de papel estampadas con alas de mariposa y fabricadas a partir de los restos regurgitados de comida de un restaurante mexicano, y colados a través del ano de un unicornio, Jill, eso hará. ¿Cuándo lo vais a entender mamá y tú? Vosotras no sois las que decidís qué hacen los demás, ¿de acuerdo?

—Ella fue la que pidió consejo —murmuró mi hermana.

—Y podéis aconsejarla todo lo que queráis, el problema es cómo reaccionáis cuando alguien no sigue ese consejo. Os estáis volviendo locas por algo con lo que la gente se va a limpiar la boca. Quizás incluso dejen sus mocos en ellas.

—¿Por qué eres siempre tan asquerosa?

«¿Y por qué eres siempre una zorra iracunda?», quise preguntar, aunque no lo hice. Mi hermana llevaba toda su vida en llamas. Nada de lo que yo pudiera decir lograría que cambiara.

—Es que en esta ocasión no estoy de vuestra parte, ¿de acuerdo? No voy a implicarme en esto y no, no voy a mantener ninguna jodida reunión con Susan para intentar forzarla a utilizar tu marca de servilletas. Dejadme fuera de todo esto.

No me había dado cuenta de que William estaba junto a la puerta del copiloto, que estaba cerrada, de modo que la abrí. Él se instaló en el asiento, quitándose la kipá y dejándola en el bolsillo delantero de su mochila. Parecía estresado.

—Jill, tengo que irme, William acaba de llegar.

—¿Por qué recoges tú a William?

—Por ayudar —contesté—. Por hacer algo realmente útil en lugar de…

Me contuve mientras miraba a mi sobrino, no queriendo que oyera nada de la conversación. Jill murmuró alguna malvada estupidez que yo ignoré. Y colgué.

—¿Estás bien? —yo me volví hacia William.

El chico se encogió de hombros sin mirarme. Eso no era bueno. No sabía si presionarle un poco más o no, de modo que conduje el coche hacia lo que se estaba convirtiendo en nuestra tradición de lo miércoles, el Conejo Afortunado. Tras engullir una hamburguesa de queso doble y un helado de chocolate, un menú que solamente podría haber resultado menos *kosher* si hubiera estado aderezado con gambas y bacon, William soltó un prolongado y ruidoso eructo.

Yo solté una carcajada mientras me terminaba mi cerveza de jengibre helada.

—Ocho puntos, y uno más por el vibrato. ¿Mejor?

—Sí —inesperadamente, William señaló mi muñeca—. ¿Eso es por este establecimiento?

—Eh, no —yo volví a reír.

—Papá dice que vosotros dos trabajabais aquí durante los veranos.

—Sí, es verdad, pero en el que tienen más cerca de la casa de la abuela —contemplé el cartel y luego mi tatuaje. Ambos eran conejos, pero no idénticos—. No, no es en honor de este lugar.

—Entonces, ¿por qué es?

—Yo, eh... —titubeé.

—La abuela dice que un tatuaje es una mala idea —continuó William—. Pero a mí me parece guay. Creo que cuando sea mayor voy a hacerme uno o dos.

—Gracias, chico —sin duda había sido una mala idea. No consideraba la tinta una mala idea, pero sí un recordatorio de lo fácil que era tomar una mala decisión.

William suspiró y yo esperé a que dijera algo, pero no lo hizo. Y no le obligué a ello.

—¿Preparado para volver a casa?

Él se encogió de hombros otra vez y, por fin, me miró a los ojos.

—La voy a cagar.

—¿Qué? ¿En la ceremonia?

—Sí.

—No, no lo harás —yo sacudí la cabeza—. Vas a hacerlo

estupendamente. Te dije que no te preocuparas, chico. Ya te lo aprenderás.

—No tengo tiempo suficiente. Nunca me lo voy a aprender todo. Y por culpa de eso mamá y papá se están peleando.

—¿Por ti? —pregunté tras dudar unos segundos.

—Por todo este asunto. La fiesta y todo eso. Papá y la abuela, y la tía Jill y mamá están todo el rato peleándose. Y nadie me pregunta qué quiero yo —señaló William con rabia mientras apuñalaba con un tenedor las pocas patatas fritas que aún quedaban—. Nadie se molesta en averiguar qué me apetecería comer, o qué debería poner en esas estúpidas servilletas.

—¿Has hablado de esto con tus padres? —Susan, que solo tenía ese hijo, siempre había tenido tendencia a la ansiedad sobre cualquier cosa que afectara a William, pero mi hermano, o eso me parecía a mí, era un poco más estable.

—No.

—¿Quieres que hable yo con ellos?

Ya me dolía el estómago solo con pensar que iba a tener que decirle a Susan algo siquiera remotamente poco elogioso sobre sus habilidades maternales, pero por mi sobrino estaba dispuesta a hacerlo. Tenía algo más de experiencia enfrentándome a mi madre y mi hermana, pero de todos modos me sentía capaz.

—No, mamá se alterará aún más —William me miró con los ojos de mi hermano, una réplica de los míos.

Yo sentí el impulso de abrazar con fuerza a ese muchacho, hasta dejarlo sin aliento. Aunque jamás me había atrevido a confesárselo a su madre, en muchos aspectos yo sentía a ese chico como si fuera mío. Y tal y como se perfilaba mi vida, seguramente sería el único niño que habría en ella. El hecho de que todos los adultos que formaban parte de su vida deberían cuidarlo y facilitarle al máximo la dura transición que se avecinaba para él, en lugar de hacérsela más difícil, hacía que sintiera el sabor de la bilis en la boca.

—Tu madre te ama, William. Ella no quiere que esto resulte más difícil de lo necesario para ti. Me refiero a que si necesitas reforzar algo... ¿Te sentirías mejor? Sé que es un asco tener que ir más horas a clase, pero si crees que con eso te sentirás más seguro, quizás podrías reunirte con el rabino otra hora más a la semana, o algo así.

Al principio me miró esperanzado, luego sacudió la cabeza.

—No lo sé.

—Te diré una cosa. Quiero que dejes de preocuparte por toda esa mierda de la fiesta, ¿de acuerdo?

Por fin conseguí arrancarle una sonrisa ante la malsonante expresión. Nadie como yo para conectar con un chico de casi trece años.

—Tú concéntrate en lo tuyo. Y si te apetece algo especial para tu fiesta...

—No quiero que la temática sea el béisbol.

—De acuerdo —yo asentí tras mirarlo fijamente—. ¿Qué temática quieres?

—Robots, supongo —William se encogió de hombros—. ¿Podrías decírselo a mi madre?

—Por supuesto, chaval. Se lo diré —sin poder contenerme, le revolví el pelo. William lo aguantó e incluso me sonrió, algo nada habitual en él—. Todo va a salir bien.

Capítulo 19

Los acróbatas chinos eran impresionantes. Las entradas de Alex y Olivia eran de lujo, a tres filas de la orquesta. Nunca había asistido a un espectáculo en el Hershey, y la arquitectura *art decó* me pareció preciosa, y para colmo en el intermedio vendían chocolate. Imbatible.

—Es mono —apuntó Olivia en el aseo durante el descanso—. Alex dice que os conocisteis por medio de tu hermano.

Yo me había lavado las manos y estaba dando unos retoques a mi maquillaje.

—¿Me he pasado con el carmín?

Ella me estudió a fondo antes de sacudir la cabeza.

—No. A ti te sienta bien. Ese rojo es fabuloso.

—No quiero que parezca, ya sabes —yo reí un poco avergonzada—. Como si me estuviera esforzando. Como si se tratara de una cita.

—¿Y no lo es? —ella rio y se secó las manos.

—Me ha pedido que salga con él el sábado por la noche —yo me encogí de hombros—. Yo le he pedido que salga esta noche, pero... no sé. Hace siglos que no tengo una cita, no la clase de cita en la que un tío te llama y te invita a salir.

—¿Por qué no? —Olivia se alisó el vestido y me miró inquisitivamente, esperando que yo le hiciera un gesto que indicara que estaba perfecta, antes de salir del tocador de señoras.

—No he conocido a nadie. No lo he intentado —añadí—. Al menos no he intentado nada que tenga que ver con novios.

—Ya —ella asintió—. Sé a qué te refieres.

Cuando regresamos a nuestros asientos, Niall me esperaba con una copa de vino. Me hizo reír un poco, porque según las normas del teatro solo se podían llevar bebidas al recinto si el vaso estaba tapado. Era como beber de un vaso de plástico para bebés, de esos con pitorro. Pero aun así, el vino estaba bueno, y además me había comprado chocolate.

—Mi preferido —anuncié yo al ver el delicioso chocolate con leche y almendras—. Gracias.

—No a todo el mundo le gustan los frutos secos —observó él—. Pero tú tienes pinta de que sí te gustan.

Alex, sentado a mi lado, soltó una carcajada. Olivia, a su otro lado, le propinó un puñetazo en el brazo. Yo también reí. El comportamiento de Niall había tenido algo de adolescente, pero me caldeó por dentro, me hizo sentir un cosquilleo, porque tenía razón. Me gustaba el chocolate con frutos secos. Todavía estábamos bromeando cuando las luces del teatro se apagaron.

Niall se acercó a mí para murmurar junto a mi oído.

—Tienes la risa más agradable que he oído jamás.

Me resultó muy difícil concentrarme en el segundo acto del espectáculo.

Su rodilla rozó la mía en varias ocasiones. Y el dedo meñique, apoyado en su muslo, también rozó el mío. Esperé, casi sin aliento, a que me tomara la mano. No lo hizo. Pero yo descubrí que quería que lo hiciera.

Justo antes del final del segundo acto, mi teléfono sonó. Yo me apresuré a sacarlo del bolso, avergonzada porque se me había olvidado ponerlo en silencio. Por suerte la música del espectáculo estaba lo bastante alta como para que nadie oyera mi móvil, al menos no como para que molestara. Deslicé el pulgar sobre la pantalla y leí una notificación de mi aplicación de mensajería: *Nuevo mensaje de John Smith.*

No lo leí, y guardé el móvil en el bolsillo lateral de mi bolso, pero el parpadeo de la luz me indicó que me estaba enviando un montón de mensajes. El espectáculo concluyó y las luces se encendieron. Mientras esperábamos nuestro momento para salir, Niall hizo un gesto hacia mi bolso.

—¿Necesitas echar un vistazo a eso?

—No hay prisa.

Dejamos que la multitud nos empujara hacia el exterior, hacia el aparcamiento, donde nos despedimos de Alex y de Olivia. Ninguno de los dos hizo ningún movimiento para entrar en su coche respectivo. Fue como una repetición de la primera noche, aunque la temperatura era más cálida. Yo me descubrí deseosa de que hiciera frío para tener una excusa para tomarle prestada de nuevo su chaqueta.

—Y bien... —comenzó Niall, su habitual comienzo de frase. En su bolsillo sonó un móvil—. Vaya, espera un segundo. Es mi madre.

Mientras hablaba con ella, yo saqué el móvil del bolso para echar un vistazo a los mensajes de Esteban. Había casi veinte, cada uno más gráfico que el anterior, y también más insistente. El último era una pregunta directa.

¿Estás ahí?

Lo siento. Ahora mismo no estoy en casa, dentro de un rato me conecto contigo.

Terminé de escribir el mensaje y lo envié en el instante en que Niall colgaba la llamada.

—Le dije que iba a salir esta noche, pero se olvidó —él se encogió de hombros—. Desde que mi padre murió, se ha puesto un poco... ñoña.

—Pero tú eres un buen chico que cuida de su mamá —observé.

—Buen chico, agradable —Niall no parecía contento—. Gracias.

—Te estaba tomando el pelo. ¿Un buen hombre?

—Me gusta más que se refieran a mí como «hombre» —él asintió y se quedó mirando el móvil en mi mano. No dejaba de parpadear con nuevos mensajes—. ¿Va todo bien?

—Ah, sí. Es... un amigo.

—Un amigo muy insistente. ¿Uno de los modelos de las fotos?

—No —yo sacudí la cabeza.

Un extraño e incómodo silencio se estableció entre nosotros. El aparcamiento se había ido vaciando y casi no quedaba nadie más. Sin duda los de seguridad llegarían pronto para echarnos.

—Y bien... —yo reí al darme cuenta de que había tomado prestado su comienzo de frase—. ¿Te apetece ir a algún otro sitio o...?

—Es un poco tarde. Mañana tengo que madrugar para ir al trabajo —Niall miró a su alrededor y de nuevo posó su mirada en mí—. A no ser que tú quieras. Quiero decir que...

—No, está bien.

Esperé a ver si se agachaba para darme un beso. Un apretón de manos. Un torpe puñetazo en el hombro. Algo. Cualquier cosa. Pero lo único que hizo fue dar unos pasos hacia atrás, hacia su coche.

—Te llamaré por lo del sábado —me aseguró.

—Claro —yo asentí—. Hablamos.

Sintiéndome un poco disgustada, un poco abandonada. Lo vi marcharse y, sentada en el asiento delantero de mi coche, consulté de nuevo el móvil y encontré unos cuantos mensajes más de Esteban.

¿Dónde estás?
¿Qué haces?
En muchas ocasiones, Esteban tardaba en responder a mis mensajes. El que se mostrara tan insistente en obtener una respuesta me resultaba irritante. Se me ocurrió eliminar sin más los mensajes, pero tenía un problema con eso. No soportaba que la gente no contestara a los míos hasta el punto de que se había convertido en una especie de patología por mi parte y era incapaz de ignorar los mensajes de los demás.
Había salido.
Él lo leyó y contestó de inmediato:
¿Adónde?
El problema que tenía mantener una conversación por escrito sobre una diminuta pantalla era que no se podía apreciar el tono de voz de la otra persona. Y a eso se le añadía un ligero problema con el idioma. El inglés de Esteban era impecable, pero no siempre acertaba con los modismos, y yo era consciente de que no debía asumir que me estuviera sometiendo a un interrogatorio, sino simplemente mostrándose curioso.
Fui a ver un espectáculo con unos amigos.
El siguiente mensaje llegó mientras entraba por la puerta de mi casa.
¿Puedo llamarte?
Antes de que pudiera enviar una respuesta, mi teléfono ya estaba sonando.
—¿Hola?
—Hola —susurró él—. Te he echado de menos.
Algunas cosas que los hombres decían a las mujeres deberían resultar halagadoras, pero a veces no lo conseguían, todo estaba en función de cómo y dónde, y de cuándo y quién. «Tienes unas tetas estupendas», susurrado con voz aguardentosa a última hora de la noche y en la cama, podría hacer gemir a una mujer. El mismo

«cumplido», gritado delante de un montón de extraños mientras ella cruzaba la calle, no tanto. Esteban ya me había dicho antes que me echaba de menos, pero esa noche sonaba más como una acusación.

—He salido —insistí.

—¿Estuvo bien? ¿Qué fuisteis a ver?

Mientras me desnudaba, yo le describí el espectáculo sin apartar la mirada del reloj. Quedaba poco para la hora de levantarse.

—Escucha, es tarde y estoy cansada.

—¿Con quién fuiste?

—Con unos amigos.

—¿Fue una cita? —preguntó Esteban.

Nuestra relación quizás fuera más complicada de lo que se suponía, pero yo no era su novia. Él no era mi novio. Teníamos un acuerdo cuidadosamente elaborado y que seguía siendo algo frágil tras su brusca ruptura.

—Sí, lo fue —contesté.

—Entiendo —él suspiró ruidosamente tras un momento de silencio.

—Te diré una cosa, Esteban, yo no te pregunto adónde vas ni con quién cuando no estás conmigo.

—Podrías hacerlo, si quisieras saberlo.

—Bueno —espeté—, es que no quiero saberlo.

—Pues yo sí quiero saberlo, me muero por saberlo. Estoy tan cachondo.

Yo no estaba de humor para una sesión de sexo telefónico, ni para mimar a Esteban por culpa de alguna mierda que estuviera sufriendo. Sin embargo, un buen polvo no era algo que yo rechazara habitualmente, sobre todo durante los días previos a mi regla, cuando tenía las hormonas rabiosas. Si no podía comerme todo lo que se pusiera delante de mí, me bastaría con un orgasmo, o tres.

—Ven a casa —nunca le había invitado a mi casa, pero no me apetecía volver a salir.

—Yo no… puedo.

—Bueno, pues entonces supongo que hoy no es tu día de suerte —de nuevo irritada, me quité los pendientes y la pulsera. El siguiente paso sería ir al cuarto de baño para cepillarme los dientes y ducharme. El tiempo de Esteban se agotaba a velocidad de vértigo.

—Ardo en deseos por ti.

—¿Y? —yo fruncí el ceño—. ¿Qué quieres que haga yo, cariño, hablarte mientras te masturbas?

—¡Oh, por favor! *Te lo suplico*.

Le siguió una prolongada súplica en español que normalmente habría conseguido que me derritiera, pero esa noche me sentía manipulada.

Ahí estaba. Íbamos a tener una bronca en toda regla. Una parte de mí la estaba deseando, de esa manera tan retorcida que se produce en las relaciones complicadas donde las cosas quedan sin decir hasta el día en que todo estalla. Una parte de mí deseaba recordarle cuál era su lugar, porque Esteban tenía un lugar, y ese lugar estaba siempre a mis pies.

—Pareces haber olvidado una cosa, cielo, y es que tú solo existes para complacerme. No al revés —vestida con braguitas y sujetador, permanecí delante del espejo del cuarto de baño y deslicé una mano por mi cuerpo mientras pensaba en Esteban.

—¡Oh, sí! —murmuró él—. Sí, ya lo sé. Existo para servirte.

—Palabras. Palabras agradables, pero en realidad no es así, ¿verdad? Existes para trabajar y comer y cagar y dormir. No para servirme a mí.

—No, no —protestó él—. Es verdad lo que he dicho. ¡Quiero hacerlo! Quiero complacerte. Quiero darte…

—Lo que quieres es que te excite —le dije fríamente.

—Sí. Es verdad.

—Estoy cansada —yo aparté la mirada de mi reflejo—. No quiero oírte suplicar. Quiero irme a dormir.

—Llévame a la cama contigo. Deja que te ayude a dormirte, a que te toques, quiero oírte...

—No me estás escuchando —insistí—. ¿Te acuerdas de lo que te dije cuando empezamos? ¿Al principio del todo?

—Recuerdo muchas cosas que me dijiste —él suspiró.

—Dije que quería un hombre que me escuchara —le recordé.

—Y que te obedeciera. Sí, lo recuerdo —él tosió un poco.

—Ahora mismo no tengo ganas de excitarte. Ni siquiera me apetece hacer el esfuerzo. Estoy cansada, tengo calambres, y lo único que quiero es comer algo que sea realmente malo para mí. ¿De acuerdo? —puse pasta de dientes sobre el cepillo, ya no tenía energía para nada que no fuera limpiarme los dientes—. Ya sé que tienes la polla dura, pero esta noche vas a tener que ocuparte de ti mismo, y cuanta más lata me des al respecto, más me voy a enfadar.

—Lo entiendo —su voz sonaba airada.

—Ahora me voy a dormir —lo cierto era que me daba igual.

—Gracias por dejarme llamarte —dijo Esteban, haciendo que yo sintiera una punzada de dolor en el corazón.

La dómina maliciosa era un estereotipo por un motivo, porque había muchos hombres que se excitaban cuando se les humillaba, y muchas mujeres a las que les gustaba ejercer el control con arrogancia y crueldad. Yo, en concreto, estaba a favor de cualquier cosa que funcionara. Si un tipo quería a alguien que metiera sus pelotas en un torno, y la polla en una jaula, o que le azotara con una fusta, yo no era quién para decir que estaba mal. Pero ese no era mi estilo, nunca lo había sido. No me consideraba especialmente sensible, y desde luego no era nada egoísta. Quizás no siempre me mostrara amable, pero jamás era cruel a propósito. En ocasiones jugaba con él.

—Buenas noches —me despedí—. Hablaré contigo mañana.

—¿Sigue en pie lo del viernes?

—Sí. Por supuesto.

—Pensé que quizás no. Si estabas enfadada conmigo.

—No. Todavía quiero verte, aunque esté un poco enfadada contigo, quiero verte.

Esteban emitió un sonido, como si quisiera decir algo más, y yo esperé, dándole la oportunidad de hablar. Pero lo único que hizo fue colgar, y lo único que yo oí fue el silencio. Volví a contemplar mi imagen en el espejo. Tetas, culo y barriga, ojos cansados y ninguna sonrisa.

Y estaba sola.

Ya en la cama, bajo el peso de una sábana demasiado gruesa para el calor que hacía, me abracé al móvil y lloré hasta que tuve que darle la vuelta a la almohada. Y entonces permanecí con los ojos hinchados fijos en la oscuridad e intenté imaginarme las estrellas. Pero no pude. Lo único que veía era oscuridad.

Te echo de menos.

El mensaje fue enviado. No fue leído. No fue contestado. Yo estaba demasiado cansada para echarme a llorar de nuevo, pero antes de que el sueño me venciera, tomé una decisión.

Durante mucho tiempo había deseado estar sola. Pero ya no quería estar sola por más tiempo.

Capítulo 20

El jueves pasó en medio de un frenesí de trabajo. Viernes. Alex no estaba en la oficina, tenía varias reuniones con clientes para ejercer esa magia que hacía que la gente invirtiera su dinero con él. Lo había visto desplegar sus encantos, y resultaba bastante impresionante. Su ausencia hizo que la oficina permaneciera excesivamente silenciosa, de lo cual me di cuenta en una más que bienvenida pausa en el chorreo de llamadas y correos electrónicos de los que me había estado ocupando durante toda la jornada.

Niall no había llamado. Comprobé mi móvil varias veces, cada vez que me acordaba de hacerlo, y en esos momentos volví a comprobarlo. Nada. Tenía su número, y no era la primera vez que lo llamaba. Podría volver a hacerlo, pero algo me lo impedía. Él había dicho que me llamaría por lo del sábado. ¿No debería esperar a que tuviera un rato para hacerlo?

La pseudo pelea con Esteban me había dejado inquieta. No habíamos vuelto a hablar desde entonces. Mi estúpidamente predecible mensaje nocturno para George había sido menos que catártico, aunque sí me había hecho pensar en mi vida y en lo que deseaba hacer con ella desde ese momento en adelante. La idea de salir con alguien hacía que se me encogiera el estómago, pero... bueno, ¿quién quería permanecer sola eternamente? Las reuniones mensuales, incluso semanales, para practicar sexo ardiente eran estupendas y todo eso, pero aún quedaban muchos días libres. El amor podía mantener las distancias, pero encontrar a alguien con quien salir de manera regular, alguien junto al que acurrucarse frente al televisor, de repente me resultaba mucho más atractivo que en el pasado. Todavía no estaba preparada para apuntarme a una página de citas *online* y, además, cuando una cita preparada te golpeaba en la frente, una no podía rechazarla.

Llamé a Niall.

—Hola —contestó con la voz cargada de recelo—. Ahora mismo iba a llamarte.

—Tenía un pequeño descanso en el trabajo y pensé en llamarte yo —le expliqué—. No te importa, ¿verdad? —añadí tras una breve pausa.

—No. Claro. Es que, bueno, la verdad es que estoy bastante ocupado ahora mismo. ¿Puedo llamarte dentro de un rato?

—Claro. Entonces, hasta dentro de un rato.

—Eso. Dentro de un rato —repitió Niall.

Y eso fue todo. La totalidad de la conversación no nos había llevado más de quince o veinte segundos a lo sumo. Y desde luego Niall no había parecido contento de oír mi voz, de eso nada. No necesitaba un doctorado en astrofísica, ni siquiera en comunicaciones interpersonales, para darme cuenta. Dejé el móvil sobre el escritorio e ignoré el sonido proveniente del ordenador, que me indicaba la llegada de más correos electrónicos.

Para Esteban quizás yo fuera una diosa, benevolente, firme y totalmente acomodada en la noción de que merecía toda su adoración, pero esa autoconfianza no era siempre natural. En ocasiones veinte segundos de descarado desinterés bastaban para que incluso una diosa se sintiera despreciada. Y a nadie le gustaba eso.

Dediqué el resto de la mañana a trabajar y a enviar mensajes a mi madre y a Jill, que estaban metidas en algún lío sobre ofrecer un desayuno el domingo, después del *Bar Mitzvah* de William. Susan, al parecer, les había dicho que hicieran lo que les diera la gana, que invitaran a quien quisieran invitar, y las dos se mostraban algo ofendidas por haber logrado exactamente lo que querían.

—Me da igual lo que hagas —le espeté a mi madre cuando, harta ya de teclear sobre la pantalla, la había llamado—. Estoy ocupada. Susan dijo que Jill y tú planearais el desayuno, pues hacedlo y ya está.

—Ya, pero es que tenemos que pensar en la lista de invitados. Se supone que esto es para nuestra familia.

Yo hice una mueca.

—De modo que no queréis invitar a la familia de Susan, ¿o qué? Todos vienen de fuera, estoy segura.

—Ni siquiera los conozco.

—Mamá —dije—. No puedes ofrecer un desayuno y no invitar a la familia de Susan. También es la familia de William. O invitas a todos los que se alojan en el hotel, o no lo celebres. ¿A qué viene tanto problema? ¡No es más que pura cortesía!

—No te atrevas a emplear ese tono conmigo. No necesito que me des una lección sobre cómo vivir mi vida —se quejó mi madre.

—Pues da la sensación de que sí la necesitas.

Cuando yo era pequeña, mi madre me había enseñado a hacer el watusi y el pony al ritmo de los viejos discos que ella ponía en el tocadiscos que conservaba desde su época de instituto. Mientras sujetaba un cigarrillo en la comisura de los labios, solía enrollar la alfombra del salón y tomarme de las manos para enseñarme los pasos mientras cantaba la canción que hubiera puesto. Mi madre me había enseñado a pintarme los labios, a elegir los zapatos a juego con el cinturón. En una ocasión había acudido al instituto para enfrentarse a una profesora que me había estado dando la lata por culpa de los libros que había elegido para mis resúmenes, y le había dicho que su hija podía leer cualquier maldito libro que quisiera aunque, técnicamente, perteneciera a una lista de lectura de dos cursos más avanzados.

En resumen, mi madre no había sido siempre un rabioso coñazo.

—¡Encuentro tu actitud repugnante!

Yo suspiré.

—Y yo encuentro la tuya, totalmente falta de consideración hacia otro que no seas tú, realmente decepcionante.

Para mi sorpresa, ella permaneció en silencio.

Pero enseguida habló de nuevo.

—De acuerdo, invitaré a todos.

Después de esa conversación necesitaba una copa, pero me conformé con un café del Morningstar Mocha, adonde había acudido a comprar algo de comer.

—Hola, Tesla, ¿qué tal los panini hoy?

La encargada del Mocha lucía un corte de pelo asimétrico, teñido de rubio y, ese día, llevaba una camiseta con una foto de Marilyn Monroe en versión zombie. Se volvió para contemplar el tablón.

—Yo elegiría el aguacate, Portobello y... ah, para ti lo prepararé sin bacon. A cambio puedo ponerle algunos brotes o algo.

—Y también una ensalada de macarrones —añadí yo mientras contemplaba el expositor acristalado—. Ah, y uno de esos *brownies* glaseados gigantes.

Mientras esperaba a que me prepararan la comida, recibí una llamada de mi hermano. No le mencioné lo del desayuno, y él tampoco. En realidad ni siquiera mencionó a mi madre o a nuestra hermana, ni el *Bar Mitzvah*. Se limitó a charlar mientras yo pensaba en lo afortunada que era al tener un hermano al que amaba y consideraba mi amigo.

—Bueno, ¿y qué hay entre Niall y tú?

—Nada —yo chupé el glaseado de mi dedo—. ¿Por qué?

—Has vuelto a salir con él, ¿no?

—¿Te lo ha contado? —yo solté una carcajada.

—Lo mencionó, sí. La verdad es que me sometió a una especie de tercer grado sobre ti. Quería saber si tenías novio, con qué frecuencia posabas para esas fotos, qué tipo de cosas te gustaban.

—¿Le contestaste que me gusta tejer cestos y practicar la danza interpretativa bajo el agua? —pregunté con un ligero tono de amargura.

—Él no preguntaba con mala intención.

—Qué asco, Evan. Eso es asqueroso. No quiero que mi hermano vaya por ahí hablando de mi… ¡por Dios! —baje el tono de voz al advertir que varias cabezas se habían girado hacia mí.

—Créeme —mi hermano rio—, no me gusta pensar en ello, mucho menos hablar de ello.

—¿Por qué demonios está todo el mundo tan jodidamente obsesionado con lo que decido hacer en el dormitorio? —masculló yo mientras apuñalaba al *brownie* con la punta de mi dedo.

—Porque es raro.

Sabía que intentaba darle un toque de humor, pero su respuesta me golpeó con fuerza.

—Que te jodan, Evan.

—Eh, eh, lo siento. No quería decir eso. Solo quería decir que… mierda. Lo siento. Es por las fotos, eso es todo. Nadie sabría nada si no hubieras posado nunca para esas fotos. O si hubieras explicado que solo fingías hacerlo para las fotos, no que lo… practicas.

—Pues siento mucho haberme negado a encerrarme en un armario por la comodidad de mis amigos y familiares —contesté yo—. Tú estás casado. Podría dar por hecho que eres un varón razonablemente recto que consigue follar una vez cada pocas semanas y quizás reciba un trabajito especial como regalo de cumpleaños. Pero no me verás especulando por ahí sobre ello, ni intentando psicoanalizarte.

—Relájate.

—Que te jodan —repetí mientras me recriminaba por las lágrimas que me atascaban la garganta—. Mientras parloteabas con un extraño sobre cómo me gusta follar, ¿no se te ocurrió sugerirle que me lo preguntara él mismo?

—Sí, lo hice —contestó mi hermano—. Le dije que eras mi hermana, que eres estupenda y que si quería invitarte a salir que más le valdría estar jodidamente preparado para cuidar bien de ti, o tendría que vérselas conmigo.

Yo sorbí por la nariz y recé para que nadie en la cafetería me viera llorar.

—No es verdad.

—Es totalmente cierto.

—Yo creía que no querías que saliera con él.

—Vas a hacer lo que quieras, sin importar lo que quiera yo.

También era verdad.

—Bueno, considerando que prácticamente me dio plantón, quizás no resulte ser un tipo tan majo. O puede que lo asustaras. De manera que supongo que tu maligno plan para evitar que nos enamorásemos ha funcionado.

—Vamos, Lise, tienes mi apoyo. Lo sabes —Evan hizo una pausa—. Sabes que me da igual lo que hagas. Lo que sea. A algunas personas les gusta el regaliz negro y a otras no.

—Gracias. Te quiero.

—Qué asco —exclamó mi hermano—. Cállate, por favor.

Antes de abandonar la cafetería pasé por el aseo y comprendí por qué estaba de un humor tan malo y sensiblero. Cuando estábamos en el instituto, la madre de Alicia seguía refiriéndose a la regla como «la maldición». Y en esos momentos yo me sentía, en efecto, maldita, con calambres y hemorragias, hinchada y emotiva. Mientras me lavaba las manos, vi por el rabillo del ojo el conejo de mi muñeca, y me permití tocarlo, brevemente, solo una vez.

George siempre me compraba helado de chocolate cuando me ponía así.

De nuevo me eché a llorar, con unos sollozos profundos y entrecortados que ahogué con el dorso de la mano mientras rezaba para que no hubiera nadie esperando al otro lado de la puerta.

Capítulo 21

Podría haber cancelado mi cita con Esteban. Quizás debería haberlo hecho, considerando cómo me encontraba físicamente. Pero lo que me impidió anularla fue cómo me encontraba mentalmente.

No obstante, sí lo preparé cuando me llamó la mañana antes de nuestra cita nocturna.

—Solo para que lo sepas, mi jardín femenino está en plena floración.

No era la primera vez que hablábamos de eso, nunca me había apetecido follar cuando tenía la regla, aunque Esteban me había asegurado en más de una ocasión que no le importaría. Si se lo pidiera, me complacería.

Por eso me gustaba, a fin de cuentas.

—Iré preparado para lo que desees –él soltó una carcajada–. La anticipación me produce cosquilleos.

—A mí también. Me muero de ganas –las palabras surgieron de mi boca antes de poder evitarlo y, una vez dichas, imposible retirarlas.

Además, eran ciertas, solo que mi intención no había sido pronunciarlas en voz alta.

—Besos, hasta pronto –su voz sonaba complacida.

Nos despedimos y yo permanecí tumbada boca arriba sobre la cama. La manta eléctrica no ejercía, ni de lejos, el efecto deseado. El Ibuprofeno tampoco ayudó. La maldición de la feminidad, pensé con un amargo suspiro mientras presionaba mis manos con fuerza contra la barriga. Si hubiera podido arrancarme el útero con mis propias manos, la agonía habría sido menor que lo que estaba sufriendo.

Emotiva, de mal humor, gruñona. A eso achaqué el motivo por el que tomé el teléfono y abrí mi cuenta de correo electrónico, la que hacía años no utilizaba, salvo para almacenar los mensajes guardados de George. Las fotos que me había enviado, de sus calcetines, los sándwiches, sus sonrisas. La hebilla del cinturón que yo le había comprado, una instantánea que no debería significar nada, pero que me hizo contener el aliento en un peligroso preludio de un sollozo.

No soy masoquista, pero no había duda de que obtenía algún retorcido placer al hacerme daño de ese modo. Una y otra vez. Estaba tan desesperada por aferrarme a los recuerdos de cómo me había hecho sentir ese hombre, que no me importaba sufrir el dolor a cambio de un delicioso momento de recuerdos.

Ya era bastante malo contemplar los mensajes y las fotos, los pantallazos de nuestras conversaciones, pero fue la última fotografía, una en la que aparecíamos los dos, la que me hizo derrumbarme. Nosotros, juntos, sonriendo como si no hubiera nada en el mundo capaz de hacernos más felices que el hecho de estar juntos.

Había visto esa foto cientos de veces. Esa y la que había tomado la noche en que nos conocimos. ¿Cuántas personas pueden presumir de tener fotos de la primera y de la última cita? En la primera yo no sabía que nos veríamos de nuevo, en la segunda que no volveríamos a vernos jamás.

Y porque era una estúpida y me sentía melancólica, porque me dolía y tenía las hormonas enloquecidas, porque estaba enamorada, le envié un correo electrónico en el que incluí la fotografía junto al mensaje.

Esta es una foto de dos personas ridículamente felices cuando están juntas.
Una de ellas cree que el ridículo estado de felicidad podría prolongarse hasta la cocina, a la cena, a la rutina matutina en el cuarto de baño, al supermercado, a los viajes en carretera, al pagar los recibos, en medio de una tormenta, haciendo la colada, discutiendo y viendo la televisión, mientras se encuentra mal y durante las vacaciones y mientras hacen el amor sobre sábanas limpias, al cagar sin tirar de la cadena y en el asiento trasero de un taxi a las cuatro de la madrugada después de unas tortitas, incluso en el parque de atracciones en agosto, aunque sea infernal.
La otra persona eres tú.

Le había enviado docenas, no, cientos de mensajes, pero en tres, casi cuatro años, nunca le había enviado un correo electrónico. A diferencia de la agonía y el éxtasis que sentía al poder ver que había recibido y leído mis mensajes, con el correo electrónico no tenía modo alguno de saber si lo había abierto. Pero sabía que lo leería, del mismo modo que sabía que no contestaría, y como sabía que quizás le haría un poquito de daño, aunque yo lo que quería era hacerle mucho daño.

Quería verlo sufrir, arder, gemir y llorar por mí del mismo modo que hacía yo por él, pero sabía que él nunca lo haría.

Capítulo 22

Esteban y yo llegamos al aparcamiento a la vez. Normalmente él solía enviarme con bastante antelación un mensaje en el que me indicaba el número de la habitación de hotel, y allí nos encontrábamos. Al verlo bajarse del coche, yo permanecí sentada en el mío. No podíamos entrar juntos. Nosotros no éramos de esos, nunca lo habíamos sido. Por tanto permanecí en el coche mientras contemplaba inútilmente la pantalla del móvil, fingiendo esperar el mensaje de Esteban, cuando lo cierto era que esperaba la contestación de George, un mensaje que se habría colado sin que yo lo advirtiera mientras iba conduciendo. Minutos más tarde, Esteban golpeó la ventanilla con los nudillos.

Sonreía. ¡Y Qué sonrisa!

—Toma —anunció mientras deslizaba una llave de hotel en mi mano cuando bajé la ventanilla—. Te veo arriba.

Podría haber dicho que la inesperada reunión, el cambio en nuestra rutina, o incluso la horrible regla que sufría, fue lo que cambió el tono de nuestro encuentro, y no habría mentido. Se trataba de todo eso, pero también se trataba de mi estúpido correo electrónico, que seguía sin respuesta, que me impedía apartarme del mundo exterior como solía hacer siempre durante nuestras citas.

Lo intenté. Por supuesto que lo intenté. No era culpa de Esteban que yo estuviera de mal humor, si acaso verlo me animó un poco, aunque solo fuera mínimamente.

—Déjalo —le ordené, ya en la habitación, cuando Esteban empezó a vaciar su bolsa.

Siempre le pedía que colocara lo que hubiera llevado al hotel, y por eso titubeó, pero esos tres segundos que transcurrieron antes de que asintiera y me complaciera, me hicieron encajar la mandíbula.

—Quítate la ropa.

Sus manos ya estaban sobre los botones, aunque en su boca había un extraño rictus, y por su mirada cruzó una expresión de incertidumbre. Esteban se quitó la camisa y la dejó bien colocada sobre la silla. Se levantó la camiseta para acceder al cinturón y a la cremallera del pantalón, pero yo lo detuve.

—Quítate la camiseta.

Yo me senté en el sillón y cruce una pierna sobre la otra de manera que se me subiera la falda y dejara a la vista las medias con liguero que llevaba debajo.

Lo que más me habría apetecido sería llevar un pijama de franela. Pero la ropa formaba parte del juego, al menos para él. Sobre todo para mí. Los tacones que me hacían parecer casi ocho centímetros más alta que él, las medias, el liguero *vintage*, la falda envolvente que se abría con un sencillo tirón. La ropa me daba sensación de poder, y esa noche lo necesitaba más que nunca, de modo que en lugar de un chándal y una tarrina de helado, ahí estaba.

Esteban cruzó los brazos para quitarse la camiseta, doblándola también con cuidado y dejándola sobre la silla. Se colocó frente a mí, los vaqueros colgando de sus delgadas caderas. Se quedó mirando, como siempre hacía, la sombra entre mis muslos. Yo vi moverse su garganta al tragar, contemplé el creciente bulto en sus pantalones y esperé a que se produjera ese habitual tirón en mi interior a modo de respuesta cuando Esteban se excitaba. Cerró los puños ligeramente, los brazos colgados a los costados, y se relajó. Deslizó su lengua por el labio inferior y sus dientes asomaron brevemente. Nuestras miradas se fundieron.

Expectantes.

Y al ver su rostro sí sentí ese cosquilleo. Podría ordenarle que se pusiera de rodillas. Podría ordenarle que posara su boca sobre mi coño, allí mismo, en el sillón. A través de las braguitas, o no. Con la regla o no. Y él lo haría, sabía que lo haría, porque Esteban, a diferencia de ese otro hombre, siempre, siempre, siempre me daba lo que yo quería al follar.

No quería pensar en Niall, que me había rechazado como si nada. Y, desde luego, ya no quería pensar más en George. Ese puente ya estaba quemado. Repentinamente furiosa con ambos, y conmigo por permitir que aún me doliera, con el mundo, con todo, levanté un pie y apoyé el tacón contra la musculosa y desnuda barriga de Esteban. No lo bastante fuerte como para hacerle daño, aunque no necesitaría presionar mucho más para provocarle una herida con el tacón.

—¡Oh! —él contuvo la respiración y parpadeó repetidamente.

—Calla.

Ninguno de los dos se movió. Yo no iba a poder mantener la postura mucho tiempo. Estaba bien, pero me obligaba a estirarme de un modo que habría terminado por resultar incómodo aunque no tuviera el útero a punto de estallar. Empujé durante un segundo, haciéndole suspirar, y aparté el pie.

—Ven aquí.

Lo hizo de inmediato. Obediente. Dispuesto. En realidad ansioso por lo que fuera que yo estuviera a punto de hacer. Lo agarré por las caderas, justo por encima de la cintura del pantalón, y lo mantuve inmovilizado para poder inclinarme hacia delante y besarle el punto en el que había hundido mi tacón. Tenía la piel roja, aunque no desgarrada. No le quedaría una marca permanente. Aun así, lo besé y deslicé la punta de la lengua por ese pequeño punto. Sus músculos saltaron ante el contacto, el estómago suave y caliente, su piel perfumada, oliendo a jabón y deseo.

—Quítate los pantalones —mi voz subió de volumen. Excitación. Emoción. Tanto daba. Yo tenía el mando y él obedecía. Así funcionaba entre nosotros. Así lo quería yo.

Y justo en ese instante, era lo que necesitaba.

Esteban dio un paso atrás para desabrocharse el cinturón. El botón, la cremallera. Deslizó el pantalón por las caderas y los muslos y levantó un pie tras otro para salir de él. Sin esperar a que yo le dijera nada, también se quitó los calcetines. Pero no los calzoncillos. Enganchó los dedos en el elástico, pero no los deslizó hacia abajo. Me miró, expectante y, Dios santo, se produjo ese instante en que por fin supe que iba a perderme en aquello, en él. En que todo en mi interior se enroscó y los límites del mundo se volvieron un poco rojos, desdibujados. En que controlaba la situación.

—Déjame verte —susurré.

Me deleité con la carne de gallina que apareció de inmediato sobre sus brazos como respuesta a mis palabras, y con su ligero estremecimiento. Esteban deslizó el elástico de los calzoncillos por las caderas, liberando la polla centímetro a delicioso centímetro, y yo me dejé llevar por la admiración que, como siempre, despertaba en mí.

Permaneció desnudo frente a mí, como había hecho docenas de veces antes, pero no por ello me conmovió menos que en las otras ocasiones. Esteban se entregaba a mí. A veces yo lo tomaba con cierta crueldad. A veces con humor, cariño y afecto. Aquella noche sería la primera en que lo haría con desesperación.

Ya estaba duro. Lo tomé en mi mano, empleando el miembro para tirar de él y acercarlo a mí. Aún sentada, lo miré a la cara mientras acariciaba su pene, cerca de la cabeza, pero sin llegar a tocarlo. Acaricié y acaricié. Le había visto masturbarse suficientes veces como para saber cómo le gustaba.

Cuando lo vi cerrar los ojos, agarré el miembro con fuerza desde la base.

—Mírame.

—Sí, ama —y él lo hizo.

Como casi siempre, una pequeña gota de semen colgaba del miembro. Y, como siempre, yo lo limpié con el pulgar y me lo metí en la boca. Nunca rechazaba una oportunidad para saborearlo. Él se estremeció y mi estómago se encogió al verlo reaccionar ante mí.

—Me gusta saborearte.

—Gracias, ama —su voz, ronca y baja me provocó un escalofrío.

—¿Te gustaría que volviera a saborearte?

Él me miró ligeramente perplejo.

—¿Sí...?

En numerosas ocasiones nos habíamos reído de las cosas que hacíamos. Siendo sinceros, la postura con el culo en pompa inducía a la risa. Era parte de lo que tanto me gustaba de estar con Esteban, ese carácter juguetón que imperaba incluso cuando hacíamos cosas raras y hermosas.

Pero en esa ocasión yo no reí. Sin apartar la mirada de sus ojos, mi mano aun agarrándolo con fuerza, me incliné un poco para deslizar mi lengua por la cabeza de su polla y luego hacia arriba para atrapar las gotas resultantes de su excitación.

Las caderas de Esteban se proyectaron hacia delante, y un pequeño gemido escapó de su garganta. Colocó las manos a su espalda, cruzadas a la altura de las muñecas, aunque yo no le hubiera ordenado que lo hiciera. Sin embargo, me agradó ver que supiera exactamente qué quería yo, aunque no le hubiese dicho nada. Volví a lamerlo, antes de tomarlo con la boca, succionando delicadamente, incluso mientras mi mano, que le sujetaba con firmeza por la base, le impedía empujar.

Nunca me había arrodillado ante Esteban. Así no funcionaba lo nuestro. Sin embargo, de repente me encontré deslizándome del sillón y cayendo de rodillas, para así tomarlo con la boca más profundamente, engulléndolo antes de retirarme. Una y otra vez, cada vez más fuerte.

Esteban soltó un respingo que, en otras circunstancias, me habría hecho sonreír, pero no estaba allí para sorprenderlo ni complacerlo. No quería pensar de qué iba aquello. No quería pensar.

Cerré los ojos y seguí chupando su polla mientras me negaba a pensar en otro hombre. Llené mi cabeza con el olor y el sabor, y los sonidos, de mi amante. Aparté cualquier pensamiento de algo que no fuera el movimiento de mis dientes a lo largo de su carne, la suavidad de mi saliva, la presión de mis labios. Solo pensaba en hacerle llegar.

Esteban gritó mi nombre, mi nombre de verdad, en voz baja y cargada de perplejidad. Y eso bastó para deshacer mi concentración lo justo para apartarme. Lo miré y él me miró. Dejé de chuparlo, pero mi mano no había dejado de moverse y, por sorprendida que estuviera al oír mi nombre, no deberíamos sentirnos tan confusos.

Su polla palpitó en mi mano, una, dos caricias más y Esteban echó la cabeza hacia atrás mientras llegaba. Yo no me lo había esperado. No estaba preparada. No era la primera vez que él eyaculaba sobre mí, pero sí la primera vez que yo me apartaba. La mayor parte aterrizó sobre mi blusa, otra parte cayó sobre mi cuello. De haber llevado el pelo suelto, también habría acabado aterrizando sobre mis cabellos.

Durante unos segundos ninguno de los dos habló ni se movió. Él temblaba y respiraba agitadamente. Yo también, aunque por motivos diferentes. Sin decir una palabra, me levanté y me dirigí al cuarto de baño, donde me quité la blusa y la enjuagué en agua fría antes de limpiarme el resto con una toalla.

Era incapaz de mirarme al espejo. Solo podía aclarar una y otra vez la toalla y frotarme la piel con ella. Me había manchado el sujetador, y también me lo quité. De repente, las medias y el liguero sobraban, mi falda era muy suave, la cintura suelta, pero todo tenía que desaparecer. Me sacudí los zapatos de los pies y arranqué las medias y el liguero antes de deslizar la falda hasta que todo quedó tirado en un montón en el suelo. Medio consciente de que mi respiración llegaba en entrecortados sollozos, y llevando puestas únicamente las braguitas, me incliné sobre el lavabo y me lavé la cara una y otra vez con agua helada. No lloré, aunque me apetecía hacerlo.

Esteban entró en el cuarto de baño, en silencio y todavía desnudo. Tomó una toalla del toallero. Me agarró de un brazo y me apartó delicadamente del lavabo, cerrando el grifo. Me secó con la toalla.

Y me abrazó.

Sin los tacones, yo era lo bastante bajita como para que mi cabeza descansara contra su cuello. Él me acarició la espalda antes de sujetarme contra él, la mano rodeándome la nuca. Murmuró algo en español. Algo destinado a consolar.

Después me llevó al dormitorio, donde ya había apartado la colcha de la cama. Apagó la luz y la única iluminación que quedó fue la que provenía del cuarto de baño. Me condujo hasta la cama y se tumbó detrás de mí, acurrucándose contra mí.

Yo no me moví. No hablé. Después de un minuto más o menos, su mano se deslizó hasta mi estómago y me acarició en reconfortantes círculos. No en movimientos descendentes, no había nada sexual. Las caricias resultaban reconfortantes, aliviando unos calambres de los que no me había quejado, aunque los había sentido intensamente. Hundió el rostro contra mi hombro y, por fin me relajé en su abrazo.

Y le permití abrazarme.

Permanecimos en silencio durante un rato hasta que yo pronuncié su nombre. Su respuesta silenciosa consistió en apretarse un poco más contra mí. Yo me volví para mirarlo de frente, las dos cabezas apoyadas sobre la misma almohada. Esteban hundió la rodilla entre mis muslos para que nuestros estómagos entraran en contacto. La presión resultaba agradable.

No me esperaba que me besara la frente. Ni el rabillo de los ojos. No pensé que fuera a murmurar de nuevo palabras en español, palabras que yo desconocía y que, sin embargo, tenía la sensación de entender.

—Me gustan —susurró mientras volvía a besarme el rabillo de los ojos—. Y estas líneas. Y esto —deslizó los labios por mi sien—. Las hebras de plata.

—Si cualquier otro hombre señalara todas esas cosas que me hacen parecer más mayor, recibiría un rodillazo en los huevos, Esteban.

Él rio por lo bajo y me abrazó con más fuerza.

—Más mayor no. Son esas cosas las que te hacen bella.

No era la primera vez que me decía que era hermosa. Por supuesto que no. Pero sí fue la primera vez que me lo creí, y las lágrimas que llevaban horas amenazando con derramarse al fin encontraron su camino. Intenté reprimirlas, pero, aun así, unas cuantas consiguieron escapar.

Esteban las enjugó a besos. Continuó besando mis ojos cerrados. Mis mejillas. Mi barbilla.

Y luego mi boca.

Yo intenté apartar el rostro, pero él me sujetó. Sus labios, delicados sobre los míos, no resultaban exigentes. Su beso me reconfortó tanto como las caricias circulares sobre mi estómago, como el abrazo. Como siempre lograba todo en él y, deseando hallar solaz, me abrí a él.

El beso se volvió más apasionado, aunque no desesperado. Lento, suave y delicado. Me quitó las horquillas y soltó mi melena. Movió sus labios sobre mi barbilla, mejilla y cuello, sin morder jamás. Sin dureza, aunque a menudo era lo que yo le había exigido. Y tampoco convirtió el beso en algo distinto, nada urgente. No intentó deslizar la boca por mi cuerpo, ni intentó conseguir algo de mí que yo tendría que rechazar. Esteban me adoró con su boca, sin pedir nada a cambio, aunque se puso duro casi de inmediato.

Seguimos besándonos así durante largo rato.

Y después permanecimos a oscuras y en silencio, entrelazados. Apoyé una mano sobre su pecho y sentí calmarse el latido de su corazón. Su miembro se relajó. Presionó los labios contra mi pelo. Yo necesitaba ir al baño, pero no me apetecía moverme y romper ese momento.

Sin embargo, no había remedio. La biología me reclamaba y, además, los dos debíamos regresar a nuestras casas. Salí de la cama y agarré mi bolso. En el cuarto de baño me ocupé de lo mío, recogí los zapatos y la ropa tirada en el suelo, y regresé al dormitorio.

Esteban no se había vestido aún, claro que yo no le había ordenado que lo hiciera. Encendió una luz y, cuando salí del baño, me quitó la ropa de las manos sin decir una palabra. Dobló mi liguero y las medias y las guardó delicadamente en mi bolso, junto con el sujetador y la todavía húmeda blusa. A continuación tomó su camiseta de la silla y, mientras yo permanecía inmóvil, me la puso y soltó mi melena. Por último, alisó la tela sobre mi cuerpo.

—Te está bien —observó mientras colocaba las manos justo por debajo de mis pechos para ofrecerme una sonrisa que yo encontré extremadamente encantadora—. Muy bien.

A continuación tomó mi falda y, arrodillándose delante de mí me ayudó a ponérmela. Pero cuando intentó calzarme, yo sacudí la cabeza.

—Tengo unos zapatos planos en mi bolso.

Él asintió, los sacó del bolso y me los puso. Después se levantó y apoyó sus manos sobre mis caderas. Cara a cara, yo lo miré a los ojos. Sabía que debería decir algo, pero no encontraba las palabras.

—Me besaste —fue lo único que surgió de mi boca, con demasiada dulzura, con una emoción que no fui capaz de definir. Demasiada sinceridad.

—Necesitabas que te besara —me aseguró—. Cuando alguien tiene hambre, hay que darle de comer.

Yo lo abracé con fuerza. Me aferré a él y pensé que debería amarlo más de lo que lo amaba. Y por primera vez pensé que, quizás, podría hacerlo.

Aun así fui yo la que interrumpió el abrazo y se apartó de él. Con la barbilla alzada, cuadrada de hombros, la espalda recta. Rocé su rostro con mi mano y lo miré a los ojos, pero incluso mientras lo hacía ponía distancia entre nosotros.

Distancia, que no frialdad.

—Gracias.

Esteban parecía complacido, un ligero rubor ascendiendo por su pecho y garganta. Su polla se engrosó ligeramente, y yo bajé la mirada y lo tomé con las manos ahuecadas, como había tomado su barbilla un momento antes. Él se estremeció. Nuestros rostros se volvieron, nuestras mejillas se rozaron, pero no volvimos a besarnos.

Por segunda vez me aparté de él.

—Buenas noches, cariño. Conduce con cuidado.

Él asintió y yo recogí mis cosas. Me ayudó a ponerme el abrigo. Ya junto a la puerta me besó la mejilla y entonces, como siempre hacía, yo lo dejé solo en la habitación del hotel y regresé a mi casa.

Capítulo 23

Sabía que Niall iba a anular nuestra no-cita antes de que me llamara aquella mañana. Escuché atentamente mientras balbuceaba las palabras, permitiéndole hablar sin decir yo misma gran cosa. A fin de cuentas, no tenía gran cosa que decir.

–¿En otra ocasión? –preguntó–. Quizás no esa película, pero sí alguna otra cosa.

–Claro.

Si lo que pretendía era que yo le dijera que estaba bien que cancelara nuestra cita el mismo día en que teníamos previsto vernos, que esperara sentado. Lo cierto era que no tenía muchas ganas de salir esa noche. La noche anterior, con Esteban, había resultado encantadora, aunque rara y, aunque mi regla ya se había vuelto más ligera, lo que más me atraía era una noche con Interflix y una mantita eléctrica.

–Siento avisarte en el último momento. Pero estoy seguro de que no te resultará nada difícil hacer otros planes.

Antes de contestar, aparté el móvil de mi oreja y contemplé la pantalla con incredulidad.

–Podría hacer otros planes, si me apeteciera hacerlos.

—Sí, eso pensé —Niall no parecía que estuviera intentando hacerse el capullo, pero tampoco lo conocía lo bastante bien para poderlo decir.

Yo no sabía ser sutil y discreta, más que nada porque hacía tiempo que había decidido no ser como mi madre o mi hermana. Sabía cómo morderme la lengua, pero también hacía mucho tiempo que había decidido que no tenía sentido mostrarse tímida con personas que me estaban follando.

—¿Y qué te ha hecho pensar eso? —pregunté.

—Porque eres... porque tienes... muchos amigos —contestó Niall—. Estoy seguro de que hay un montón de tipos dispuestos a salir contigo.

—Claro, tengo toda una lista de espera de imbéciles que no hacen otra cosa que esperar sentados a que los llame en el último momento, a los que no les importa ser el segundo plato de una noche del sábado. A nadie le importa no pertenecer a la máxima categoría, ¿verdad?

—¡Oye! —exclamó Niall—. No he querido decir eso. No pongas palabras en mi boca.

—No pretendas conocerme —repliqué.

Ambos permanecimos un rato en silencio.

—Lo siento —habló él de nuevo—. Me ha surgido algo. Eso es todo.

—Estoy de mal humor. Yo también lo siento —me disculpé con algo menos de gracia que él—. No pasa nada. Las cosas suceden, lo comprendo.

—En otra ocasión —añadió él—. ¿De acuerdo?

—De acuerdo —era muy consciente de que mi respuesta sonaba desconfiada, pero Niall no pareció darse cuenta.

Me resultaba difícil seguir enfadada con él, puesto que no tenía ni idea de qué demonios intentaba hacer. ¿Dejarme tirada, abandonarme con suavidad? Quizás lo del cine no había tenido como objeto ser una cita. A lo mejor yo la había fastidiado al invitarlo al espectáculo en el Hershey. Debería, podría, quisiera.

De repente recordé por qué había evitado las citas.

—Estupendo —concluyó Niall.

Capítulo 24

Una de las cosas que había dejado claras con Esteban desde el principio era que no tenía inconveniente en que hablásemos a diario, pero no soportaba que mis mensajes no fueran contestados por sistema. Él siempre había cumplido, de modo que no me preocupé demasiado cuando pasó un día entero sin que contestara a mi último mensaje, una pequeña bromita que, esperaba, le haría sonreír. Pasaron dos días. Tres, cuatro, cinco, y yo me descubrí comprobando si la aplicación funcionaba correctamente. Me envié un mensaje a mí misma desde otro dispositivo, que llegó sin ningún problema, de manera que descarté cualquier fallo en el servidor o algo técnico. Sencillamente no quería hablar conmigo.

Y yo no volví a enviarle ningún mensaje.

No obstante, sí pensé en ello. Me preguntaba si debería dejar caer un informal «¡Hola! ¿Cómo estás?», o un airado «¿Dónde cojones te has metido?», o un preocupado «¿Va todo bien?». Al final no envié nada, de ese modo no me arriesgaba a que no me contestara. Ya había tenido suficiente de eso en mi vida y, aunque durante las últimas semanas había conseguido resistirme a enviar mensajes a George a altas horas de la noche, no había olvidado lo mal que me sentía siempre después.

Además, tenía trabajo de sobra para mantenerme ocupada, y también ayudaba a William cuando me necesitaba para que lo llevara a algún sitio, por no hablar del esfuerzo que me suponía ignorar a mi madre y a mi hermana. También tenía que practicar la parte de la Torá que iba a tener que leer y, dado que hacía mucho tiempo que no había hecho nada parecido, me supuso más de una hora de esfuerzo. Tuve que dedicarle tiempo, y no me quedó mucho después.

—No quiero hacer el ridículo o avergonzar a William —le confesé a Evan una noche tras llevar a William a su casa después de recogerle en las clases extra de estudio con el rabino—. Por cierto, ¿qué tal le va?

—Mejor. Creo que las horas extra de estudio le están ayudando a sentir más confianza. Desde luego es hijo de su madre —Evan se encogió de hombros.

Yo me apoyé contra la encimera de la cocina y abrí la lata de bebida de cola que me había dado mi hermano.

—¿Qué tal va todo con mamá y con Jill?

—¿A qué te refieres? —Evan me miró por encima del hombro desde su posición en la cocina, donde mutilaba unos pobres huevos revueltos.

Cómo podía alguien destrozar unos huevos revueltos escapaba a mi comprensión, pero mi hermano lo estaba logrando.

—¿Se han calmado ya?

Evan despegó los huevos de la sartén y los sirvió en un plato antes de dejar la sartén en el fregadero y echarle un chorro de detergente y jabón.

—Supongo. Yo no hago caso. Susan me estuvo dando la lata sobre unas servilletas o algo así. Da igual. Le dije que hiciera lo que quisiera. ¿Te apetece quedarte a comer algo?

Yo eché un vistazo al reloj. Para cuando llegara a mi casa ya se habría pasado la hora de cenar, y no tenía nada preparado. Sopesé el vacío de mi estómago contra la elevada probabilidad de que la cena de Evan estuviera asquerosa.

—¿Dónde está Susan?

—En el club de lectura.

—Hazte a un lado, querido hermano, y deja que yo prepare algo mejor que ese desastre que has hecho. Tío, los has quemado. ¿Quién quema unos huevos?

No me llevó mucho preparar una cena a base de espagueti con una salsa de bote y pan de ajo que había en la nevera. Estábamos sentándonos a cenar cuando entró Susan por la puerta del garaje. Llevaba un enorme bolso colgado del hombro y las puntas del cabello estaban mojadas.

—¿Qué tal en el club de lectura? —preguntó Evan—. Elise ha preparado la cena. Yo la fastidié con los huevos.

—Era de yoga —explicó ella con gesto exasperado—. Si me hubieras prestado atención lo sabrías. Y después me he reunido con unos amigos para tomar café y un sándwich, de modo que no voy a cenar. Hola, Elise, gracias por recoger a William. ¿Qué tal la clase con el rabino?

—Bien —murmuró el chico con la boca llena.

—Voy a guardar mis cosas —Susan nos ofreció otra ronda de miradas distantes e inexpresivas.

—Yo creía que era el club de lectura, discúlpame —se excusó Evan cuando Susan se hubo marchado.

Yo opté por desviar el tema de la discordia doméstica potencial y conseguí que mi hermano y mi sobrino se pusieran a hablar sobre el último juego de Galaxy Vision que le iba a regalar al muchacho por su cumpleaños, pero que ya le había dado para que no tuviera que esperar meses para poder jugar. William me invitó a quedarme un rato para jugar, pero ya era tarde y quería regresar a mi casa donde me esperaba la colada y las facturas a pagar.

Consulté el móvil, pero no había nada de Esteban.

Me conecté *online* a mi cuenta de OnHisKnees.com, sospechando de repente que había sido sustituida por otra. Comprobé el perfil de Esteban, pero no estaba utilizando ninguna búsqueda. Abrí algunos viejos mensajes que tenía guardados, pero me dio un mensaje de error. Los había eliminado.

Preocupada, me recliné en el asiento. El peor escenario imaginado por mí había sido el de verlo *online*, o que se hubiera conectado recientemente, jugueteando por ahí en lugar de hablando conmigo. Pero había desaparecido.

Repasé los mensajes sin leer de mi buzón y también rebusqué entre la lista de perfiles que se habían interesado por mí. Tenía unas diez fotos privadas diferentes a las que se me había concedido acceso, aunque hacía siglos que no me conectaba a la página y no había solicitado ninguna de esas fotos. Se trataba de primeros planos, ligeramente borrosos, de pollas, hombres con ataduras, algunos con máscaras de cuero. Un osado caballero me había enviado una foto artísticamente enmarcada de su ano con la leyenda: *Utilízame, ama*.

—¡Joder! —murmuré mientras lo incluía en la categoría de spam.

El sitio mostraba claramente la fecha de la última conexión, lo cual significaba que todos esos hombres desesperadamente salidos o bien no prestaban atención, o simplemente les daba igual que no me conectara desde hacía semanas. Seguramente ambas cosas, dado que cualquiera que se molestara en consultar mi perfil se habría dado cuenta de que había marcado la casilla de «no interesada en adquisiciones». Pero ese era el problema con un sitio como ese, que ofrecía sus servicios a personas que buscaban algo muy especial y que no encontrarían en sitios más convencionales, pero eso no significaba que cualquiera que acudiera a esas páginas fuera menos idiota, sobre todo cuando se trataba de sus duras pollas, pensé con un suspiro. ¿Sumisa? Solo cuando les iba bien a ellos.

No te dirijas a mí como tu Ama. No soy tuya. No me pidas que te dé por culo o te azote o te ate. No me envíes fotos de tu polla desnuda hasta que, y solo sí, yo te lo pida. Y, sobre todo, no des por hecho que me conoces.

Eso fue lo que escribí en mi nuevo perfil, pues el anterior resultaba demasiado anodino, y me eché a reír. No iba a servir de nada, y seguramente iba a generar mucha más atención indeseada de esa clase de hombres que querrían que yo los azotara por desobedecerme.

Randi estaba en lo cierto, era desesperantemente difícil encontrar a alguien con quien encajar. Había conocido a Esteban en ese sitio, y estaba convencida de que habíamos establecido una conexión, por imperfecta que fuera. Pero, por otra parte, ¿acaso existía la perfección?

Pasé el cursor por encima de la casilla de «eliminar cuenta», considerándolo seriamente. Volví a repasar los mensajes y solicitudes, y los eliminé todos, incluso los de aquellos que se habían esforzado por ser razonablemente educados o ingeniosos. Eliminé todas las fotos de pollas. Y, por fin, entré en la carpeta de los mensajes guardados y eliminé toda la correspondencia mantenida con Esteban.

Si su intención era desaparecer, yo me iba a asegurar de que desapareciera.

Capítulo 25

William estuvo impresionante, y yo tampoco lo hice nada mal con mi lectura. No hubo peleas en el altar, nadie perdió la paciencia, nadie protagonizó olvidos importantes. William se desenvolvió como un campeón durante toda la ceremonia, tropezando incluso menos que el propio rabino. Pronunció su discurso sin titubear y se agachó ante la avalancha de caramelos que la congregación arrojó sobre él cuando terminó.

En esos momentos aguantaba a la entrada de la recepción los saludos y *mazel tov* de todos los que habían acudido a la fiesta en el hotel, que, a pesar de la preocupación de mi madre por sus amigos que no conducían en *Sabbath*, reunió a casi todo el mundo, excepto a mi padre, tal y como era de prever.

Tanta preocupación para nada, pero ¿acaso no funcionaba siempre así? Uno se preocupaba e inquietaba y, de repente, todo salía bien. Si la vida pudiera ser igual, pensé yo, pero de inmediato deseché esa idea.

Era el momento de festejar.

Sobreviví al baile *hora* y al baile en fila, y después a un montón de discursos, y a esa horrible ceremonia del encendido de las velas, antes de conseguir escapar al bar que había a la salida de salón de baile. En la fiesta no se servía alcohol, pero el bar estaba lo bastante cerca como para que no pareciera que me escabullía de la fiesta para emborracharme. Tampoco era la única. Todo el recinto, abierto al vestíbulo del hotel, estaba lleno de invitados al *Bar Mitzvah* tomando una copa.

Y también estaba Niall Black.

—Señorita Klein —me saludó, acercándose por detrás.

Yo me volví. Se había quitado la corbata y llevaba la chaqueta colgada de un brazo.

—Qué alegría encontrarte aquí.

Yo lo miré de reojo mientras tomaba mentalmente nota de asesinar a mi hermano más tarde por no haberme avisado.

—Hola.

—¿Te pido algo? —Niall señaló hacia el bar.

—Cuando una copa de vino gratis se presenta ante ti —empecé yo.

—No la rechazas —concluyó él.

Lo estudié detenidamente y me senté en uno de los taburetes del bar.

—Blanco, por favor.

Niall pidió una botella de cerveza para él y se sentó a mi lado.

—Y bien...

—Y bien —repetí yo.

—Me alegro de verte.

—Eres... —yo solté una carcajada y sacudí la cabeza—. Realmente...

—¿Intrigante? ¿Talentoso? ¿Listo? ¿Atractivo?

—Me confundes, iba a decir —tomé la copa de vino que me sirvió el camarero y bebí un sorbo acompañado de un murmullo de apreciación. Podía beber tanto como quisiera pues todos habíamos reservado habitación en el hotel para poder relacionarnos con los invitados que habían llegado de fuera, y para asistir al desayuno del día siguiente.

—Te confundo. Ya —él sonrió y, maldito fuera, su sonrisa me resultó verdaderamente irresistible—. ¿Es buena idea que te pregunte por qué?

—Seguramente no.

—¿En serio no vas a contármelo?

—Si digo que no quiero hacerlo —yo lo miré de arriba abajo—. ¿Vas a seguir preguntándolo?

—Probablemente, sí —él volvió a sonreír.

—Cifras —yo fruncí el ceño.

—¿Y eso qué significa? —la sonrisa de Niall se borró ligeramente.

—Significa —le expliqué—, que, al igual que la mayoría de los hombres, quieres lo que quieres.

—¿No lo hace todo el mundo?

—Sí —contesté tras reflexionar sobre ello—, supongo que todos lo hacemos.

—Y tú seguramente siempre consigues lo que quieres —continuó Niall.

—Cuando puedo, desde luego —alcé mi copa hacia él—. Salud.

—Y bien, cuéntame cómo funciona —me pidió él tras un incómodo silencio de varios minutos y antes de tomar un buen trago de cerveza.

Yo esperaba la pregunta. En otras circunstancias le habría ofrecido una gélida sonrisa, limitándome a poner los ojos en blanco, pero ¿cuál era mi excusa? El vino empezaba a subírseme a la cabeza. Los *Bar Mitzvah* me ponían emotiva. Y Niall era muy, muy mono.

Pero también me había dejado plantada, y eso no era algo que pudiera ignorarse. Tomé un sorbo de vino y lo volví a mirar.

—¿Cómo funciona qué, exactamente?

—Eso de que ella se coloque encima.

De haber tenido la menor sensación de que preguntaba por alguna clase de obsceno voyerismo, le habría hecho callar de inmediato. No tenía ningún problema con el voyerismo, a fin de cuentas yo no era quién para juzgar las perversiones de nadie. Pero ya había tenido mi dosis de asquerosas conversaciones, cargaditas de guiños y codazos, con hombres que se estaban excitando con lo que yo les contaba, y eso no me gustaba. No quería ser el objeto de alguna turbia fantasía. Me gustaba tener el control.

—¿Nunca te has acostado con una mujer a la que le gustara ponerse encima?

—Bueno... —Niall parecía que estuviera considerando la idea—. Literalmente, claro que sí. Pero no con látigos, cuero y lo que sea.

Yo solté una sonora carcajada y conseguí que varias cabezas se volvieran hacia mí.

—¿Qué? —preguntó él.

—No funciona así —yo sacudí la cabeza y bebí otro sorbo, permitiendo que el sabor del delicioso vino impregnara mi lengua antes de continuar—. Quiero decir que puede ser así, supongo. Para la gente a la que le guste así.

—¿A ti no?

Yo lo miré muy seria. Parecía sentir una sincera curiosidad, de manera que le ofrecí una respuesta sincera.

—No. En realidad no. Claro que soy capaz de jugar con los juguetes, y la ropa puede resultar divertida. Pero, ¿en su conjunto? No. No va de eso en realidad.

—Entonces, ¿de qué va? No acabo de entenderlo —Niall hizo una mueca—. ¿A qué clase de tío le gusta ser dominado?

—A muchos tíos, créeme.

—Desde luego, tú serías capaz de hacer que me lo creyera —él sonrió y me miró a los ojos.

—No coquetees conmigo si no estás dispuesto a asumir

las consecuencias –le advertí con una ligera irritación en la voz, solo por ver cómo reaccionaba.

La mirada de Esteban se habría enturbiado y oscurecido, seguramente se habría estremecido ligeramente, lo suficiente para que yo lo percibiera. Habría emitido un leve sonido que evidenciaría su excitación. Su polla se habría puesto dura, y yo también me habría dado cuenta de eso.

Pero Niall no era Esteban. Niall se acercó un poco más a mí, lo suficiente para que su rodilla rozara la mía y su aliento acariciara mi mejilla mientras me susurraba al oído:

–¿Y quién te ha dicho que no estoy dispuesto?

Estábamos lo bastante cerca para poder besarnos, suponiendo que yo fuera la clase de mujer que se lo hiciera con un hombre al que apenas conocía, sentada en un taburete de bar en un hotel durante la celebración de un *Bar Mitzvah*. Así pues, lo que hice fue frotar ligeramente mi mejilla con la suya antes de apartarme y hacerle una señal al camarero para que sirviera otra ronda. Niall me observó atentamente unos segundos antes de echarse hacia atrás.

–Eso no era necesario –protestó cuando me vio firmar la cuenta con el número de mi habitación.

–Si tanto te molesta, puedes pagar tú. O podrías aceptar esa cerveza gratis que se presenta ante ti –contesté con calma mientras cruzaba las piernas.

La mirada de Niall se desvió hacia el breve destello de muslo y medias que le había ofrecido, aunque no lo había hecho a propósito.

–¿No vas a insistir?

–Realmente no te enteras de nada –el vino que acababa de tomarme me estaba soltando la lengua.

–Ya me lo has dicho, pero no me has contado cómo es –Niall hizo girar la botella de cerveza sobre la barra del bar–. Cuéntamelo.

—¿Lo que quieres saber es por qué me confundes?

—Sí —él parpadeó ante el cambio de rumbo de la conversación—. Eso quiero.

—Te llevaste mi foto a tu casa —me acerqué a él—. Me pediste que saliera contigo. Salimos. Y entonces me dejaste tirada. Dijiste que llamarías y no lo hiciste. Dijiste que querías invitarme a salir. No lo hiciste.

—Yo... me surgió algo —contestó sin demasiada convicción.

Yo enarqué una ceja.

Niall parecía avergonzado, pero no añadió nada más. A nuestro alrededor, la gente charlaba y reía. En la pista de baile, no muy lejos del salón, las parejas empezaban a moverse al ritmo de la música. Niall hizo un gesto en esa dirección y me miró con expresión inquisitiva, pero yo sacudí la cabeza.

—Pero tú puedes ir. Encuentra alguna jovencita que sea mona —yo miré hacia el grupo de gente antes de posar de nuevo la mirada sobre Niall—. No te prives por mí.

—Tú no haces que me prive de nada. Lo que quiero es charlar contigo.

Yo reí y un inoportuno rubor ascendió hasta mis mejillas. Jugueteé con la copa de vino y lo miré de soslayo, sin saber muy bien por qué de repente me costaba sostenerle la mirada.

—¿Por qué?

—Porque eres hermosa —contestó él al fin—. Y fascinante. Y no hay nadie más aquí con quien preferiría sentarme.

Mi estómago dio un vuelco como si acabase de coronar la cima de la mayor montaña rusa más grande del mundo y hubiera empezado a caer en picado. Bebí un sorbo de vino para evitar contestar alguna estupidez como «no, no lo soy», o «seguro que encontrarías a alguien». Sin embargo sacudí casi imperceptiblemente la cabeza.

No fue tanto una negación o gesto de incredulidad como una advertencia. Había hablado en serio sobre lo de las consecuencias, aunque era evidente que él no me había hecho caso.

—¿Quieres saber cómo es para mí?

—¿Lo de ser una dominatriz? Sí.

Yo no reí, aunque una pequeña sonrisa tironeó de las comisuras de mis labios.

—Yo no soy una dominatriz. Eso suena a alguien que lo hace profesionalmente. Como un trabajo. Soy una mujer dominante, pero no me gustan las etiquetas, y tampoco cobro a mis amantes por mis servicios.

—Amantes —repitió Niall en voz baja mientras volvía a acercarse a mí—. Nunca había conocido a una mujer que se refiriera a ellos en esos términos.

—Bueno. No eran novios. ¿Cómo quieres que los llame? ¿Cómo llamas tú a las mujeres con las que te acuestas, pero con las que no sales?

Niall abrió los ojos desmesuradamente durante unos segundos antes de soltar una carcajada, sobresaltado.

—Yo no... supongo que jamás... ¿un revolcón? ¿Una aventura de una noche?

—Yo nunca he tenido una aventura de una noche.

—No me digas que el motivo es que eres demasiado tímida. O reservada.

—No —contesté, acercándome lo suficiente como para que pudiera sentir mi aliento sobre su cuello y oreja—. A ningún hombre con el que me haya acostado le bastó con una vez nada más.

De nuevo estábamos lo bastante cerca para poder besarnos. Y en esa ocasión yo no me aparté. No de inmediato. Seguí respirando contra él.

—Hueles muy bien —observé.

—No coquetees conmigo a no ser que estés dispuesta a asumir las consecuencias —me advirtió Niall.

Y allí mismo, en ese preciso instante, me ganó.
—Chico listo —murmuré—. ¿Quién te ha dicho que no estoy dispuesta?

Niall se echó atrás sobre la banqueta del bar y miró por encima de su hombro, hacia los ascensores del vestíbulo. Y de nuevo me miró a mí. Su sonrisa una invitación que, descubrí, deseaba aceptar.

Me bajé de la banqueta y le tendí una mano. Él la tomó de inmediato, tal y como esperaba que hiciera. Quizás no fuera sumiso, pero era un caballero, de eso me había dado cuenta ya. Le apreté la mano mientras me inclinaba hacia él para susurrarle de nuevo al oído:

—Ven a bailar conmigo.

En toda celebración de boda, o de *Bar Mitzvah*, había un momento en que las cosas empezaban a torcerse. A veces era la abuela que perdía ligeramente el control tras unos cuantos gin tonics de más, o esa pareja al borde de la separación que decidía que ese era el momento y lugar, o la flamante suegra de la novia que perdía el control por la zorra con la que acababa de casarse su hijo. Pero casi siempre el momento se producía hacia el final de la noche cuando la gente se deshacía de zapatos y chaquetas y empezaba a bailar el baile de la gallina tras perder todo el sentido del decoro requerido sobre la pista de baile.

A mí me encantaba ese momento de la fiesta.

—Vamos —animé a Niall mientras volvía a ofrecerle mi mano—. Muéstrame lo que sabes hacer.

Y resultó que sabía hacer un montón de cosas. El DJ acababa de pinchar *Wobble*, de V.I.C. cuando entramos en el salón de baile, justo después de *You Shook Me All Night Long*, de modo que todos los que tuvieran pensado bailar ya se encontraban en la pista. Los bailarines contratados para enseñar los pasos estaban colocando a la gente en fila para empezar la canción. Yo ya me sabía esos pasos, pero ver a Niall ponerse a ello sin dudar, añadiendo su propio estilo a los giros y vueltas, era lo que necesitaba para alegrar mi noche. No solo sabía bailar esa canción, lo hacía sin remilgos, con entusiasmo. Y estilo.

Fue mi perdición.

Terminamos el baile a carcajadas. Niall me tomó en sus brazos cuando la música se hizo un poco más lenta. No era un baile lento, gracias a Dios. Ese DJ sabía lo que tenía que hacer para que la fiesta no decayera. Pero sí era lo bastante lento como para que no importara que Niall me atrajera un poco más hacia sí.

—Tu abuela nos está mirando —me susurró al oído antes de hacerme girar.

—Esa no es mi abuela —me inclinó hacia atrás, y yo se lo permití.

—Pues desde luego es la abuela de alguien —me volvió a susurrar Niall al oído.

—Entonces será mejor que te comportes.

—Si eso es lo que quieres —Niall me hizo girar de nuevo y terminé con la espalda apoyada contra su pecho—. Aunque yo había pensado que quizás te apetecería que fuera un niño travieso para que pudieras darme unos azotes.

Yo me volví hacia él en el instante en que la música terminaba y el DJ empezaba a hablar de algo que no nos interesaba a ninguno de los dos.

—Si creyera que fuera a gustarte, no dudes de que lo haría.

—¿Y quién ha dicho que no iba a gustarme?

—Tus ojos —contesté.

—¿En serio? —Niall pareció algo sorprendido.

—Sí —mientras el DJ seguía hablando sobre el broche final de la fiesta, Niall y yo nos alejamos poco a poco de la pista de baile—. Puede que no sea capaz de adivinar siempre cuando un hombre está metido en esto, pero sí cuando no lo está. Todo está en la mirada.

—¿Y mi mirada qué te dice?

Yo lo observé atentamente. Las luces se estaban encendiendo, la fiesta decayendo. Mi hermano y mi cuñada, ambos con aspecto agotado, estaban junto a la mesa de los regalos. Sabía que debería ofrecerme a ayudarles a recogerlo todo, pero, sinceramente, deberían haber pagado a alguien para que lo hiciera. Yo no arrastraba cajas o recogía la basura por mí misma, y no iba a empezar a hacerlo allí.

—¿Te apetece salir de aquí? —le pregunté mientras fingía que no me daba cuenta de que la madre de Susan intentaba llamar mi atención. Nada bueno podía resultar de lo que quisiera esa mujer. Hacía que mi madre pareciera Mary Poppins—. Podríamos ir aquí al lado. Tomar un par de copas más. Bailar un poco más.

—Claro —Niall sonrió.

Antes de que me enredaran para que ayudara a alguien en ese gran evento de mi sobrino, tomé a Niall de la mano y escapamos del salón. El bar que había junto al hotel tenía una fama un poco dudosa, era el coto de caza de empresarios y asalta cunas. Pero las bebidas tenían un precio razonable para un sábado por la noche, y contaba con música en directo, y un DJ para los descansos. La banda de esa noche era una local que tocaba música que iba de los AC/DC hasta los Rolling Stones.

—¿Te pido algo? —preguntó Niall—. ¿O prefieres bailar?

Lo cierto era que me empezaban a doler los pies. Me encantaban mis tacones, pero después de un rato empezaban a apretar los dedos de los pies. Señalé hacia una de las mesas altas que había quedado vacía.

—¿Nos sentamos un rato?

—Algo de beber, entonces. ¿Vino para ti? ¿Prefieres otra cosa?

—Sorpréndeme —yo me senté y suspiré aliviada al sentir disminuir la presión en los dedos de los pies.

—Huy, eso no es buena idea —contestó Niall con fingida solemnidad—. Cuando una mujer dice que quiere que la sorprendan, suele ser una prueba.

—Pues veamos si apruebas.

Bromitas. Como acercar una cerilla a un montón de hojas secas. Yo siempre había tenido debilidad por los hombres capaces de seguirme el ritmo y, de momento, Niall Black había estado haciendo un trabajo admirable.

Regresó con dos copas idénticas en vasos achatados.

—Whisky sour.

—¿Después del vino? ¿Intentas comprometerme?

—Algo me dice que no eres una mujer a la que se comprometa fácilmente.

—Seguramente tienes razón —alzamos nuestras copas para brindar.

—No me has contado a qué te referías. Sobre lo de los ojos.

Tomé un pequeño sorbo y me lamí los labios, disfrutando cómo la mirada de Niall seguía los movimientos de mi lengua.

—Mmm. Buena elección.

—¿He aprobado?

—Has aprobado —le comuniqué. Dejé que mi zapato se descolgara del pie, que apoyé contra su pantorrilla. Un movimiento clásico de flirteo, sin ninguna sutilidad, aunque no estaba segura de si quería follarlo o solo follar con él. Ahí estaba la línea y aún no la había cruzado—. En cuanto a lo de los ojos, no estoy segura de poder explicarlo, sobre todo después de dos copas de vino y ahora esto.

—Me interesa mucho saberlo —insistió Niall.

—¿Por qué? —yo lo miré con curiosidad.

—Porque te encuentro fascinante.

No se me ocurrió ninguna respuesta inmediata para

eso. El comentario me había parecido sincero, con intención de ser un cumplido, pero no pude evitar sentirme un poco como un objeto de exposición en un museo.

«Chica pervertida, circa 2014».

Debería estar acostumbrada a las preguntas. La gente que no quería jugar como yo solía olvidar que el sexo seguía siendo algo íntimo aun cuando a ellos les parecía que lo que hacía y lo que me gustaba era exótico y por tanto disponible para ser analizado. «Ilumínales», tenía que recordarme a mí misma con frecuencia. «Educa a la gente». Aun así, era quien era en todas las maneras y circunstancias, y no pude evitar enarcar las cejas y alzar la barbilla.

—Las ecuaciones de segundo grado son fascinantes. También lo es el arte realizado por monos lanzando excrementos. «Fascinante», es una palabra que la gente utiliza para describir cosas que no sabe si les gustan o entienden, pero que se sienten atraídos a explorar de todos modos —tomé otro sorbo de mi copa.

—Te equivocas —Niall sacudió la cabeza—. Yo estoy seguro de que me gustas.

—Apenas me conoces, Niall.

—Intento conocerte, Elise —me aseguró él mientras se acercaba un poco más a mí—. Pero me lo pones bastante difícil.

Nuestras miradas se fundieron mientras a nuestro alrededor la gente reía, bailaba y bebía y coqueteaba. Al menos eso supuse yo que hacían todos en ese bar. Porque lo único que yo veía era a Niall.

—Tú te has hecho una idea de cómo soy. Una idea de cuero y látex, látigos y cadenas. Seguramente la sacaste del cine, no necesariamente porno, o de la cobertura mediática que recibió ese libro que se puso tan de moda. Crees que los hombres a los que les gusta plegarse a la voluntad de una mujer son maricas o flojos —le expliqué—.

De modo que haces chistes sobre recibir una azotaina porque eso es lo que crees que sabes. Pero te diré una cosa, he conocido a muchos hombres que han gastado bromas sobre ser azotados, pero a los que les gusta de verdad y lo desean, se les nota en la mirada. Es algo muy sutil, una miradita de reojo, el modo en que sus pupilas se dilatan o cómo apartan la mirada si les avergüenza su deseo. Pero la mirada siempre los delata.

–¿Y la mía no?

Yo sacudí la cabeza. El alcohol, el baile y las bromas me habían calentado bastante y me acerqué un poco a él. Definitivamente estaba flirteando, aunque seguía sin estar segura de adónde quería llevar el asunto.

–No.

–Ya –Niall no se apartó–. ¿Y es motivo de ruptura?

–No lo sé –yo me eché a reír.

–No pretendía ofenderte –continuó muy serio–. Lo siento si lo he hecho.

Yo agradecí la inesperada disculpa y sacudí la cabeza.

–No me has ofendido. Estoy acostumbrada. Pero piensa en cómo te sentirías si alguien empezara a darte la lata sobre lo que te gusta hacer en la cama y haciendo comentarios del tipo «es raro», o «¿por qué te gusta hacer eso?».

–Supongo que no me gustaría demasiado –él frunció el ceño–. Mierda, Elise. Lo siento. No lo vi de ese modo.

–Ya sé que no. La mayoría de la gente no se da cuenta –yo me encogí de hombros y lo miré–. De habernos conocido en otras circunstancias, no por medio de Evan, y si no conocieras mis inclinaciones, ¿seguirías encontrándome tan fascinante?

Niall tardó bastante en contestar. La música subió de tono cuando el DJ relevó a los músicos que se habían tomado un descanso. Niall giró el vaso en la mano y bebió un trago.

—Creo que sí. Sí —asintió—. Pero no resulta fácil decirlo dado que ya lo sé. Y, como bien dijiste aquella primera noche, no es algo que hagas, es quién eres.

Apenas recordaba haberle dicho eso. Las palabras me golpearon con fuerza, justo entre las costillas. Lo bastante fuerte como para echarme atrás un poco.

—Sí. Es verdad —asentí—. Soy la suma de muchas partes.

—Todos lo somos.

—Cierto —yo sonreí.

—Pues a algunas de mis partes les gustaría conocer mucho más a algunas de las tuyas —afirmó Niall.

—Malo, malo, malo —yo solté una carcajada y sacudí la cabeza—. Muy, muy malo.

—Y sin embargo te gustan los chicos malos.

—No —contesté mientras me acercaba a él—. Lo que me gustan son los chicos muy buenos.

Terminé mi copa, que se me había subido a la cabeza y me había provocado ganas de bailar. Extendí una mano. No dije nada. Miré hacia la pista de baile y de nuevo a Niall. Permití que mi mirada fuera la que hablara, y aguardé expectante para ver si aprobaba también ese nuevo examen.

Sin una palabra, pues no necesitaba ninguna, él se levantó y me arrastró hasta la pista de baile. Nos movíamos juntos como si hubiésemos nacido para ello, como si nuestros respectivos padres se hubiesen conocido y enamorado, uniéndose con el único propósito de concebirnos para que pudiésemos encontrarnos en ese momento, en ese lugar, en la pista de baile, donde puso las manos sobre mí como si fuera mi dueño... y yo se lo permití porque justo allí y en ese momento yo deseaba ser poseída.

No debería haberle permitido besarme. Sabía que no nos causaría más que problemas, el corazón roto, en el peor de los casos y una profunda vergüenza en el mejor.

Pero eso era lo curioso del deseo. Te volvía estúpida, sin que te importara qué podría pasar en el futuro cuando lo único en lo que podías pensar era en lo que estaba pasando en el presente. No debería haberle dejado que posara sus labios sobre mí, o que su lengua acariciara la mía. No debería haber hecho muchas cosas.

Pero las hice.

Capítulo 26

Niall también había reservado una habitación en el hotel. Era lo bastante inteligente para comprender que iba a beber suficiente alcohol como para que no fuera buena idea regresar conduciendo a su casa. No me pidió que subiera con él. Yo no le prometí que lo haría. Simplemente nos encontramos en el ascensor después de que el bar hubiera cerrado, y cuando me preguntó a qué piso iba, yo sonreí y le di un beso a modo de respuesta.

Tampoco hablamos mientras yo lo seguía hasta el final del pasillo, donde estaba su habitación. No nos tocamos. Yo no sabía si Niall estaba pensando en qué haríamos si nos cruzábamos con algún familiar o amigo, pero yo sí. Por suerte el pasillo estaba desierto y tranquilo, porque no estaba segura de qué habría hecho o dicho de encontrarnos a alguien.

Él abrió la puerta, pero se hizo a un lado para dejarme pasar primero. Ambos habíamos reservado habitaciones con cama grande, aunque la mía tenía vistas al río y la suya no. Ambas habitaciones, sin embargo, estaban decoradas de la misma manera, la suya un calco de la mía. Hacía que todo resultara un poco surrealista.

Me había vuelto a calzar para subir a la habitación, pero en cuanto entré me quité los zapatos y me volví hacia Niall. Él arrojó la chaqueta sobre la silla. Con los tacones yo medía casi tres centímetros más que él, pero descalza descubrí que podía besarlo muy cómodamente simplemente poniéndome un poco de puntillas. Mis brazos le rodearon automáticamente el cuello. Y los suyos hicieron lo propio con mi cintura.

Pensé que iba a besarme, pero se limitó a mirarme a los ojos.

—Hola.

—Hola —contesté mientras mis dedos jugueteaban con los cabellos de su nuca.

Lentamente, y moviéndose en círculos, Niall bailó conmigo delante de la enorme cama. Él también se había quitado los zapatos y el suave murmullo de nuestros pies sobre la alfombra era la única música que teníamos, y no necesitábamos más. Me atrajo más hacia sí, pegándome contra su cuerpo. Mi mejilla encontró un punto natural en su cuello para descansar.

Quería que me besara. Faltaban pocas horas para el amanecer, pero yo me sentía como si tuviésemos toda la noche por delante, infinita y llena de posibilidades. No tenía prisa.

Sus manos se deslizaron desde mis caderas hasta el trasero, atrayéndome un poco más todavía hacia él. El calor se acumuló en mi barriga. Me froté contra su piel y permití que mi lengua saliera a explorar, a saborear.

Niall se estremeció y yo sonreí.

—Quiero besarte de nuevo —susurró contra mis cabellos.

Yo lo miré.

—Pues bésame.

—No sabía si debía pedir permiso o algo así.

—¿Y por qué ibas a tener que pedir permiso? —yo reí, aunque no estaba segura de si él estaba bromeando o no.

—¿No es así como lo haces?

Ya estábamos de nuevo. Niall estaba fascinado, yo cachonda. Di un paso atrás.

—Así —le expliqué mientras agarraba la pechera de su camisa—, es cómo yo lo hago.

Le hice girar, y él lo permitió. Lo empujé, y él se dejó empujar. De espaldas a la cama, Niall cayó sobre el colchón con un poco más de dureza de la que creo que había esperado, pero no perdí el tiempo y me senté a horcajadas sobre él. Le desabroché la camisa y la abrí para poder deslizar mis manos por la suave musculatura plana de su estómago y torso. Debajo de mi cuerpo sentía su polla dura, pero no lo toqué allí con mis manos. La presión de mi cuerpo bastaría de momento, el apretón de mis muslos sobre sus caderas.

Apoyé mis manos extendidas sobre su pecho y me incliné para ofrecerle mis labios, que mantuve sobre los suyos a suficiente distancia como para que tuviera que hacer un esfuerzo para alcanzarlos.

—Bésame.

En los instantes previos me pregunté si se negaría. Hubo un destello en su mirada, una pequeña mueca de sus labios. Pero enseguida empezó a besarme apasionadamente mientras deslizaba sus manos por todo mi cuerpo, mientras yo deslizaba las mías por el suyo.

Bocas abiertas, lenguas buscando. Él siseó cuando le arañé el pecho con mis uñas, aunque no apreté demasiado, nada que ver con lo que solía hacer con otros. A continuación le pellizqué los pezones y él gruñó.

Sí. Gruñó. Un sonido ronco y gutural, un sonido casi lobuno. Me agarró las muñecas con ambas manos y me impidió moverlas.

Los dos respirábamos entrecortadamente, mirándonos a los ojos. Lentamente, sin apartar la mirada de mí, Niall basculó las caderas para apretar su miembro contra mí. Otra vez. Cuando yo intenté moverme, me sujetó con tanta fuerza que no hubo manera de hacerlo sin luchar seriamente, y no quería hacerlo.

La tercera vez que me meció sobre su erección, yo gemí. Y entonces aflojó ligeramente la presión sobre mis muñecas. Yo lo besé, mordisqueándole delicadamente el labio inferior. Después lo lamí.

Niall hundió sus manos en mis cabellos y me echó la cabeza hacia atrás. Yo contuve la respiración. Su expresión de engreído triunfo, el brillo de satisfacción en su mirada, me produjo una sacudida eléctrica que llegó directamente a mi núcleo. Quizás me gustara estar encima, pero eso no significaba que no pudiera disfrutar de unos cuantos tirones de cabello, al viejo estilo.

Niall nos hizo girar hasta quedar él encima, yo con el vestido subido a la altura de las caderas. Esa noche no iba vestida para seducir y había prescindido de mi bonito liguero, cambiándolo por otro de estilo más *vintage*. Hacía las veces de corsé con la función de mantener todos los bultos propios de la feminidad en su sitio. Mis medias, sencillas y de color carne, con una banda en la parte superior, en lugar de un bonito encaje, tampoco eran lo que yo consideraría sexy, pero, al verlas, Niall se detuvo.

—Maldita sea —él se incorporó sobre las rodillas para observarlas mejor.

Encantada yo deslicé un dedo por una de las cintas.

—¿Te gusta?

—Sí —Niall deslizó las manos por mis pantorrillas, las rodillas. Se detuvo en la parte superior de las medias y tocó los enganches metálicos—. Muy sexy.

Tenía al menos una docena de prendas de lencería mucho más sexy que esa en el cajón de mi habitación, pero no intenté hacerle cambiar de idea. Me senté y me quité el vestido antes de arrojarlo sobre la silla. Casi nunca llevaba sujetador, pero por respeto a la sinagoga, me había puesto un ajustado bralette de seda, que no hacía nada por ocultar que mis pezones se habían endurecido como diamantes. Apoyada sobre los codos, observé cómo los ojos color avellana de Niall se oscurecían de deseo al mirarme.

—Jodidamente sexy —Niall se desabrochó el cinturón y el pantalón y se quitó los pantalones.

Llevaba unos bóxers de color oscuro, ya de por sí tentadores.

—Más, más, más —yo sonreí encantada.

—Qué glotona —Niall gateó sobre la cama hasta cubrirme con su cuerpo.

Se acomodó entre mis piernas. Todavía nos separaban varias capas de ropa cuando basculó su cuerpo contra el mío mientras atrapaba de nuevo mi boca para después pasar a mordisquear mi garganta.

Hacía muchísimo tiempo que no lo hacía así con alguien, dejándome montar en seco. Me hizo reír, y él se apartó para mirarme.

—¿Qué?

—Nada —yo sacudí la cabeza—. Es que todo esto me resulta... inesperado.

Niall deslizó una mano sobre mis pechos y el estómago, que saltó al contacto.

—¿Estás cómoda con esto?

Era la pregunta que había que hacer. Niall se había mostrado seguro de sí mismo, guiándome mientras yo me dejaba guiar. Pero en ese instante, de nuevo demostró ser un caballero, a pesar de que lo que me estaba haciendo no recibiría la aprobación de la abuelita.

—Sí —le tomé el rostro entre las manos—. ¿Y tú?

—Sí —él giró el rostro para besar la palma de mi mano y luego el interior de mi muñeca, justo por encima del tatuaje del conejo—. ¿Qué significa esto?

—Es para no olvidar algo importante.

Niall se hizo a un lado para contemplar más detenidamente el dibujo. Yo pensé que iba a preguntarme qué era a la vez tan importante y tan olvidable como para grabarlo permanentemente con tinta sobre mi piel, pero la pregunta que formuló fue otra.

—¿Por qué un conejito?

—Porque sí —contesté mientras lo empujaba hasta que quedó tumbado de espaldas para que yo pudiera volver a sentarme a horcajadas sobre él.

Él aceptó mi no respuesta. Pero lo que no aceptó fue que deslizara mis manos por sus brazos hasta atraparle las muñecas. Mientras reía, se retorció para soltarse.

—Quizás quieras atarme —sugirió.

Yo me senté y dejé de intentar sujetarle. Con mis manos sobre su pecho, me incliné para susurrarle al oído.

—Deberías dejar de asumir que me conoces.

Volvimos a besarnos y, con la lengua de Niall en mi boca, ya no hubo lugar para palabras. Deslizó las manos entre nuestros cuerpos para acariciarme por encima de las braguitas, y luego en su interior, sus dedos encontrándome ya mojada. Al sentirlo, gruñó. Su mirada se nubló y yo absorbí la escena como siempre hacía, llenándome con ese momento en el que la necesidad empezaba a anular la racionalidad.

—Más despacio —le susurré al oído cuando sus dedos empezaron a moverse con excesiva rapidez.

—¿Mejor así? —preguntó tras complacerme.

Yo me estremecí, cerré los ojos y apoyé mi rostro contra su hombro.

—Sí, así. ¡Oh!

—Quiero estar dentro de ti, Elise.

Una risa temblorosa escapó de mi interior.

—Sí —le aseguré casi sin aliento y llena de deseo—. Eso también.

—No he traído nada.

Las lentas caricias de sus dedos me habían llevado al

borde del orgasmo, pero me incorporé para mirarlo a los ojos.

—Vaya. Eso podría ser un problema, ¿verdad?

Niall rodó hasta que quedamos el uno junto al otro. No apartó la mano, pero sí dejó de mover los dedos.

—Quiero...

—Follarme —contesté casi sin aliento mientras observaba su rostro atentamente esperando una reacción que, desde luego, ahí estaba.

—Sí —entrecerró los ojos durante un instante antes de enfocar la mirada sobre mí—. Quiero follarte.

—Bien —yo alargué una mano para tomar su polla.

Niall se apretó contra mi mano y volvió a besarme. Durante varios minutos más siguió retorciéndose, hasta que interrumpió el beso con un respingo.

—¡Mierda! Te deseo.

—Yo también te deseo —reí—. ¿Por qué no llevas siempre un preservativo contigo, Niall Black? ¿Cómo has conseguido sobrevivir en la vida sin saber que en el momento más inesperado podrías necesitar meter tu pene dentro de una vagina?

—¿Pero qué...?

Él parpadeó perplejo, momentáneamente confundido, antes de sonreír.

Yo lo besé apasionadamente y deslicé un muslo entre los suyos para mecerlo contra él.

—No hagas como si nunca te hubiera sucedido hasta hoy.

—Claro —contestó él—. Me pasa todo el tiempo. La semana pasada, en el supermercado, una chica se abalanzó sobre mí. Quería hacérselo conmigo allí mismo, en el lineal de los congelados.

—Déjame adivinar. No llevabas preservativo.

Niall movió los dedos hasta introducirlos de nuevo en mi interior, y yo eché la cabeza hacia atrás.

—No, pero seamos justos. Tú tampoco llevas.

—Es cierto —jadeé, incapaz de añadir mucho más porque de nuevo estaba a punto de hacerme llegar—. Entonces, ¿qué podemos hacer?

Antes de poder hacer ningún movimiento para detenerlo, Niall me hizo rodar de espaldas y se instaló entre mis piernas. A continuación enganchó el liguero con los dedos, tironeando, pero incapaz de deslizarlo más de un centímetro por mis caderas. Yo solté una carcajada ante sus esfuerzos. Y él me acompañó, ambos luchando un buen rato. Sin embargo, hacía falta un verdadero esfuerzo para soltar esa cosa. Al fin Niall se rindió y se apartó jadeando.

—La polla bloqueada por la lencería —sentenció.

Yo me incorporé sobre un codo y lo miré.

—Me he vestido de manera práctica, no para seducir.

Él gruñó de nuevo y deslizó los dedos por mi muslo. Yo deseaba que me tocara más arriba, que me diera más. Pero había bebido demasiado y había sido un día muy largo. No pude contener un bostezo, lo bastante grande como para hacer que me crujiera la mandíbula. Él intentó no contagiarse, vi la lucha en su rostro. Pero perdió y emitió su propio bostezo. Utilizando mi estómago a modo de almohada, Niall cerró los ojos.

Yo le acaricié los cabellos, sorprendida ante mi propia ternura y sorprendida por la rapidez con la que aquello había pasado de salvaje lujuria a algo más sencillo. Me había acostado con hombres que, en lugar del sexo que ambos habíamos perseguido, me habrían exigido un buen polvo, y con otros que me lo habrían suplicado. Yo me inclinaba normalmente por rechazar ambas aproximaciones. Niall no exigió, y no suplicó. Yo esperé a que se moviera, a que hablara, pero los minutos pasaron, y su respiración se calmó.

—Niall —murmuré.

Él se acurrucó contra mí y hundió los dedos bajo mis muslos. Yo dejé que mis dedos se deslizaran por sus cabellos y dibujaran el contorno de su oreja. Niall se movió un poco, pero no protestó.

—Qué agradable —dijo.

Y era, en efecto, agradable. No solo el tema de los besos y caricias, sino... eso. Todo ello. La sensación de sus cabellos en mis dedos, el suave ascenso y descenso de su respiración. El modo en que me abrazaba con más fuerza. Todo lo que tenía que ver con estar con Niall daba la sensación de ser correcto.

No estábamos follando, pero la sensación era estupenda.

No era mi intención quedarme dormida. Desde luego no completamente vestida, acurrucada, con la cara sin lavar y los cabellos enredándose alrededor de mis hombros. Las luces estaban encendidas. Mi única intención había sido cerrar los ojos un minuto, no sumirme en el sueño junto a un extraño abrazado a mí como si nos conociésemos de toda la vida. Considerando lo difícil que me resultaba conciliar el sueño en mi propia cama y con todo un arsenal de trucos a mi disposición, jamás creí que pudiera quedarme dormida.

Pero lo hice. Profundamente dormida y sin soñar. Me desperté al cabo de un rato, desorientada. Niall había apagado las luces y nos habíamos recolocado en la cama hasta encajar, estilo cuchara, él detrás de mí. Su brazo descansaba sobre mi cadera, la mano sobre mi barriga. El liguero se me clavaba en los muslos y mi estómago se quejaba por el escaso sueño, el exceso de vino, la excitación sin culminar.

No me moví. Lentamente fui consciente de la respiración de Niall sobre mi nuca. A través de las cortinas entraba luz, pero no tenía ni idea de qué hora era. ¡Mierda! ¿Me había perdido el *brunch*?

Me aparté de él, temiendo que fuera a despertarse, pero no lo hizo. Utilicé su cuarto de baño para enjuagarme la boca y alisarme los cabellos, y me limpié los churretes de delineador bajo los ojos. Iba a tener que hacer una rápida incursión a mi habitación antes de bajar al salón, pero por lo menos ya no tenía aspecto de haber dormido bajo un puente.

De regreso al dormitorio, encontré los zapatos, pero no me molesté en ponérmelos. Me incliné sobre Niall, que ni se movió. Le acaricié un hombro, pero siguió igual.

No lo besé en la mejilla antes de marcharme.

Capítulo 27

—En serio, Elise, si tenías resaca, podrías haberte quedado en la habitación —Jill me apuntó con una mimosa, pero la retiró cuando yo alargué una mano para arrebatársela.

—No tengo resaca. Solo estoy cansada.

—Pues lo parece. Ponte algo de carmín —ella sacudió la cabeza con gesto de desaprobación.

—Jill, a nadie le importa la pinta que yo tenga. Todo va bien. Mamá y tú hicisteis un gran trabajo con todo esto. Relájate —yo le quité una mimosa a un camarero que pasaba e intenté fingir que no buscaba a Niall. Me moría de hambre.

—Solo quería que resultara agradable —mi hermana clavó su mirada en mí—. Queríamos asegurarnos de que William tuviera una bonita fiesta, eso es todo.

—Ha tenido una fiesta muy linda. Y qué bueno este *brunch*, ¿de acuerdo? —en ese momento yo me esforzaba al máximo por sentir simpatía hacia mi hermana—. Mira, mamá está en la gloria.

Mi madre estaba saludando a todo el mundo, dirigiendo a los invitados hacia la mesa del bufé, repleta de huevos, *bagels*, queso en crema y salmón ahumado. Oí a un invitado un poco despistado preguntar si había algo de bacon y recé para que no se lo preguntara a mi madre, de la que no se podía descartar que respondiera con sarcasmo. Con todo, sin embargo, resultó un *brunch* agradable. A mamá y a Jill se les daba bien organizar eventos. Nadie sabría de todas las dudas que habían experimentado y, al final, ¿acaso importaba cuánto les había llevado decidir si deberían servir queso en crema vegetal junto con el normal?

—Parece que tienes resaca —Evan me ofreció un plato con huevos y *bagels*—. ¿Te apetece?

—Te fastidias, inútil —yo le arranqué el plato de las manos—, porque resulta que no tengo resaca, pero me muero de hambre. De modo que sí, gracias por el plato, amigo, vas a tener que volver a ponerte a la cola.

—Linda. Inútil. Qué bueno. ¿Cuántos años tienes, diez? —mi hermano intentó recuperar el plato. Dado que con un vaso en una mano de todos modos no podía comer del plato, se lo permití. Él miró a su alrededor—. Aquí hay mucha gente.

—Sí, bueno, anoche había más. Y en unas pocas horas todo habrá acabado. Podrás irte a casa y no volverás a repetir esto nunca más —yo sonreí y le aticé con la mimosa, dejé el vaso sobre una mesa vacía y me dirigí al bufé.

En la fila charlé con unos y con otros, pero mi mirada buscaba a Niall entre la gente. Podría haberle enviado un mensaje. A lo mejor se había olvidado del *brunch*. O, pensé de repente mientras veía a mi madre reinando sobre la fiesta, no lo habían invitado. Mierda. Eso tenía sentido. Niall no pertenecía a la familia. Mi madre jamás lo habría incluido en la lista a no ser que Evan lo hubiera añadido expresamente y, conociendo a mi hermano, sabía que él no se molestaría en hacer una cosa así.

Por lo menos tendría una buena excusa para enviarle un mensaje, y no la desperdicié. Especifiqué claramente los detalles, dónde estaba el salón y la hora, y lo envié justo antes de que llegara mi turno para elegir la comida. Guardé el móvil en el bolso y llené mi plato con toda clase de delicias. Mi estómago rugía. Llegué al final de la mesa del bufé y mientras me acercaba a mi madre, que dirigía a todo el mundo hacia la mesa del café y los postres, Susan se acercó.

—Qué agradable *brunch* —observó con elegancia y, lo que a mí me pareció, sinceridad—. Gracias a ti y a Jill por organizar todo esto. Todo tiene un aspecto encantador. Gracias.

Viendo resplandecer el rostro de mi madre mientras mi cuñada se esforzaba por llegar a ella, se me ocurrió que quizás estuviera presenciando una especie de milagro. Sin embargo duró poco. Con el plato en la mano, me dirigí a un asiento vacío para poder consultar el móvil y ver si Niall había contestado. Y entonces fue cuando oí la voz de mi hermana.

—Me alegra que al fin decidiéramos invitar también a tu familia. Mamá y yo pensamos que incluirlos a ellos era lo correcto.

«¡Oh, no, Jill!», pensé. «No lo hagas. Por el amor de Dios. No».

—¿Y qué motivo habríais tenido para excluirlos? —preguntó Susan de inmediato y en un tono de voz demasiado elevado.

Mi hermana seguía sin enterarse, aunque el cambio en el tono de voz de Susan debería haberle dado una pista de que había hablado de más, ya que sus habilidades sociales no se lo habían impedido.

—Bueno, excluirlos no, solo que este *brunch* estaba pensado solo para la familia. Para William, por supuesto.

—Mi familia es la familia de William —insistió Susan con la mandíbula encajada—. ¿Cómo demonios no ibas a invitarles a una fiesta para celebrar el *Bar Mitzvah* de mi hijo?

Mi madre era una gran aficionada a las trifulcas, pero solo intervenía cuando pensaba que le resultaría beneficioso. Tiró de la manga de Jill para hacerla retroceder un paso.

—¡Baja la voz!

—¿Por qué? ¿No quieres que algunos de los invitados aquí presentes sepan que no queríais invitarlos?

¡Madre mía! Vi a Evan acercarse para intentar apaciguar la situación, pero ya era demasiado tarde. Mi cuñada, que ya había tenido que aguantar su dosis de molestias causadas por mi madre y mi hermana, había terminado por perder definitiva y espectacularmente la paciencia.

Comenzaron los gritos, y no pude por menos que reconocer que Susan poseía un vocabulario mucho más colorido del que le habría atribuido. Sugirió que Jill realizara algunas acciones que, sin duda, eran anatómicamente imposibles.

Y entonces mi madre decidió intervenir en un intento de defender a mi hermana.

—¡No me puedo creer hasta qué punto se me está difamando! —se quejó.

Y Susan la despellejó viva.

Resultó bastante impresionante de contemplar.

Desde luego no sería yo quien dijera que mi madre y mi hermana no se merecían ser vapuleadas, pero ese no era ni el momento ni el lugar. Nadie pareció recordar que William estaba allí mientras las tres mujeres se enzarzaban en una guerra sobre quién había hecho más por él, pero cuando miré a mi sobrino, que estaba en el otro extremo del salón, lo vi pálido y tembloroso. Solté mi plato y corrí a su encuentro, sacándolo por una puerta trasera que conducía al pasillo de servicio, donde pudo estallar en horrorizados y mortificados sollozos.

—Ya, ya —lo calmé yo—. Tranquilo.

—¡Lo están arruinando todo!

—Son idiotas —le dije—. No... William, no permitas que esto te altere. Mierda. Sí, te altere. Son imbéciles, lo siento, muchacho.

—¿Por qué a la abuela no le gusta mi madre? —William se secó el rostro con la mano.

—No lo sé. Supongo que porque tu mamá no se parece a la tía Jill —le rodeé los hombros con un brazo y lo apreté.

—Tú no te pareces a la tía Jill.

—No —yo solté una carcajada cargada de angustias—, y diría que tampoco le gusto demasiado a la abuela.

—No, pero al menos a ti sí te quiere —no estaba mal como dosis de sabiduría para un crío.

—Sí, bueno. Y también te quiere a ti, amigo. Y tu madre también. De modo que no permitas que esto arruine tu momento. Cuando volvamos a entrar ahí, todo habrá terminado, y todo el mundo estará fingiendo que no ha pasado nada.

—¿Y cómo lo sabes?

—Porque eso es lo que hace la gente en situaciones incómodas como esta —le expliqué en el instante en que la puerta se abría y mi hermano aparecía por ella.

—Ah, hola, colega —su expresión era de alivio—. Estás aquí.

—¿Todavía se están peleando? —William miró a su padre con expresión desconfiada.

—No. Mamá se ha ido a relajarse un poco, y la abuela y la tía Jill se han sentado. Están tranquilas —añadió mientras me miraba a mí.

—Pues mejor que se callen por lo ofendidas que se sienten que no que sigan discutiendo —opiné yo.

—Vamos otra vez ahí dentro, ¿de acuerdo, campeón? —Evan suspiró—. Elise, ¿nos acompañas?

—Enseguida voy.

En medio de todo aquello había sentido vibrar mi móvil. Era un mensaje de Niall en el que decía que enseguida bajaba al *brunch*. Yo intenté contestarle con un esbozo de lo que acababa de suceder, por si entraba en medio de todo el lío, pero no tenía cobertura. Avancé por el pasillo entre sillas apiladas y bandejas de cristalería hasta que volví una esquina, seguí por otro pasillo y atravesé una doble puerta, donde por fin mi teléfono recibía mejor señal. Y allí estalló el caos.

Porque allí estaba Susan, los hombros temblando mientras se pegaba a un hombre que reconocí de haberlo visto en la fiesta la noche anterior, pero cuyo nombre desconocía. Le acariciaba el pelo mientras ella se quejaba.

—... y se quedó allí, sin mover ni un dedo mientras le pisoteaban, y a mí también, mientras su madre me insultaba, a mí y a mi familia. ¡Y no hizo nada! Ni una maldita cosa. ¡Como siempre!

El tipo no era su hermano o un tío, ni siquiera un primo favorito. Podría haber sido su mejor amigo, gay para más señas, pero cuando empezaron a besarse en la boca, ni siquiera yo pude pasarlo por alto. Lo único que pude hacer fue quedarme allí con la boca abierta, el móvil en la mano, zumbando con un nuevo mensaje que alertó de mi presencia a los amantes, pues ambos se volvieron al mismo tiempo y yo no tuve manera de fingir que no los había visto.

—Mierda —exclamó el hombre.

Susan parecía admirablemente recompuesta teniendo en cuenta el poco tiempo que había pasado desde que había estado gritando como una arpía. Y considerando, además, que su pequeño y sucio secreto acababa de ser descubierto. Alzó la barbilla y le murmuró algo al tipo, que pareció muy afectado, pero ella lo repitió, en tono más firme. Él asintió y se dirigió hacia las puertas batientes que conducían al vestíbulo. Ella me miró.

—¿Vas a contárselo a Evan?
—Es mi hermano —fue lo único que se me ocurrió.

—Bueno, pero no se lo cuentes hoy, ¿de acuerdo? No hagamos que este día resulte peor de lo que ya está siendo.

Parecía cansada. Y triste.

—Deberías ser tú quien se lo contara, no yo —yo sacudí la cabeza.

—No voy a contarle nada —Susan rio, pero sin rastro de humor—. ¿Estás loca?

—No puedes, quiero decir que lo va a descubrir —sentí que el móvil resbalaba en mi sudorosa mano.

—¿Y cómo va a descubrirlo? No se fija una mierda en mí —bufó Susan—. En nada. ¿En serio crees que lo va a descubrir él solito? Y, aunque lo haga, Elise, tu hermano es un jodido experto en ignorar todo aquello a lo que no quiere enfrentarse.

En eso no se equivocaba, pero seguía siendo mi hermano, y ella era la mujer que nunca se había molestado siquiera en ser mi amiga. No contesté. Susan se encogió de hombros y me siguió mirando.

—¿Qué te he hecho para que me odies tanto? —pregunté al fin.

—Yo no te odio —contestó Susan con calma.

—Entonces, Sue, ¿qué demonios sucede? —yo me apoyé contra la pared.

—Es por todo —balbuceó—. Todo en ti.

Yo fruncí el ceño, sin saber muy bien cómo interpretar eso.

—¿Qué hay en mí que sea tan horrible? A ver, comprendo que no soportes a Jill, pero...

—Jill tiene celos de mí, eso es todo —me interrumpió Susan—. Está celosa porque ella no puede tener hijos por culpa de... por lo que sucedió cuando estaba en la universidad. Y siempre ha sentido celos de Evan y de ti.

—¿Qué demonios le sucedió en la universidad?

Susan me miró largo rato antes de contestar.

—Se quedó embarazada. El tipo no quiso casarse con ella, tal y como Evan accedió a casarse conmigo.

—¿Jill se quedó embarazada? —yo sacudí la cabeza, deseando que hubiera una silla en la que sentarme.

—Sí, y nunca ha olvidado a ese tipo, ni se ha casado o tenido hijos, y no soporta que yo tenga lo que ella deseaba tener —Susan se encogió de hombros y cruzó los brazos sobre el estómago y fijó la mirada en la alfombra—. He intentado sentir lástima por ella, pero lo cierto es que es una zorra.

—Bueno, sí —yo también me encogí de hombros—. En cierto modo siempre lo ha sido.

—Siento celos de ti, Elise —mi cuñada me miró de reojo—. Supongo que eso también me convierte a mí en una zorra.

—Pero... ¿por qué?

—Porque Evan habla contigo cuando conmigo no quiere hablar. Porque tú les haces frente y yo me limito a dejar que me pisoteen. Porque —añadió en un ronco susurro—, cuando William era un bebé y yo me sentía atrapada por verme obligada a tenerlo y a casarme, cuando lo cierto era que no quería, ahí estabas tú. A mí me daba miedo que se me cayera mientras que tú le cambiabas los pañales prácticamente con una sola mano. Y ahí estás ahora, con un trabajo que adoras y eres tan... jodidamente segura y confiada, como has sido siempre, como yo no he sido nunca.

Nos miramos fijamente.

—¡Por Dios! Ojalá no hubiera dejado de fumar —exclamó ella.

A mí también me hubiera ido bien un cigarrillo.

—Por el bien de William, no le diré nada a Evan. Pero tú sí deberías hacerlo. O terminar con esto. O ambas cosas.

—No puedo terminarlo —contestó Susan—. Lo amo.

Yo di un respingo. Nos quedamos varios minutos más mirándonos en silencio. Al fin, ella se cuadró de hombros.

—Tengo que volver ahí dentro y, supongo, intentar quedar bien.

—No tienes que quedar bien. Van a dejarte tirada. Se quejarán entre ellas y seguramente le darán la lata a Evan más tarde, pero a ti... —le dediqué una sonrisa que me hizo daño en la boca y me encogí de hombros—. A ti van a dejarte en paz.

Durante un instante creí que iba a volver a echarse a llorar. Yo no podía, de ninguna manera, dejar de juzgarla por engañar a mi hermano. De todos modos, ¿qué demonios iba a hacer al respecto? Aun así, no la culpaba por emprenderla por fin contra mi madre y Jill.

—Escucha, Susan —yo me interrumpí al recordar las clases de yoga de los miércoles, y sus tardanzas—, no voy a darte ninguna clase de ultimátum ni nada de eso. Pero si vuelves a utilizarme para que me ocupe de tu hijo mientras tú te dedicas a follar por ahí, me aseguraré de que Evan se entere de todo.

Su expresión, tuve que concederle, era de culpabilidad. Susan asintió. Mi teléfono volvió a zumbar y yo miré la pantalla. Sin decir una palabra más, ella se marchó, y yo deslicé el pulgar por la pantalla hasta encontrar el mensaje de Niall.

¿Dónde estás?

Le indiqué dónde podía encontrarme y, cuando llegó, me abracé a él con fuerza. Apretándolo. Hundí mi cara en su cuello.

—Sácame de aquí —le pedí.

Niall me llevó a una cafetería y me pidió huevos, tortitas, tostadas y café. Y me escuchó atentamente mientras yo despotricaba contra mi estúpida y loca familia. En ningún momento intentó darme un consejo. No le dije nada de Susan, algunos conocimientos eran más una carga que la ignorancia y, además, él trabajaba con mi hermano. Le permití tocar mi mano por encima de la mesa. No fue más que una simple caricia, pero significó mucho para mí.

−¿Quieres? −le ofrecí un pedazo de mi tostada, que había espolvoreado generosamente con canela y azúcar. Le di un crujiente mordisco, y saboreé su dulzor antes de suspirar−. Es mi favorita.

−Nunca lo he probado.

−¿Nunca? −yo parpadeé, perpleja.

−No. Siempre mantequilla con mermelada −se acercó y tomó un trocito de mi tostada.

Yo sentí el irrefrenable impulso de saltar por encima de la mesa y quitarle, a base de besos, las migas de las comisuras de los labios.

Mi oportunidad llegó en el coche. Y, desde luego, su beso fue más dulce que el azúcar. Más dulce que cualquier otra cosa.

−Debería regresar −sugerí tras varios minutos de unos besos que harían que cualquier chica olvidara que se encontraba en el asiento delantero de un coche−. Para asegurarme de que no haya habido ningún asesinato.

−No estás obligada a ejercer de árbitro, Elise.

−¿Esa es tu excusa para que me quede contigo un rato más? −yo sonreí.

−Puede −él se acercó, aunque no del todo y, cuando yo avancé, se apartó burlonamente.

No volví a intentarlo. Esperé a que fuera él quien se acercara a mí. Y lo hizo, unos momentos más tarde, tomando mi boca en un perezoso y dulce beso que, no obstante, me aceleró el corazón. Niall dibujó el contorno de mi mandíbula y se echó hacia atrás. Nuestras miradas se fundieron durante un rato.

—No estoy loca, ¿verdad? —pregunté.

—¿Eh? —él enarcó una ceja.

—Aquí hay algo —gesticulé hacia el espacio que nos separaba—. No lo estoy interpretando mal, ¿no? Anoche estuvimos a punto de practicar el sexo, ¿verdad?

Niall parpadeó y pareció un poco turbado.

—Sí.

Yo sentí ganas de besarlo de nuevo, pero no lo hice.

—Solo quería asegurarme, nada más. Porque me confundes.

—Venga ya, si soy transparente —protestó él.

Nos reímos juntos y yo me recliné en el asiento mientras suspiraba.

—¿Por qué cancelaste nuestra cita para ir al cine? —pregunté sin mirarlo.

Niall no contestó de inmediato y yo lo miré. Su expresión era avergonzada.

—¿Porque soy un idiota?

—Es por culpa de esas fotos, ¿verdad? Y por esas cosas de las que hablaste con mi hermano —mantuve el tono de voz relajado, aunque no me sentía así—. Es demasiado raro para ti.

Niall me tomó una mano y besó cada uno de mis dedos antes de doblarlos sobre la palma y besar también los nudillos.

—Fue por culpa de todos esos mensajes que recibías sin parar durante el espectáculo de los acróbatas. Sabía que tenían que ser de algún tío.

—Y lo eran, pero ¿y qué?

—Pensé que podrían ser de tu novio —continuó Niall.

Yo fruncí el ceño.

—De haber tenido novio no habría salido contigo. ¡Por favor! ¿Qué clase de persona crees que soy?

—Una persona fascinante, enigmática, condenadamente intimidante.

Yo entrecerré los ojos aunque lo cierto era que la respuesta de Niall me había resultado halagadora.

—No tengo novio.

—Es verdad. Tú tienes amantes —en esa ocasión fue él quien frunció el ceño.

Yo aparté mi mano de la suya y entrelacé mis dedos sobre el regazo.

—Tenía un amante —admití sin apartar la mirada del frente—. Uno. Pero ya no lo estoy viendo. Y aunque lo hiciera, sería asunto mío, ¿no crees?

—A los tíos nos gusta saber qué terreno pisamos, eso es todo.

—De modo que pensaste que tenía un novio, o un amante —sugerí mirándolo de reojo—, pero aun así me llevaste a la cama.

—Creo que estarás de acuerdo en que fuiste tú la que me llevó a mí a la cama.

Yo reflexioné en silencio un rato, recordando noches solitarias y desesperación. Reglas que, se suponía, debían mantener mi corazón a salvo, pero que no lo habían logrado. Niall volvió a tomar mi mano y me acarició el dorso con el pulgar. Yo me estremecí.

—Tú crees que soy una cabrona. Que todo va de látigos, cadenas y cera derretida. Crees que voy a ser dura y violenta, pero soy dulce, Niall. Eso es lo que no entiendes. Que realmente quiero ser dulce —sacudí la cabeza y retiré delicadamente la mano. Niall deslizó un dedo por mi brazo, haciéndome cosquillas y yo volví a mirarlo—. Estoy harta de juegos, eso es todo.

—Nada de juegos —me prometió mientras se dibujaba una «X», sobre el pecho con el dedo—. Te lo juro. Los odio.

—Eso dicen todos —yo hice una mueca—, y en cuanto te descuidas, has dejado de ser sincero sobre alguna cosa, o intentas manipular a alguien, o intentas cambiar a alguien para convertirle en lo que quieres que sea. O cambias para ser como la otra persona quiere que seas, solo que no puedes hacerlo por completo, ¿verdad? Y al final todo es decepción y pesar.

—Debe haberte jodido a base de bien —observó Niall—. Quienquiera que fuera ese novio que no tuviste.

—Ya, bueno, es lo que pasa, ¿verdad? —yo fruncí el ceño—. Una mala ruptura te deja cicatrices.

—De modo que te echas un amante —insistió él—. En lugar de tener otro novio.

—¿Te estás ofreciendo a ser mi novio? —pregunté, irritada.

Él sacudió la cabeza y me ofreció esa condenada sonrisa.

—Jamás me atrevería.

—Si vuelves a invitarme a salir, será mejor que no te rajes —le advertí—. Nada de gilipolleces.

—Ni una. Ni un átomo, te lo prometo. Y bien, ¿qué dices? ¿Quieres intentarlo? ¿Me das otra oportunidad?

Apaciguada, aunque solo un poco, estudié su rostro en busca de cualquier señal de falta de sinceridad.

—Lo digo en serio, Niall, no me interesa que me jodan. Una cosa fue lo que sucedió anoche, llevarme al cine es otra.

—¿Y no podemos hacer las dos cosas? —me miró con gesto profundamente serio—. ¿Tiene que ser lo uno o lo otro?

—Quieres salir conmigo —sentencié—. ¿No solo follar?

—¿Qué quieres tú, Elise? —preguntó él tras un prolongado silencio.

—Ya te he dicho lo que quiero —me encogí de hombros.

De nuevo me tomó la mano. Permanecimos sentados en el coche durante un largo minuto, hasta que al fin me incliné hacia él y le ofrecí mi boca. Y él me besó.

—Te permito que seas dulce conmigo —susurró Niall.

Capítulo 28

Niall me pidió que saliéramos de verdad, en una cita de las de verdad, y yo accedí. Incluso me recogió en mi casa y apareció con un ramo de flores, margaritas y unas flores moradas que no reconocí, pero que me encantaron. Cenamos, tomamos unas copas y luego fuimos al cine. Por último, me llevó de vuelta a mi casa y me dejó en la puerta de la calle, con un beso.

Pero, qué beso. Bocas abiertas, lenguas bailando, sus manos en mis cabellos, en mis caderas, su cuerpo apretando el mío contra la puerta hasta que lo aparté un poco.

—En este barrio la gente es muy cotilla. ¿Te apetece pasar? —pregunté con mi boca llena del recuerdo de su sabor.

Niall me miró muy serio antes de sonreír con picardía mientras se recolocaba la parte delantera del pantalón.

—En la primera cita no.

—Bromeas, ¿verdad? —yo di un paso atrás ante su expresión—. ¡Lo estás diciendo en serio!

—Te he invitado a salir, en una cita de verdad. El resto sucederá cuando tenga que suceder.

Hablaba con tanta calma y seguridad que tuve que detenerme a reflexionar. A reflexionar muy en serio. Había algo tremendamente atrayente en esa idea de dejar que las cosas fluyeran. Atrayente y aterrador.

—Eso es muy filosófico —opiné.

—Qué quieres que te diga —Niall sonrió—, soy un pensador profundo.

—No vas a pasar. Lo has dicho en serio.

Él sacudió la cabeza y la sonrisa se hizo más amplia.

—No. No a no ser que me lo ordenes.

Me estaba poniendo a prueba y yo lo sabía. Testarudamente, apoyé las manos en las caderas y entorné los ojos, intentando leer algo en su expresión.

—¿Te das cuenta de que ya nos hemos visto prácticamente desnudos?

—Desde luego —Niall asintió—. Lo recuerdo, créeme. No podría olvidarlo aunque lo intentara.

—¿Y por qué ibas a querer intentarlo?

—Buena pregunta —Niall dio un paso atrás y salió de la terraza de cemento—. Te llamaré.

—Bicho raro —yo reí y sacudí la cabeza—. A lo mejor no quiero que vuelvas a llamarme. Ni siquiera me preguntaste si me lo había pasado bien.

—Te lo pasaste bien —aseguró Niall con convicción, una sonrisa y un saludo con la mano en el aire. Luego regresó a su coche.

Maldito fuera, pues tenía razón. La velada había sido fantástica. Habíamos descubierto que nos gustaban los mismos programas de televisión, la misma música, los mismos libros. Pedimos el mismo postre, hasta que él decidió en el último momento pasarse a lo que habría sido mi segunda opción también, para que así pudiésemos compartirlo. Si no tenía en cuenta que no nos habíamos acostado después, había sido, con mucho, la mejor cita que había disfrutado en... bueno, la mejor cita de mi vida.

Al salir de la ducha descubrí que tenía una llamada perdida suya. En la cama, acurrucada contra las almohadas, sujeté el teléfono contra mi pecho unos segundos antes de devolverle la llamada.

—Hola.

—Solo quería desearte buenas noches —me aseguró Niall—. ¿Qué estás haciendo?

—Acabo de meterme en la cama. ¿Y tú?

—Lo mismo —contestó—. ¿Qué llevas puesto?

—Una sonrisa.

—Me estás matando —Niall gruñó.

—Pues si no quieres saber la respuesta, no preguntes.

—Y bien... —dijo después de unos segundos de silencio.

—Y bien... —repetí yo.

—Me lo he pasado muy bien esta noche —me aseguró él.

—Ya lo sé —yo sonreí.

—Tenemos que repetirlo otra vez, pronto —Niall hizo una pausa—. ¿Qué planes tienes para mañana?

—Por suerte, no tengo planes. ¿Y tú?

—Tengo que hacer algunos recados por la mañana. Después había pensado ir al gimnasio. Pero luego, si tú quieres, podríamos ir a los bolos —sugirió él.

—¿A los bolos?

—Sí, a los bolos —Niall rio—. ¿Qué pasa? ¿No juegas a los bolos?

—No juego a los bolos desde hace... Madre mía, puede que desde el instituto. ¡Vaya! —intenté recordar la última vez que había ido a los bolos y tuve un vago recuerdo de zapatos apestosos y música atronadora.

—¿Y bien? ¿Te apetece ir?

—Pues, bueno. De acuerdo.

—Estupendo. Pasaré a buscarte a las seis —se despidió Niall.

Colgamos el teléfono y yo puse el mío a cargar. Y, aunque permanecí despierta largo rato, luchando contra mi habitual insomnio y contando hacia atrás desde cien, no volví a encenderlo. Ni siquiera me sentía tentada de enviarle a George un mensaje tardío.

Por primera vez en mucho tiempo, no tenía nada que decirle.

Capítulo 29

¿Quién no había experimentado alguna vez esa sensación, al conocer a alguien, de que todo lo que hacían juntos era increíble y maravilloso, y nunca parecía ser suficiente? Pero al final surgía algo que te molestaba. Quizás la manera que tenía de masticar. O que siempre llegaba tarde porque nunca se decidía sobre la ropa que ponerse, o porque no le gustaba tu perfume favorito. O un buen día te comentaba que no le veía ningún sentido a los tatuajes, a pesar de que tú llevabas unos cuantos. Lentamente se iban produciendo pequeñas heridas, una y otra vez, hasta que al final apenas recordabas por qué te gustaba esa persona al principio.

Yo seguía esperando que algo así me sucediera con Niall, pero no sucedió. Las semanas pasaron y seguimos juntos como si nos conociésemos de toda la vida, aunque cada vez que hablábamos era como si acabásemos de conocernos. Las mariposas no desaparecían. Mi corazón saltaba cada vez que sonaba el teléfono y su nombre aparecía en la pantalla.

Estar con él resultaba muy cómodo. Hablar con él era muy sencillo. Nunca tenía que repetir lo que acababa de decir, o explicar qué había querido decir. Si me hacía una pregunta, y me hacía muchas, escuchaba la respuesta y, además, retenía la información más allá de un día. Me llevó a cenar con ocasión de mi cumpleaños y me compró una tarjeta, y ni siquiera hizo falta que le insinuara una semana antes que iba a cumplir treinta y cuatro. Jamás había conocido a un hombre que hiciera esas cosas. Hasta mi hermano se había olvidado en alguna ocasión de desearme feliz cumpleaños, y no tenía ninguna excusa para ello.

Un mes no era mucho tiempo, a no ser que una se estuviera enamorando. En ese caso la sensación podía ser de cuatro años en lugar de cuatro semanas. Yo no estaba segura de que lo que sentía por Niall fuera amor. No tenía nada que ver con lo que había sentido por otras personas, de eso estaba segura. Cuantas más cosas averiguaba de él, más deseaba saber. Estar con Niall era muy fácil, pero también resultaba extraño porque no suponía el menor esfuerzo. Lo cierto era que me asustaba tremendamente, lo sencillo que resultaba. Era una sensación buena la de disfrutar de su compañía.

Y me aterrorizaba.

Yo no podía ignorar la despreocupación con la que tomaba mi mano cuando caminábamos juntos, sus dedos acariciando el interior de mi palma de vez en cuando hasta provocarme escalofríos por todo el cuerpo. Cómo frotaba los dedos de sus pies contra los míos por debajo de la mesa, o cómo me acariciaba los hombros y la nuca cuando se levantaba para ir al servicio, y cuando regresaba. Y cómo me besaba, todo el tiempo. Para decirme hola, adiós, porque sí, en cualquier momento cuando, de repente, me encontraba en sus brazos con sus labios sobre los míos. A veces con urgencia, a veces con pereza, sus besos nunca dejaban de acelerar mi corazón. Nos pasábamos horas en el sofá, besándonos, como adolescentes, como antes de que hubiera practicado sexo en mi vida, solo que no era como en el instituto, pues sabía perfectamente qué me estaba perdiendo. Las manos exploraban, los cabellos se enredaban. Niall me besaba hasta que sentía la boca hinchada, los labios agrietados. Yo mantenía mis manos por encima de su ropa, esperando a que él me suplicara que lo tocara, pero nunca lo hacía. Y yo le permitía deslizar sus dedos por debajo de mi ropa sin siquiera animarlo a que fuera más lejos. Esperaba, expectante, a ver qué hacía Niall por sí mismo, esperaba a ver cuál de los dos aguantaría más. Había noches en las que me marchaba de su casa con las piernas tan temblorosas que subirme al coche era toda una proeza, y llevaba las braguitas empapadas por la excitación. No me había excitado tanto sin hallar liberación desde... bueno, nunca.

No lo soportaba, y no me hartaba nunca, casi febril de anticipación. Excitación y negación, pero ¿cuál de los dos excitaba y cuál negaba? Durante cuatro semanas no hubo otra cosa.

Normal que estuviera perdiendo la cabeza, al menos un poco.

Me había acostumbrado a negociar. A exponerlo todo, expectativas, deseos, palabras de seguridad, límites. Y me había olvidado cómo era simplemente permitir que una relación fluyera con naturalidad, sin intervención, fuerza o lucha.

Debería haberlo tomado, ¿verdad? porque eso hacen las dóminas. Toman lo que quieren. Exigen y ordenan. A lo mejor era lo que él esperaba que hiciera. Bueno, no podía negar que resultaba divertido, desde luego, y no sería yo quien fingiera que no me gustaba conseguir lo que quería, cómo lo quería y cuándo lo quería. Pero le había dicho la verdad a Niall. Que quizás en el porno, o para otras personas, todo iba de caminar sobre el filo o ser violenta. Y yo quería poder ser dulce.

Y porque no me suplicó, porque no me obligó, Niall me estaba concediendo precisamente eso.

Habíamos pasado el día recorriendo los mercadillos y tiendas de colchas del condado de Lancaster del Sur. Territorio Amish. ¿Por qué? Pues porque a comienzos de la semana le había mencionado que, aunque había vivido en la zona toda mi vida, y que mi madre seguía viviendo en Lancaster, nunca había visitado ninguno de los lugares turísticos.

Niall me llevó a montar en carro, conducido por un joven Amish sin barba y que llevaba puesto un impresionante sombrero de paja de ala ancha que Niall intentó comprar. El chico rio y sacudió la cabeza ante las tonterías de los «ingleses», y luego nos condujo hasta la tienda de su tía. Vendía colchas y pepinillos en conserva, además de sombreros. Niall me compró un sombrerito y, dado que el sol era fuerte, me lo puse. Luego nos hicimos una foto con nuestros sombreros puestos, foto que coloqué como fondo de pantalla.

Quizás no fuera amor, pero sí se le acercaba bastante. Almibarado, sensiblero, más que blandito. Y yo estaba encantada.

—Oye, ¿te apetece un pastel de calabaza? —Niall ya estaba eligiendo unas cuantas delicias locales y echándolas a la cestita de paja de la compra.

Tenían aspecto de ser caseras, lo cual era estupendo, pero no conseguí encontrar la lista de ingredientes. De modo que sacudí la cabeza.

—Será mejor que no.

—¿No? —él me miró confundido—. ¿Y eso? Están deliciosos.

—Seguramente están hechos con manteca —ante su mirada aún más confusa, solté una carcajada—. Yo no como nada que venga de un cerdo —le aclaré.

—Ah, claro. ¿Claro? —miró fijamente los pasteles—. ¿Estos llevan cerdo?

—Podrían —elegí un tarro de huevos cocidos en salmuera de remolacha y lo eché a la cesta–. Pero eso no significa que tú no puedas comerlo.

–Ni hablar. No si lleva cerdo –Niall sacudió la cabeza y me besó allí mismo, en mitad del pasillo. Dos niñas Amish, que llevaban vestidos idénticos, peinadas con trenzas, soltaron una risita nerviosa.

Fue un día estupendo, y yo no quería arruinarlo, pero cuando terminamos de hacer todo lo que Niall había planeado, resultó que estábamos a diez minutos de casa de mi madre. Cuando le pregunté si le importaba que nos acercásemos, sacudió la cabeza y rio. Yo también reí, pero sin demasiado humor.

–¿Vas a llevarme a casa para presentarme a tu madre? –preguntó.

–Ya la conoces. Y sabes en qué te estás metiendo. Solo se me ocurrió que sería un buen gesto por mi parte –hice una mueca–. Es como un grano en el culo, pero... está sola.

Niall alargó un brazo y me tomó la mano.

–Sí, lo entiendo. Mi madre también está sola, y por eso me siento obligado a hacer tantas cosas por ella. He intentado que se traslade a vivir más cerca, pero dice que lleva cuarenta años viviendo en esa casa y que no está dispuesta a abandonarla. Sé que estará bien, es capaz de valerse por sí misma, pero dado que soy hijo único y que se quedó viuda...

–Quieres asegurarte de que esté bien cuidada –él se había referido a su madre, pero yo estaba pensando en cómo se comportaba conmigo–. No hay nada malo en ello. Me gusta ese aspecto de ti.

–¿En serio? –él parecía complacido.

–Sí –me incliné hacia él para besarlo–. Eres un buen hombre.

De manera que fuimos a ver a mi madre, que abrió la puerta y me regañó por no llamar antes para que hubiera podido ponerse algo que no fuera esa bata de estar por casa. Poco importaba que la «bata», de mi madre hiciera juego con los pendientes, pulsera y zapatos, o que se hubiera maquillado a conciencia para pasar la tarde sola en su casa. Nos ofreció un pastel de café, lo cual significaba que no estaba demasiado enfadada. Cuando mi madre se enfadaba de verdad, restringía la comida.

—Es muy agradable —susurró cuando Niall se excusó para ir al lavabo—. Trabaja con Evan, ¿verdad?

—Sí. Estuvo en el *Bar Mitzvah*. Allí lo conociste.

—Ya me parecía que me resultaba familiar. Es el que se olvidó de ponerse una kipá.

—Puede ser —contesté con un suspiro, aunque no sabía si era cierto o no.

—No es judío —continuó mi madre.

—No, mamá, no lo es.

—Bueno —ella agitó una mano en el aire antes de encender un pitillo—. Intenté emparejarte con el hijo de Myra Goldberg, que es médico, pero vas a hacer lo que te dé la gana.

—¡Acabas de decir que te parece muy agradable! —alargué una mano hacia los cigarrillos, pero ella me sacudió una palmada.

Lo cierto era que no me apetecía un cigarrillo, pero quería comprobar su reacción.

—Puede ser todo lo agradable que quiera.

—Solo estamos saliendo —yo puse los ojos en blanco—. Ni siquiera es algo serio.

—Lo has traído a casa para que lo conozca —observó mi madre—. Eso es bastante serio.

—Ya le conocías. Se me ocurrió que no lo irías a espantar —recogí unas cuantas migas de pastel con la punta del dedo y miré a mi madre, que me contemplaba con una extraña expresión—. ¿Qué?

—De modo que él está metido en...

—¡Por Dios, mamá! —exclamé cuando comprendí lo que quería decir—. ¿Cuándo vas a dejar de preguntarme esas cosas? En realidad no quieres saberlo, y no es asunto tuyo. ¡Y resulta de lo más incómodo!

—Tu padre tenía una fijación con los pies —anunció de repente, irguiéndose en la silla como si alguien acabara de meterle el palo de la escoba por el vestido—. Se pintaba las uñas de los pies. Y se ponía sandalias con los dedos al aire.

—Mamá. No. Por favor, no sigas —yo sacudí la cabeza y reí horrorizada, rezando para que Niall no entrara en la cocina a tiempo para oír todo eso.

—Lo que quería decir es que creo que te viene heredado de él.

—A mí no me ha venido nada. Por Dios —me cubrí el rostro con las manos—. Las preferencias sexuales no son una enfermedad. Si quieres saberlo, empezó cuando veía *Wonder Woman*, ¿de acuerdo? Siempre llevaba esos lazos tan divinos con los que ataba a los chicos guapos.

—¿O sea que no es por algo que yo hiciera?

Pensé que bromeaba. Tenía que estar de broma, ¿no? Pero cuando la miré, vi que mi madre hablaba totalmente en serio.

—No, mamá —contesté con delicadeza—. Me fastidiaste de muchas maneras, pero no en eso.

—¡Gracias a Dios!

Niall apareció en la puerta y se detuvo ante la sentida exclamación de mi madre. Me miró. Yo sacudí la cabeza casi imperceptiblemente.

—Pero sigues posando para esas fotos —mi madre volvió al ataque.

—Es nuestro pie para salir de aquí —anuncié mientras me levantaba de la silla—. Gracias por el pastel. Tenemos que irnos.

—Encantado de volver a verla, señora Klein. El pastel estaba estupendo.

Mi madre fingió indiferencia, pero yo me di cuenta de que le había gustado el cumplido. En la puerta de entrada tuvo que aguantar un abrazo mío.

—Si le gusta el pastel, a lo mejor le gustaría hacerse judío, ¿no? —me susurró al oído.

—Eso no tiene nada que ver —masculló yo entre dientes sin dejar de sonreír para que Niall no lo oyera.

—Podrías sugerírselo.

Opté por no contestar a eso y, ya sentados en el coche de Niall, solté un gruñido y enterré el rostro entre las manos durante unos segundos mientras él reía y me daba un apretón en el hombro. Yo lo miré. Él se encogió de hombros.

—Lo siento —me disculpé—. Podría haber sido peor. Supongo.

Niall encendió la radio y no volvió a hablar. Yo intenté en varias ocasiones iniciar una conversación, pero parecía distraído. Me contenté con echar un vistazo al móvil. A mí no me gustaba que la gente insistiera en hablar cuando lo que me apetecía era estar en silencio, de modo que le concedí ese silencio. El tiempo era estupendo y bajé la ventanilla. Me llevó únicamente dos canciones pop de moda, que coreé con entusiasmo, para comprender algo de lo que no me había dado cuenta.

Estaba contenta.

De verdad, por primera vez desde que había terminado con George estaba contenta de verdad. Tenía un buen trabajo. Buenos amigos. Y ahí estaba Niall, salido de la nada y que me hacía reír, reflexionar y que, siempre, siempre, parecía saber exactamente qué necesitaba yo.

Envié un rápido saludo a Alicia, que respondió de inmediato. Dedicamos los siguientes minutos a enviarnos mensajes. Me contó que estaba con Jay. Habían estado eligiendo cojines para su nuevo sofá.

Mis dedos volaban sobre el teclado de la pantalla, recibiendo todas las novedades sobre su nuevo apartamento. Las cosas se estaban poniendo serias. Eché una ojeada hacia Niall y me pregunté si debería hablarle de él.

¿Lo nuestro también se estaba poniendo serio?

Al llegar a mi casa, todavía en el coche, me besó. Al principio con delicadeza, pero como una cerilla aplicada a un montón de hojas secas, en pocos segundos los dos teníamos la boca abierta. Las lenguas se deslizaron. Nuestros dientes entrechocaron. Y él se apartó.

–Debería irme.

–Sí –yo me lamí los labios, saboreándolo–. Si quieres.

–Esto es una locura –él se inclinó hacia mí y respiró contra mis labios. Su mano se deslizó hasta mi nuca, hundiendo los dedos–. Me vuelves loco. ¿Lo sabías?

Yo abrí mi boca, invitándolo a entrar de nuevo. Le tomé la mano y la deslicé entre mis muslos, bajo mi vestido de verano. Sus dedos acariciaron mi piel desnuda mientras yo lo besaba. Unas caricias ligeras. Unos arañazos con sus uñas. Yo me retorcí, apretando su mano contra mí más arriba, y más arriba.

–Tócame, Niall.

Me besó con suficiente pasión como para dejarme sin aliento. Y entonces se apartó lo justo para poder mirarme a los ojos. Yo no tenía ni idea de qué estaba buscando, pero no pareció encontrarlo porque volvió a reclinarse en el asiento.

–¿Qué demonios se supone que debo hacer contigo, Elise? –preguntó mientras se mesaba los cabellos.

–Lo que tú quieras –susurré.

Niall agarró el volante con las dos manos. Lo bastante fuerte como para que sus nudillos se volvieran blancos.

No dijo nada. El silencio se prolongó entre nosotros, y creció hasta que me engulló.

A lo mejor, pensé, no me deseaba.

No lo suficiente.

Paralizada ante esa idea, de qué haría yo si de repente me dijera que esa era la última vez que nos veríamos, que se había cansado de mí, que yo no le gustaba «de ese modo», que sencillamente lo nuestro no funcionaba, me quedé inmóvil. Abrí la boca, pero las palabras quedaron atrapadas en la garganta, abrasándome, y no fui capaz de hablar.

La última persona que me había hecho algo así había sido Esteban, y había sido bastante malo. Con Niall, mis sentimientos eran cien veces más fuertes. Y el dolor lo sería aún más.

Ansiosa e indecisa, me aparté. Me encerré en mí misma. No era capaz de mirarlo ni de inclinarme hacia él para besarlo. Apoyé una mano en la manilla de la puerta e intenté que mi voz sonara lo más despreocupada posible para que no se notara el temblor.

—Adiós, Niall.

—Te llamaré mañana —contestó él.

Yo asentí y me bajé del coche. Pensé en volver, pero al final no lo hice. Me limité a verlo marchar.

Capítulo 30

—Levanta la barbilla —me pidió Olivia—. Un poco a la izquierda... ahí. Perfecto. Esto va a quedar genial.

Estábamos haciendo unas fotos publicitarias, en esa ocasión para una tienda local que vendía vestidos *vintage*. La mayor parte de su negocio la realizaba a través de la página web, de modo que habían contratado a Olivia para ese trabajo continuado que les permitiría publicar fotos de los vestidos lucidos por modelos. La ropa se vendía mejor cuando la gente podía verla sobre personas de verdad. A mí me encantaba vestirme, y Olivia estaba encantada con los ingresos estables que le proporcionaría el trabajo.

—Alex quiere quedarse en casa y ejercer de amo de casa —me comunicó mientras yo me cambiaba de vestido detrás de un biombo de papel—. Le dije que ni hablar. Me volvería loca si lo tuviera todo el tiempo en casa. No podría hacer mi trabajo.

—¿En serio? —yo reí y la miré por encima del biombo—. ¿Te daría la lata todo el día? Me cuesta imaginármelo.

—Y, sin embargo, mi vida sería un asco sin él —Olivia sacudió la cabeza con gesto de ternura.

—Sí, vosotros dos hacéis una pareja impresionante —yo salí de detrás del biombo y di vueltas para que se apreciara el vuelo de la falda—. Este vestido me encanta.

—¿Eso crees? Me refiero a lo de Alex y yo. El vestido, por supuesto, es increíble —Olivia sonrió mientras ajustaba la cámara.

Yo me coloqué en posición delante del sencillo fondo.

—Sí, lo creo. Algunas personas se pasan todo el tiempo discutiendo, como si no se soportaran. Otras están pegadas todo el rato, como si su vida no existiera sin el otro a su lado. Es extraño ver a una pareja que se comporte... bien.

—Como Ricitos de Oro —murmuró Olivia, centrada en la imagen que captaba a través de la lente—. Ni demasiado, ni demasiado poco. Perfecto.

—Perfecto —yo asentí—. Qué suerte tenéis.

—¿Estás bien? —ella levantó la vista y me miró.

—Estupendamente —yo sonreí y volví a dar vueltas mientras ella disparaba la cámara.

Más tarde, ya vestida con mi propia ropa, pero sin haberme quitado el maquillaje de los ojos y los labios, rechacé su invitación para cenar con ella y con Alex. Tenía planes con Niall.

—De modo que, ¿hay algo entre vosotros dos? —Olivia sonrió.

—No sé si hay algo, exactamente —yo me empolvé la nariz y me cepillé el pelo. Me había soltado los *victory rolls*, pero el pelo se me había quedado mucho más ondulado de lo que era habitual en mí. Me miré al espejo—. ¿Debería pasar primero por casa? ¿Cambiarme de peinado? ¿Resulta excesivo? Solo vamos a tomar una pizza y unas cervezas.

—Estás estupenda. Pero ¿a qué te refieres con eso de que no sabes si hay algo? Una de dos —insistió Olivia—, o hay algo, o no lo hay.

—Supongo que lo hay. De una manera muy informal. Lenta. Quizás titubeante —al menos yo me sentía más dubitativa de lo que me había sentido al principio.

—La lentitud puede ser buena. Las prisas nunca son buenas —ella asintió mientras guardaba la cámara—. En cuanto a lo del titubeo, ya no estoy tan segura.

—Supongo que mi punto de vista sobre las relaciones es muy retorcido, eso es todo —me había lanzado de cabeza a la relación con George, y ya se sabía cómo había terminado. Había puesto toda clase de frenos a mi relación con Esteban, y no había salido mucho mejor. Niall era tan diferente de ellos dos, y ni siquiera habíamos atravesado el enorme abismo que teníamos ante nosotros: nuestros gustos diferentes en la cama—. Me apetece algo así como dejar que las cosas sucedan por sí solas, tomármelas como vengan. Pero me da miedo, ¿sabes? Supone arriesgarse.

—Sí —Olivia me miró de nuevo—. De eso no hay duda. Pero a ti te gusta, ¿no?

—Sí, me gusta. Al principio no estaba muy segura, pero sí, me gusta —me apoyé un momento sobre la mesa y la observé introducir la tarjeta SD en el portátil para visualizar las fotos que acababa de hacer—. Nos divertimos juntos.

—La diversión es importante —ella levantó la vista—. ¿Tiene sentido del humor?

—Desde luego. Un sentido del humor un poco tontorrón. Y bueno, veamos qué sucede. Me gusta esa —yo señalé una foto.

Olivia estudió mi elección y la editó para empezar a retocarla.

—Tienes buen ojo.

Durante un par de minutos la vi trabajar, hasta que llegó el momento de marcharme. Quedamos para otra sesión al mes siguiente, lo que supondría unos bonitos doscientos pavos en mi bolsillo, algo de lo que nunca me quejaba.

Niall me recibió en la puerta de su casa con un vaso de

té helado, tan frío que el cristal parecía sudar. Endulzado a la perfección y con un chorrito de lima, no limón, esa pequeña rareza mía que nadie parecía capaz de satisfacer, ni siquiera cuando lo pedía en un restaurante y me mostraba muy clara con el camarero. Hielo picado, no en cubitos. Y como colofón una pajita, porque odiaba la sensación del hielo chocando contra mis labios.

—Hola, cielo, vaya, gracias —lo besé en los labios y luego en la mejilla, antes de beber con avidez. Capté un destello de su expresión mientras me hacía pasar al salón—. ¿Qué?

—Es que me alegro de verte, eso es todo. Pareces diferente —Niall deslizó su mirada por todo mi cuerpo—. Date la vuelta.

Yo dejé el vaso en la mesita de café y me giré, presumiendo de mi bonito vestido de verano. No era uno de los que aparecían en las fotos que me acababa de hacer Olivia, pero sí era de la misma tienda. De algodón, sin mangas, con un estampado de cuadros blancos y grises, pronunciado escote y un bonito cinturón a juego. El vestido me hacía sentir femenina y poderosa porque, cuando lo llevaba puesto, también me sentía guapa. Conjuntado con unos zapatos planos de puntera afilada, me dieron ganas de dar vueltas y bailar, de modo que lo hice, el peso de la mirada de Niall haciendo que me sonrojara.

—He estado posando para unas fotos con Olivia —le expliqué ante su mirada inquisitiva.

—Entiendo —Niall frunció el ceño, aunque intentó disimularlo—. ¿Sola o...?

¿Celoso, pero no dispuesto a admitirlo? Yo reí y me apreté contra él, entrelazando los dedos de mis manos sobre su nuca. Poniéndome de puntillas, le ofrecí mi rostro y él me besó.

—Sola —le expliqué—. ¿Vas a pedirme que deje de posar?

—Eres una mujer adulta. No soy quién para decirte lo que deberías hacer.

Era la respuesta adecuada, pero sonó un poco falsa. Yo volví a besarlo, solo un pequeño roce en los labios.

—Pero te gustaría que lo dejara. ¿Verdad?

Niall posó las manos sobre mis caderas y me atrajo hacia sí.

—Sí. Más o menos.

—Te voy a decir una cosa —tuve que hacer un esfuerzo por mantener mi tono de voz ligero—, en una ocasión, un tipo me pidió que dejara de trabajar como modelo.

—Supongo que no lo harías —Niall entornó los ojos.

—Al contrario, lo hice. Al menos durante las pocas semanas que salimos juntos —sacudí la cabeza—. No soy una malvada zorra, Niall. Sí, desde luego que me gustan ciertas cosas, pero he salido con algunos tipos que no estaban metidos en este mundo, y no pasó nada. No tiene que ser todo como yo quiero o nada. Puede que no me guste que me digan qué debo hacer, pero eso no significa que si me lo piden amablemente no lo considere al menos. Puede que sea egoísta, pero me gusta creer que no soy completamente egocéntrica.

—No, no lo eres.

Bailamos en lentos círculos sin música que nos guiara. Tampoco nos hacía falta. Estábamos perfectamente sincronizados.

—No me gusta la idea de que hagas esa clase de cosas con otras personas, eso es todo —él se encogió de hombros.

El baile se detuvo. Yo me volví a poner de puntillas para besarlo primero, y luego abrazarlo.

—Las fotos son fotos, Niall —le susurré al oído—. Posar es como actuar. Nada es verdad.

—Pero para ti sí lo es —insistió—. Me refiero a que te sigue gustando todo eso. Supongo que no me gustaría que hicieras eso con otro, de verdad o de mentira. Si eres mía, eres mía. No quiero que estés con nadie más —frunció el ceño brevemente y sus dedos se apretaron sobre mis caderas.

Yo sentí un ligero vahído. Bueno, de acuerdo, un vahído tremendo.

—Entonces, ¿lo soy? ¿Soy tuya?

—¿Te gustaría serlo?

Yo volví a besarlo, más despacio, prolongando el beso. La caricia de su lengua me hizo estremecer y, cuando me aparté, estaba segura de que mi mirada era tan brillante como la suya.

—¿Qué estamos haciendo exactamente, Niall Black?

—Yo lo estoy intentando —contestó él—. Cortejarte.

Llevábamos un mes a base de bolos, cenas y cines. Besos en el porche y llamadas a última hora de la noche. Mensajes tontorrones. Flores y un té helado perfecto. Y, aparte de la noche de la fiesta del *Bar Mitzvah* de William, lo más que habíamos hecho era besarnos.

—Es una gran responsabilidad, ¿sabes? Mantenerme contenta —susurré contra sus labios mientras mis dedos jugueteaban con sus cabellos en la nuca. Cuando lo sentí estremecerse, sonreí—. Puedo ser muy rarita.

—Lo sé, lo sé —contestó Niall—. Lima, no limón, con el té helado.

Hasta ese momento me había mostrado bromista, pero sus palabras me hicieron darme la vuelta, mantener mi rostro fuera de su alcance. No porque estuviera enfadada o triste, sino porque en toda mi vida nunca había habido un hombre que se molestara en prestar atención a un detalle tan nimio, ni que lo hubiera entendido correctamente.

Y entonces Niall hizo el *home run*.

—De niña eras zurda —continuó en voz baja a mi espalda—. Pero alguien te hizo cambiar, ¿verdad?

Lentamente, volví a girarme, mi corazón latiendo con tanta fuerza que era sorprendente que el sonido de sus latidos no bloqueara cualquier otro sonido.

–Sí. Mi madre. Evan era diestro y ella pensó que yo también debía serlo. La profesora del jardín de infancia le explicó que ya no se obligaba a los zurdos a dejar de serlo, pero mi madre insistió de todos modos. Aprendí a escribir con la mano derecha, pero, sí, soy zurda. Nunca se lo había contado a nadie.

–No hacía falta que lo contaras. Cuando alargas una mano, automáticamente es la izquierda –me explicó–. Te lo he visto hacer con casi todo. Y me imaginé el resto.

Y ahí estaba. El momento. A pesar de la manera tan extraña de comenzar, del tiempo que habíamos pasado juntos, tan corto que apenas podía considerarse tiempo, cuando me coloqué frente a Niall Black, sabiendo que me conocía jodidamente bien, eso bastó. Había caído.

Estaba enamorada.

Le preparé la cena. Nada elegante, pero sí íntimo, los dos en su diminuta mesa de cocina. Nos reímos sobre la lasaña vegetariana y él recogió los platos sin que se lo tuviera que pedir. Lo observé mientras los aclaraba bajo el grifo antes de meterlos en el lavavajillas.

–Una podría acostumbrarse a esto –le advertí–. Lo único que necesitas es un delantal. Nada de pantalones, solo delantal.

Niall me miró por encima del hombro.

–¿Sabes qué, Elise? Cuando me cosificas de ese modo, siento un cosquilleo en mi interior.

–Pues cuando friegas los platos –yo sonreí–, me pongo absolutamente cachonda.

Niall me hizo levantar de la silla y me besó.

–Entonces, ¿qué pasaría si me vieras hacer la colada?

—¡Me mataría! Eso pasaría —volví a entrelazar los dedos de mis manos en su nuca y lo miré a los ojos mientras le acariciaba los cabellos. Adoraba su tacto tan sedoso. Cabellos espesos y oscuros, con unas pocas hebras plateadas en las sienes—. ¿Cuántos años tienes?

—¿No se supone que es una grosería preguntar eso? —él frunció el ceño.

—¡Oye! —yo solté una carcajada—. Acabo de celebrar mi cumpleaños. Tú sí sabes los años que tengo.

—Soy más mayor que tú —el frotó su rostro contra mi cuello—. ¿Acaso importa?

—No, supongo que no. Era simple curiosidad —fingí estudiarlo—. ¿No quieres decírmelo porque eres un anciano, o...?

—¡Anciano, joder! Tú sí que sabes apuñalar a un tío, ¿verdad? Tengo cuarenta. Celebré ese histórico cumpleaños en marzo.

—¡Vaya! Cuarenta. Es... —reí al sentir los golpecitos que me daba con su dedo—. Sexy. ¡Cuarenta es sexy!

Niall me besó. Yo lo besé. Sin saber cómo mi culo acabó sobre la mesa, y los platos sucios cayeron temporalmente en el olvido.

—Eres horrible, ¿lo sabías? —me susurró al oído.

Sorprendida, yo me aparté.

—¿Qué? ¿Por qué?

Niall sacudió la cabeza y me atrajo hacia sí.

—Ah, no, conmigo no puedes jugar a eso. Lo veo en tus ojos. Me estás desnudando con la mirada —yo empecé a reír, pero él continuó—. Y para que lo sepas, no soy ningún objeto sexual, Elise.

—Yo nunca he dicho... —ahogándome de la risa, me interrumpí.

—No te ha hecho falta. Lo llevas escrito por toda la cara. ¡Ese deseo animal en tus ojos! —Niall se irguió, su mano en la mía, tirando de mí para bajarme de la mesa—.

Francamente, me siento ofendido a la par que desconcertado.

—Lo siento —a pesar de la risa, intenté parecer avergonzada.

—Está bien —él me atrajo hacia sí—. Soy bastante sexy, incluso para un abuelo anciano y canoso. Y sé que no puedes evitar sentirte superada por la lujuria.

—Lo eres, y así me siento, en efecto —me puse de puntillas para besarlo con delicadeza—. Gracias por apiadarte de mí y detenerme antes de que haga una locura.

—¿Una locura como arrancarme la ropa y aprovecharte de mí a placer?

—Sí, algo así —yo volví a reír ante su expresión—. Lo sé. Es un horror.

Durante unos segundos, ambos sonreímos, mirándonos a los ojos, pero sin decir nada. Él entrelazó los dedos de su mano con los míos y me arrastró hasta el salón, donde puso una comedia en Interflix, y nos acomodamos en el sofá para verla. A los pocos minutos, Niall fingió un enorme bostezo y, al estirar los brazos, me rodeó los hombros. Yo reí y me acurruqué contra él.

—Despacito —le advertí.

—Oye, no quiero espantarte por ir demasiado deprisa —Niall se giró un poco y apoyó los pies sobre la mesa de café—. Tengo que mantener a mi chica contenta.

Así se refería siempre George a mí. Fruncí el ceño ante la repentina y visceral reacción que despertó en mí.

—¡Uf! No... no vuelvas a llamarme así.

—¿No? —Niall me miró—. Lo siento. ¿Debería llamarte «mujer»? O señora. Nunca he sabido qué tratamiento es el políticamente correcto.

—No es... uf. No me importa que se refieran a mí como «chica». O eso creía yo —me giré para poder quedar frente a él—. La última relación seria que mantuve... él siempre me llamaba «su chica».

—¿Y no te gustaba cuando te llamaba así? —Niall apartó su brazo de mis hombros, cosa que no me apetecía que hiciera.

—Sí me gustaba. En su momento, sí. Pero ya sabes lo que pasa —me encogí de hombros—. Cuando estás apasionadamente enganchado a alguien aguantas cosas que, normalmente, no te gustarían, o haces cosas que normalmente no harías, porque, de algún modo, con él, parecen estar bien.

Ninguno de los dos se había movido, pero entre nosotros se había abierto una enorme brecha. Niall contemplaba la pantalla del televisor, pero no reía. Yo lo miré.

—Oye —comencé—. Lo siento. ¿Preferirías que no te dijera nada cuando no me guste algo?

—No —él se volvió hacia mí—. Pero no me gusta que algo que yo haya hecho te recuerde a otro, eso es todo. Cuando estás conmigo, supongo que quiero que solo pienses en mí.

—Ya —yo me mordisqueé el carrillo durante un segundo—. Me parece justo.

—Supongo que necesito saber que estoy siendo comparado con otro —continuó Niall.

Sus palabras me sorprendieron tanto que le tomé una mano y la apreté.

—Vaya, no, nada de eso. Quiero decir, que puede que sí, pero sales ganando.

—Supongo que es mejor que la opción contraria —la sonrisa de Niall era débil.

Yo suspiré, sintiéndome casi culpable por todos esos mensajes enviados de madrugada, y por cómo había alargado el proceso. No había vuelto a enviar un mensaje a George desde que había empezado a salir con Niall, pero él no tenía por qué saber nada de eso.

—Fue hace mucho tiempo, y no acabó bien. Cicatrices, ¿recuerdas? Si acaso te comparo es solo porque todo el mundo lo hace. Estoy segura de que has tenido novias con las que me estás comparando.

—Sí —Niall rio con expresión de haber sido pillado—, supongo que sí.

—Pues cuéntamelo —yo me erguí, interesada y curiosa, pero también ligeramente celosa.

—He tenido unas cuantas —fue su única respuesta.

Yo no estaba dispuesta a dejarlo marchar tan fácilmente.

Arrodillada sobre el sofá, le tomé el rostro entre mis manos, como si estuviera a punto de besarlo, pero cuando él se movió para que nuestros labios se encontraran, me giré lo suficiente para que tuviera que esforzarse por alcanzarme.

—¿Ya está? ¿Solo unas cuantas? ¿Ninguna especial?

—¿Me estás preguntando si llevo una mochila? —Niall apoyó sus manos sobre mis caderas, sujetándome de manera que yo solo me daría cuenta si intentaba apartarme. Pero me di cuenta.

—Todo el mundo lleva una mochila. Yo solo intento averiguar cuántas chicas te han roto el corazón —intenté no imprimir mi voz de dramatismo. Lo intenté de veras. Pero mi voz se cortó.

—Todas lo hicieron —Niall me besó—. Cada una a su manera.

—Eso es horrible —yo fruncí el ceño y me acomodé sobre su regazo para esconder mi rostro en su cuello mientras apoyaba una mano sobre su corazón—. Lo siento.

—Son cosas que pasan —contestó él con la boca pegada a mi pelo—. ¿Cuántos rompieron el tuyo?

—Solo ese —contesté—. Y créeme, fue suficiente con uno.

Nos mantuvimos callados un rato. Nuestras respiraciones se acompasaron. Dentro, fuera.

Niall había colgado mi foto de la pared del salón, lo

cual me hacía sentir a ratos extraña y a ratos encantada, aunque no hice ningún comentario al respecto.

—No quiero romperte el corazón —susurré.

Niall se mantuvo en silencio durante varios segundos.

—Intentaré no permitírtelo.

Esa respuesta podría tomarse de varias maneras, pero yo no insistí en ninguna explicación. Le besé el cuello, la mandíbula y luego la boca. Él hundió los dedos en mis cabellos para tirar de mi cabeza hacia atrás. Me gustó la ligera sensación de dolor que me hizo suspirar.

—¿Fue el tipo al que estabas viendo cuando nos conocimos?

Tampoco me apetecía hablar con Niall sobre Esteban. Todavía lo tenía fresco en la memoria, todavía dolía, aunque no tanto como dolían los recuerdos de George.

—No, ese no fue novio mío. Practicamos sexo, pero no salimos juntos.

—¿Por qué no?

—Porque no estaba entre las normas que acordamos. Mi historia con él —yo hice una pausa mientras intentaba decidir la mejor manera de describirlo—, era especial. Y dulce. Y muy sexy. Algo que llevaba tiempo esperando encontrar, pero de lo que solo había conseguido porciones, de unas cuantas personas diferentes. En cierto modo nos trastabillamos un poco, pero creo que también conseguimos saber cómo obtener lo que necesitábamos. No le rompimos el corazón a nadie.

Había sido excesivamente entusiasta, lo vi escrito por toda la cara de Niall. Pero lo que no iba a hacer era denigrar o restarle importancia a lo que habíamos compartido Esteban y yo solo para que otro tipo se sintiera mejor. Mierda, había tenido amantes y rupturas, y sexo casual. Si a Niall le suponía algún problema, mejor averiguarlo cuanto antes.

—¿Y por qué rompiste con él? —él me miraba con el ceño fruncido.

—No lo hice. Fue él —tuve que aclarar mi garganta para pronunciar las últimas palabras, incapaz de ocultar un ligero tono de amargura en mi voz—. Justo antes del *Bar Mitzvah*.

—¿Eso fue cuando subiste a la habitación del hotel conmigo?

Solté la mano de Niall. En la pantalla del televisor se proyectaban unas surrealistas payasadas que proporcionaban un irónico telón de fondo a nuestra inesperadamente seria conversación.

—No estoy segura de entender a qué te refieres.

—Te habían dejado tirada. O habíais roto, como quieras llamarlo. ¿Subiste a la habitación conmigo porque intentabas olvidarte de él? —Niall sonaba más curioso que enfadado.

Pero, de todos modos, iba a tener que ser sumamente cuidadosa con la respuesta.

—No. Subí contigo porque sabías bailar. Y porque te encuentro muy atractivo. Y porque me apetecía —me contuve de mordisquear el carrillo otra vez. Al final acabaría por hacerme una herida si no tenía cuidado.

—Y estabas sin pareja.

—También estaba sin pareja cuando me lo follaba —espeté bruscamente—. Era libre para hacer lo que me diera la gana, y él también. Formaba parte del acuerdo. Sin preguntas, sin explicaciones. Y cuando te conocí, todavía me lo estaba follando, y accedí a salir contigo entonces, de manera que no tuvo nada que ver con el hecho de que él diera lo nuestro por terminado.

—¿Y por qué decidió terminarlo?

Yo dudé, sin saber muy bien si me estaba adentrando en una seria discusión.

—No lo sé. Lo cierto es que no cortó conmigo. Simplemente dejó de enviarme mensajes.

—Vaya mierda —contestó él de manera casual.

—Sí —mi propio estallido de risa me sorprendió—. No estuvo nada guay.

—¿Y antes que él? ¿Qué te hicieron esos tipos que no te gustara? El que te hizo tanto daño. ¿Qué te hizo?

—En serio, Niall —yo volví a titubear antes de proseguir—, ¿de qué demonios va esto?

—Quiero saber qué es lo que no te gusta —insistió—. Para no hacerlo yo.

Sus palabras consiguieron que se me quedara la boca seca. Tomé un sorbo de té helado mientras intentaba encontrar el modo de responder a eso. Al principio no pude y opté por una sonrisa torcida en su lugar.

—Lo digo en serio —volvió a insistir Niall.

—¿Y qué pasa con lo que sí me gusta? ¿Quieres que te cuente lo que me gusta para que puedas hacerlo? —tuve que dejar el vaso en la mesa para que mis manos temblorosas no me delataran.

—Bueno, pues sí —contestó él, como si no existiera otra respuesta posible.

El interruptor fue pulsado, el timbre sonó. Si mi clítoris hubiera estado conectado a una alarma de coche, en esos momentos estaría sonando el claxon.

De repente me encontré sentada en su regazo, su lengua dentro de mi boca y sus manos por todo mi cuerpo hasta que con un par de gemidos acompasados, nos apartamos. Niall tenía esa mirada en los ojos, la que yo añoraba y adoraba y me hacía despegar. Era una mezcla de confuso deseo y lo que yo pensaba era contemplación. Parecía un chico con un plan. Y yo recé para que ese plan incluyera colocar su boca sobre distintas partes de mi cuerpo.

La confianza en una misma podía ser anulada muy fácilmente con cualquier tontería. Dominante no significaba invulnerable. Al pensar en la última ocasión en la que le había empujado a ir un poco más lejos, y él se había negado, me detuve. Esperé. Loca de tensión y anticipación. Me moría, pero, por otra parte, qué manera tan jodidamente hermosa de marcharse.

Por fin, acompañado de un gruñido, Niall deslizó la mano entre mis piernas. El bonito vestido *vintage* se deslizó muslos arriba sin ofrecer ninguna resistencia. Debajo llevaba unas suaves braguitas de algodón que proporcionaban una excitante barrera a sus caricias. Me tocó delicadamente. Yo suspiré feliz contra su boca.

—¿Esto te gusta?

—Sí —susurré.

Niall me movió ligeramente para sujetarme con más comodidad. Su pulgar se movía lentamente, con firmeza. Cuando yo arqueé la espalda, él rio sin dejar de besarme. La sensación de su cada vez más dura polla bajo mi culo aumentó mi excitación. Yo me retorcí un poco y él gruñó.

Nos besamos así durante un buen rato. Niall me llevaba a la cima y, con gran habilidad, me mantenía allí hasta que yo no podía evitar moverme, alzar las caderas para apretarme más contra sus dedos. No me lo esperaba cuando deslizó esos dedos dentro de mis braguitas, ni cuando me llenó con dos dedos, el pulgar todavía trabajando sobre mi clítoris.

—Estás tan mojada para mí —susurró contra mis labios—. Joder, Elise.

—¡Qué gusto!

Niall echó la cabeza hacia atrás, golpeándose contra el respaldo del sofá.

—¡Hijo de perra!

No eran precisamente esas las palabras que esperaba oír de su boca.

—¿Algo va mal?

Niall me miró. Sus dedos seguían dentro de mí, pero ya no se movían.

—Vas a matarme.

—Oh, oh —yo me retorcí para que pudiera recuperar su mano—. ¿Por qué?

—No tengo preservativos.

—¿Cómo? —yo le sacudí un puñetazo en el hombro—. ¿Y te acuerdas cuando ya tienes dos nudillos dentro de mí?

Me ofreció una sonrisa bobalicona mientras me acariciaba el muslo con una mano.

—No esperaba pasar de la segunda base esta noche.

—Qué patético. ¿Y no se te ocurrió que en algún momento sí pasarías? ¿No fuiste tú quien dijo que sucedería cuando tuviera que suceder? ¡Llevamos semanas saliendo! —apoyé mi frente contra la suya durante unos instantes antes de besarlo con ternura en los labios—. Es verdad, voy a matarte.

—¿Tú llevas…?

Yo me senté erguida e intenté recordar si llevaba, pero ese siempre había sido el departamento de Esteban. Me excitaba imaginármelo en la tienda, eligiendo y luego enfrentándose a la cajera, con la polla ya medio dura porque estaría pensando en mí. En un momento de sabia lucidez, no compartí ese recuerdo con Niall.

—No. Al menos no llevo nada encima. Seguramente haya algo en casa.

—Pues quizás sea yo el que debería matarte —Niall me miró con gesto serio.

—¡No! Entonces estaríamos muertos los dos —contesté—, y eso sería un asco.

—Tenía intención de comprar. Pero de un modo u otro nunca llegué a hacerlo. Mierda —él gruñó y volvió a reclinarse contra el respaldo del sofá.

—¿Ves lo que sucede cuando permites que las cosas sigan su propio curso en lugar de permitir que alguien se encargue de todo? —bromeé mientras me inclinaba para rozar sus labios con los míos.

—¿Estás loca? —Niall se retorció debajo de mí.
—Yo diría que sí, aunque solo sea para darte una lección.
—¡Puf! ¿Y qué clase de lección es esa?
—La clase en la que aprendes que cuando yo te digo que hagas algo, como prepararte con antelación, espero que lo hagas —yo me retorcí contra él.
—¡Ay!
—Doy por hecho que no fuiste *boy scout* —yo reí.
—No. Odiaba ir de camping —Niall me mordisqueó el cuello y me arrancó un suspiro.
—Los preservativos son innegociables, a falta de un certificado médico actualizado —le expliqué con franqueza—. He sufrido infección por clamidias en dos ocasiones, y fue suficiente. Nunca más.
—¡Vaya! —él dio un respingo—. Yo...
—Me hago análisis todos los meses —le aclaré.
—Eres una persona muy responsable —observó Niall tras unos minutos de reflexivo silencio.
—Bueno, pues sí —contesté—. Tío, cuando se trata de mi salud, no me la juego.
—Quiero hacerte el amor, Elise —declaró él de una manera tan formal y dulce que me emocionó.
—Y yo quiero que lo hagas —le acaricié el labio inferior con un dedo.
—Y bien... —su voz estaba cargada de esperanza.
—Y bien... —contesté yo mientras me bajaba de su regazo y le tomaba las manos—. Sabes que hay otras cosas que podemos hacer sin preservativo.
—Esperaba que dijeras algo así —Niall sonrió.
Me llevó al piso de arriba, donde yo hice el numerito de acomodarme sobre la cama, probando el colchón y las almohadas. Cuando se inclinó para besarme de nuevo, yo reí y lo aparté con una mano apoyada en su pecho. Luego me senté en la cama con la espalda apoyada contra el ca-

becero y me levanté la falda mientras deslizaba un dedo por el interior de mis muslos.

—Podríamos jugar al gin rummy —propuse en tono casual—. O al ajedrez. El ajedrez se me da genial. Apuesto a que te gano.

—Yo también lo apostaría —Niall se acercó para besarme y sus dedos siguieron el camino que había trazado mi propia mano.

A menos de tres centímetros de mis braguitas, yo lo detuve posando una mano sobre su muñeca. Niall dejó de besarme. Intentó mover la mano de nuevo, pero yo no se lo permití.

—En realidad no quieres jugar al ajedrez, ¿verdad? —preguntó.

—Lo que quiero es que reflexiones sobre el hecho de que me has invitado a tu casa y me has puesto cachonda sin tener preservativos —mantuve mi mano sobre la suya, aunque él ya no intentaba moverla—. Tus acciones deberían tener consecuencias.

Yo hablaba en un tono serio. Firme. Esteban ya estaría completamente abatido, preparado para ser disciplinado. Por otra parte, era poco probable que Esteban se hubiera olvidado de los condones.

—¿Estás segura de que no preferirías pensar en cómo te voy a chupar? —preguntó Niall. Definitivamente, no era Esteban.

—Desde luego me gustaría pensar en eso —yo sonreí encantada y dejé de insistir en el problema.

—Podría mostrártelo. Así no tendrás que imaginártelo.

Niall me besó la rodilla antes de subir un poco, hasta alcanzar el interior de mis muslos. Su boca rozó mis braguitas. Yo reí con la respiración entrecortada y arqueé la espalda. Cuando deslizó los dedos por el interior de la prenda de algodón y tiró de ella, dejándome desnuda ante él, yo cerré los ojos. Mis dedos se aferraron a las sábanas a medida que mi cuerpo se tensaba, esperando a que me besara allí.

Y cuando lo hizo, con una lenta presión sobre mi clítoris, grité y levanté las caderas. Niall deslizó las manos bajo mi trasero, apretándome contra su boca. Chupó delicadamente y luego utilizó la parte superior de la lengua. Una lamida, otra, el ritmo constante y delicioso y, joder, qué gusto.

Mis dedos se hundieron en sus cabellos. Niall emitió un ruidito y yo abrí los ojos. No me miraba. Toda su atención estaba puesta en lo que hacía, y yo pude disfrutar de su visión sin que se diera cuenta.

—Dios, qué hermoso eres —murmuré con voz baja y ronca.

Él parpadeó perplejo y se apartó ligeramente, su aliento haciéndome cosquillas cuando habló.

—¿Yo?

—Sí. Al besarme ahí —solté las sábanas y le acaricié los cabellos antes de tomarle el rostro entre mis manos.

—Qué gusto. Sigue.

Pero él se deslizó hacia arriba para besarme en los labios. Su mano se hundió entre mis piernas y con dos dedos dibujó círculos alrededor de mi clítoris antes de hundirse en mi interior. Su lengua acarició la mía. Me folló hundiendo los dedos más profundamente en mi interior, doblándolos mientras el pulgar me presionaba el clítoris.

El beso se hizo más duro, al igual que las embestidas de sus dedos. Yo me moría por desabrocharle el cinturón, por poner mis manos sobre él, pero cuando me moví me mordisqueó la barbilla y no se movió para ayudarme a hacerlo. Aumentó el ritmo hasta que yo estuve tan distraída que no hice más que gemir y bascular mi cuerpo al ritmo de sus movimientos, permitiéndole llevarme hasta un orgasmo fuerte y sorprendentemente rápido.

Jadeando, mi cuerpo todavía tenso, parpadeé y lo miré

mientras posaba una mano sobre él para impedir que siguiera.

—¡Vaya!

—Ummm —él me miró con expresión encantada.

Me dejé caer sobre las almohadas mientras Niall sacaba los dedos de mi interior y se apoyaba sobre un codo para contemplarme. Yo me estiré un poco, girándome para quedar frente a su rostro, y le ofrecí mi boca.

—Qué rico —suspiré contra sus labios.

Niall deslizó una mano por mi pantorrilla y la cerró detrás de la rodilla.

—Estoy tan duro que creo que se me va a romper la polla.

—No quisiera que se te cayera el miembro. Sería una auténtica lástima.

—Lo cierto es que estoy bastante encariñado con ella, aunque a veces me meta en algún que otro lío —él sacudió la cabeza.

Me acomodé encima de él, presionándole las caderas con mis rodillas, y le besé los labios. Sin dejar de besarlo, me froté contra él.

—Estás bastante duro, sí. Veamos qué podemos hacer al respecto.

Cuando abrió la boca, yo tomé posesión de su lengua. Deslicé mis manos por sus brazos, sujetándole las muñecas por encima de la cabeza. No lo pensé, simplemente fue un acto reflejo. Hacerlo me resultaba natural.

—Así es como te gusta, ¿eh? —me susurró Niall al oído.

Yo deslicé mis labios por su cuello y le mordisqueé la piel antes de contestar.

—Sí. Me gusta.

Antes de que pudiera impedírselo, él rodó hasta quedar encima de mí, entre mis piernas. Me besó apasionadamente mientras deslizaba una mano entre nuestros cuerpos para desabrocharse el cinturón. Yo le ayudé con la cremallera y luego le ayudé a deslizar los pantalones por las caderas, hasta que lo tuve ahí, arrodillado ante mí con esa polla estirando el tejido de los calzoncillos. Enganchó la cinturilla con un dedo y bajó los calzoncillos más y más, hasta que yo me senté para ayudarle con eso también.

—¡Oh! —exclamé sin poder contenerme—. ¡Vaya!

Él se acarició la erección, jodidamente perfecta. Impresionante. No tan grande como para echarme atrás, pero tampoco tan pequeña como para defraudarme. Lo miré y, lentamente, con calma, abrí mi boca y me señalé el interior sin decir una palabra.

Niall soltó una carcajada.

—¿Vaya?

Yo también reí, pero luego me incliné hacia él, encantada con el pequeño gemido que arranqué de sus labios.

—Acércame esa maravilla y déjame probar.

Él pareció dudar un instante antes de acercarse un poco más a mí. Mi mano se cerró sobre la suya y juntos acariciamos hasta que él apartó su mano, aunque yo no me detuve.

Sin dejar de acariciarlo, deslicé mis labios sobre la cabeza del pene. Lo tomé lentamente con la boca, centímetro a centímetro, y a continuación me salí igual de despacio mientras él emitía unos ruidos bajitos y guturales. Cuando levanté la vista, lo descubrí mirándome con los ojos vidriosos. Y eso me indicaba que lo estaba haciendo bien.

Niall se arrancó la camiseta y la arrojó a un lado. Yo no me había quitado el vestido. Había una perversión llamada MVHD, mujer vestida, hombre desnudo, y si bien no podía decirse que fuera uno de mis fetichismos, desde luego disfrutaba con el juego de poder de permanecer completamente vestida mientras tenía ante mí a un hombre en bolas.

Aparte de que me encantaba chupar pollas.

Habiendo disfrutado ya de mi propio orgasmo, no tenía ninguna prisa por ser otra cosa que excitantemente lenta. Y dado que siempre me había gustado torturar a través del placer y no del dolor, cada gemido, cada gruñido que le arrancaba era un premio para mí. Cada vez que parecía a punto de llegar, lo soltaba, hasta que al final empezó a emitir una serie de ruidos bajos, mecánicos y suplicantes a los que ya no me pude resistir. Continué hasta que explotó con un grito ronco y, con una sonrisa de satisfacción, me eché hacia atrás para verlo descender de la cima.

—Mmm —murmuré—. Muy rico.

Permanecimos tumbados, y abrazados, durante unos minutos. Niall apoyó la cabeza sobre mi pecho y una mano sobre mi estómago. Mientras, yo jugueteaba con sus cabellos.

Poco después nos besamos un rato, sin perder el control. Todo muy lento, dulce y sexy, y deliciosamente frustrante.

—Debería irme —declaré al fin mientras me sentaba y soltaba un profundo suspiro—. Tengo que trabajar por la mañana y no he traído nada.

—Puedo prestarte un cepillo de dientes.

Yo alargué una mano para pellizcarle la barriga, pero él me la sujetó antes de que lo lograra.

—Necesito algo más que un cepillo de dientes. A diferencia de lo que asegura Beyoncé, yo no me despierto con este aspecto.

—¿Qué aspecto? —preguntó Niall con el semblante inexpresivo—. ¿Impresionantemente hermosa?

Sus palabras hicieron que me detuviera, no porque no me creyera que lo hubiera dicho en serio, sino precisamente porque sí me lo creía. Abrumada, aunque intentando disimularlo, me incliné para besarlo de nuevo.

Él asintió antes de sonreír. Posó sus manos sobre mis caderas y me atrajo hacia sí.

—Te llamaré mañana, ¿de acuerdo?

Ninguno de los dos se movió.

Estaba a punto de decirle que había cambiado de idea y que me quedaba, cuando Niall se apartó de mí. Nuestras manos seguían entrelazadas, los brazos estirados hasta que la distancia fue demasiado grande y tuvimos que soltarnos.

—Nos vemos —me despedí.

—Espera un momento. Aún no. Quédate ahí donde estás, en esa postura —hizo un gesto ascendente y descendente con la mano, aunque yo no tenía ni idea de qué quería decir—. La luz detrás de ti lo ilumina todo con un halo puro y dorado. Así es como quiero recordarte.

Sus palabras, en tono bajo y algo ronco, me inundaron de calor. Quería taparme, pero también quería que me viera al completo. Mis pezones se endurecieron, sin que pudiera ocultarlos. Era incapaz de moverme y lo único que pude hacer fue esperar mientras la mirada de Niall me recorría de pies a cabeza. Por todo el cuerpo.

—Así es como quiero recordarte —repitió.

A continuación me acompañó hasta la puerta, besándome apasionadamente antes de cerrar la puerta. Temblorosa, yo tuve que quedarme un minuto sentada al volante antes de sentirme capaz de conducir. Al arrancar el motor, vi que las cortinas de su ventana se movían. Y me alegré de la oscuridad que me ocultaba de su mirada.

Yo también quería que me recordara bañada en una luz pura y dorada.

Capítulo 31

William ya no tenía que volver a la escuela religiosa. Su madre había intentado que siguiera con la confirmación, pero mi sobrino se había negado rotundamente. Yo pensaba que Susan se sentía culpable por lo sucedido durante el *brunch*, y seguramente por un montón de cosas más, y que por eso había claudicado. De todos modos los miércoles por la tarde se había establecido una especie de tradición entre nosotros dos, y como a Alex nunca le importaba si me marchaba un poco antes del trabajo, recogí al chico en su casa y nos dirigimos al Conejo Afortunado para tomarnos una hamburguesa con patatas fritas y un batido.

—¿Algún plan para este año? Es tu último curso en primaria. ¿Vas a celebrarlo por todo lo alto o qué? —pregunté mientras dábamos cuenta de la bandeja de comida basura.

—No lo creo —William se encogió de hombros—. Pasaré el rato con mis amigos.

—¿Dónde soléis quedar? —pregunté mientras sumergía una patata frita en kétchup.

—En el parque sobre todo —él volvió a encogerse de hombros.

—¿Acaso sois una panda de gamberros? —bromeé, haciéndome acreedora de una mirada de exasperación por parte de mi sobrino. Comimos en silencio durante un par de minutos antes de que yo añadiera de manera casual–, ¿qué tal va todo en casa?

No había vuelto a ver a mi cuñada, ni había tenido noticias de ella desde nuestro enfrentamiento durante el *brunch*. Había llamado a mi hermano unas cuantas veces, pero siempre lo había pillado muy ocupado. Al menos eso era lo que me había dicho. Y yo, siendo una mierda de hermana, le dejaba que me evitara porque así no tenía que implicarme en sus problemas conyugales. Era muy consciente de ser una cobarde, pero aún no había podido convencerme a mí misma de que contárselo sería la mejor opción.

Porque estaba William. William, al que ya tenía en mis brazos a las pocas horas de su nacimiento, la cuarta persona que lo había tenido en brazos: mamá, papá, la enfermera, y luego la tía Elise. Lo había mecido para que se durmiera y le había enseñado a utilizar el orinal. Le había enseñado a leer antes de que fuera a la guardería.

Amaba a ese crío como si fuese mío, y no quería ser la causante de que su familia estallara en pedazos.

–Están bien –contestó William, aparentemente con sinceridad. Estaba demasiado ocupado dando cuenta de su hamburguesa.

–¿Te alegras de haber acabado con el *Bar Mitzvah*?

Me dedicó una mirada tan parecida a las que solía recibir de su padre que no supe si echarme a reír o correr el riesgo de ahogarme. Decidí tomar un buen trago de mi batido. Comimos en un agradable silencio, roto ocasionalmente cuando uno de los dos señalaba algo gracioso que estuviera sucediendo en el aparcamiento, como esos dos adolescentes que parecían estar discutiendo, pero en silencio, o ese niño en el asiento trasero de un coche que le había sacado el dedo a William, haciendo que ambos soltásemos una carcajada.

—Tú jamás habrías hecho algo así —le aseguré—. Fuiste el niño perfecto.

Él rio ante mi observación, pero su rostro reflejaba satisfacción.

—Estoy tan orgullosa de ti, William —le solté bruscamente—. No sé si te lo he dicho alguna vez, pero lo estoy.

—¿Y eso? —él volvió a parecer satisfecho, pero también algo avergonzado.

—Por ser un chico estupendo. Por echarle un par en tu *Bar Mitzvah*. En general, por ser alguien a quien me alegra conocer —le di un ligero puñetazo en el brazo.

Poco después lo dejé en su casa. Entró por la puerta del garaje y no pude evitar fijarme en que ninguno de sus progenitores había regresado aún. Fruncí el ceño y lo llamé desde el coche.

—¡Oye!

El chico se volvió. Con trece años ya era lo bastante mayor para quedarse solo, pero la cuestión era si le apetecía quedarse solo. Se volvió hacia mí con gesto sorprendido.

—Ven aquí.

Él se acercó obedientemente al coche y se agachó junto a la ventanilla del conductor.

—¿Qué?

—¿A qué hora llegan tus padres a casa?

Se encogió de hombros con una expresión de incomodidad que me dio más respuestas de las que le había pedido. Suspiré mientras recordaba todas las cosas que tenía que hacer en mi casa. Que le dieran a las tareas. La colada podía esperar.

—Vámonos al cine —propuse.

—¿Ahora?

—Sí. Ahora. Podemos ir a ver esa del robot gigante —yo sonreí.

—Pero ya me has invitado a cenar —William parecía indeciso—. Y mañana hay colegio.

—Súbete al coche, muchacho —le ordené—. Me apetece ir al cine y no creo que te apetezca quedarte solo en casa, ¿me equivoco?

—No. Supongo que no —William se volvió a sentar a mi lado.

Como el buen chico que era, se puso el cinturón sin que hiciera falta decírselo.

—¿Puedo preguntarles a algunos de mis amigos si quieren venir? No tienen edad suficiente para ir al cine sin un adulto.

Yo agité una magnánima mano en el aire.

—Pues claro. Si pueden reunirse allí con nosotros, me encantará hacer de carabina para todos.

—Eres la mejor —exclamó William entusiasmado mientras se inclinaba sobre su teléfono y empezaba a teclear y hacer planes.

No estaba segura sobre lo de ser la mejor, pero lo que sí sabía era que adoraba a ese crío y, si bien no tenía intención de averiguar dónde estaba Susan, por si acaso estaba en algún lugar que yo prefería ignorar, tampoco quería que mi sobrino se quedara solo en casa hasta a saber qué hora. Envié un mensaje de texto a mi hermano para que supiera dónde estaba su hijo y, casi de inmediato, recibí su contestación dándome las gracias y explicándome que debía trabajar hasta tarde. No era nada raro en él, dado que Evan debía ocuparse del mantenimiento del servidor al menos un par de veces al mes, y eso suponía trabajar a horas tardías y extrañas. Aun así, el hecho de que su hijo fuera técnicamente lo suficientemente mayor para no necesitar canguro, no significaba que sus padres pudieran largarse a hacer lo que fuera.

Justo cuando entrábamos en el aparcamiento del cine, mi teléfono vibró con un mensaje. Al ver que era de Niall, le hice un gesto con la mano a William para que se adelantara y se pusiera a la cola. Con una sonrisa bobalicona y feliz grabada en mi cara, leí el mensaje de Niall.

¿Qué haces?

Sin perder un segundo le contesté:

Me dispongo a ver la nueva película sobre el robot gigante, ¿y tú?

Desear estar viendo la nueva película sobre el robot gigante.

No me lo pensé ni dos veces.

Ven a verla conmigo. Te sacaré una entrada. La película empieza dentro de media hora.

En cuanto envié el mensaje, me arrepentí de haberlo hecho. George nunca se había mostrado espontáneo en ese sentido. Desde luego que llamaba o enviaba mensajes, y esperaba que dejara lo que fuera para acomodarme a él, pero cualquier cosa que yo quisiera hacer debía estar planeada por adelantado. ¡Demonios!, si prácticamente me pedía que rellenara un formulario por triplicado en el que detallara el itinerario completo en caso de que se me hubiera ocurrido encontrarnos a medio camino para celebrar una espontánea cena a mitad de semana. Y aun así solo accedía con la frecuencia justa, de modo que a la siguiente ocasión, cuando dijera que no, yo me sentiría el doble de decepcionada.

No debería haberle pedido a Niall que me acompañara y me recriminé a mí misma por ello mientras me preparaba para su respuesta negativa. Sin embargo no obtuve ninguna respuesta en absoluto y, sacudiendo la cabeza, me bajé del coche mientras intentaba no sentirme molesta.

—¿Quieres palomitas? —le pregunté a William que me ofreció una sonrisa a modo de respuesta. Le entregué un billete de veinte dólares y agité una mano en el aire–. Compra también unos caramelos de menta y coca cola.

Bien provistos de comida basura, nos abrimos paso hasta el cine, uno de los más grandes del multiplex. Estaba casi lleno. «Eso te pasa por llegar tarde», me pareció oír la voz de mi madre y reí para mis adentros. Ya en el interior, William encontró a algunos de sus amigos, que le habían guardado un asiento.

–Adelante –le dije–. Yo me siento por aquí. Está genial.

–¿Seguro?

–Desde luego –elegí uno de los asientos vacíos.

La fila de entresuelo, entre las filas normales, tenía los asientos agrupados de dos en dos con un espacio entre medias para que cupiera una silla de ruedas. Una de esas secciones de dos butacas estaba vacía y me instalé allí, echando antes una ojeada al teléfono y obligándome a no sentir decepción cuando descubrí que Niall no me había contestado.

Me dije a mí misma que daba igual. No era más que una película. Estábamos saliendo de una manera indecisa. Me negaba a reconocer hasta qué punto estaba enamorada. Le quité el volumen al móvil y guardé el teléfono en mi bolso justo cuando las luces empezaban a apagarse y pasaban los adelantos de las siguientes películas.

Y en el momento en que empezaba la película en sí, una sombra se instaló en la butaca junto a la mía. Asustada, irritada, y a la vez consciente de que seguramente no había más asientos vacíos en toda la sala, giré mi cuerpo mientras le ofrecía al extraño intruso una sonrisa de pega. Pero esa sonrisa se convirtió en otra muy auténtica cuando solté una exclamación causada por la sorpresa que, por fortuna quedó ahogada por la aparición del robot gigante en medio de un trueno cinematográfico que retumbó en los altavoces.

—Lo conseguí —me susurró Niall al oído.

Después de la película, llevamos a William y a sus amigos a la zona de restauración para que comieran lo que les apeteciera, una invitación de Niall que me resultó tan divertida que solo pude reír y sacudir la cabeza mientras los cuatro chicos se buscaron un lugar apartado de nosotros. Niall me acompañó en la risa y señaló hacia la zona de restauración.

—Tú también —me ofreció—. Lo que te apetezca.

—Qué bien, de lujo.

—Oye, que cuando sales conmigo recibes el tratamiento de lujo.

Seguimos a los chicos para que Niall pudiera hacerse cargo de la cuenta. Pero cuando se volvió hacia mí con expresión inquisitiva, yo sacudí la cabeza.

—No tengo hambre. Cené antes del cine, y luego he comido caramelos —reí ante su expresión—. Pero si tú quieres, puedes comer. De todos modos tengo que esperar a que termine William.

Niall pidió algo de comer en el restaurante indio y nos sentamos en una pequeña mesa junto a la de los chicos. Yo no puse demasiado empeño en vigilarlos, pero me supuso todo un alivio ver a mi sobrino reír y bromear en lo que a mí me pareció fue la primera vez en un año. Cuando volví a mirar a Niall, lo descubrí mirándome con expresión de curiosidad.

—¿Qué? —pregunté mientras probaba un poco de su arroz con curry.

—Se parece a ti —Niall asintió en dirección a William.

—Es el hijo de mi hermano mellizo —yo reí—. Tiene sentido.

—Eres una buena tía —Niall hundió el tenedor en una montaña de arroz y se llenó la boca, los granos cayendo de su boca al plato.

Yo le pasé una servilleta.

—Gracias. Es un chico estupendo y dado que seguramente será lo más parecido a un hijo que tendré jamás...

—¿Eso crees? ¿Por qué? ¿No te apetece tener hijos? —Niall se limpió la boca, llamando mi atención hacia sus labios, despertando en mí deseos de besarlo.

Pero me contuve.

—No creo que pudiera ser gran cosa como madre. Hay que ser muy poco egoísta para tener un hijo, opino. Suponiendo, claro, que quieras ser un buen padre o madre.

—¿Y no crees que seas poco egoísta?

—No —yo me encogí de hombros—. Yo no me veo como alguien generoso.

—¿Te consideras más egoísta de lo normal? —Niall empujó hacia mí el plato y enarcó una ceja, invitándome a tomar un poco más.

No lo hice, aunque me gustó el detalle de que me lo ofreciera.

—No sé, a lo mejor.

Yo levanté la vista y lo encontré pensativo. Bajo su escrutinio me sentí ruborizar, caldeada, vigilada y, en cierto modo, sopesada. Yo misma había mirado de ese modo a los hombres, comprendí, pero no recordaba a nadie que me hubiera estudiado con tanta concentración.

—Pues yo no creo que lo seas —continuó Niall—. En mi opinión eres bastante generosa.

Antes de que pudiera contestar, los amigos de William se levantaron para irse y mi sobrino se acercó a nuestra mesa.

—Sus madres están aquí —explicó.

—Deberíamos llevarte a casa. Se está haciendo tarde y yo tengo que trabajar por la mañana.

Me gustó, y me llenó de orgullo, no tener que recordar a William que le diera las gracias a Niall por la comida. Los tres salimos juntos al aparcamiento, pero Niall había aparcado en otra sección. El chico me pidió las llaves para poder adelantarse hacia el coche mientras yo me despedía.

—Ese muchacho es listo —observó Niall mientras observaba a William dirigirse hacia el coche—. Lo bastante considerado como para darnos tiempo para besuquearnos.

—Es que no le apetece tener que presenciarlo.

—¿Ha tenido que soportar verte besar a muchos hombres? —él me tomó en sus brazos.

—No —yo le permití abrazarme con fuerza—. No me ha visto con un novio desde... bueno, nunca, supongo.

—¿En serio? —Niall me miró sorprendido.

—No —yo sacudí la cabeza.

—¿Y cómo es que me has invitado a venir esta noche?

—Tenía ganas de verte —contesté—. Y no me pareció que fuera para tanto.

—Ya. Pues no estoy seguro de que me guste oír eso —Niall cerró un ojo—. ¿No soy para tanto o no soy tu novio?

Yo estaba en proceso de inclinarme hacia él para besarlo, pero me detuve. Ya se lo había preguntado alguna vez y, pensándolo bien, nunca me había contestado con claridad.

—¿Quieres ser mi novio?

—Opino que soy gran cosa —contestó él.

—Niall —yo reí, aunque un poco insegura.

Me besó con la suficiente intensidad para que lo sintiera, pero también con la suficiente brevedad como para no montar el numerito a nuestro alrededor. Sus manos se asentaron con naturalidad sobre mis caderas. Yo miré hacia mi coche, pero William ya debía estar dentro porque no se le veía. Devolví mi atención a Niall.

—«Novio», no es más que una palabra.
—Sí —él sonrió—. Solo una palabra.

Intenté recular un paso, pero él no me lo permitió. Puse mis manos sobre las suyas para que me soltara, y lo hizo, pero entrelazó sus dedos con los míos para atraparme.

—De acuerdo —asintió—. Se me ha ocurrido soltarlo para ver cómo reaccionabas. Algunas chicas, tras la primera cita, ya están eligiendo la vajilla y hablando del menú del banquete.

—¿Algunas chicas como la que te rompió el corazón? —yo lo besé, con la misma intensidad y brevedad que él.

Antes de apartarme de él no pude contenerme y le mordisqueé el labio inferior. No lo bastante como para hacerle daño, pero sí lo suficiente como para, ¿qué? No lo sabía. ¿Enseñarle quién mandaba? ¿Hacerle olvidar que había existido alguna mujer antes que yo? De repente la conversación me había disgustado.

—Da igual —continuó él mientras se acariciaba el labio con el pulgar y sus ojos, fijos en los míos, brillaban—. Tú eres esa chica que tiene amantes en lugar de novios, ¿no?

Me estaba pinchando, provocándome e, inesperadamente, sentí un tremendo calor recorrer mi cuerpo. Mis pezones se endurecieron. Las costuras de mis vaqueros me producían una deliciosa presión y sentí que mi respiración se cortaba.

—Sí. Eso fue lo que te dije.

No había música ni pasos. Ni siquiera nos movíamos, pero no por ello dejaba de ser un baile. O a lo mejor se parecía más a una lucha de espadachines. Atacar y esquivar. Apartarse y zigzaguear.

—Gracias por invitarme al cine —Niall reculó un paso. Luego otro. Hundió las manos en los bolsillos y me dedicó una lánguida y pícara sonrisa que me despertó deseos de correr tras él, empujarlo contra la pared y disfrutar de él a placer–. Ha sido divertido.

–Gracias por venir. Y por invitar a William y a sus amigos.

–Te llamaré –se despidió Niall antes de dar media vuelta y marcharse sin mirar atrás.

Yo, sin embargo, me quedé en el sitio, esperando por si se daba la vuelta al menos una vez. No lo hizo, lo mejor y lo peor que podría haber hecho, lo supiera o no. Porque yo, por supuesto, deseaba que se volviera y me mirara. Quería que me deseara tanto como para mirar aunque no quisiera. Pero también quería que fuera la clase de hombre al que no le hacía falta hacer algo así.

¿Qué coño me estaba pasando?

–¿Es tu novio?

Fueron las primeras palabras que salieron de la boca de William cuando entré en el coche, y me dejaron perpleja. Metí la llave en el contacto y encendí el motor antes de girarme en el asiento para contestar.

–No. ¿Por qué?

–Es guay –mi sobrino se encogió de hombros–. Trabaja con papá.

–Lo sé –conduje un rato antes de volver a hablar–. ¿Por qué me has preguntado si es mi novio?

–No sé –William volvió a encogerse de hombros y me miró con expresión totalmente falta de interés–. Oí a mamá decir que quizás necesitaras pasar más tiempo con tu novio en lugar de preocuparte por lo que hacían los demás con sus vidas.

Su manera de decirlo, con tacto y sin mirarme, me dio mucha información. Pero Susan era su madre, y yo me sentía capaz de ser la tía preferida hasta el fin de los días sin tropezar en eso. Aun así, me resultó difícil no soltar un bufido.

–¿Y a quién le dijo eso? ¿A tu padre?

–No. Hablaba con alguien por teléfono –contestó el chico–. No debería habértelo dicho.

–Seguramente no –yo suspiré y giré para entrar en su calle–. Pero no pasa nada. Tu madre tiene derecho a tener su opinión.

–Yo no creo que seas una entrometida, tiíta –me aseguró William–. La abuela y la tía Jill sí lo son, pero tú no. Me enfadó mucho oírle decir eso.

Una oleada de amor por ese crío me llenó los ojos de lágrimas.

–Gracias, chico. Pero tu mamá tiene derecho a sentir lo que sienta.

Y, además, tenía su propia carga de mierda que arrastrar, pensé aunque no lo dije. Cuanto más pensaba en las palabras de mi sobrino, más enfadada estaba. Al llegar a casa de William, le dije que necesitaba pasar al baño. Lo hice y luego saludé a mi hermano, sentado frente al televisor en su sillón reclinable con una cerveza en la mano. Junto a él había un montón de, al menos, diez pares de calcetines sucios.

–Eres un cerdo –sentencié sin más–. ¿Qué demonios te pasa?

–¿Y qué demonios te pasa a ti? –Evan me dirigió una mirada adormilada y ofendida.

–Sigues igual que siempre –le propiné un puntapié al montón de calcetines.

–¿Qué? –él miró por encima del brazo del sillón y luego a mí, sin parpadear.

–Tus jodidos calcetines, tío. Qué asco –sacudí la cabeza–. Era un asco cuando vivíamos juntos, y sigue siéndolo ahora.

–¿Y por qué tendría que importarte? –Evan soltó un bufido.

«A mí no», quise explicarle, «pero a tu mujer es evidente que sí, y la estás cabreando tanto que te está poniendo los cuernos con un tipo que se parece a Ricardo

Montalbán en *Huida del planeta de los simios*». Sin embargo, mantuve la boca cerrada, pensando en William, que estaba en la planta de arriba. Recordé los gritos de mis padres. Evan y yo teníamos quince años cuando se separaron, aunque sus problemas habían comenzado mucho antes. No creía que mi hermano fuera capaz de largarse sin pensar siquiera en su hijo, pero tampoco tenía que ser yo la que hiciera que su mundo se derrumbara.

Encontré a Susan en el porche delantero. Se sobresaltó al verme salir por la puerta, se volvió, el rostro contraído en una expresión de culpabilidad de otra clase. Tenía un cigarrillo en la mano.

—Me has asustado —me dijo.

—Lo siento. No quería salir por el garaje sin poder cerrar la puerta tras de mí —titubeé mientras la contemplaba—. Has vuelto a fumar, ¿eh?

—Algunas cosas las dejas porque quieres —contestó mi cuñada con cierta amargura—. Algunas cosas las dejas porque todo el mundo te dice que son malas para ti, pero al final sabes que volverás. Si es algo que te gusta.

Yo no estaba emitiendo ningún juicio sobre su afición a fumar. Yo también había encendido algún que otro cigarrillo, sobre todo cuando bebía. Desde que conocía a Susan, sin embargo, la había visto recriminar a la gente por sus vicios, fueran cuales fueran. Fumar, beber en exceso, comer demasiado. Engañar a tu pareja también debía estar en esa lista, supuse, aunque resultaba hasta graciosa la facilidad con la que uno podía cambiar de idea sobre algo en lo que te resultaba más fácil caer de lo que habías pensado. Nos miramos fijamente durante unos segundos mientras su cigarrillo se consumía sin que ella le diera siquiera una calada.

—Sabe a mierda —se quejó tras otro incómodo momento—. Quería que me gustara como solía, pero supongo que no es así.

Quise preguntarle si hablaba del humo o de mi hermano, pero sabiamente me contuve.

—Debe ser un alivio que haya terminado el *Bar Mitzvah*.

—Sí, desde luego.

Susan echó la ceniza en un pequeño cuenco de cristal y dio una prolongada calada. No tosió, pero tampoco parecía gustarle. Me ofreció el paquete, pero yo sacudí la cabeza.

—Por cierto, tu madre me llamó. Dejó un mensaje pidiéndome que la llamara.

—Vaya, pues lo siento. ¿Lo hiciste?

Esa risa tan inconfundible la había heredado William de su madre.

—No —ella sacudió la cabeza.

—Al final tendrás que hacerlo, seguramente.

—¿Por qué? —mi cuñada me miró—. En serio, Elise, ¿por qué tengo que hacerlo?

—Porque es tu suegra —no fui capaz de conseguir sonar convincente.

—La vida es demasiado corta para tener que aguantar a personas que te tratan como a una mierda, ¿sabes? Desde que me conoces, ¿me ha tratado tu madre alguna vez como si yo no fuera una mierda? —Susan le dio otra calada al cigarrillo. Parecía estarle recuperando el gusto.

Sus palabras eran totalmente ciertas, pero aun así, al igual que le pasaba a William, mi madre era mi madre.

—Ella es así.

—Lo siento, pero no estoy de acuerdo con que la cantidad de tiempo durante la cual una persona se porta mal sea una excusa para ese comportamiento. Me da igual que siempre haya sido así.

—Yo no he dicho que siempre haya sido así —contesté bruscamente—. Te he dicho cómo es ella ahora. Si tanto te interesa saberlo, no empezó realmente a portarse como una zorra hasta que mi padre la abandonó.

—Eso no es lo que dice tu padre —contestó Susan tras unos minutos de silencio.

—¿Y desde cuándo sois mi padre y tú los mejores amigos? —yo fruncí el ceño.

—No lo somos. Yo quería invitarle al *Bar Mitzvah*, pero tu madre se puso como loca, de modo que tuve que hablar con él y explicarle por qué no podía asistir a la celebración —mi cuñada aplastó el cigarrillo y sacó otro del paquete, lo sujetó entre los labios, pero no lo encendió de inmediato—. Fue una estupidez. Tu padre quiere a William, aunque tu madre y él no se soporten.

—Tampoco es que haya sido el mejor padre del mundo. ¿Qué dijo Evan al respecto? —pregunté con genuina curiosidad.

Hacía más o menos un año que no hablaba con mi padre. Al ver que no aparecía para la celebración, había supuesto que, tal y como había asegurado mi madre, no se le podía molestar.

—Dijo que no merecía la pena alterar a tu madre – Susan se peleó con el encendedor, que se negaba a darle una buena llama, antes de arrojarlo a un lado con expresión de hartazgo—. Dios me libre.

—Pero sí mantuviste una bonita y larga charla con mi padre sobre ella.

Yo sabía que era una estupidez alterarme por defender a mi madre, que era un absoluto grano en el culo.

Susan me dedicó una mirada desafiante y exasperada.

—A tu madre le gusta dárselas de mártir, Elise. No te comportes como si fuera una sorpresa.

—No, no podría. Pero tú apenas conoces a mi padre. No sabes cómo fue el ambiente mientras se estaban separando. Él nos abandonó —solté bruscamente, odiando cómo las palabras me rasgaban la garganta. Habían pasado años y no soportaba que el dolor siguiera golpeándome en las entrañas–. Lo cierto es que me da igual qué pasó entre ellos, pero él nos abandonó, a sus hijos, nos abandonó como si no le importásemos una mierda. Se fue a Florida, a kilómetros y kilómetros de aquí. Durante los seis primeros meses ni siquiera sabíamos dónde estaba –temblando, bajé el tono de voz–. Me da igual que diga que mi madre era una zorra. Él. Nos. Abandonó.

–Elise –Susan sacudió la cabeza con expresión triste–. Tú no sabes...

–Déjalo ya, ¿de acuerdo? No quiero oírlo de ti. Sé que mi madre no es buena contigo. Siento que tengas que aguantarlo. Siento que mi hermano no te respalde como debería y que deje los calcetines sucios tirados por ahí, pero, por el amor de Dios, Susan, es mi hermano. Y a William lo adoro –respirando entrecortadamente, la miré, esperando a que dijera algo, aunque no había formulado ninguna pregunta. Después de un par de segundos, alcé mis manos en un gesto de desesperación–. ¡Tienes una familia, por Dios! No lo tires todo por la borda como hizo mi padre.

–Querrás decir como hizo tu madre –contestó Susan con calma en un tono de voz que recordaba el arañar de uñas sobre el papel de lija.

Yo no contesté. Ella recuperó el encendedor. Con un nuevo intento la llama surgió y encendió con ella el cigarrillo. Mientras el humo salía por su nariz, me miró.

–Tuvo una aventura –anunció Susan–. Le pidió a tu padre que se marchara para que ese otro tipo pudiera instalarse en vuestra casa. No sé qué sucedió después de aquello, pero al parecer no salió bien.

–No –le aseguré con el sabor de la ceniza en mi boca, los labios tan entumecidos que me sorprendió ser capaz de pronunciar palabra alguna–. Supongo que no salió bien.

Capítulo 32

Supe de inmediato quién era ese tipo al que se había referido Susan. Sam Peters. Alto, de cabellos cenizos y amplia sonrisa. Siempre llevaba chicles en el bolsillo, quizás para disimular su mal aliento crónico. Sus dientes eran blancos y cuadrados, seguramente postizos, comprendí de repente, de ahí el hedor. Llevaba tatuado un pequeño diablo rojo en sus bíceps, aunque con los años se había desteñido hasta convertirse en un pálido manchurrón. Los tatuajes se veían porque le gustaba llevar camisas con las mangas arrancadas y los hilos colgando. Era el tipo que arreglaba los coches de mis padres.

El verano antes de que se fuera de casa, mi padre viajaba mucho por negocios. En aquel momento no había pensado mucho en ello, los padres hacían cosas y los hijos las aceptaban sin hacer preguntas. Mi madre nos explicó que papá estaba buscando un trabajo nuevo, pero que, hasta que lo encontrara, tenía que pasar mucho tiempo viajando. A punto de terminar el curso escolar, les oí discutir en varias ocasiones por dinero, de manera que la explicación de que necesitaba encontrar otro trabajo no era tan descabellada, sobre todo porque el coche de mi madre estaba en el taller.

Muy a menudo.

Asqueada con los recuerdos de aquella época, el olor a aceite y tubos de escape mezclado con el del chicle de menta que Sam siempre me ofrecía, sentada a la mesa de mi cocina repasé un viejo álbum de fotos correspondiente a ese año. Buscaba pruebas. No quería que fuera verdad, pero en el momento en que Susan lo mencionó, supe que no servía de nada negarlo. Tenía que ser él.

Y ahí estaba. En una foto en la que aparecíamos Evan y yo de pie delante de la ranchera Volvo gris pizarra, ambos vestidos con idénticos pantalones vaqueros cortos y camisetas blancas. Normalmente me habría echado a reír al ver nuestro más que cuestionable gusto por la moda, pero en esos momentos lo único que podía hacer era mirar fijamente el fondo de la imagen. Detrás del coche, dentro del taller, ocultos entre las sombras se veía algo familiar, lo bastante difuminado como para pasarlo por alto a no ser que uno se fijara muy bien. Era la falda de mi madre, la que había terminado hecha jirones aquel verano. Era una falda enrollable que se ataba en la cadera, de estampados brillantes y florales, que siempre llevaba con una blusa campesina blanca. Al menos hasta el día en que la encontré manchada de grasa en el montón de cosas que había que llevar a la tienda de segunda mano. En su momento no había pensado en ello, pero esas manchas podrían haber sido hechas por unas manos sucias de grasa.

Recordé los gritos apagados detrás de las puertas cerradas. Los viajes al supermercado con mi madre, que tachaba los artículos de la lista con creciente agresividad y me obligaba a devolver los cereales azucarados a su sitio porque eran «demasiado caros». Recordé el olor a chicle de menta y cigarrillos pegado a la ropa de mi madre cuando la abrazaba antes de irme a la cama. Sabiendo que mi madre solía oler a su perfume Wind Song y al suavizante de la ropa, recordé lo turbada que me sentía por el inexplicable cambio, pero todo había quedado olvidado cuando Alicia me había llamado para contarme que David Birnbaum estaba enamorado de mí.

Mi padre se había marchado justo antes del comienzo del curso del segundo año de instituto para Evan y para mí. No hubo ninguna explicación, ninguna dirección durante seis meses. Yo solía oír llorar a mi madre en su dormitorio, los sollozos subiendo y bajando de intensidad. El estruendo de los cristales rotos. El sonido del teléfono por la noche y el silencio si era yo la que contestaba en lugar de ella. Yo siempre había pensado que el que llamaba era mi padre, demasiado avergonzado para saludar a la hija a la que había abandonado sin pensárselo dos veces, pero en esos momentos comprendí que debía ser Sam Peters.

Seguía sentada en la cocina cuando Niall llamó a la puerta. Me pilló con la cabeza apoyada entre mis manos, y pensé en enviarle un mensaje explicándole que me encontraba mal y me había metido en la cama, pero había algo hermoso y tremendo en tener a alguien en tu vida que fuera algo más que un compañero para follar, y estaba segura de que me sabría consolar. Lo mejor de todo era que, si le contaba lo que acababa de averiguar, iba a tener que dejarle consolarme.

–Hola... –él se detuvo al ver la expresión de mi rostro–. ¿Qué pasa?

Durante unos estúpidos segundos se me ocurrió mentir y fingir que no pasaba nada, pero sin añadir una palabra más, Niall me tomó en sus brazos, cerró la puerta de una patada y me abrazó sin hablar, con sus labios pegados a mi sien. Notaba el aliento cálido sobre mi mejilla. Sus manos me acariciaban la espalda y yo me derretí contra él. En realidad me agarré a él con fuerza, desesperada y al borde de las lágrimas.

Algo crujió entre nosotros.

Al principio lo ignoré, pero cuando me atrajo más hacia sí, el inconfundible sonido del papel al arrugarse me hizo apartarme de él.

—¿Qué es eso?

—Es, te he traído algo. Pero puede esperar —Niall me acarició la frente y me apartó los cabellos del rostro.

—¿Me has traído algo? Pues la verdad es que no me vendría nada mal un regalo —di unos golpecitos a la pechera de su camisa en un intento de encontrar el origen del ruido.

Lo encontré en el bolsillo de la camisa. Un trozo de papel doblado en cuatro. Lo miré, confundida.

Niall lo sacó del bolsillo con expresión ligeramente avergonzada, pero lo sostuvo fuera de mi alcance.

—Puede esperar, Elise. ¿Por qué no me cuentas primero qué sucede?

—Es solo un lío familiar —yo sacudí la cabeza.

—Ah —él frunció el ceño—. ¿Va todo bien?

—Sí. Supongo. Quiero decir que no. No lo sé.

—Quizás no debería decir nada —Niall titubeó antes de continuar—, pero ¿tiene algo que ver con Evan y Susan?

—¿Qué te hace pensar eso? —de nuevo intenté alcanzar el papel, pero él volvió a apartarlo de mi alcance.

—Por algunas cosas que suele comentar Evan últimamente en el trabajo. Nada concreto. En realidad no es asunto mío... qué astuta.

Yo había conseguido arrebatarle el papel antes de recular unos pasos para que no pudiera recuperarlo.

—¡Ja!

—Al menos te ha arrancado una sonrisa —observó Niall.

Yo desdoblé el papel. Impresa en tinta gris, al principio la tabla no me dijo nada, pero tras analizarla unos segundos, levanté la vista y lo miré, sin saber muy bien qué decir.

—¡Vaya! —fue lo único que se me ocurrió.

—No quería decírtelo hasta tener todos los resultados —me aclaró él—. Pero ahí lo tienes. Sano como una manzana.

—¿Has hecho esto por mí? —yo parpadeé perpleja y volví a repasar los resultados del análisis.

—Bueno, supongo que lo he hecho por mí —contestó mientras hundía la mano en el bolsillo y sacaba una bolsita de plástico que contenía un paquete de preservativos—. Pero, por si acaso, también he comprado esto.

En el piso de arriba, le dejé llevarme a la cama. Nos besamos y besamos y besamos hasta que yo ya no podía respirar. Niall me tumbó sobre mi propia cama, su peso sobre mí, aunque no demasiado pesado. Apoyado sobre los codos, de nuevo me apartó los cabellos del rostro, sus ojos buscando los míos. Yo quería preguntarle en qué estaba pensando, pero antes de que tuviera ocasión de hacerlo ya me estaba besando otra vez.

Las profundas y largas caricias de su lengua me dejaron sin aliento. Volví a bascular las caderas y él se apretó contra mí antes de arrodillarse sobre mí. Sin dejar de mirarme, se lamió los humedecidos labios hasta hacerme gemir.

—Tócame —susurré mientras arqueaba la espalda para que mis pechos, desnudos bajo la camiseta, le resultaran tentadores.

Él deslizó las manos por mis costados antes de tomar mis pechos con las manos ahuecadas durante un instante, antes de regresar al dobladillo de mi camiseta y deslizarse bajo ella. Al sentir su piel sobre la mía yo me estremecí y él gruñó. Me subió la camiseta hasta dejarme expuesta ante él, y yo le ayudé sacándomela por la cabeza.

—Tienes unas tetas, eh, pechos, impresionantes —exclamó—. ¿Se puede decir «tetas»?

Yo las tomé con mis propias manos y froté mis pulgares sobre los pezones mientras lo miraba a los ojos.

—¿Tú qué crees?

—Creo —contestó antes de besarme de nuevo—, que quiero deslizar mi polla entre tus impresionantes tetas. ¿Qué opinas?

Yo reí con la respiración entrecortada y gemí un poco también. Apoyé mis manos sobre su pecho, clavándole un poco las uñas.

—Jjjjjj...

—Adelante, dilo. Sabes que te mueres por decirlo.

—Joder —terminé, casi sin aliento—. Dímelo otra vez.

Niall sacudió la cabeza y se apartó antes de que yo pudiera tomar posesión de sus labios.

—He cambiado de idea.

—¿Qué? ¡No! —le masajeé el muslo con mi pie—. Eso no es justo.

—He esperado demasiado tiempo para poder estar dentro de ti —contestó con naturalidad, aunque su mirada me quemaba—. Quiero hacerte llegar con mi polla hundida dentro de ti y mis labios sobre esas deliciosas tetas. ¿Mejor así?

—Mucho mejor —yo me dejé caer sobre la cama y jugueteé con la cremallera de mis vaqueros mientras Niall se tocaba distraídamente por encima de los pantalones.

Se detuvo el tiempo necesario para desabrocharse la camisa y arrojarla al suelo. Distraídamente se acarició el pecho, tamborileando con los dedos sobre el estómago. Después se estiró sobre mí para besarme de nuevo. Tumbados uno al lado del otro, nos besamos prolongadamente, pero ya sin bromitas. Hambrientos el uno del otro, pero sin prisa. Lentamente me desnudó, deslizando sus labios sobre cada pedacito de piel que iba dejando al descubierto. A continuación se desnudó él mismo mientras yo lo observaba en una connivencia desacostumbrada para mí.

Me gustaba verlo desnudarse para mí. No hizo falta que le indicara hacia qué lado debía girarse para mostrarme su cuerpo. Se movió exactamente como le habría pedido que hiciera si yo hubiera estado dominando. En esos momentos era un placer simplemente mirar. Cuando volvió a colocarse encima de mí, su polla gruesa y ardiente sobre mi estómago, le rodeé con mis brazos y lo atraje hacia mí, y él me lo permitió sin intentar ir más deprisa.

Niall me besó lentamente. Sus manos se deslizaban sobre mí, encontrando esos lugares donde me gustaba ser acariciada. Unas pocas veces le coloqué las manos un poco más a la derecha o a la izquierda, o me moví para que pudiera tener un mejor acceso a mí, pero mayormente me deleité con la sensación de ser... aprendida.

Porque él se aprendió mi cuerpo, centímetro a centímetro. Gemido a suspiro, gruñido y jadeo, Niall prestaba atención a cada sonido que escapaba de mis labios, a cada movimiento y estremecimiento de mi cuerpo. Más despacio, más deprisa, un poco más fuerte, a veces más delicado, se enseñó a sí mismo el funcionamiento de mi cuerpo, y yo apenas tuve que corregirle.

Temblorosa arqueé la espalda cuando al fin deslizó sus dedos por la cara interna de mi muslo para meterse dentro de mí. Estaba tan mojada que casi me daba vergüenza la facilidad con la que resbalaban sus dedos. Casi.

Su pulgar me presionó el clítoris mientras los dedos se movían. En cuestión de segundos yo empecé a moverme debajo de él. Y gruñí cuando se detuvo. Él rio sobre mi boca.

—Ya te dije que sucedería cuando tuviera que suceder.

—Aún no ha sucedido —protesté mientras le acariciaba la muñeca y lo guiaba de nuevo entre mis piernas—. De modo que vuelve a tu puesto. Por favor.

—Qué amable —Niall suspiró—. ¿Cómo puede un tío negarse ante eso?

Seguía besándome cuando me penetró. Ambos suspiramos. Incapaz de contenerme, yo me tensé un poco.

—Qué sensación tan agradable —susurré.

—Hacía mucho que no había hecho algo así sin protección —Niall hundió el rostro en mi cuello, pero no se movió—. Joder, Elise, qué mojada estás.

—Fóllame —yo basculé las caderas para empujarlo y que se hundiera más en mi interior.

—Vas a matarme —balbuceó cuando yo me moví de nuevo.

—Calla —le ordené, y él lo hizo.

Las suaves y lentas embestidas crecieron a medida que Niall encontraba el ritmo adecuado. Hacía bastante tiempo que no había tenido a un hombre dentro de mí a pelo, y resultaba tan excitante para mí como, al parecer, para él. Nos movimos juntos tal y como habíamos hecho sobre la pista de baile, como si nos hubiesen construido en alguna loca fábrica a partir de piezas gemelas. Encajábamos. Simplemente, encajábamos.

Yo no era capaz de llegar cuando practicaba la postura del misionero, y casi siempre me negaba a follar así. Me gustaba estar encima, o que me tomaran por detrás, o de pie, incluso de lado, pero nunca me había gustado sentir sobre mí el peso de un hombre mientras me embestía, concentrado en quitarse de encima mientras yo intentaba recuperar el aliento. Pero con Niall no fue así y, aunque no me lo había esperado, cada embestida hacía que su pelvis se frotara deliciosamente contra mi clítoris hasta que no pude hacer otra cosa que no fuera levantar las caderas para recibir cada una de ellas.

Le arañé la espalda con mis uñas, y Niall me mordisqueó el cuello y el hombro. Yo grité su nombre, primero bajito y luego más alto, y le agarré un buen pellizco del culo con ambas manos. Él había calificado mis tetas como impresionantes, y lo mismo podría decirse de ese trasero. Firme, suave, musculoso. De muerte, como solía decirse.

—Voy a llegar —murmuró junto a mi oído—. Llega tú también conmigo.

—Estoy en ello —le contesté—. Fóllame un poco más fuerte, nene, y estaré allí contigo.

Follafuegos artificiales. De la clase que estallaba una y otra vez, y que, cuando uno pensaba que habían terminado, empezaba otra serie de llameantes explosiones. Así llegué con Niall la primera vez que hicimos el amor. Como si fuera el Cuatro de Julio.

Él se estremeció contra mí antes de quedarse quieto. Ese era el momento en el que yo solía sentirme atrapada, pero ni siquiera tuve tiempo de sentirme aplastada o espachurrada, porque él se apartó enseguida. Sentí un cálido líquido derramarse desde mi interior, pero me sentía demasiado perezosa para que me importara. Las sábanas podían lavarse. Yo no me iba a mover ni un jodido centímetro.

Niall se tumbó de espaldas con un brazo bajo la nuca y con el otro haciéndome una seña para que me acurrucara contra él. Mi cuerpo se curvó para adaptarse al suyo y aunque era muy consciente de que en cualquier momento mi brazo empezaría a dormirse, o le entraría un calambre, hasta que llegara ese momento me sentí satisfecha con presionar mi rostro contra su sudoroso, oloroso pecho y respirar hondo. Él giró la cabeza y me besó la frente.

Durante un buen rato no nos dijimos nada, los dos respirando en perfecta sincronización. Yo deslicé una mano por su pecho y estómago, jugueteando con el vello oscuro bajo el ombligo. Después de un rato, me apoyé sobre un codo y lo contemplé de arriba abajo. Hasta ese momento solo había visto su cuerpo por fragmentos. Pero ahí estaba, completamente desnudo y saciado, y yo quería verlo al completo. Cada arruguita, bultito y peca, cada lunar y cicatriz. Besé el diminuto puntito marrón junto al ombligo y él se rio.

Antes de acomodarme y apoyar mi mejilla sobre su estómago, le eché otro vistazo. El cuerpo de nadador, delgado y agradable, no era lo bastante blandito para ser una buena almohada, pero me encantaba sentir el cosquilleo de su vello sobre mi piel. Tomé sus pelotas en mis manos, sopesándolas, y la suave longitud de su polla. Él dio un respingo.

—Lo siento —murmuré—. No pretendía sobresaltarte.

—No pasa nada —Niall me acarició los cabellos y los dedos se le quedaron enredados en un nudo.

—Qué hermosura —observé yo.

—¿El qué? —él se rio con cierta incomodidad—. ¿Mi polla?

—Sí —yo volví a levantar la vista y sonreí—. Un ganador de cinta azul es lo que tenemos aquí mismo.

Niall no volvió a reír, aunque mi intención había sido que lo hiciera.

—Gracias.

—Estaba de broma —yo me apoyé de nuevo sobre un codo—. Quiero decir, que es fantástica y todo eso, no es eso de lo que estoy de broma...

Él sacudió la cabeza casi imperceptiblemente y yo me interrumpí. Opté por besarle la cadera y acurrucarme contra él. No quería que hubiera ninguna incomodidad entre nosotros.

—¿Quieres que me marche? —preguntó Niall unos minutos después, justo cuando empezaba a quedarme dormida.

—No —contesté sobresaltada y completamente despierta—. ¿Tú quieres marcharte?

—No. He traído una bolsa con mis cosas. Está en el coche —él titubeó—, pero ahora mismo no me apetece ir a buscarla.

—No, quédate aquí conmigo en la cama un ratito más. Después podemos levantarnos y ducharnos, y tú podrás ir a por tu bolsa. Pero ahora mismo me apetece quedarme aquí, desnuda y pegajosa, contigo.

—Desde luego nadie me había dicho nunca una cosa así —él bufó suavemente.

—Me encanta cómo hueles ahora mismo —yo hundí el rostro en la deliciosa mezcla dulce-salada de su piel—. Completamente follado.

—Eso es... maldita sea —contestó Niall—. Me estoy poniendo duro otra vez.

Yo solté una carcajada y rodé sobre mi espalda, ahuecando las almohadas.

—Me alegro. Te quiero duro todo el rato.

Niall se tumbó de lado y me atrajo hacia sí. Mi cadera se hundió en su entrepierna.

—Pues va a ser un poco incómodo en el supermercado y eso.

—Entonces te mantendré todo el tiempo en mi cama —por Dios que me había vuelto una yonqui del sexo.

Me reía y farfullaba como si me hubiera tomado un par de copas de whisky. Me estiré y oí crujir los huesos de mi espalda.

—Te quiero constantemente duro para que puedas follarme siempre que yo quiera.

—De manera que eso es lo que quieres, ¿eh? —él se mantuvo un rato en silencio.

—Pues claro —yo volví el rostro hacia el suyo—. No te preocupes, en el puesto está incluida la cerveza y la pizza. Tengo que mantenerte fuerte si quiero que seas mi propio esclavo sexual.

Era la segunda ocasión en que Niall no se reía de mis bromas. En cambio, alargó una mano y me apartó los cabellos del rostro. Después me besó el hombro, enterrando su cara en él. Yo apoyé una mano sobre su cabeza mientras me preguntaba qué había hecho mal. ¿Había ido demasiado lejos? ¿Me había quedado corta? ¿Iba demasiado deprisa?

Ambos permanecimos un rato en silencio, y aunque había dicho en serio lo de que me gustaba estar desnuda y pegajosa con él, había llegado la hora de la limpieza. Estaba a punto de sugerirlo cuando Niall me abrazó y se pegó a mí. No me lo había esperado, pero accedí, acomodando mi trasero contra él. De nuevo apartó mis cabellos a un lado y me besó la nuca.

—¿Te encuentras mejor? —me preguntó.

Durante un rato había olvidado que estaba disgustada. Fruncí el ceño, pero el descubrimiento de la infidelidad de mi madre no me produjo ningún dolor. Yo no tenía nada que ver con aquello, nunca lo había tenido. En realidad explicaba muchas cosas, aunque por mucho que la infidelidad de mi madre hubiera dañado su matrimonio, o a mi padre, no me sentía capaz de perdonarlo por haberse largado a Florida sin nosotros.

—Sí.

—Me alegro.

—Esta tarde Susan me contó que mi madre le había sido infiel a mi padre —balbuceé—. Me dijo que se lo había contado mi padre. Otra vez también me contó un montón de cosas sobre mi hermana, cosas que yo no sabía. Me hizo sentir que no me entero de nada. Como si estuviera caminando sobre arenas movedizas.

—Mierda —contestó Niall, aunque no dejó de abrazarme—. Vaya.

—Sí —yo sujeté su mano bajo mi barbilla—. Un asco. Ojalá no me hubiera enterado. El que yo lo sepa no cambia nada y es simplemente... asqueroso.

—¿Te dijo Susan algo más? —Niall hizo una pausa—. Mierda, da igual, no es asunto mío.

Yo reflexioné en silencio si sería acertado explicarle

lo que sabía. Al final le besé los nudillos y comencé a hablar en voz baja.

—Susan tiene una aventura. No le he contado nada a mi hermano porque no quiero ser la que destroce la familia. No quiero hacerle algo así a William. No puedo. Y tampoco quiero hacérselo a Evan.

—¿Y crees que si no se lo cuentas, la aventura se acabará?

Yo me senté con las piernas encogidas, las rodillas apoyadas en el pecho.

—No. Pero opino que debería contárselo ella, eso es todo. Y, mierda, no sé, Niall, a lo mejor esperaba que Susan se pusiera las pilas. Algo. Lo que sea. Y te diré una cosa, ¿y si se lo cuento a Evan y luego se reconcilian? Siempre quedaré como la gilipollas que se entrometió en su matrimonio.

—Es ella la que está haciéndolo mal, no tú.

—¿Sabes qué hace la gente cuando se ve obligada a enfrentarse a algo incómodo? —yo lo miré—. Culpan a lo que les ha hecho sentirse mal, aunque no sea culpa de esa cosa. Y yo sería la cosa que les había hecho sentirse mal, Niall. Supongamos que encuentran el modo de arreglarlo. Siempre sabrán que yo lo sabía, y sería una de esas cosas que causa incomodidad.

—Sí, supongo que tienes razón, salvo que me parece que él ya lo sabe. O al menos lo sospecha —Niall frunció el ceño—. Lo siento, es una situación complicada, para todos.

—El que más me importa de todos es William —aseguré sin dudar—. Amo a mi hermano, pero debo decir que, en parte, se lo ha ganado. No digo que se lo merezca —me apresuré a añadir—. Yo lo quiero incondicionalmente, pero no me gustaría estar casada con él.

—Bueno, claro que no —declaró Niall, estupefacto—. Sería un poco como *Flores en el ático*, ¿no crees?

—¡Uff! Qué asco —exclamé mientras saltaba para propinarle un puñetazo.

Él lo evitó sin ninguna dificultad, agarrándome de las muñecas con una sola mano mientras que con la otra tiraba de mí hasta que quedé sentada sobre su regazo. Yo no estaba acostumbrada a sentirme tan… pequeña, supongo. No me sentía delicada o débil. Acurrucada y protegida, sí. Blandita.

Era lo que le había pedido, pero enfrentada a la realidad, mi interior se congeló. Me aparté de él, delicadamente, pero con firmeza.

—Voy a ducharme.

—Todavía no. ¿Un minuto más? —me pidió Niall.

Yo le permití abrazarme para darme un beso. Y luego otro. Cuando intentó un tercero, me aparté de él con una carcajada.

—¡Oye!

—¿Sabes qué? —me dijo—. Vayámonos fuera este fin de semana. A lo grande. Un buen hotel, una cama grande. Sábanas limpias.

Yo asentí con solemnidad y enarqué una ceja mientras contemplaba mi propia cama.

—Desde luego necesitamos sábanas limpias. ¿Y qué me dices de unas buenas vistas? Tiene que haber buenas vistas.

—Sí, pues hablando de buenas vistas…

—Háblame de los conejos, George —la frase se me escapó. En cuanto salió de mis labios, me mordí la lengua.

—¿Eh? —Niall frunció el ceño.

—Es de un libro. *De ratones y hombres*. Él siempre solía contarme historias, sobre cómo íbamos a hacer las cosas que íbamos a hacer, y visitar los lugares a los que íbamos a ir. Normalmente lo hacía cuando estábamos en la cama. Una vez me contó… —yo me interrumpí. No quería recordar, no quería recordarlo en voz alta, porque entonces había sido maravilloso, pero en esos momentos no me causaba más que dolor. Pero Niall me había dicho que quería saber qué cosas no me gustaban para no hacerlas.

—Cuéntamelo.

Respiré hondo.

—Me dijo que si le tocaba la lotería, iba a construirme un castillo.

—Ya —después de eso, Niall no añadió nada más.

—En cualquier caso, en *De ratones y hombres*, Lenny siempre le pide a George que le hable...

—De los conejos —me interrumpió él—. Lo he pillado. Como en los dibujos animados de Bugs Bunny: «Lo amaré y lo estrujaré y lo llamaré George».

—Sí —yo acaricié el conejo tatuado de mi muñeca—. Por eso lo llamé George. Era algo entre mi amiga Alicia y yo. Ponerles apodos a los chicos que amábamos.

—¿Tengo yo alguno? —Niall emitió un sutil bufido.

—No. Tú eres solo tú.

—Ya —repitió él.

Yo lo besé, apartando de mi mente cualquier recuerdo de otra persona.

—La idea de un viaje me parece estupenda. ¿Adónde quieres ir?

—¿Qué tal si te doy una sorpresa? —él miró a lo lejos durante unos minutos antes de volver a centrar su mirada en mí.

Yo pensé en su propuesta. En general no me gustaban las sorpresas. Ni las fiestas ni los acertijos. En una ocasión, estando en noveno curso, Evan había salido de un armario en el que se había escondido para «sorprenderme», y había acabado con la nariz rota. Pero sí me gustaba que me conocieran, y la mejor manera de descubrir si alguien te conocía de verdad era ver qué elegía para ti. De momento, Niall había hecho un trabajo excelente eligiendo las cosas que me gustaban.

—De acuerdo —asentí—, sorpréndeme.

Esa noche Niall durmió conmigo, en mi cama, acoplado a mi cuerpo, respirando en mi nuca. Cuando yo me retorcí contra él, se puso duro y ambos reímos, aunque las risitas se convirtieron en suspiros cuando deslizó su mano sobre mi estómago para apretar mi espalda contra él.

No me costó nada dormirme.

Sus murmullos me despertaron, no estaba segura de la hora, solo que había estado soñando.

—¿Qué te hizo para causarte tanto dolor? El otro tipo.

—Lo amaba demasiado —contesté medio dormida—. Y él no me amaba lo suficiente.

Capítulo 33

Niall me pidió que me reuniera con él en el Baltimore's Inner Harbor. No había estado allí desde que era una niña. El acuario estaba prácticamente tal y como lo recordaba, a excepción de los leones marinos que solían calentarse al sol sobre las rocas y que habían desaparecido.

—La gente lanzaba muchas monedas y porquería al recinto —me explicó Niall, apoyado en la barandilla—. Los leones se comían las cosas y enfermaban y morían.

—Eso es terrible —yo fruncí el ceño.

—Sí, la gente es un asco —él se apartó del recinto vacío y apoyó la espalda y los codos contra la barandilla—. Había pensado que podríamos visitar el submarino. Si te apetece.

—Suena divertido —yo lo besé. Y seguimos besándonos durante un rato—. Esto también es divertido.

Él me acarició el pelo, revuelto por la húmeda brisa, y me lo apartó de los ojos. Se había convertido en uno de sus gestos preferidos y, sorprendentemente, aún no había empezado a ponerme de los nervios.

—Tú haces que todo sea divertido.

—¿En serio? —encantada, yo me sonrojé ligeramente.

—Sí. Quiero decir que, sea lo que sea que se me ocurra,

tú eres como... «venga sí, hagámoslo» —Niall hizo una pausa—. No sé, es que me sorprende.

—¿Por qué? —empezamos a caminar y yo le tomé una mano y la balanceé suavemente entre nosotros. Él me miró con las cejas enarcadas—. Ah. Eso —suspiré y me volví hacia él tomándole ambas manos entre las mías—. Niall, no me hace falta estar al mando todo el tiempo. Lo cierto es que me gusta que se ocupen de mí. Si no me gustara hacer algo que tú hubieras planeado, te lo diría. Pero hasta ahora, me ha gustado todo.

—Me alegro —él sonrió—. Visitemos también el museo Ripley.

Mi explicación parecía haberlo tranquilizado, pero la conversación no se apartó de mi mente durante el resto del día. Era verdad que todo lo que había organizado había sido divertido, y eran cosas que, de todos modos, a mí me apetecía hacer, aunque no me hubiera dado cuenta antes. Y también era verdad que me gustaba que se ocupara de todos los detalles para convertir un día en algo mágico, para que no tuviera que hacer otra cosa que disfrutarlo.

—Es porque has elegido todo esto para mí —solté bruscamente mientras esperábamos a que nos sirvieran las bebidas durante la cena.

Niall había elegido el restaurante porque tenía opciones vegetarianas, en caso de que no me apeteciera comer marisco, que no me apetecía, aunque no se lo había mencionado. Le había contado que no comía cerdo, pero nunca había mencionado los crustáceos. Supuse que había estado haciendo los deberes y me enterneció tanto que creí que mi corazón iba a saltar del pecho.

—¿Eh? —él levantó la vista del cestillo de palitos de pan que había en el centro de la mesa.

—El día. El turismo. El restaurante —respiré hondo—. No es que me guste que tomes el mando y lo elijas todo por mí. Quiero decir que, normalmente, no lo soportaría.

—No lo pillo —Niall partió el palito por la mitad y me ofreció uno de los trozos.

—Una vez tuve un amante, no, escúchame —insistí al ver cómo había cambiado su expresión—. Tuve un amante al que le gustaba dominarme. Me compraba ropa y me ordenaba que me la pusiera, y se suponía que era sexy, solo que no acertaba con las tallas, o elegía un color que yo odiaba, y le cabreaba en serio que yo no quisiera ponérmela. También elegía siempre el restaurante al que íbamos a comer.

—Yo he elegido este restaurante.

—Sí, pero todo lo que has organizado hoy, todo lo que planeas para los dos, lo haces pensando en que me va a gustar realmente, y eso me hace sentir... —sacudí la cabeza y me incliné un poco hacia delante—. Me vuelve loca, Niall. En el buen sentido. En el sentido realmente bueno.

Lentamente apareció una sonrisa en su rostro. Sus ojos brillaban. Su pie rozó el mío.

—Me alegro —contestó justo en el momento en que llegaron las bebidas.

También me llevó a bailar. El *Power Plant Live* tenía bastantes bares y clubes para mantenerte ocupado toda la noche. No habíamos vuelto a bailar desde la noche de la fiesta del *Bar Mitzvah* de William, la primera vez que me había abrazado. Aquella noche me había conquistado, aunque ninguno de los dos habíamos sido conscientes de ello en aquel momento. Sin embargo, yo lo sabía, y quería que él lo supiera también.

Nunca había sido la primera en decirlo. Amor. Independientemente de lo que hubiera sentido por la otra persona, nunca había sido la primera en admitirlo, hasta esa noche.

—Te amo —le susurré al oído mientras bailábamos—. Y te deseo. Ahora mismo.

La música estaba tan alta que era fácil fingir que no

me había oído, de modo que no me sentí avergonzada cuando no me correspondió. Porque no lo hizo, no con palabras, y a lo mejor me imaginé esa mirada suya instantes antes de que me besara con tal pasión que apenas podía respirar. Daba igual. Yo lo sentía y así se lo había dicho, y no lo lamentaba.

–Salgamos de aquí –propuso Niall.

En el ascensor nos mantuvimos apartados, como si con ello pudiésemos disimular el hecho de que, en cuanto se cerrara la puerta de la habitación, íbamos a lanzarnos el uno sobre el otro como lobos sobre un ciervo herido. Veía a Niall reflejado en el espejo del ascensor, y a mí también, y no había equívoco en el modo en que la tensión aumentaba entre nosotros aunque no nos habíamos movido. Demonios, estaba segura de que la gente podría olerlo. Deseo. Necesidad.

Ni siquiera me tocó cuando las puertas del ascensor se abrieron y nos dirigimos por el largo pasillo, caminando tranquilamente como si estuviésemos en la playa. Como si no sintiéramos ganas de salir corriendo. Hablamos sobre la cena y el club, sobre tonterías que se me olvidarían a los veinte minutos. Nuestras voces subían y bajaban de tono, y las palabras salían de nuestras bocas. Pero lo único que fui capaz de recordar después fue el constante latido de mi corazón que gritaba «fóllame, fóllame, fóllame».

Niall abrió la puerta con su llave y me cedió el paso. Para cuando alcancé la cama ya temblaba, dándole la espalda. Al oír cerrarse la puerta y correr el pestillo, tuve que cerrar los ojos y concentrarme en la respiración para no desmayarme. El vino de la cena, las copas de después, sin duda podría echarles la culpa de que el mundo estuviera dando vueltas, pero lo cierto era que no tenía nada que ver con el alcohol. Ya lo había eliminado todo bailando.

Estaba borracha de Niall, por anticipado, y lo único que podía hacer era temblar mientras esperaba a que me tocara.

A que, por fin, me tocara.

Por supuesto me había estado tocando toda la velada. Una mano sobre mi espalda mientras cruzábamos la calle. Unos dedos rozándome por encima de la mesa. Su cuerpo pegado a mí mientras bailábamos.

Con los ojos cerrados los sonidos se magnificaban. El golpe de las llaves al aterrizar sobre el tocador. El murmullo de sus zapatos sobre la alfombra.

Y entonces, por fin, Niall puso sus manos sobre mí. Se pegó a mí por detrás, agarrando mis caderas para atraer mi culo contra su entrepierna. Su boca encontró mi nuca, sus dientes la curvatura de mis hombros. Mientras me apretaba contra él me mordisqueó, y yo arqueé la espalda, jadeando. Mis pezones se endurecieron al instante. Una de sus manos se deslizó sobre mi estómago y entre mis piernas, antes de agarrar el bajo de mi vestido.

—Sí —susurré mientras me lo subía.

La respiración de Niall me calentaba la oreja mientras hundía sus dedos dentro de mis braguitas. Siguió deslizándolos hasta hundirlos un segundo en mi interior antes de sacarlos de nuevo y buscar mi clítoris, que pellizcó delicadamente entre el pulgar y el índice. Mi cabeza cayó sobre su hombro. Mi mano subió hasta su nuca.

—Voy a follarte —me susurró al oído—, hasta que no puedas sostenerte de pie.

Yo ya tenía problemas para mantenerme de pie. Sentía las rodillas flojas mientras sus dedos me tocaban el clítoris en un ritmo constante y despiadado. Y cuando me volvió a mordisquear el hombro, yo grité.

Y me volví. Nuestras bocas se encontraron y nos besamos con ansia, con violencia. Los dientes entrechocaron. Niall hundió una mano en mis cabellos, enterrándola en mi recogido. Tiró con la fuerza suficiente como para que yo tuviera que echar la cabeza hacia atrás y él alcanzara mi garganta con labios y dientes.

—Te deseo —le aseguré—. Te deseo, te deseo, te deseo.

Él se interrumpió durante un segundo o dos, mirándome a los ojos. Lentamente, pausadamente, volvió a deslizar su mano entre mis piernas y hundió un dedo en mi interior antes de sacarlo. Cada caricia me estimulaba justo donde debía.

Hundí mis dedos en sus hombros y separé ligeramente las piernas para permitirle el acceso. Sabía que no iba a llegar en esa postura, bastante incómoda, pero poco me iba a faltar.

Niall volvió a besarme mientras sacaba la mano de mis braguitas. Empujándome con suavidad, me hizo recular hasta la cama. Yo tenía los puños cerrados sobre la pechera de su camisa y, al llegar a la cama, nos hice girar. Mi intención era empujarlo hasta hacerle caer sobre la cama, subirme encima y devorarlo con más besos hambrientos, pero él me lo impidió.

No luchamos, ni nada tan obvio, pero Niall sí sacudió ligeramente la cabeza mientras me tumbaba a mí de espaldas. Acabé apoyada sobre los codos, una rodilla doblada de manera que mi vestido dejaba ver mis muslos desnudos. A los pies de la cama, Niall apoyó una mano sobre mi pantorrilla. Sus ojos brillaban mientras yo deslizaba un dedo por mi pierna hasta alcanzar la cinturilla de mis braguitas.

—Me muero de ganas de hacerte llegar —me aseguró él.

—¿En serio? —su declaración me pilló por sorpresa.

Él asintió y una pequeña sonrisa curvó sus labios, aunque se borró tan deprisa que estuve a punto de perdérmela.

—Sí, en serio.

Yo reculé sobre la cama para colocar las almohadas

en un montón lo bastante alto para poderme apoyar en él. Me abrí de piernas, aunque mi vestido seguía ocultando las braguitas.

—¿Así?

—Sí —su gesto era muy serio, sombrío—. Quiero ver tu coño.

Yo contuve el aliento y deslicé mis manos por la cara interna de los muslos, empujando el vestido hacia arriba, quitándolo de en medio. Estábamos a finales de septiembre y el verano daba sus últimos coletazos. Hacía demasiado calor para llevar medias y liguero, pero Niall tampoco parecía echarlo de menos. Contemplé fijamente su rostro. Los ojos se estaban oscureciendo. Se llevó una mano a la protuberancia que se marcaba en los pantalones y empezó a frotar. Cuando yo deslicé un dedo sobre el encaje de mis braguitas, él cerró los puños.

—Niall.

Él me miró.

Yo hundí mis dedos en el interior de las braguitas y él se humedeció los labios antes de atrapar el labio inferior con los dientes. Me taladró con la mirada, sin apartarla de mis ojos. Aunque lo hubiera querido, y una parte de mí así lo deseaba, yo no podría haber apartado la vista. Parte de mí quería cerrar los ojos, volverme ciega. Volverme indefensa.

Levanté mi culo de la cama para quitarme las braguitas y deslizarlas sobre las rodillas. No resultaba fácil mantener la elegancia estando tumbada de espaldas, pero de algún modo conseguí desembarazarme de la prenda y volver a tumbarme. Junté las piernas, coqueta, que no tímida. El bajo de mi vestido se había vuelto a deslizar hacia abajo, ocultándome de su hambrienta mirada.

No era la primera vez que estábamos juntos desnudos. Él ya me había hecho llegar. Pero aquello resultaba diferente por el modo en que me daba órdenes. Y me gustó, del mismo modo que me había gustado el restaurante que había elegido y el lugar al que me había llevado a bailar. Porque él sabía lo que yo quería sin que yo tuviera que decírselo.

Cuando tiré lentamente de mi vestido para dejar mi desnudez al descubierto para él, Niall se desabrochó el cinturón y continuó con el botón y la cremallera. Yo me concentré ávidamente en el bulto que se marcaba bajo los calzoncillos y, ¡por Dios! ¡Sí, joder! La cabeza del pene asomaba hacia fuera. Él deslizó los vaqueros hasta el suelo y se tomó el miembro con una mano.

–Mastúrbate hasta llegar –me ordenó Niall.

Estuve encantada de complacerle, pues ya estaba mojada, el coño contraído en torno a los dos dedos que hundí en su interior. Describí círculos con los dedos húmedos alrededor del tenso y duro botón del clítoris y separé las rodillas para permitirle unas mejores vistas.

El gruñido gutural fue la mejor respuesta que podría haberme dado. Niall se tocó, manteniendo el puño cerrado en torno a su verga. Las caderas bascularon hacia delante.

–Te deseo dentro de mí –le aseguré.

–Todavía no –él sonrió.

Yo solté una ronca carcajada, pero no discutí. Aquello era jodidamente agradable. Mi espalda se arqueó ligeramente cuando aumenté el ritmo de mis caricias. Me follé con mis propios dedos durante unos segundos antes de regresar al clítoris. Temblaba y respiraba con dificultad.

En ocasiones el mejor modo de mantener el control consistía en cedérselo a otra persona.

–¿Vas a llegar para mí? –murmuró Niall–. Vamos, nena. Quiero verte.

Me estaba acercando. Cada vez me resultaba más difícil hablar y prácticamente solo podía gemir. Pronuncié su nombre, eso creo, aunque a lo mejor fue solo un gruñido.

Tenía los músculos del estómago y los muslos tensos. No podía evitar que mis caderas bascularan, ni que la mano que tenía libre se agarrara a las sábanas. Él quería verme llegar, y yo quería volverlo loco.

—Estoy cerca —conseguí decir.

Las primeras oleadas del orgasmo empezaban a formarse, y seguían. Un poco más y me arrastrarían.

Niall murmuró algo que no oí. Me moví, excitándome a mí misma un poco más para generar más placer. Quería que acabásemos juntos.

—Muy cerca —le aseguré mirándolo a los ojos, deseando que se acercara a mí, deseando sentirlo dentro de mí, pero dándole lo que me había pedido—. Sacude esa polla para mí, nene. Llega conmigo.

La mano con la que se acariciaba disminuyó el ritmo de las caricias y luego se detuvo. Sus labios dibujaron una mueca, pero sacudió la cabeza.

Yo pensaba que necesitaba que lo animaran un poco más, y deseaba darle tiempo para alcanzarme, de manera que también ralenticé mis caricias.

—Deseo jodidamente que llegues para mí. Vamos, nene, estoy tan cerca, te quiero conmigo. Llega sobre mí. Cúbreme con ello.

—No quiero hacerlo.

Atrapada en mi propio placer, estuve segura de no haberlo oído bien. O de no haberlo entendido bien.

—Lo que quiero es…

—He dicho que no —Niall volvió a sacudir la cabeza e, increíblemente, se subió los pantalones.

En una ocasión, tenía yo quince años, había viajado en un coche conducido por una buena amiga. En un momento de despiste ella había chocado con el coche de delante que había frenado bruscamente. Yo no llevaba puesto el cinturón de seguridad, sin duda una estupidez, y aunque había intentado protegerme del impacto, me había golpeado el cuello y el hombro contra el salpicadero. Por suerte no había sido contra el parabrisas, pero nunca olvidaré la sensación de estar en movimiento y, de repente, golpearme contra algo con la fuerza suficiente para hacerme ver las estrellas.

Habíamos estado en movimiento, y nos habíamos detenido bruscamente.

–¿Qué? –yo me senté.

–No quiero hacerlo –repitió Niall mientras se subía la cremallera del pantalón, se lo abrochaba y ajustaba el cinturón antes de apartarse de la cama.

Mi interior se congeló, y yo me sentí empequeñecer.

Me tapé con el vestido. Desnuda me sentía vulnerable, y me alegré de no haber hecho más que deslizarlo hacia arriba, sin quitármelo del todo. Doblé las piernas hacia un lado.

Tomarle la mano para deslizarla sobre mi muslo y que él la retirara. Pedirle que mantuviera la boca sobre mí y que él la cambiara por su mano. Una docena de pequeñas cosas sobre las que se había enfrentado a mí y que yo había dejado pasar porque, en su momento, no había importado mucho. Pero eso era ya lo que faltaba.

Y me importaba mucho, mucho.

Nos miramos fijamente sin decir nada. Yo no me veía la cara, aunque intentaba desesperadamente mostrar indiferencia para evitar echarme vergonzosamente a llorar. Niall me miró distante al principio, y luego ni siquiera me miró. Tomó el mando a distancia y encendió el televisor antes de sentarse en el borde de la cama.

–Supongo que hemos, ¿terminado? –conseguí preguntar a través del nudo en mi garganta.

–Sí, desde luego. De todos modos estoy cansado y he bebido demasiado.

Yo no sabía qué decir, cómo moverme, adónde ir. No sabía si debería tocarlo, ni siquiera sabía si me apetecía hacerlo. Respiré hondo y conté lentamente antes de levantarme de la cama y dirigirme al cuarto de baño. Abrí el grifo y coloqué mis manos bajo el chorro del agua, sujetándome literalmente a la encimera.

«Respira, respira, respira», me ordené. «Respira, Elise».

Había estado con hombres que no me habían dejado llegar. Excitación y rechazo había sido parte de nuestro juego, mutuamente acordado con antelación y disfrutado. También había estado con hombres a los que les había costado alcanzar el orgasmo, Esteban a veces no terminaba, y yo había aprendido a no tomármelo como algo personal y a confiar en él cuando me decía que su propio clímax no era el único objetivo de nuestro juego. Pero nunca había estado con un hombre que se hubiera negado en redondo a llegar, sobre todo después de haberme animado a que llegara yo misma mientras él se hacía una paja.

Lo cierto era que ningún hombre me había negado nada cuando se trataba de sexo.

Mujer eficiente, había desecho el equipaje nada más registrarnos en el hotel. Por tanto mis productos de aseo ya estaban colocados en el cuarto de baño, junto con el pijama que no había creído necesitar. Me lavé la cara con agua fría e intenté convencerme de que, fuera lo que fuera que hubiera sucedido en el dormitorio, no era nada personal. Niall estaba cansado, un poco borracho, habíamos cambiado el rumbo como en ocasiones se hacía cuando ambas personas no estaban sincronizadas. Su intención no había sido herirme, pero me sentía como una mierda, lo mirara como lo mirara. Hiciera lo que hiciera no era capaz de eliminar de mi boca el amargo y ácido sabor del desaliento. Me duché, pero tampoco pude lavar la sensación de suciedad.

Quería volver a enfrentarme a él perfectamente maquillada con las pinturas de guerra, pero salí del cuarto de baño recién lavada y con los cabellos aún húmedos tras secarlos con una toalla. Mi pijama era mono, un top y unos pantalones cortos de seda, pero sin decir una palabra me acerqué a la maleta y saqué de ella una camiseta enorme para ponérmela encima. Niall no se había cambiado, pero se había acomodado sobre las almohadas, encima de la colcha, para ver la televisión.

Su expresión era impasible, y no dijo nada cuando yo tomé mi libro, que, al igual que el pijama, no había tenido intención de necesitar. Me subí a la cama del lado equivocado, pero no le pregunté si podíamos cambiar de lado. Intenté concentrarme en el libro, pero las palabras se movían turbias ante mis ojos. Al poco rato, Niall se levantó y se dirigió al cuarto de baño. Permaneció allí dentro más tiempo del que había estado yo.

El aire acondicionado había enfriado la habitación y yo me estremecí. Temiendo que mi estómago se fuera a revolver hasta hacerme vomitar, tragué con dificultad. Y otra vez. Apagué la luz, dejé el libro sobre la mesita de noche y me acurruqué preparada para contar hacia atrás desde cien. Pero mi mejor método para dormirme no funcionó y seguía despierta cuando él salió del cuarto de baño.

Niall apagó la luz y le oí revolver junto a su maleta. El colchón se hundió cuando se subió a la cama. Yo esperé a que me tocara, pero no lo hizo.

—¿Estás disgustada? —preguntó al fin; su voz era tranquila como las sombras.

—Sí, lo estoy —contesté sin volverme.

—¿Por qué?

Yo parpadeé rápidamente e intenté encontrar una respuesta que pudiera ofrecerle con calma y tranquilidad. Sin embargo, lo que conseguí fue una especie de murmullo ronco.

—¿Por qué? ¿A qué te refieres con «por qué»?

—Exactamente lo que he dicho. ¿Por qué?

De repente me alegré de que no se hubiera acurrucado contra mí, detrás de mí. En esos momentos no soportaría que me tocara. Le propiné un puñetazo a la almohada y me acerqué al borde de la cama, todo lo lejos de él como me era posible.

—Pues porque a mí me ha parecido todo un rechazo, ¿no?

Él soltó una carcajada.

El hijo de puta se reía.

No fue una carcajada relajada, y le faltaba humor, y se notaba que era forzada, pero aun así no era la respuesta que yo había buscado. Niall se sentó. Yo veía su sombra y, por el rabillo del ojo, su contorno, pero, por suerte para él, mantuvo las manos quietas.

—No te pongas así —me dijo.

Lo único que me impidió saltar furiosa de la cama fue que estaba demasiado sorprendida para moverme. No podía ni hablar. Detrás de mí, Niall volvió a tumbarse, lo bastante cerca como para que nuestros hombros se rozaran si yo me hubiese vuelto hacia él. Pero no lo hice. No me moví, no dije una palabra, porque cualquier cosa que hiciera en ese momento me haría perder la compostura. Por completo. Y habría empezado a gritar y, seguramente, a tirar cosas. Sin duda habría llorado, pues sentía una catarata de lágrimas apuñalándome la garganta y los ojos. Habría perdido el control, y me negaba a concederle eso.

—Buenas noches —oí a mis espaldas.

No contesté.

Capítulo 34

No dormí.

A mi lado, el suave resoplido de la respiración de Niall me indicó que él sí dormía, o al menos fingía de lujo. La luz de la mañana empezó a colarse entre las cortinas pocas horas después, y yo nunca me había alegrado tanto de tener un motivo para salir de la cama. Aunque hacía tan poco que me había duchado que mis cabellos seguían húmedos, me duché de nuevo, obligándome a soportar el agua apenas tibia para no caer en la desazón.

Me sequé el pelo con secador, sin importarme que el ruido pudiera despertarlo. Me maquillé y, por último, me puse la ropa con la que había viajado el día anterior.

Niall ya se había despertado cuando yo salí del baño. El televisor estaba encendido, pero con el volumen tan bajo que era imposible que lo pudiera oír. Estaba apoyado contra las almohadas y tenía un brazo detrás de la nuca. Su aspecto era deliciosamente descuidado y yo lo odié por despertar en mí el deseo de volver a meterme bajo las sábanas con él y permanecer allí, desnudos, todo el día.

—Has madrugado —observó él.

Yo metí mis cosas de aseo en la maleta y separé la ropa sucia de la que aún no me había puesto. Me calcé con un par de zapatos planos y guardé los zapatos sexy en la maleta, junto al neceser. Cuando me volví para recuperar el libro de la mesilla de noche, Niall me estaba observando.

—¿Qué pasa?

—Me voy a casa —yo alcé la barbilla, desafiante.

Mi voz surgió acerada y sabía muy bien qué expresión lucía en el rostro.

A ningún otro hombre se le habría ocurrido intentar engatusarme en ese momento, pero ya me había dado cuenta de que Niall no era como los otros hombres.

—No te pongas así. Vamos, ven aquí.

Se sentó en la cama y me hizo un gesto con el dedo doblado en gancho. Lo cierto era que gesticulaba como si yo fuera una penosa florecilla que necesitaba consuelo. O ser cortejada. A la mierda con eso. A la mierda con ser dulce. Solo me había producido rechazo, humillación y dolor.

No me moví. Guardé el libro y cerré la maleta. Hice un repaso visual de la habitación por si me hubiera dejado algo, encontré mi bolso en la silla y me lo colgué del hombro.

—Elise —me llamó Niall con cierto tono de advertencia—. No hagas esto.

—Creo que lo mejor será que me vaya.

Niall se levantó de la cama y se colocó frente a mí. Podría haberle empujado para pasar, pero para eso habría tenido que tocarlo. Y, francamente, no me hacía falta mostrarme tan agresiva para conseguir lo que quería. Lo sabía de sobra. Seguí sin moverme.

—Vamos —insistió él con otra de esas risas que no sonaban como las suyas habituales—. ¿Qué está pasando? Creía que íbamos a disfrutar de un estupendo fin de semana juntos.

—Yo también.

Una sombra cruzó por su rostro, pero siguió fingiendo que lo de la noche anterior no había sucedido.

—Todavía podemos hacerlo. He reservado para la cena de esta noche. Pensé que podríamos visitar el museo de arte, no permitas que lo de anoche te disguste así.

—Por favor, no me digas cómo debo sentirme —mis palabras eran secas, cortantes, pero correctas, aunque frías. Jodidamente frías.

—¿Por qué no me cuentas entonces cómo te sientes? —él frunció el ceño—. Yo no consigo adivinarlo.

—Estoy disgustada por lo que sucedió anoche —contesté midiendo mis palabras—. Sobre tu decisión de no llegar.

La mirada de Niall se oscureció y apretó los labios. Se notaba que estaba cabreado, pero me daba igual.

—Me pediste que llegara para ti —contestó secamente—. Mi orgasmo es decisión mía.

—¿Qué demonios significa eso? —yo me lo quedé mirando boquiabierta.

—Escucha, sé que has estado con un montón de tipos a los que les gusta que les manden, pero por si aún no te habías dado cuenta, yo no soy así. Nunca lo voy a ser.

Mis dedos se cerraron en torno al asa del bolso, aunque lo que me apetecía era cerrar el puño.

—No te estaba dominando. Yo... los dos estábamos diciendo cosas. Pensé que nos lo estábamos haciendo el uno al otro, Niall.

—Pues yo tuve la sensación de que intentabas que yo hiciera lo que tú querías que hiciera —contestó—, no lo que yo quería hacer.

Sus palabras me aturdieron y no supe muy bien qué contestar. Lo único que fui capaz de hacer fue sacudir la cabeza, desesperada por no encontrar las palabras siquiera para defenderme.

—¡Yo creía que te apetecía!

—¡Nunca me ha gustado que me manden!

—Yo no te estaba mandando —grité, dolida ante su acusación.

Sin embargo, intenté repasar en mi mente lo sucedido la noche anterior para ver si me había pasado, si había resultado demasiado dominante.

—Pues a mí me lo pareció —espetó Niall.

Yo me encogí, física y emocionalmente. De nuevo sacudí la cabeza. Intenté recuperar el control y solo lo logré tras morderme la lengua con la suficiente fuerza como para ver las estrellas. Froté la zona dolorida contra la cara interna de los dientes.

—Creía que estábamos haciendo algo juntos —le contesté en el mismo tono seco que había utilizado él conmigo un rato antes—. Tú me decías que hiciera cosas, y yo te decía que hicieras cosas, y me hiciste sentir que lo que hacía era nada menos que pornográfico.

—¿Y qué coño significa eso? —Niall reculó un paso, espantado.

—Significa que me hiciste sentir como si formara parte de una obra que habías montado para tu propio disfrute, como si estuvieras viendo porno o algo así. Salvo que estoy bastante segura de que cuando ves porno —añadí con un bufido—, llegas hasta el final.

Niall frunció los labios.

—Tú eres la que hace que parezca porno al pedirme que me corra sobre tus tetas. A lo mejor esa es la clase de cosas que hacías con tus amantes, pero yo no soy ellos. Yo no llego cuando me ordenan que lo haga.

Sentí ascender el calor por mi rostro. Luego me quedé helada. Como si tuviera fiebre, o alguna enfermedad, empecé a temblar.

—Tú eras el que estaba dominando —susurré—. Y yo te lo estaba permitiendo.

—Supongo que el problema es que no te gusta cuando te toca a ti estar al otro lado.

Ya me había mordido la lengua unas cuantas veces para evitar pronunciar en voz alta las crueles palabras que acudían a mi mente. Pero su comentario había logrado que me quedara sin habla. Me agaché para recoger mi maleta, concentrándome en esa acción para no ponerme a gritar o echarme a llorar. Y sobre todo para no sentarme porque mis piernas habían empezado a temblar. Tenía ganas de vomitar. Pero, sobre todo, solo quería largarme de allí.

De repente me arrepentí de todas las ocasiones en las que no había empujado, insistido, exigido u ordenado para conseguir lo que me apetecía. ¿Y todo para qué? Todo en nombre del amor.

—Vamos, Elise —él intentó sonreír de nuevo—. No te vayas.

Yo ni lo miré. Cuando dio un paso hacia mí, tampoco reculé, aunque sí volví el rostro hacia el otro lado. No podía mirarlo. No quería mirarlo.

Niall se hizo a un lado y yo pasé por delante de él sin tocarlo. Mi maleta le golpeó la pierna, pero no me disculpé. Si abría la boca no podría controlar lo que fuera a salir de ella, pero sabía que no sería nada bueno. Aun enfadada y dolida como estaba, no me apetecía estallar delante de él. No quería hacerle daño.

De modo que me lo tragué todo y me marché sin mirar atrás.

Nada de juegos. Era lo que había dicho y, si esperaba que Niall no jugara, yo tampoco podía hacerlo. De modo que, aunque no me apetecía, le envié un mensaje en cuanto llegué a mi casa.

Deberíamos hablar.

Él no contestó.

Esperé una hora y volví a enviarle un mensaje.

Por favor, llámame.

De nuevo no hubo respuesta. Esperé el resto del día, intentando distraerme con la colada y las facturas, todas esas cosas que no habría estado haciendo si siguiera en Baltimore, tomándole de la mano mientras contemplábamos unas extrañas obras de arte. Al caer la noche él seguía sin responder.

Y yo no volví a enviarle más mensajes.

Capítulo 35

Pasó una semana y ni una palabra. Luego otra semana, tan mortalmente gélida como la anterior. El silencio de Niall era un mensaje clarísimo, como si me estuviera diciendo a la cara que no quería volver a verme nunca más.

Cuando estoy disgustada no tomo buenas decisiones. Demonios, tampoco las tomo cuando soy feliz. En cuanto a decisiones de mierda, mi estado de ánimo no me permitía juzgar si confiar en Niall había sido una de ellas, peor que lo del tatuaje. Lo que sí sabía era que estaba sufriendo, y que la última persona que había hecho algo para hacerme sentir bien era Esteban. De modo que tomé otra decisión estúpida y lo llamé. Era la primera vez que lo llamaba. Él era el único que llamaba. Contestó en tono distante y desconfiado, pero contestó.

–Te necesito –le anuncié.

–*Querida...* –él suspiró.

Yo no estaba llorando, aunque sí a punto. Cerré los ojos. Agarré el teléfono y lo pegué a mi cara con tanta fuerza que me dolía la oreja. Y como lo conocía lo bastante bien como para saber qué teclas pulsar, y hasta dónde pulsarlas, las pulsé. Con fuerza.

–Esteban –susurré–. *Por favor.*

***

Tal y como yo sabía, Esteban se reunió conmigo. Yo fui la primera en llegar y lo esperé. Cuando entró en la habitación, no lo obligué a arrodillarse. No arrojé ante él una bolsa llena de juguetitos. Simplemente le tomé una mano y lo conduje hasta la cama donde lo empujé delicadamente hasta que se sentó. Después me senté a horcajadas sobre su regazo y tomé su rostro entre mis manos, y lo besé en los labios.

–¿Qué quieres? –preguntó sobre mi boca–. ¿Qué necesitas?

–Ya no lo sé –susurré.

Esteban se apartó para mirarme, sus ojos oscuros se nublaron de preocupación. Me acarició con el pulgar debajo de los ojos antes de metérselo en la boca. Yo me humedecí los labios que sabían a sal. Y entonces asintió.

Me tumbó sobre la cama y me colocó como si no pesara nada. Me besó los ojos. Las mejillas. La mandíbula, el cuello, la barbilla. Me desabrochó la blusa y me acarició los pechos desnudos, tomándolos entre sus manos ahuecadas. Chupó delicadamente cada pezón hasta que se irguieron tiesos y rojos, y entonces los lamió con la lengua hasta que yo me retorcí.

Me desnudó y cubrió cada centímetro de mi cuerpo con sus besos. Se colocó entre mis piernas y me las separó, abriéndome para su boca y su lengua, para la presión de sus dientes protegidos por los labios. Esteban conocía mi cuerpo. No necesitaba mis órdenes. Su veneración de mi cuerpo continuó hasta que yo llegué, jadeando, y luego se apartó de mí el tiempo justo para colocarse un preservativo antes de volver a acomodarse sobre mí.

Se hundió en mi interior con un gruñido e inclinó el rostro hacia mi cuello. Al principio me folló lentamente, pero luego aumentó el ritmo y la intensidad. Llegó con un estremecimiento y un pequeño grito, y cayó sobre mí.

A los pocos segundos rodó hacia un lado y permaneció tumbado con la mirada fija en el techo y las manos apoyadas sobre el pecho. Yo estaba a su lado, en una postura similar. Oí cómo su respiración se normalizaba. Yo seguía sabiendo a sal. Lágrimas, sudor, tanto daba.

–Nunca lo habíamos hecho así –observó Esteban–. Conmigo encima.

–A ti no te gustaba –contesté sin moverme.

–Contigo me gusta siempre, de cualquier manera –me aseguró con el rostro vuelto hacia mí.

–Entonces, ¿por qué…? –yo me interrumpí, sacudí la cabeza y me tumbé de lado, dándole la espalda. No quería preguntar. Como siempre, cuando era algo relacionado con él, prefería no saber.

Él se acopló contra mí y posó los labios sobre mi hombro.

–Te he echado de menos.

–Pues entonces no haberte marchado –espeté en un tono más brusco del que había pretendido usar.

–Lo siento –él suspiró–. Tuve que hacerlo. Pensé que sería más fácil si lo hacía de ese modo porque sabía que, si te lo contaba, no sería capaz de hacerlo.

Yo me cubrí el rostro con las manos y lloré en silencio, mi cuerpo estremeciéndose mientras él me sujetaba. La cuestión era que no sabía si lloraba por Esteban o por Niall, o por ese otro cuyo verdadero nombre nunca pronunciaba. Supuse que lloraba por los tres. Y por mí, que seguía tomando malas decisiones una y otra vez. Como si estuviera predestinada a sufrir.

Permanecimos allí tumbados hasta que su teléfono sonó con un estruendo que nos sobresaltó a los dos. Esteban no contestó, ni siquiera comprobó quién llamaba, pero yo sentía la tensión en sus músculos. Me senté y me disculpé para ir al cuarto de baño desde donde, aunque abrí el grifo, pude oírle murmurar al teléfono. Cuando regresé a la habitación, Esteban se había vestido y estaba sentado al borde de la cama.

—Lo sé —dije yo—. Tienes que irte.

—Ven. Siéntate —él dio unas palmaditas sobre el colchón.

Yo obedecí. Esteban me tomó una mano y entrelazamos nuestros dedos. Permanecimos largo rato así sentados.

—No puedo volver a verte —me anunció—. Pensé que resultaría más fácil si no te lo decía a la cara, pero no ha sido así. Siento mucho no haber sabido cómo hacerlo mejor. Y siento mucho lo que sea que te haya sucedido para que estés tan triste.

—Gracias por decírmelo y no obligarme a tener que adivinarlo. Otra vez —añadí mientras él daba un respingo. Yo lo besé—. Ese era el acuerdo. Gracias por contármelo.

—Lo hice mal. Lo siento.

Yo apoyé mi hombro contra el suyo y luego la cabeza.

—Voy a echarte de menos.

Esteban emitió un pequeño sonido y, cuando lo miré, se había tapado los ojos. Lo único que podía ver era los labios curvados hacia abajo. Cuando alargó un brazo hacia mí, yo lo abracé. Con fuerza.

—Has sido muy querido para mí —le aseguré—. Te adoro, Esteban. Siento no habértelo dicho nunca. Sé que querías oírlo. Siento no haberte dado nunca eso.

—Me diste muchas cosas —contestó él.

Yo sonreí entre las lágrimas.

—Tú también me diste mucho.

Se inclinó para besarme, pero, en el último instante, yo me volví para impedírselo. No lo hice por despecho, sino porque no podía soportarlo. No quería que nuestro último beso supiera a lágrimas. En su lugar, él me besó en la mejilla, y en el rabillo del ojo. Yo quise abrazarlo con más fuerza antes de que se marchara, pero no lo hice.

Lo dejé marchar.

Capítulo 36

Cuando llegué a casa, Niall me esperaba en el camino de entrada.

No me había duchado y tenía el olor a sexo pegado al cuerpo. Mis cabellos estaban revueltos y, estaba segura, tenía los labios hinchados. Pero también lo estaban mis ojos, porque había llorado durante todo el trayecto a mi casa. Aparqué a su lado y suspiré. «¡Joder!», pensé.

Me bajé del coche, y él también. Esperé a que hablara primero, pero cuando no lo hizo, me dirigí hacia la puerta.

—Y bien... —oí a mis espaldas cuando ya estaba en el porche.

—¿Qué quieres? —pregunté mientras me volvía.

—Quiero hablar contigo.

Lo miré sin decir nada. No estaba segura de tener algo que decir. Me sabía un montón de palabras, pero ninguna parecía dispuesta a salir de mi boca. Quise lanzarme a sus brazos y besarlo, pero no me moví.

—Podemos hablar aquí fuera —contesté.

—¿Qué, como dos extraños? ¿Como si estuviera intentando venderte una aspiradora?

—¿Tienes algo que decirme o no? —yo me crucé de

brazos–. Pues será mejor que empieces a hablar porque dentro de un minuto entraré en mi casa y te ignoraré igual que llevas dos semanas ignorándome tú.

–¿De eso trata todo esto?

–No –contesté–. También trata de lo que sucedió en Baltimore, y cómo te comportaste allí, no solo del hecho de que no hayas contestado uno solo de los jodidos mensajes en dos semanas. Simplemente has desaparecido, Niall.

Y entonces empecé a llorar. Él se acercó a mí, pero yo bloqueé su abrazo con mi hombro.

–No me toques.

–¿Podemos seguir en otro sitio que no sea tu porche delantero, por favor?

–¿No quieres que nos vean los vecinos? –yo me sequé las lágrimas con las manos.

–Me parece que eres tú la que no quieres que nos vean –insistió él en un susurro mientras miraba hacia atrás y de nuevo a mí.

Toda su expresión gritaba sufrimiento.

Y yo quería que sufriera. También quería que estuviera equivocado sobre mí, aunque no lo estaba. Abrí la puerta y entré sin invitarlo a seguirme. De todos modos él ya estaba dentro, en todos los sentidos.

–¿Dónde estabas?

–Fuera –arrojé mi bolso sobre una silla y entré en el aseo para enjuagarme la boca y alisarme el pelo. Me miré al espejo e intenté ver alguna señal que pudiera delatarme e indicarle a Niall que había estado con Esteban. Por otro lado, no estaba segura de que eso me importara.

Niall me esperaba en la cocina. Se había servido un vaso de agua y dispuesto otro para mí. Yo me senté, pero no toqué el agua. En esa ocasión se había equivocado, pensé. No tenía sed.

Pero no me hizo sentir mejor.

—Simplemente no consigo entender por qué estás tan disgustada —empezó Niall.

Yo le hice callar con mi mirada.

—Y yo no entiendo cómo es posible que no lo entiendas.

—Lo siento —Niall me miró, primero con expresión enfadada y luego triste—. ¿De acuerdo? Lo siento de veras. Intento disculparme.

—Me has hecho sentir como una mierda. Sobre nosotros. Sobre mí —insistí—. ¿Y no entiendes por qué?

—No, lo cierto es que no. Pero lamento haberte hecho sentir así.

—¿Cómo puedes lamentarlo si no crees que hayas hecho nada malo? —yo sacudí la cabeza.

—Puedo lamentar haberte hecho daño —contestó él.

Y yo empecé a llorar de nuevo. Nada de sollozos. Solo unas ardientes lágrimas que resbalaban por mis mejillas sin que fuera capaz de controlarlas. Me senté delante de él y permití que me viera llorar sin importarme lo horrorosa que debía estar, que me viera desmoronarme, que viera hasta qué punto me había destrozado.

Porque así era el amor, al menos la única clase de amor que, al parecer, iba a vivir nunca.

—Déjame compensarte —Niall alargó una mano en busca de la mía y yo le permití tomarla—. ¿Por favor?

—¿Y cómo vas a hacerlo?

—¿Cena? ¿Flores? Di lo que quieras —contestó—. Lo que tú quieras, lo que te apetezca.

—¿Me permitirías atarte? ¿Vendarte los ojos? ¿Te pondrías de rodillas para mí, Niall? ¿Me permitirías vestirte con lencería femenina o follarte por el culo? —aparté mi mano y me levanté de la silla, que chirrió contra el suelo de linóleo—. ¿Llegarías para mí si yo te lo pidiera?

—Yo... no, Elise —él sacudió la cabeza con expresión herida, los labios ligeramente fruncidos.

—Porque resulta que esas son las cosas que me gustan. Mucho. Quiero tener a un hombre de rodillas ante mí, que me venere, que haga lo que yo le ordene hacer. Me gusta ver a los hombres con lencería. Las pollas duras en unas braguitas de encaje, húmedas con el semen, porque está tan jodidamente duro por mí que no solo llegaría si yo se lo ordenara, es que ni siquiera haría falta que lo tocara —las palabras salieron de mi boca, frías y duras, y carentes de emoción. Me oí a mí misma pronunciarlas mientras mis lágrimas seguían rodando por mis mejillas, pero por dentro no sentía nada. Me había quedado entumecida.

—¿Quieres saber por qué no quise hacerlo? —Niall se echó atrás—. ¿Quieres saber por qué no llegué simplemente porque tú lo ordenaste, como si fuera tu perrito faldero?

—Sí. Quiero saber por qué el hecho de que te pidiera que hicieras algo que parecías ansioso por hacer sea un problema tan enorme. Cuéntamelo.

—Porque en lo único que podía pensar era con cuántos otros tipos seguramente habías hecho lo mismo. Tus amantes, o como demonios los llames. Lo único en lo que podía pensar era en esas fotos tuyas, y en lo hermosa que estabas en ellas, y lo cómoda que se te veía, y en cómo yo nunca iba a poder hacer esas cosas para ti. Yo nunca iba a poder ser ese tipo, y nunca me iba a gustar esa clase de cosas, y pensaba en cómo tú no dejabas de pedirme que fuera un poco más allá de mis límites, y yo no quería hacerlo. ¿De acuerdo? No me apetecía probar algo que, sencillamente, no llevo dentro de mí. Nunca voy a hacerte feliz, Elise. Así no. Si eso es lo que necesitas, entonces no puedo.

—¿Y para qué molestarte? —pregunté—. ¿Para qué molestarte con la jodida cena y las flores y toda esa mierda? ¿Para qué si de verdad crees que nunca me harás feliz?

Niall no contestó, pero eso era exactamente lo que yo había esperado de él.

—¿Quieres saber por qué nunca me harás feliz? —no quería mirarlo a la cara, pero me obligué a clavar mi mirada en la suya—. Porque no me conoces.

—Sí te conozco —protestó, pero yo lo interrumpí sacudiendo la cabeza.

—Eso es imposible. Si alguna vez me hubieras escuchado, lo sabrías. Pero no creo que me hayas escuchado nunca, Niall, porque es evidente que estás convencido de que yo solo puedo ser de una manera, y que tú no deseas que sea así. ¿Alguna vez te has parado a pensar que hay algo más en mí aparte de eso?

De nuevo, silencio.

—Estás tan atrapado en tu idea de lo que crees que yo quiero, que no tienes ni idea de quién soy —continué—. Pero lo que no pareces entender es que te amo, Niall.

En Baltimore le había dicho que lo amaba, y él no me había contestado con las mismas palabras. Me había vuelto a arriesgar repitiéndolas, y si me hacía parecer desesperada y patética, bueno, si una no podía hacer tonterías por amor, entonces no se merecía tener amor. Esperé a que me contestara.

—Entonces me marcho —fueron sus palabras mientras se ponía de pie.

Yo me había lanzado al vacío, pero Niall no me había atrapado.

Capítulo 37

Me dije a mí misma que era lo mejor. Ya había estado con alguien que se había negado a darme lo que yo quería, y me había destrozado. Mejor terminar cuanto antes, pensé, antes de involucrarme más en esa relación.

—No quiero hablar de ello —le solté a Evan. Mi hermano solo me había mirado, sin pronunciar una palabra—. Las cosas terminan y ya está. Sucede a veces.

—Mierda, en eso has acertado de pleno —contestó él con amargura mientras se echaba azúcar en el café con tal vehemencia que parte se esparció por la mesa.

Yo eché crema al mío, esperando pacientemente a que soltara el azucarero.

—¿Qué ha pasado?

—Le dije que se fuera a la mierda —contestó mi hermano con calma, mucha más calma en el tono de voz de lo que las palabras sugerían que sentía.

—Ya —yo removí el café.

—Me dijo que tú lo sabías.

—Lo siento —sentí que el alma se me caía a los pies—. Pensé que era ella la que debía contártelo.

—Sí. Bueno, yo no, bueno estoy un poco cabreado contigo. Me siento como un gilipollas. ¿Desde cuándo? —se echó atrás en el asiento, sus cabellos estaban de punta allí donde se había pasado la mano una y otra vez.

—No lo sé. Y no hace mucho que lo sé, Evan. Te lo juro. Yo simplemente pensaba que se estaba comportando últimamente de manera rara.

—¿A que sí? Mierda —él sacudió la cabeza—. Yo creía que era solo estrés, por el *Bar Mitzvah*.

—Quizás en parte lo fuera. ¿Fue eso lo que te contó?

Mi hermano se inclinó hacia delante y agarró la taza de café con ambas manos.

—Me contó un montón de cosas. No importa. Está enamorada del otro tipo.

—Lo siento.

—Nos casamos demasiado jóvenes. Tuvimos un crío. De no haber sido por William yo nunca me habría casado, ¿sabes? No estábamos tan bien juntos como para eso. Solo pensé que era lo correcto. Y luego, con el tiempo, resulta mucho más fácil seguir con alguien que plantearte empezar de nuevo. Al menos eso pensaba yo. Supongo que ella no opinaba lo mismo.

—¿Cómo está William?

—Pues lo cierto es que está bien. Se ha apuntado al equipo de campo a través y le han dado un papel en la obra de teatro del colegio. Eso le mantiene bastante ocupado casi todos los días después de las clases. Y puede que le venga bien, que le ayude a distraerse. Y a Susan le proporcionará tiempo para buscarse una casa. Tenemos que refinanciar la hipoteca, conseguir un préstamo para que yo le pueda comprar su parte. Esto nos va a joder económicamente.

—Vaya —yo di un respingo—. Cuánto lo siento.

—Ya. Mejor ahora que dentro de diez años. O veinte. Intento verle el lado práctico —Evan cortó un trocito de su parmesana de pollo y masticó.

Yo apuñalé mi tortilla de queso con el tenedor, pero no tenía ganas de comer.

–¿Qué ha dicho mamá? ¿Jill?

–Jill, por supuesto, se comportó como una idiota. Mamá fue más comprensiva. Dijo que Susan era una buena madre y que sin duda haría lo mejor para William, y que eso era lo único que importaba. Claro que no les he hablado a ninguna de las dos sobre el otro tipo.

–Seguramente será mejor no hacerlo. ¿Cómo lo llevas?

–Bueno –Evan frunció el ceño–. Desde luego no me gusta, pero seamos sinceros, ese otro tipo no era el verdadero problema. Las personas felices no se ponen los cuernos. Yo no era feliz. Quizás ahora los dos tengamos una oportunidad de, ya sabes, ser felices.

–Te muestras mucho más comprensivo de lo que sería yo.

–Cuando lo descubrí, abrí un boquete en la pared de un puñetazo –él soltó una carcajada.

–¡No puede ser! –yo lo miré boquiabierta.

Él asintió y su rostro adquirió una expresión de tristeza.

–Casi me rompo la jodida mano. No me hizo sentir mejor y, encima, me ha costado más de cien pavos arreglarlo.

–Moraleja, no le des un puñetazo a la pared. Entendido –yo sonreí con cariño–. ¿Seguro que no estás enfadado conmigo por no contártelo?

–¿Habría sido mejor?

–No lo sé. Lo habrías descubierto un poco antes.

–Me habría mentido. Así me lo dijo ella misma. Y tú y yo nos habríamos enfadado. No, no pasa nada. Susan me contó lo que le habías dicho, sobre lo de que necesitaba ponerse las pilas. Dice que por eso decidió sincerarse conmigo –Evan cortó otro pedacito de pollo y masticó lentamente.

Y cuando abrió la boca y me mostró la asquerosa pasta que tenía dentro, supe que todo iba a salir bien.

–Qué cerdo eres.

–Te quiero, hermanita –Evan rio–. Todo se arreglará, de un modo u otro.

Yo asentí, odiando esas lágrimas que amenazaban con aparecer.

–Sí. De un modo u otro, todo se termina arreglando.

Capítulo 38

William y yo teníamos una tradición veraniega desde hacía años: acudir a todas las ferias y carnavales a los que pudiésemos asistir durante el verano, pero, hasta la fecha, no habíamos conseguido ir a ninguno. Cuando oí hablar del carnaval de los bomberos en Mechanicsburg, que se celebraría en otoño, supe que tenía que llevarlo.

Le pregunté si quería invitar a algún amigo, pero no lo hizo, de modo que estábamos los dos solos, hinchándonos a churros y patatas fritas. Le compré una pulserita para que pudiera montar en lo que quisiera, pero me negué a subir con él en la chirriante y retorcida monstruosidad cuyas piezas parecían estar unidas con los pelos de la barba del feriante y un poco de saliva.

—Te acompañaré a la casa encantada, si quieres. O a ese Laberinto Loco, pero ¿al vomitatrón? Ni hablar. Mándame un mensaje cuando hayas terminado y vendré a buscarte.

No hizo falta mucho para convencerle antes de que saliera corriendo para ponerse en la cola. Yo esquivé a los feriantes que intentaban pillarme para que probara mi suerte explotando globos o acertando con un chorro de agua en la boca de un payaso y con ello ganar un peluche chapucero o unos espejitos cuadrados pintados con logotipos de bandas de música a las que los chavales que habían ido a la feria seguramente ni conocían. Pero, por mucho que me apeteciera poseer un espejo rojo y blanco de AC/DC, sacudí la cabeza y seguí mi camino. Tras tomarme un zumo de lima extra grande, necesitaba urgentemente un cuarto de baño. Dándole las gracias a la diosa de las vejigas diminutas, encontré el aseo en la parte trasera del edificio principal de la feria, no muy lejos de donde se había quedado William.

La fila de las mujeres era larga, pero avanzaba con rapidez, y salí por una puerta diferente a la que había atravesado para entrar. La puerta estaba convenientemente situada junto al puesto de los batidos, comprobé, consciente de que debería pasar de largo del mismo modo que sabía que iba a ceder a un capricho de chocolate y a la mierda las calorías. Chocolate.

El puesto de los batidos estaba cerca de la zona infantil, separada de las atracciones para los más mayores en las que se había estado montando William. Había un trenecito que avanzaba sobre unas vías llenas de baches. Un mini carrusel, muchas cosas que giraban en círculo y hacían ruido si uno apretaba el botón en el elefante, coche, avión o lo que fuera que el crío hubiera elegido para montarse. A William le habían encantado esas atracciones, y sentí una punzada de nostalgia por los días en los que diez pavos habían bastado para mantenerlo ocupado durante el tiempo que permanecíamos en la feria.

Al principio no vi a Esteban. ¿Por qué iba a hacerlo? fuera del contexto de nuestras reuniones habituales, su aspecto no era el mismo. Llevaba unos pantalones cortos caqui, un polo y sandalias. Del hombro le colgaba una mochila. Tenía toda la pinta de ser un padre de clase media.

Porque, comprendí, eso era exactamente.

Llevaba a una niña pequeña de la mano, y no había duda de que era suya. Las rizadas coletitas negras, la carita redonda, los pies regordetes embutidos en sandalias de plástico me tocaron la fibra sensible. Él estaba agachado escuchando algo que ella le decía mientras señalaba con su dedito hacia una de las atracciones. Esteban no me vio.

Sin embargo, la mujer que estaba a su lado sí. Llevaba un amplio vestido floreado que no ocultaba la redondez de su tripa o el tamaño de sus pechos. El bebé que llevaba en brazos era la razón más evidente de ambas cosas, así como las marcas de cansancio alrededor de sus ojos, aunque reía ante el bebé que intentaba arrancarle el top elástico. Ella no tenía ni idea de quién era yo, de lo cual me sentí enormemente agradecida.

No quería que él me viera. Si me escabullía perdería mi puesto en la cola, pero el batido ya no me resultaba atractivo. Sin embargo, para atravesar la multitud iba a tener que pasar a su lado, y al de su familia. Ir en dirección contraria suponía abrirme paso a codazos entre un montón de preadolescentes. Y, tal y como suele suceder a menudo, mientras titubeaba, se hizo demasiado tarde para hacer cualquier cosa.

Su mirada se posó sobre mí. Permanecimos de pie, mirándonos, separados apenas por la distancia de un brazo. Yo me quedé helada, desesperadamente intentando adoptar una expresión de indiferencia. De no delatar nada.

Esteban me sonrió. Fue una sonrisa fugaz, pequeña, casi imperceptible. A continuación volvió a agacharse para tomar a su hija en brazos y llevarla hacia el carrusel. No miró atrás, pero no importó. Me había demostrado que todavía me reconocía, y con eso era suficiente.

Capítulo 39

La bolsa de papel marrón aterrizó sobre mi escritorio con un golpe suave. Yo levanté la vista. Alex llevaba en las manos dos gigantescos vasos de papel de cuyas tapas agujereadas salía un humeante olor a café.

—He añadido Bailey de menta —me informó.

—Son las diez de la mañana —yo me recliné en el asiento.

—¿Y? —Alex se sentó en la silla frente a mi escritorio y me puso el café delante—. Tienes pinta de necesitarlo.

—Tengo trabajo, Alex.

—Podría despedirte —él sonrió—. Así no tendrías trabajo, y podrías quedarte aquí sentada conmigo bebiendo el café cargado de alcohol mientras comemos estos bollos y me cuentas qué demonios se te ha metido por el culo, muriendo ahí dentro.

—No puedes despedirme —contesté mientras abría la bolsa de papel y echaba un vistazo al interior—. Y que te jodan.

—Cuánta hostilidad —él fingió haberse alterado, pero enseguida apoyó los pies sobre la mesa y basculó la silla hacia atrás antes de alzar el vaso de café en un brindis—. Por ti y por mí, y porque nunca estamos en desacuerdo. Y si lo estamos, que te jodan, esto va por mí.

Yo solté una carcajada.

Llevaba días sin apenas sonreír, de modo que la carcajada sonó como los engranajes de un robot oxidado intentando ponerse en marcha. También me pareció que sonaba algo sollozante. Y algo chillona.

Alex me contempló en silencio durante un rato antes de bajar los pies y rodear el escritorio para darme un abrazo. Yo no quería que me abrazara. Aun así me encontré con la cara hundida en su cálido y ancho pecho, envuelta en el sutil aroma de su colonia, y el latido uniforme de su corazón contra mi mejilla, consolándome a pesar de mi negativa a ser consolada.

No lloré, al menos no con lágrimas. Caí en un profundo silencio, las aristas de mi sollozante risa disipándose hasta quedar en nada. Después de un par de minutos, él me soltó y dio un paso atrás para poder contemplarme.

–Tómate el café –me ordenó–. Come un bollito, y cuéntame qué está pasando.

Hacía días que no reía. Y no había comido más que unas galletitas saladas desde hacía más tiempo aún. Tras abandonar la feria me había intentado convencer a mí misma de que el malestar que sentía se debía a la mala calidad de la comida de las ferias, pero en el fondo sabía que lo que se retorcía en mi estómago era el corazón. Mi estómago se encogió al pensar en la comida, pero en cuanto aspiré el dulce aroma del bollito recubierto de caramelo, se me hizo la boca agua. Era como si mi cabeza y mi corazón estuvieran en guerra entre ellos. Saqué los bollitos de la bolsa y los dispuse sobre las servilletas de papel, que también venían en la bolsa. Deslicé uno hacia Alex, que había vuelto a sentarse. Sentía sus ojos clavados en mí, pero no lo miré hasta haber desmenuzado mi bollito y tomado un pequeño sorbo del alcoholizado y mentolado café.

–No me apetece hablar de ello –anuncié.

—Pues qué lástima.

Yo fruncí el ceño y mordisqueé el dulce. El sabor explotó en mi boca y mi estómago se asentó de inmediato. Intenté no engullir el resto. Disciplina. Autocontrol. Mis viejos amigos.

—Es personal —insistí.

—¿En serio? —Alex bufó—. ¿Y?

—Y este es mi lugar de trabajo. Tú eres mi compañero —tomé otro sorbo de café y me dejé inundar de calor.

—Pensaba que también era tu amigo —él inclinó su vaso de café hacia mí.

Y esperó. Alex podía ser muy paciente cuando quería.

—He roto con mi, era, bueno. Lo que fuera. Hemos roto.

—¿Tu novio?

—No era mi novio —contesté con amargura.

Alex rio. Debería haberme cabreado por sus burlas, pero realmente no podía culparle por ello. Era una estupidez. Todo en mi relación con Niall había sido una estupidez.

—¿Tu amante?

—También he roto con ese.

—Mierda —la sonrisa de Alex se esfumó.

—Son cosas que suceden —yo me encogí de hombros.

—No me extraña que tengas ese aspecto —él sacudió la cabeza—. Mierda, Elise, lo siento.

—Son cosas que suceden —repetí.

El alcohol empezaba a aturdirme ligeramente. Y el azúcar también.

Alex tomó su bollito y le dio un buen mordisco. Masticó con solemnidad y tragó antes de beber un poco más de café.

—Era el tipo ese que vino a ver el espectáculo de los acróbatas con nosotros, ¿verdad? El que trabaja con tu hermano. El tipo que te llevó a Baltimore.

—¿Me estás acosando? —yo lo miré detenidamente.
—Cuando hablas por teléfono gritas mucho —me explicó Alex—. ¿Qué quieres que haga? No puedo evitar oírlo todo.

Yo aplasté las migas de mi bollo antes de chuparme el dedo.

—Sí, ese tipo. Y no era mi novio.
—¿Por qué no?
—Porque yo no quería un novio y él no quería una novia. ¿Por qué es alguien algo para otro hoy en día? —yo fruncí los labios.

—Sí —Alex frunció el ceño—. Ya sé a qué te refieres.
—Dice el hombre felizmente casado.

Él soltó una carcajada.

—Que antes fue un gilipollas que iba a permanecer soltero para siempre.

Yo había conocido a Alex a través de su mujer, de manera que no había visto a ninguno de los dos antes de que estuvieran casados. Lo cierto era que no tenía ni idea de cuánto tiempo llevaban juntos, solo que eran una de las mejores parejas que había conocido jamás. No porque fueran «perfectos», sino porque, en cierto modo, eran perfectos el uno para el otro.

—Fue una equivocación. Debería haberme dado cuenta.
—¿No es siempre así? —preguntó Alex.
—Y seguimos equivocándonos. Siempre. ¿Por qué? —yo tomé otro trago de mi café, que empezaba a enfriarse—. ¿Por qué es la gente tan estúpida cuando se trata de estas cosas?

—Porque el corazón quiere lo que el corazón quiere. A veces también lo quieren otras partes del cuerpo. Lo leí una vez en un libro —Alex sonrió, aunque tímidamente y sin mucho humor.

Yo solté un gruñido y me eché hacia atrás en la silla. Cerré los ojos. No quería pensar en Niall, pero su rostro apareció ante mí de todos modos. También pensé en Esteban, aunque en su caso me costó menos apartar su imagen de mi cabeza. Y, por último, tal y como era de esperar, apareció el rostro de otro hombre, abriéndose paso entre mis recuerdos. Abrí los ojos y miré a Alex.

—Debería haberme imaginado que no funcionaría a largo plazo.

—¿Y cómo ibas a saber eso de antemano? Es lo que la gente dice cuando no se atreve a intentarlo.

—¿Cómo se te ocurre decirme algo así después de inflarme a bollos y café alcoholizado? —espeté—. O bien eres comprensivo y amable o no lo eres. Deja de intentar jugar en los dos bandos.

Mis palabras provocaron en él un estallido de carcajadas, sonoras y auténticas. Espantada, yo entorné los ojos. Alex se echó hacia atrás en la silla y se palmeó las rodillas.

—¿Qué?

Tras contener las carcajadas volvió a apoyar los pies sobre la mesa.

—No tienes ni idea.

—Pues cuéntamelo —yo dejé el vaso sobre la mesa y lo giré una y otra vez en mi mano.

—Hoy no me toca hablar a mí. Te toca a ti. De acuerdo, entonces conociste a ese tío. Desde el primer instante supiste que no iba a funcionar, pero te lo follaste de todos modos. Y luego rompisteis. ¿Voy bien de momento?

—Sí.

Alex me dedicó una mirada cargada de compasión, tan sincera como sus carcajadas de hacía unos minutos.

—Entonces, ¿a qué viene lo del corazón roto?

—Yo no, yo no... —me interrumpí, espantada ante el nudo que cerraba mi garganta. Ante el amargor de mis palabras. Ante lo cerca que estaba de echarme a llorar. Otra vez.

—Elise —Alex me habló en tono suave—. No me hacía falta oírte hablar por teléfono para saber que llevabas dos meses loca por ese tipo. Estaba presente en cada cosa que decías o hacías. Como si lo llevaras escrito.

—Como un sarpullido —respondí con amargura.

—Yo lo habría definido como un resplandor. Pero, claro, un sarpullido, un resplandor. Da igual, el caso es que parecías flotar en lugar de caminar —él tomó otro trago de café y me miró por encima del borde del vaso—. Eras feliz.

Las lágrimas amenazaban con ahogarme, pero las contuve. No iba a llorar sobre mi situación. No iba a llorar en el despacho. No delante de Alex. No iba a permitirme el lujo de perder el control.

No. Lo. Haría.

—Él me conoció antes de que yo lo conociera a él —sacudí la cabeza—. Me refiero a…

Me interrumpí. Alex me caía muy bien. Trabajábamos muy bien juntos. Había visto mis fotos.

—No le gustaba lo que soy —resumí—. E hizo una enorme bola de nieve con eso.

—Idiota —espetó Alex sin pensárselo dos veces.

—Son cosas que suceden, como ya he dicho —yo me obligué a reír, y me ayudó a contener las lágrimas.

—Cuéntame qué sucedió —insistió Alex mientras se retorcía en la silla—. Sé que no soy tu mejor amiga, pero confía en mí. Sé fingir.

—Rarito —yo reí de nuevo mientras lo miraba fijamente.

—De un desviado a otro —continuó él—, cuéntamelo todo. La confesión es buena para el alma o algo así. Y te está reconcomiendo por dentro, Elise, se nota.

—Eres tremendamente observador —yo me mordí ligeramente el interior de la mejilla, frotándome la zona, ya dolorida, con la lengua.

—No soporto que ese tipo te ponga tan triste —Alex frunció el ceño—. Me gustaría darle un puñetazo en los huevos.

—¿Lo harías? —yo lo miré sorprendida.

—Claro que sí, joder —él también parecía sorprendido—. ¿Por qué no iba a hacerlo?

Las lágrimas volvieron a aparecer en mis ojos, aunque por otro motivo.

—Él no me hace estar triste. Es lo que es.

Alex no contestó. Esperó. Y cuanto más tiempo permanecía en silencio, más obligada me sentía yo a abrir mi alma.

—Me hacía reír —le expliqué.

—Qué fuerte —Alex asintió—. También te hizo llorar.

—No —yo volví a sacudir la cabeza—. Ya no. No merece la pena. Antes yo era esa chica, la que dejaba que un hombre la descuartizara y arrojara los pedazos al mar para alimentar a los tiburones. No volveré a hacerlo. Por nadie.

—Todos hemos pasado por algo así —Alex se encogió de hombros—. A veces somos nosotros los que lloramos, a veces somos los que hacemos llorar a alguien. El amor duele. Así funciona, incluso cuando funciona.

—Yo no lo amaba —mentí en voz alta en un intento de convencerme a mí misma—. Que me jodan —susurré. Ambos permanecimos en silencio hasta que yo suspiré y apuré lo que quedaba del café—. Cuando estábamos juntos, llegué a creer que podría funcionar.

—Claro —él asintió como si lo que yo acababa de decir tuviera algún sentido.

—Nos divertíamos —continué mientras me encogía de hombros—. Y la cosa se complicó, eso es todo, tal y como hacen las cosas. Y yo me comporté como una idiota. Es que no creía que...

Alex esperó. Yo no quería un abrazo. Me negaba a llorar. No quería abrir mi corazón de ese modo delante de él, pero no era capaz de contenerme. Las palabras salieron de mi boca, roncas, ásperas y duras. Sabían al pesar que intentaba con tanta fuerza no sentir.

—No pensé que me fuera a afectar tanto —dije—. No pensé que él fuera a importarme.

—Uno no puede elegir a quién amar —Alex quitó los pies de la mesa y los posó en el suelo.

Dejó el vaso sobre el escritorio, apoyó los codos sobre las rodillas, se inclinó hacia delante con las manos entrelazadas ante él. Durante unos cuantos segundos no me miró, y, cuando lo hizo, sus ojos estaban húmedos.

—Él no me amaba. Pensé que me conocía, pero no era así —añadí con amargura—. Él tenía una idea formada de mí, pero era una fantasía. Nada real. Sin embargo, fui yo quien le permitió entrar, quien le permitió acercarse. Sabía que no debía, pero lo hice. De modo que, al final, ¿quién es el idiota? Yo.

Alex frunció el ceño y yo seguí hablando.

—No tenía ningún sentido estar con él, no cuando sabía que al final no me iba a permitir ser quien soy. Claro que me aseguró que yo le fascinaba. Intrigaba. Pero cuando llegó el momento, me dejó claro que nunca iba a darme lo que necesitaba, lo que deseaba, lo que me gustaba —respiré hondo antes de tragar nerviosamente—. A pesar de que lo que yo quiera, necesite y me guste no sea lo mismo siempre.

—A veces me gusta el sándwich con mantequilla de cacahuete. A veces con queso fundido —Alex se encogió de hombros—. Siempre que consiga mi jodido sándwich cuando tenga hambre, me da igual. A no ser que lleve hígado o alguna mierda como esa. Entonces, olvídalo. Prefiero morir de hambre.

Mis labios se curvaron en lo que podría pasar por una sonrisa, si uno se esforzaba mucho en imaginárselo.

—Sí. Eso. Exactamente así. Pero yo soy la gilipollas que permitió que me hiciera daño.

—Eso ha sido muy duro —Alex suspiró y entrelazó los dedos con más fuerzas.

—Así es la vida —contesté fríamente—. Lo superaré. Ya lo hice la otra vez.

—Pues a mí me da la impresión de que no lo hiciste —él me miró y sus labios describieron una mueca.

Abrí la boca para protestar, pero todo lo que habría podido decir sería mentira. Me agarré al borde de la mesa, mis uñas arañando la madera pulida. Un pequeño sonido entrecortado escapó de mis labios, y no hubo manera de retirarlo.

—Tienes algo que contar —sentenció Alex.

Y antes de darme cuenta, se lo estaba contando.

A veces el amor te lleva de la mano y te hace saltar por los campos llenos de flores mientras mariposas blancas te tejen un vestido de arcoíris. En otras ocasiones, el amor te agarra por el cuello y te asfixia hasta que solo ves luces brillantes, estrellas fugaces, instantes antes de que todo se vuelva negro. El problema es que nunca se sabe con antelación cómo va a terminar la historia, no hasta que ya estás demasiado metida en ella y no te queda otra elección que seguir pasando página.

Lo conocí hace cuatro años.

En su momento no me pareció que hubiera nada especial. Yo bailaba en un club y él me empujó en su intento de pasar delante de mí para llegar a la barra del bar. Hice un comentario ocurrente. Él contestó con otro y me invitó a una copa. Bailamos, al principio bailes movidos, pero al final de la noche, bailes lentos.

Él me atrajo hacia sí más de lo que había permitido que hiciera nadie. Mi rostro encontró la curva de su cuello y respiré hondo. Sus manos se posaron sobre mis caderas. La canción terminó, pero seguimos bailando incluso cuando las luces «mierda, hora de irse a casa», se encendieron.

Me pidió mi número de teléfono.

Yo se lo di.

Me llamó cuando aún estaba en el taxi que me llevaba a la casa que unos amigos teníamos alquilada, no en primera línea de playa, pero sí en segunda. Mis amigos, riéndose a carcajadas, gritaban obscenidades mientras yo intentaba hablar con él. Aullaban y gritaban. Para cuando llegamos a casa, ya había decidido volver a marcharme para reunirme con él.

Caminamos por la playa, tomados de la mano, esquivando a la patrulla nocturna que nos habría echado de allí si no nos hubiésemos escondido en las sombras, muy quietos. Apretada contra él, apenas atreviéndome a respirar mientras esperábamos a que la patrulla nos encontrara, temblé en la fría brisa marina de finales de junio, y él me dio calor. Primero con sus manos, después con sus labios, dulces y prudentes, cuando me besó. Podría haberlo hecho con más dureza. A mí no me habría importado.

Era mi último día de vacaciones, pero el primero para él. Yo no esperaba volver a tener noticias suyas, mucho menos mientras estuviera disfrutando del sol, la playa y la posibilidad que le ofrecían docenas de chicas en los clubes de baile, chicas que le permitirían llevarlas de paseo por la playa bajo la luz de la luna. Me envió fotos suyas en la playa, en el bar, preparando hamburguesas con sus amigos. Y cuando llegó el viernes, ya me estaba animando a que me reuniera con él para pasar allí el fin de semana, porque él no tenía una casa alquilada, era de su propiedad, y aunque tenía que regresar al trabajo el lunes, no le importaba quedarse esos dos días más.

¿Cancelé todos mis planes para pasar un fin de semana con un tipo al que acababa de conocer?

Por supuesto que sí. Y fue glorioso. Me preparó filetes y espárragos a la parrilla. Me sedujo con vinos caros, me hizo el amor y durmió conmigo mientras los sonidos del mar nos acunaban hacia el país de los sueños. Se aseguró de que me pusiera protector solar para que no me quemara. Se aseguró de enviar de vuelta a la cocina la ensalada que me habían servido, porque llevaba trocitos de bacon, y yo había pedido expresamente que no los llevara. Cuando me marché el domingo por la noche, ya lo echaba de menos.

Ese fue nuestro verano. Fines de semana en su casa de la playa y, aunque el trayecto de tres horas me hacía recorrer un montón de kilómetros en coche y era aburridísimo, no me importaba. A lo largo de la semana hablábamos todas las noches y nos enviábamos mensajes durante todo el día. Cuando regresaba a su casa, en Washington DC, las casi tres horas de coche que nos separaban imposibilitaban que nos viésemos durante la semana. No nos quedaba otra que recurrir a la tecnología. A medida que el calor del verano dio paso al frescor del otoño, él cerró la casa de la playa y yo dedicaba las noches de los viernes y los domingos a viajar a Washington.

Supe que estaba enamorada de él la primera vez que me permitió atarle las manos.

Empezó de la manera más tonta. Habíamos estado viendo una película, la típica parodia medio porno con mujer dominante vestida de vinilo negro que la emprendía a latigazos con un empresario gordo y balbuceante que prometía vaciar su cuenta bancaria por ella. Yo tenía los pies congelados debajo de sus muslos, en el enorme sofá de cuero porque, aunque el invierno ya asomaba sus bigotes, yo estaba decidida a aferrarme todo lo que pudiera al verano. Él se había servido una cerveza, yo una copa de vino. Nos habíamos inflado a lasaña casera, una receta que me había pasado mi madre, y una de las pocas cosas que podía decir con orgullo que me había enseñado a preparar en la cocina. Cuando la mujer de la película plantó el tacón de su zapato en la zona baja de la espalda del empresario y rugió, «¡Y también quiero las acciones, gusano!». Yo casi me atraganté de la risa.

–¿Por qué es siempre así? –pregunté–. Todo degradación y humillación. Nunca muestran lo hermoso que debería ser.

Él cerró su mano en torno a mi pierna y me miró con los ojos brillantes.

–¿Y cómo de hermoso debería ser?

–Un hombre de rodillas –yo me acerqué un poco para besarlo. El vino me había dado sueño y me había vuelto sexy y cálida. Y a él también–. Adorando a una mujer, venerándola. Eso es hermoso.

Él se deslizó del sofá y se arrodilló ante mí, entre mis piernas. Tenía las manos sobre mis muslos, justo por debajo del bajo del vestido de verano que me empecinaba en ponerme a pesar de tener la piel de gallina. Me besó la rodilla desnuda. El estremecimiento que recorrió toda mi columna no tuvo nada que ver con la temperatura.

Posé mi mano con delicadeza sobre su cabeza. Él giró el rostro para apoyar una mejilla contra mi pierna y me ofreció una traviesa y tentadora sonrisa. Mis dedos se tensaron en torno a sus cabellos y tiré, poniéndolo a prueba. Cuando cerró los ojos y apretó los labios, yo podría haberlo interpretado como una expresión de desagrado, salvo por el suave gemido que escapó de su boca.

A esas alturas ya habíamos follado un centenar de veces. Por detrás, por delante, de lado. Nunca habíamos hablado abiertamente de cómo me gustaría sujetar sus muñecas por encima de la cabeza cuando yo me sentaba encima, o cómo me animaba a menudo a que me sentara a horcajadas sobre su cara mientras él se masturbaba.

En la pantalla del televisor, la dominatriz había esposado las manos del empresario y blandía un látigo del que colgaban varias tiras de cuero. La película seguía con la parodia, medio burlándose de todo el proceso. A mí no me resultaba muy sexy, y para nada tan excitante como el hombre que tenía arrodillado ante mí.

—¿Me permitirías atarte? —le susurré al oído, inclinándome hacia delante para sujetarle la barbilla con la mano. Yo le acaricié la mejilla y encontré su ansiosa boca.

—Sí. Si tú quieres hacerlo.

Yo me puse de pie, más borracha de lo que debería estar. No era por el vino, sino por la posibilidad. Lo tomé de la mano y lo conduje al piso de arriba. En ningún momento lo miré. Mi corazón latía tan fuerte en mis oídos que no oía nada más. Tenía que estar soñando. ¿Verdad?

Solo que aquello era mejor que un sueño.

Había jugueteado con el control en el instituto, sin saberlo. Me gustaba más cuando mi novio estaba debajo de mí y mientras nos frotábamos, con la ropa puesta, hasta alcanzar ambos el orgasmo. A partir de la universidad intenté encontrar mi lugar guiada por la clase de películas que George y yo habíamos estado viendo esa noche. Porno también. Yo les exigía cosas a los chicos con los que salía. Era mandona. Una zorra, incluso cuando no quería serlo porque así pensaba que debía funcionar. Pero, aunque la idea subyacente en algunas de las cosas que veía me excitaba, humillar a los hombres a los que se suponía debía amar, o al menos que me debían gustar lo suficiente como para follármelos, me dejaba fría. Me gustaba la ropa que llevaba una dominatriz, tacones y lencería. Pero no sentía ningún interés por ser una dominatriz si ello significaba hacer daño a otra persona para lograr que me diera lo que yo quería. Esa era la única manera en que había visto comportarse a las mujeres que se colocaban encima.

—Quítate la ropa —le ordené en el dormitorio.

Él se quitó el polo y lo arrojó a un lado. Adoraba ese cuerpo. En el instituto y la universidad había sido atleta, y se notaba. Poseía una piel suave que no se bronceaba, y que hacía que la mía, de color oliváceo, pareciera aún más oscura. Se desabrochó el cinturón de cuero trenzado y deslizó los pantalones caquis por sus caderas. Sentía cierto complejo por sus piernas y se quejaba de que, por mucho ejercicio que hiciera, no conseguía muscular los muslos. Pero a mí me encantaban esas piernas, como el resto de su cuerpo, delgado, fuerte y fibroso.

Llevaba unos calzoncillos color azul oscuro, pero se detuvo un momento con los pulgares metidos en la cinturilla.

—Elise.

—Eso también.

Por fin estuvo desnudo ante mí, la polla ya agitándose mientras yo lo contemplaba sin siquiera levantar el bajo de mi vestido. Nos miramos fijamente durante lo que pareció una eternidad antes de que yo deslizara la mirada, de manera muy evidente, por su cuerpo. Asimilando. Juzgando.

Poseyendo.

Para cuando volví a mirarlo a los ojos ya estaba completamente empalmado y respiraba entrecortadamente. Tenía los puños cerrados.

Yo había esperado que, en algún momento, se negara a continuar, o que hiciera algún movimiento para tomar el control, como solían hacer muchos hombres, incluso aquellos a los que les parecía gustar que yo estuviera al mando. Pero no hizo nada. Me dio lo que yo quería, y eso le excitó tanto como a mí.

Con el tiempo aprendería a elegir una cuerda que no dejara su piel en carne viva, a atar nudos y a decorarlo con cuerda de seda. Pero en la primera ocasión, lo único que tenía era la corbata que tomé del colgador de la puerta del armario. Nunca lo había visto con corbata, cuando nos veíamos siempre vestíamos de manera informal. Tensé la tela agarrando los extremos con los puños cerrados.

No me hizo falta pedirle que se arrodillara. Ni que colocara las manos a la espalda, cruzadas a la altura de las muñecas. Lo hizo, y solo tuvo que mirarme una vez al principio. Yo era incapaz de moverme. Me daba miedo hacerlo. Sentía las rodillas tan flojas que pensé que iba a caerme.

Lo até de una manera chapucera, sin elegancia. Al principio demasiado apretado, tanto que los extremos de la corbata le cortaban la piel. Después lo repetí, pero demasiado flojo, tanto que podría haberse soltado sin ninguna dificultad solo con tirar un poco. Pero no lo hizo. Me permitió tomarme mi tiempo. Me permitió atarlo. Y cuando le ordené que se adelantara para comerme el coño mientras yo me echaba hacia atrás sobre el borde de la cama, también lo hizo.

Con él atado delante de mí, llegué en tres ocasiones. Y una cuarta con él dentro de mí, las manos sueltas y moviéndose por mi cuerpo. Me folló con tal violencia que me dejó en carne viva por dentro, haciéndome sangrar, aunque no me quejé.

—¿Cuántas veces has hecho eso? —le pregunté cuando terminamos, ya a oscuras y en silencio, mientras él se acurrucaba por detrás de mí contra mi cuerpo.

—Nunca.

Mi corazón dio un brinco mientras mi cabeza me aseguraba que era mentira.

—¡Venga ya!

—No —él frotó su nariz contra mi nuca y me atrajo más hacia sí—. Tú has sido la primera.

—No fue el primero —le expliqué a Alex—. No fue el primer hombre al que hubiera amado, ni el primero en permitirme jugar y colocarme encima. Pero sí fue el primero con el que había llegado tan lejos en términos de dominación, el primero con el que me había sentido completamente yo misma. La primea relación en la que no sentía dudas sobre mí misma. Con George, yo siempre era hermosa y fuerte, al menos hasta el final, cuando me desmoroné.

—¿Por qué rompisteis?

—Esa —contesté—, es la cuestión, ¿verdad?

—Estabas locamente enamorada de él —Alex me miró pensativo.

—Sí. Demasiado.

—¿Y él te amaba?

—Al final, no lo suficiente —yo solté una risa ahogada—. ¿Importa realmente si me amaba un poco o nada en absoluto? No lo sé.

—Mierda —Alex se echó atrás en la silla y se mesó los cabellos oscuros con ambas manos, dejándoselo de punta a pesar de que normalmente le caía desordenadamente sobre la frente—. ¿Qué pasó?

—Estuvimos juntos durante poco más de un año. El sexo era fantástico. Nos llevábamos estupendamente bien. Yo había mantenido un puñado de relaciones que no habían sido ni profundas ni significativas, pero con George me enamoré perdidamente. Era listo y divertido, tenía un buen trabajo, estaba centrado. Me imaginaba a mí misma horneando tartas para él, teniendo bebés, el lote completo, al estilo June Cleaver, solo que en lugar de una valla de madera blanca y un delantal, yo llevaría un látigo y el cabecero de nuestra cama tendría las argollas permanentemente fijadas a él.

Alex soltó un bufido y se echó a reír, pero no me importó. Se lo había contado todo en tono desenfadado, aunque no me sentía en absoluto así.

—Me miraba de esa forma —yo me encogí de hombros—, no le hacía falta decir una palabra. Simplemente me miraba, como si pensara que yo era impresionante y maravillosa. Pensé —hice una pausa, odiando el tono ronco de mi voz—. Pensé que le hacía feliz, ¿sabes?

—Lo entiendo. Completamente.

Yo lo miré y sentí que, en efecto, lo entendía.

—Sin embargo, me dejé llevar. Supongo que sufría alguna especie de adicción. Una parte era el sexo. El poder, el control, resultaba embriagador, algo con lo que había soñado desde hacía mucho tiempo, pero que nunca había experimentado realmente, no de ese modo. Me convirtió en una *pollalcohólica*, pero era mucho más que eso. Estaba locamente enamorada de él, como bien has dicho, la palabra clave siendo «locamente». Amaba, amaba, amaba locamente, hasta el punto de que por mucho que yo ejerciera el control en el dormitorio, en la relación estaba totalmente fuera de control. Era él quien ejercía el control porque él, bueno, él no sentía lo mismo.

—Vaya.

—Compartíamos una intensa conexión sexual, pero para mí no se trataba solo de zarandearlo como un pavo o algo así. Quiero decir que, claro que me gustaba, pero lo mío no es dominar constantemente. Sé que hay personas incapaces de llegar sin un guion y una escenificación y todo eso, pero para mí no hace falta que sea siempre así. En la vida hay mucho más que esposas y palas —hice una pausa—. Mi interruptor puede ser pulsado de muchas maneras, como con la manera en la que siempre me abría la puerta del coche, o cómo alcanzaba los objetos en la estantería de arriba. Cómo aprovisionaba la nevera con el queso que me gustaba, aunque no se lo había mencionado nunca. Simplemente lo sabía. Miles de pequeños detalles que suponían toda una diferencia. Siempre ha sido así para mí.

—¿Y a quién no le gusta sentirse comprendido? —preguntó Alex con calma—. Lo he entendido.

—De modo que vivimos ese tiempo, ya sabes, ese tiempo brillante y resplandeciente en el que me hacía sentir que yo era lo mejor que le había pasado. No dudé, ni por un segundo, que George creía que yo era hermosa, impresionante y maravillosa —de nuevo hice una pausa, de nuevo odiando esa punzada de dolor—. Y de repente un día, yo ya no era tan maravillosa. Dejó de hacer todas esas pequeñas cosas. Luego dejó de contestar a mis mensajes. Dejó de tomarme la mano él primero. Empezó a cancelar planes.

—Muy malas señales.

Yo solté una carcajada llena de amargura.

—Dejó de convertirme en alguien importante. Soy capaz de perdonar un montón de cosas, pero eso no. Cuando le pregunté hacia dónde iba lo nuestro...

—La conversación que todo hombre teme —me interrumpió Alex con un respingo.

—¿Y te crees que a las mujeres nos gusta más? —yo reí otra vez.

—Supongo que no.

—Tenía que preguntarlo. No quería hacerlo, pero necesitaba saber qué sentía por mí. Qué quería. Le dije que lo amaba y que quería estar con él, y que estaba dispuesta a hacer lo que fuera para que lo nuestro funcionara. Él me dio el equivalente romántico a una palmadita en la cabeza y un pellizco en la barbilla. Dijo que, a su modo, me amaba, pero que estar conmigo era como comer helado todos los días. De repente te encanta un nuevo sabor, y te atiborras de ese sabor todos los días. Crees que nunca te hartarás de él. Es tu sabor preferido. Nunca tienes bastante hasta que un día te despiertas y decides que estás harto de ese sabor.

—¡Uff! —Alex asintió—. ¿Quería probar un nuevo sabor?

—Sí. Supongo que decidió que quería probar la vainilla.

—¡Vaya!

Yo asentí.

—Me dijo que nunca había conseguido hacer funcionar una relación, que siempre tenía la mirada puesta en la siguiente mejor cosa en su vida.

—¿Y te soltó eso después de un año? —Alex parecía sinceramente asqueado.

—Sí —yo reí por enésima vez, no porque me resultara gracioso sino porque no tenía otra opción—. Después de un año me dijo eso.

—Pues ese tipo era un estúpido, ¿sabes? Tú fuiste lo mejor que le pasó en su vida.

—Gracias —yo me encogí de hombros— Sin embargo no me sentía así. Me sentía como una mierda. Tenía la sensación de que me estaba diciendo que nada de lo que habíamos hecho era lo que él quería realmente. Me hizo sentir como si nunca me hubiese comprendido, como si hubiese estado sola en todo ese asunto.

—¿Qué hacen los hombres cuando temen a una mujer? —preguntó Alex—. Les hacen dudar.

—Dijo que necesitaba tiempo, pero que podíamos seguir el uno formando parte de la vida del otro mientras salíamos con otras personas, como si yo hubiese sido capaz de aceptar algo así. Y que quizás, después de un tiempo, si ninguno había encontrado a otro que nos gustara más, podríamos volver juntos.

—¡Madre mía! ¡Qué cabrón! ¡Por Dios, Elise!

Yo respiré hondo en un intento de calmar las náuseas.

—Me dijo que seguiríamos en contacto. Y yo le dije que se follara a sí mismo con un cristal roto. Me dijo buenas noches. Yo le dije adiós.

—¡Bien por ti!

Yo volví a reír, en esa ocasión avergonzada, pero qué demonios, se lo había confesado todo. Podía muy bien contarle el resto de la historia.

—En cuanto las palabras salieron de mi boca, me arrepentí. Eso es lo que tiene estar loca. Tiende a quedársete impregnado.

—Lo mismo que la mierda cuando la lanzas contra la pared —sentenció Alex.

En esa ocasión mi risa no fue de amargura o vergüenza. Una sonora carcajada salió de mí, con la fuerza suficiente como para hacerme daño.

—Eres un maestro de la oratoria.

—Gracias —él sonrió y se frotó las uñas contra la pechera de la camisa.

—Me aseguró que había una posibilidad, Alex. Que había un quizás. Y yo, ¡Dios, qué idiota soy! Me aferré a ese «quizás», y lo he mantenido pegado a mi corazón desde hace tres, no, cuatro años. Porque mientras era un «quizás», no era un «no».

—¿Has vuelto a hablar con él desde entonces?

—Solía escribirle todo el tiempo —yo fruncí el ceño. No estaba nada orgullosa de mí misma—. Me he disculpado. Le he pedido que lo reconsidere. Le he pedido que me diga que me odia. Le he pedido que me diga que no me odia. Nunca me ha contestado. Nunca me ha pedido que deje de escribirle. No me ha bloqueado ni eliminado. Lo sé porque he visto que le llegan mis mensajes y porque aún lo veo en mi lista de contactos. Lee los mensajes, pero nunca los contesta. Se limita a tenerme ahí colgada del «quizás».

—Qué cagada.

Yo casi me caigo de espaldas al pensarlo.

—Sí. Una estupidez. Patético. Vergonzoso. Por, Dios, es jodidamente vergonzoso. Era como una enfermedad para mí. Y lo sabía, pero me daba igual. Porque había esa pequeña, diminuta, chispa de esperanza. Al menos eso me decía yo a mí misma.

—Escucha —Alex frunció el ceño con expresión avergonzada antes de volver a su ser y adoptar un gesto de determinación.

—Escucha. Voy a ser sincero contigo. ¿Puedo ser sincero contigo?

—Si te digo que no, me lo vas a decir de todos modos, ¿verdad?

—Te puso en su lista de tercera categoría —sentenció él.

—¡Qué horror! —yo parpadeé y me tragué una saliva cargada de amargura.

—Mira, no me siento orgulloso al contarte esto, pero, yo he sido ese tipo. He sido ese gilipollas que mantenía a la gente en vilo por si acaso —Alex parecía avergonzado—. A veces tenía que esforzarme más para mantener a algunas personas a mi disposición, pero otras veces bastaba con hacerles saber que estaba leyendo sus mensajes, aunque sin contestar, para mantenerlas siempre cerca por si alguna vez las quería llamar de nuevo, cuando no tuviera nada mejor a mano.

Yo me cubrí el rostro con las manos.

—Creo que voy a vomitar.

—No lo hagas —contestó él—. Si tú vomitas, vomitaré yo también. Sería como la escena de la tarta en la película *Cuenta conmigo*.

Yo lo miré entre mis dedos entreabiertos.

—Pues esa es mi historia. Me he estado aferrando a un hombre que me dejó tirada, con la esperanza de que algún día regresara y pudiéramos recuperar los buenos tiempos. Me he follado a media docena de hombres desde entonces, pero sin permitir que ninguno me llegara al corazón, por si acaso George me contestaba alguna vez. Conocí a mi amante, totalmente dispuesto a dejarse atar por mí y que me permitía hacer toda clase de perversiones con él y fue estupendo, hasta que descubrí que estaba casado y tenía dos hijos, uno de ellos un bebé que no puede tener más de dos meses, y la última vez que nos vimos fue hace unas pocas semanas.

Alex se atragantó con el último trago de café.

—Sí —observé yo—. Una mierda. Yo no lo sabía. Pensaba que teníamos reglas porque yo no quería implicarme en algo más que en sexo con él. No quería verme atrapada en una relación ni enamorarme ni nada de eso. Sin embargo, debería haberme imaginado que él tenía sus propios motivos para establecer esas reglas. Debería haberlo sabido. Supongo que no quería saberlo. Pero eso no arregla nada.

—Saberlo es, desde luego, peor que no saberlo —observó Alex—. No te mortifiques por algo que él te ocultó.

—Fue él quien acabó con lo nuestro. Y ahora que lo sé, jamás volvería a lo que teníamos. Pero lo echo de menos. ¡Dios! —yo me estremecí con una carcajada totalmente carente de humor—. A pesar de todo echo de menos lo que hacíamos.

—Y Niall —él cambió de tema—. ¿Qué pasa con él?

—Me humilló, Alex —yo me cuadré de hombros—. Me hizo sentir vergüenza de mí misma. De lo que me gusta hacer. De lo que habíamos hecho juntos, que, sinceramente, no era nada comparado con lo que he hecho con otros hombres. Fue peor que hacerme sentir insignificante o hacerme dudar de mí misma. No puedo perdonarlo por lo que me hizo.

—¿Te ha pedido que lo perdones?

Yo dudé mientras rememoraba la expresión suplicante en la mirada de Niall.

—Me dijo que lamentaba haberse molestado durante una discusión que mantuvimos. Y que lamentaba haberme hecho daño.

—Hace falta mucho valor para pedir disculpas, Elise.

Yo me mantuve en silencio durante varios segundos.

—Lo sé. Pero eso daba igual. El daño ya estaba hecho. Ya había pasado por eso y no pensaba volver a vivirlo.

Alex gruñó y se frotó la cara. Después apoyó las cuatro patas de la silla en el suelo con un sonoro golpe.

—Voy a contarte algo.

Capítulo 40

La historia de Alex:

Se llama Anne. Es la mujer de mi mejor amigo, Jamie. Un verano él me pidió que la sedujera, y lo hice. Jamie me aseguró que ella lo deseaba, que era su fantasía. Yo pensé que era un marido de mente abierta y considerado, que le daba a su mujer lo que ella quería. Más adelante descubrí que ella no tenía ni idea de que todo había sido un montaje, pero para entonces ya era demasiado tarde. Ella se había implicado a fondo, tanto como yo, y nos habíamos vuelto locos. Me invitaron a su casa y yo llegué como un jodido tornado y casi lo destrocé todo.

Hay un problema en tomar a alguien que sabes que no debes tener, sobre todo cuando te lo ofrecen envuelto en papel de regalo atado con unos bonitos lazos. Cuando se trata de un regalo, hay que agradecerlo de una manera en que no se agradece cuando lo robas. Jamie me regaló a su esposa, y yo la tomé, pero no me sentí agradecido por ello hasta que fue demasiado tarde.

Yo amaba a Anne. Podría decir que la amaba como nunca había amado a otra mujer, pero eso solo significa que a cada persona se la ama de una manera. Más o menos, locamente o no, cada vez que te enamoras lo haces de una manera diferente. Lo que sí puedo decir es que me enamoré de ella, pero le hice daño porque no fui capaz de decírselo. Por miedo, o arrogancia, o porque pensé que nunca abandonaría a su esposo para estar conmigo. O a lo mejor pensé que lo haría y supe que nunca podría ser el hombre que ella se merecía. No lo sé. Al acabar ese verano hui de allí para que ella no tuviera que decírmelo, y yo no tuviera que saberlo.

Y cuando Jamie me invitó a ir a Cleveland, al concierto de una de nuestras bandas favoritas que tocaba en un pequeño club del que nunca había oído hablar, acepté. Habían pasado unos seis meses desde que me había marchado de Sandusky. Desde la última vez que había visto a Anne, aunque Jamie y yo habíamos permanecido en contacto. Me dijo que Anne también estaría en el concierto. A mí no se me ocurrió preguntarle si le había dicho a ella que yo iría también.

En cuanto me vio llegar fue evidente que no me había esperado. Cuando me acerqué a ellos, Jamie y yo nos abrazamos, pero cuando intenté abrazar a Anne, la mirada que me dedicó casi me fulminó. Sus ojos se encendieron antes de apartar la mirada de mí como si no soportara verme. Se negaba a mirarme, mientras que yo era incapaz de apartar la vista de ella.

Cuando cruzamos la calle hacia la sala de conciertos, yo automáticamente intenté agarrarla del brazo para que no tropezara. Ella no hizo ningún movimiento brusco, no montó ninguna escena. Pero se apartó de mí y me miró con desagrado.

—Oye —le dije, estúpidamente intentando quedar bien—. Está bien. Estamos bien.

Ella no me contestó.

Entramos en la sala, y Jamie fue a comprar unas bebidas y, de repente, en medio de la multitud, me encontré junto a ella. Mierda. Cualquiera diría que me encontré junto a ella por accidente, pero lo hice a propósito. Me había dicho a mí mismo que todo iría bien, que no iba a necesitar tocarla, pero estando tan cerca me resultaba imposible no intentarlo.

Me coloqué detrás de ella y deslicé una mano por su espesa melena. Mi intención era posar la mano en su nuca, pero lo que hice fue agarrar sus cabellos y tirar de ella hacia atrás, hacia mí. Ella se acopló a mi cuerpo, no puedo decir que estuviésemos bailando, no con tanta gente apretada contra nosotros, o con su marido a poco más de medio metro, saltando y gritando al ritmo de la canción que la banda estaba tocando. Pero nos movimos juntos durante un par de minutos y yo no pude hacer otra cosa que empaparme de ella.

Hasta que se volvió, y pude contemplar esa expresión de indignación que había regresado a su rostro. Puso sus dedos sobre mi pecho, sobre mi corazón, y empujó. Me dolió. No solo el contacto físico, sus dedos hundiéndose en mi carne, sino la manera tan vehemente con que lo hizo. Estaba cabreada, peor aún, en sus ojos brillaban las lágrimas. Lo único que yo quería era tocarla de nuevo, aunque solo fuera un minuto o dos, y lo que había conseguido era herirla. Otra vez.

Dado que regresar conduciendo desde Cleveland a Sandusky a las dos de la madrugada, tras una noche de alcohol y juerga, no era muy aconsejable, Jamie nos había reservado habitación, en el mismo hotel. Veinte minutos después de separarnos en el ascensor, ella llamó a mi puerta. Yo la dejé entrar. Por supuesto que lo hice. Una parte muy estúpida de mí esperaba que hubiera aparecido para follar o para perdonarme. Cualquiera de las dos cosas me valía.

Pero no estaba allí por eso.

—¿Qué haces aquí? —exigió saber.

Mis palabras surgieron espontáneas, pero eran las

palabras de un idiota, no lo que yo hubiera querido decir.
—Pensé que sería divertido.
A juzgar por la expresión de su rostro, para el caso, podría haberla abofeteado. Anne apartó la mirada de mí y yo nunca me había sentido tan insignificante.
—Cómo puedes ser tan egoísta —espetó ella.
Quise protestar, pero sabía que tenía razón.
—Sabías lo que sentía por ti —continuó Anne—, ¿y apareces en un jodido concierto? ¿Como si no hubiese sucedido nada? ¿Como si no hubieses roto mi corazón en mil pedazos? ¿Y qué, crees que puedes aparecer sin más, poner tus manos sobre mí y hacer que vuelva a desearte?
—Anne...
Pero ella no me permitió continuar. Me miró, y yo preferí que no lo hubiera hecho, porque ver lo que le había hecho era como verla en llamas. No podía detenerlo, solo verla arder.
—He intentado odiarte, y en ocasiones casi lo he conseguido, Alex. Y luego me recuerdo a mí misma que te amo y todo el dolor regresa, y lo único que puedo hacer es odiarme por pensar que a lo mejor sentías siquiera una pizca de algo por mí —ella alzó una mano en el aire para impedirme hablar, aunque lo único que conseguí que saliera de mis labios fue algo de ruido—. Pero es evidente que no piensas en mí. No te importo. Si te importara, si sintieras lo más mínimo por mí, nunca te habrías comportado con este desvergonzado egoísmo. Pero supongo que es lo que cabía esperar de ti, ¿no? Así has sido siempre. Así serás siempre.
No recuerdo si alargué una mano hacia ella, o si ella intentó golpearme, quizás, pero de repente estaba en mis brazos, y yo la besaba. Si alguna vez has besado a alguien como si te apeteciera darle un puñetazo con los labios, sabrás cómo fue. Cuando me aparté estaba magullado.

Estoy bastante seguro de que ella me mordió. En mi boca tenía el sabor a sangre y a sus lágrimas, y me daba igual que Anne no lograra odiarme. Yo me odiaba a mí mismo por los dos.

—Lo siento —me disculpé, consciente de que no bastaba con eso—. Lo siento, Anne, lo siento de veras.

Ella me permitió abrazarla. Al principio no se relajó contra mí. Era como abrazar a una tabla o a una vara de hierro. Pero después de un minuto, ella apretó su cara contra mi cuello, y me rodeó con sus brazos.

—Te odio —me susurró al oído.

Nos miramos a los ojos. Yo quería volver a besarla, pero, quizás por primera vez, fui lo bastante hombre como para no ceder y tomar lo que deseaba y a la mierda las consecuencias. Ella me estudió, pero yo no tenía ni idea de qué podría estar pensando. Seguramente nunca lo había sabido.

—¿Estás aquí para pedirme que huya contigo, Alex?

Podría haber dicho que sí, y haberlo dicho en serio, al menos en ese momento. Podría haber dicho «quizás», para mantener vivas sus esperanzas, para que me esperara hasta que yo descubriera cómo ser lo que ella necesitaba que fuera, y en esos instantes, eso era lo que deseaba que saliera de mi boca, en serio. Porque no podía decir que sí, pero tampoco quería renunciar a ella, por si acaso no volvía a tener la oportunidad de estar con alguien tan estupendo.

Sin embargo, le ofrecí la verdad que duraría mucho más que un minuto.

—No.

—Te amo, Alex. Pero también amo a mi marido. Y tú eres su mejor amigo, y sé que lo quieres, y él te quiere a ti, y todo esto es un jodido y desastroso error, pero cuando amas a alguien, quieres que sea feliz. Yo quiero que James sea feliz. Yo quiero ser feliz. Y quiero que tú también seas feliz. Pero no quiero que vuelvas a tocarme nunca más como lo has hecho esta noche —respiró profundamente, entrecortadamente—. ¿Cómo te hace sentir eso?

—Como una mierda —respondí.

—Me alegro. Espero que te destroce. Espero que la idea de no volver a tocarme haga que sientas deseos de morir —sentenció Anne.

Y sin más se fue apartando de mí mientras nuestros dedos se iban separando hasta que ya no pude alcanzarla y tuve que dejarla marchar.

Capítulo 41

—Y eso hice —me explicó Alex—. La dejé marchar. Porque la amaba, y quería que fuera feliz.

Yo no sabía qué responder, de modo que no respondí nada. Alex se había levantado y caminaba por el despacho mientras hablaba y sus cabellos estaban completamente revueltos por mesarlos sin parar. Su voz se había roto varias veces durante el relato y, cuando me miró, tenía los ojos enrojecidos.

Intenté interpretar lo que me había contado.

—¿Intentas decirme que George me amaba aunque me dejó marchar?

—Intento decirte que «quizás», es algo jodidamente egoísta. En ocasiones, simplemente porque ames a alguien no significa que tengas que pasar el resto de tu vida con esa persona. Se aprende más de las cosas que terminan —me explicó Alex—. No sé qué sentiría o pensaría ese tipo, pero cuando amas realmente a alguien, quieres que sea feliz, aunque no esté contigo. Seguramente te merezcas algo mejor.

—Lo sé —yo tragué con dificultad a través del nudo que se había formado en mi garganta—. Sin embargo, a mí me sirvió como un buen motivo para no intentarlo con nadie más.

—Y es un motivo, pero no un buen motivo —Alex me miró con rabia.

—Lo sé —yo alcé las manos en el aire—. Lo sé, créeme, ya me siento bastante idiota.

—No hace falta que le des otra oportunidad a Niall —continuó él—. No conozco a ese tío. Podría ser un gilipollas. Pero se disculpó. ¿Crees que lo sentía realmente?

Tras titubear unos segundos, yo asentí.

—Sí, lo creo. Se disculpó y me preguntó que qué podía hacer para compensarme, sí, pero luego añadió que nunca podría hacerme feliz, porque él no está por el tema de la sumisión.

—Eso es lo que cree él. ¿Qué crees tú?

—Creo —contesté muy despacio—, que cuando estaba con él yo era feliz. Y que no necesito esposas y juguetes para sentirme realizada. Y creo que da igual porque no puedes obligar a nadie a que te ame. Estaba convencida de que podíamos hacer que funcionara, que quizás... mierda. He pasado años aferrada a un «quizás», Alex. No voy a volver a hacerlo.

—¿De manera que vas a dejarlo marchar sin más?

—Sí —contesté tras meditarlo unos segundos—. ¿Qué debería hacer, perseguirlo? ¿Suplicar? Yo no hago esas cosas. Una cena elegante con flores no va a convencerme. Ni siquiera acompañada de una docena de orgasmos.

Alex sonrió.

—No, pero al menos tendrías lleno el estómago y satisfecho el...

—¡No lo digas! —yo alcé una mano en el aire.

—Al menos piénsatelo. Es evidente que no hablar con él te está haciendo sentir muy mal.

—Lo haré —yo asentí con solemnidad.

—Y en cuanto a ese otro gilipollas —añadió Alex mientras crujía los nudillos—. Tú dime adónde tengo que ir para patearle el culo.

—¡Tú no vas a patearle el culo a nadie!
—Puede que yo no lo haga —él sonrió—, pero conozco a un tipo. ¿Quieres que lo llame?

Yo solté una carcajada, y seguí riéndome hasta que la risa sonó sincera. Alex me dejó sola en el despacho, y yo entré en mi cuenta de correo y repasé la lista de contactos, y me quedé mirando el conejito durante largo rato.

Capítulo 42

En la vida había un momento en que al fin, por fin, la situación daba un vuelco, en que una encontraba la manera de abrir las manos y soltar. Un momento en que lo que solía importar dejaba de destrozarte jodidamente, cuando una aceptaba que ese vacío en el corazón siempre iba a estar ahí porque solo había una persona que podía llenarlo. Y de todos modos te levantabas porque, aunque esa persona no te amara lo suficiente, no debería incapacitarte para seguir adelante.

Yo era muy consciente de lo que debería sentir y pensar. Debería dejar de comportarme como una estúpida, aferrándome a algo que jamás podría ser para mí. Se habían acabado los «quizás». Se había terminado lo de aferrarse al pasado. En el corcho de mi cocina tenía clavado un cuadradito de papel que había sacado de internet, uno de esos reenvíos que la gente pasaba en las redes sociales.

Al final, solo tres cosas importan. Cuánto amaste, con qué amabilidad viviste y con qué elegancia te desprendiste de todo aquello que no estaba destinado a ti.

Lo había impreso por culpa de George. Por lo poco elegante que había sido yo a la hora de dejar marchar a una persona que tan evidentemente nunca había estado destinada a mí. Me servía de recordatorio, al igual que la tinta inyectada en mi muñeca.

Pero quizás, al fin, pensé, había llegado la hora de dejar de recordar. Quizás había llegado el momento de olvidar.

–¿Estás segura?

El establecimiento en el que me había hecho el primer tatuaje seguía allí, pero el artista que colocó la plantilla sobre mi muñeca era nuevo. Me miró a través de unas extrañamente delicadas gafas de leer, totalmente incongruentes con su cabeza afeitada y el bigote de motero.

–Este dibujo es realmente encantador.

Se refería al conejo, por supuesto. Yo asentí. Había elegido otro dibujo del catálogo y le había pedido que lo adaptara. No era nada original, pero estaba bien. Quería algo que no necesitara contemplar necesariamente todos los días, algo insulso. Algo que me obligara a esforzarme para recordar.

–Sí, estoy segura –me recliné en el asiento con el brazo apoyado sobre el reposabrazos y cerré los ojos.

El ardor de la aguja sobre mi piel me transportó. El dolor me resultó limpio y, en cierto modo, dulce. Y todo acabó demasiado pronto. Yo hubiera querido que siguiera para siempre, pero nada duraba eternamente.

–Oye –exclamó el tipo con delicadeza–. ¿Estás bien? No irás a desmayarte ni nada de eso, ¿verdad? Tengo sales.

–No –yo abrí los ojos–. Estoy bien.

Había llorado, y me había enjugado las lágrimas con la mano. Debería haberme sentido más avergonzada. Miré el punto del brazo sobre el que había llevado todo lo que me había quedado de él. El conejo había desaparecido, cubierto por una rosa roja.

—¿Qué te parece? —preguntó el tipo.
—Está genial —yo flexioné la muñeca, esperando sentir más dolor, pero de momento había desaparecido.

Mi madre se había puesto furiosa al ver el primer tatuaje, advirtiéndome de que lo lamentaría, pero nunca lo había hecho. El conejito se había convertido en parte de mí, tanto como el color de mis ojos o la curvatura de mi sonrisa.

Y de repente había desaparecido.

Capítulo 43

—Está bien —observó mi madre mientras me miraba resplandeciente desde el otro lado de la mesa. Se había puesto las gafas de leer para estudiar el menú, aunque iba a pedir lo mismo de siempre.

Claro que yo también. Desayuno a cualquier hora. Ni siquiera tenía hambre. La tostada me iba a saber a serrín, pero me la comería para que ella no me regañara.

—¿Y bien? —fue mi madre la que interrumpió el incómodo silencio que ya duraba demasiado, unos tres minutos y medio era su límite—. ¿Qué pasa con ese chico?

Yo le hice una señal a la camarera y levanté el vaso de té helado. Había contemplado la posibilidad de que me lo prepararan de nuevo, con lima en lugar de limón, pero lo que hice fue pedir agua. No tenía fuerzas para molestarme. Miré a mi madre.

—No pasa nada con ese chico.

—Era tan agradable.

—Supongo que ese era el problema, ¿verdad? —yo fruncí el ceño—. Demasiado agradable para mí.

—Cuidado con esa lengua —me reprendió mi madre—. Tú te mereces un chico agradable, Elise Genevieve. No te atrevas a intentar decirme que no.

Yo la miré fijamente, recordando a la mujer que me

había enseñado a bailar, no a la que juzgaba mi arte. Esa era la madre que yo deseaba. Me puso triste.

—Solo quiero verte feliz. Tu hermana, ella nunca será feliz. La culpa es mía. Durante mucho tiempo pensé que no tendría más hijos que ella, ¿sabes? Y hasta que llegasteis vosotros dos, así fue. Debería haberle hecho las cosas más fáciles. Se sintió reemplazada. Era irritable como un bebé, colérica. Vosotros dos erais tan... monos —afirmó mi madre, casi sorprendida, como si no se lo pudiera creer—. Una gozada, los dos. Nunca hubo una rabieta entre vosotros. No debería haber mostrado favoritismos.

El que mi hermano o yo hubiésemos sido sus favoritos era totalmente nuevo para mí.

—Jill se sintió desplazada —mi madre alzó la barbilla—. Excluida. Era mucho más mayor que vosotros. Evan y tú os teníais el uno al otro. Tú nunca pareciste necesitar a tu hermana, y eso le afectó.

Mis recuerdos de Jill siempre incluían gritos, robo de juguetes. Cuando nos hicimos mayores, ella se quejaba y protestaba hasta conseguir salirse con la suya, y mi madre casi siempre se ponía de su parte. ¿Lo hacía porque se sentía culpable?

—Mamá, no puedes culparte por haber tenido dos hijos más. Jill es adulta, ya es hora de que se centre.

—Se tomó la marcha de vuestro padre mucho peor que tu hermano y tú —mi madre asintió aunque su expresión era triste.

—Tenía veintidós años. ¡Ni siquiera vivía en casa ya!

—Se sentía angustiada y tomó malas decisiones —continuó mi madre como si yo no hubiera dicho una palabra. Se inclinó hacia delante y bajó el tono de voz—. Aunque no tanto como para hacerse un tatuaje, gracias a Dios.

Yo suspiré. La rosa era aún reciente. Mi madre se encogió de hombros. Nos miramos fijamente.

—Mamá, Susan me contó que...

—Ya sé lo que te contó Susan —me interrumpió ella.

Para mi sorpresa, no bufó con desdén. Se limitó a encogerse de hombros y a mirarme fijamente.

—A veces tienes que ser egoísta si quieres ser feliz.

Yo no supe qué contestar a eso, pero tampoco hacía falta que dijera nada, porque mi madre seguía hablando.

—Susan tiene que hacer lo que sea que le haga feliz —insistió después de un minuto de silencio—. Mejor que hacer desgraciado a todo el mundo a su alrededor.

—¿Eso fue lo que hiciste tú? —solté, lamentando de inmediato haberlo dicho.

Mi madre no pareció sorprenderse. Asintió mientras enrollaba el papel de la pajita alrededor de su dedo una y otra vez, hasta que lo rompió.

—Lo intenté —contestó al fin.

A mí no me gustaba que mi madre me diera la lata sobre mi vida privada, y me pareció mal e invasivo hacérselo a ella. Lo que hubiera sucedido entre ella y mi padre solo era asunto de ellos, y además ya había pasado. Conocer los detalles no cambiaría nada de lo que había pasado después.

Mi madre me tomó la mano, solo durante un segundo, y la soltó.

—Eras feliz con él, Elise.

—Lo era, al menos, intenté serlo —conseguí sonreír—. Las cosas no siempre salen bien.

—Pues habrá que seguir intentándolo —mi madre me miró fijamente.

—¿Ese es tu consejo?

—Sí. Ese es mi consejo. Yo no lo hice, y mira adónde me ha llevado —ella entrelazó los dedos, las manos delante de ella sobre la mesa, pero su mirada era firme y sin rastro de remordimiento—. Y tampoco está llevando a tu hermana a ninguna parte, ¿verdad?

—Ser infeliz no es excusa para ser un imbécil con todo el mundo, mamá.

—Exactamente —ella asintió—. Ni para ser un imbécil con un hombre agradable que está loco por ti.

—¿De modo que la culpa es mía? ¡Tú ni siquiera sabes qué ocurrió!

—Yo solo estoy diciendo —mi madre separó los dedos y me miró con expresión de inocencia—. Cuando la oportunidad de ser feliz te golpea en la cara...

—Lo sé, lo sé. Uno no la desprecia.

—Podrás querer lo que quieras —continuó ella con un dedo alzado, un dedo imperativo que, por alguna razón, no me irritó como solía hacer—. Pero si no le das una oportunidad no obtendrás nada.

Eso no se parecía a lo que solía decirme de niña, pero tenía mucho sentido. Tomé la mano de mi madre y la apreté. A lo mejor algún día me contaría lo que pasó el verano antes de la marcha de mi padre. A lo mejor no lo hacía nunca. Daba igual, de momento estaba siendo la madre que yo siempre había querido tener, y lo que decía tenía mucho sentido.

Capítulo 44

«Se aprende más de las cosas que acaban». «Se consigue aquello por lo que se ha trabajado». Mi madre y Alex habían acertado de pleno en cuanto a los asuntos del corazón. Yo había aprendido muchísimo de todo lo que había acabado. Esteban. Niall.

George.

Tenía un último mensaje que enviarle, en esa ocasión a plena luz del día y no a las tres de la madrugada. Sin palabras. Solo una imagen de la cara interna de mi muñeca.

Él sabría lo que significaba, pensé mientras giraba la muñeca para que pudiera ver claramente cómo la rosa cubría por completo el otro dibujo, que no era un tatuaje extraño que me había dado por hacerme. En realidad podría haber sido el brazo de cualquiera. Pero yo sabía que él sabría que era el mío.

En todas las demás ocasiones había lanzado los mensajes al espacio, consciente de que los iba a leer, pero no a responder, con la sensación de ser una completa estúpida y lamentándolo al instante. Sin embargo, eso nunca había bastado para impedirme volverlo a hacer una y otra vez, claro que en eso consistía ser un idiota enamorado. Te sentías fatal, pero no hacerlo te hacía sentir aún peor.

En esa ocasión, en el instante en que pulsé la tecla de

enviar, lo que sentí fue alivio. Me sentí ligera. Liberada de una carga.

Por fin, después de tanto tiempo me sentía libre.

El símbolo que apareció junto al mensaje delataba que había sido recibido y leído En otra época habría contenido la respiración, imaginándolo a kilómetros de distancia con el teléfono en la mano, recibiendo la notificación del mensaje, abriendo la aplicación. Para al final eliminarlo sin contestar.

Pero en esa ocasión, procedí a borrar la conversación y cerrar la cuenta definitivamente. Eliminar la aplicación misma. Ya estaba harta de todo aquello. Al fin iba a soltar.

Y, por supuesto, en ese mismo instante, él contestó.

Hola, ¿cómo estás? Espero que vaya todo bien.

Me quedé mirando la pantalla fijamente. Me temblaban las manos. Respiré hondo una vez, y otra vez más, sintiéndome débil y con el estómago revuelto. Esperé a sentir otra cosa que no fuera una rugiente náusea. ¿Esperanza? ¿Emoción? ¿Alegría? ¿Alivio? Pero lo único que sentía ya era… nada.

Sabía que en su teléfono habría aparecido el símbolo que le indicaría que yo había leído el mensaje. Quizás estuviera esperando, aguantando la respiración, imaginándome al otro extremo de nuestra endeble conexión, preguntándose qué le iba a contestar. A lo mejor estaba haciendo un montón de cosas que yo jamás averiguaría.

Porque no escribí ninguna respuesta.

Salí de la cuenta.

Y luego eliminé la aplicación de mi móvil y llamé a Niall.

No tenía por qué acceder a verme. Niall podría haberse negado cuando se lo pedí. Pero no lo hizo, de modo que allí estaba yo, en el sofá de su salón, sin saber qué iba a suceder, pero desesperadamente ansiosa por descubrirlo.

Niall salió de la cocina con un vaso de té helado, que dejó, sin decir una palabra, sobre la mesita de café frente a mí. Hasta ese momento yo no me había dado cuenta de que me apetecía beber algo. La cuestión era si me apetecía porque me lo había preparado Niall o si él me lo había preparado porque sabía que me apetecía.

¿Acaso importaba?

—¿Y bien? —dijo en el preciso instante en que yo me disponía a abrir la boca, aunque tampoco estaba muy segura de qué iba a decir. Él se interrumpió, esperando a que yo continuase, pero yo sacudí la cabeza—. ¿Y bien?

—Sí, eso.

Tomé un trago de té helado, perfecto, tal y como me gustaba, y dejé el vaso de nuevo sobre la mesa. A continuación me sequé los dedos húmedos con el bajo del vestido.

Niall suspiró y se sentó en el sillón que había frente a mí, inclinándose hacia delante y apoyando los codos sobre las rodillas. Tenía los dedos entrelazados y me miró entre los mechones de su flequillo excesivamente largo.

—¿Y bien? —repitió por tercera vez—. Elise, lo siento un horror.

—No eres tú el que tiene que disculparse, Niall. La que lo siente soy yo.

Nos miramos fijamente. Me habrían bastado dos segundos para cruzar la habitación y lanzarme a sus brazos, pero no me moví. Una estupidez, pensé. Un gesto de orgullo, de soberbia y...

Y de repente Niall estaba a mis pies, arrodillado, tomándome de las manos. Yo me sentí tan desconcertada que no supe qué hacer. Mi corazón latía a mil por hora y me faltaba el aliento.

—Te echo jodidamente de menos —exclamó él mientras me atraía hacia sí—. Dime que no me odias.

Jamás me había atrevido a soñar con tenerlo arrodillado a mis pies y apenas podía articular palabra.

—No te odio.

—Dímelo —insistió Niall mientras me besaba—, dime que me deseas.

—Te deseo, Niall —¿así de fácil podía ser? ¿Podía alguien que casi se me había escapado de entre los dedos estar de nuevo al alcance de mi mano, así sin más?

A lo mejor era lo que tenía el amor verdadero, que llegaba más fácilmente que el otro, por el que había que romperse.

Quizás Niall y yo no tuviéramos que rompernos para estar juntos. Y ese era un «quizás», que sí me sentía capaz de soportar.

Tomé su rostro entre mis manos y él me rodeó la cintura con los brazos. Nuestras bocas se encontraron, salvajes y hambrientas.

Niall se acomodó en el sofá. Estábamos abrazados, con brazos y piernas. Yo lo empujé y me coloqué encima. Él deslizó las manos hasta mis caderas y tironeó de mis braguitas, que no cedieron a la velocidad deseada por lo que acabó arrancándolas. Se desabrochó el cinturón y bajó la cremallera y, en menos de treinta segundos, estaba dentro de mí.

Yo grité su nombre al sentir su embestida. Tiré de su camisa, arrancándole los botones. Deslicé mis manos por su pecho, mis uñas dejando rosadas marcas. No pude evitar pellizcarle los pezones, aunque solo lo hice un segundo antes de posar mis manos sobre su pecho.

Niall deslizó sus dedos por mi garganta antes de hundir las manos en mis cabellos, tirando de ellos, impidiendo que me moviera. Sus labios avanzaban por mi piel.

—Fóllame.

Yo basculé las caderas y lo tomé profundamente. Hice lo que me pidió, cada vez más fuerte. El entrechocar de nuestros cuerpos me excitaba más y más, al igual que la manera en que no dejaba de pronunciar mi nombre, urgiéndome. Cuando deslizó una mano entre nuestros cuerpos para que sus nudillos me frotaran el clítoris con cada embestida, ya no pude contenerme más. Y llegué con un grito gutural.

Niall siguió empujando hasta que lo sentí palpitar en mi interior y solté un grito de sorpresa. Había oído que pasaba, pero nunca había sentido realmente a un hombre llegar dentro de mí. Seguí basculando mi cuerpo sobre él, bajando cada vez más, tan cerca de otro orgasmo que bastó con un movimiento de su mano para hacerme llegar.

Redujimos el ritmo. Él seguía duro en mi interior cuando yo dejé de moverme. Respirando con dificultad, volví ligeramente la cabeza hasta que me soltó el pelo, lo que me permitió sentarme. Repasé con un dedo las marcas que mis uñas habían dejado sobre su piel. Y me agaché para besarlo en la boca. Niall me rodeó con sus brazos y yo rodé hacia un lado hasta encontrar el modo de encajarme entre su cuerpo y el respaldo del sofá, con una pierna encima de él y la falda bien metida entre mis piernas para evitar mancharlo todo. Por lo demás, estaba demasiado agotada para preocuparme por otra cosa.

Deslicé mi mano sobre su pecho y la posé sobre el estómago antes de besarle el hombro. Nos quedamos en silencio. Cuando oí que su respiración pasaba al lento ritmo del sueño, lo abracé con fuerza.

–Te amo –anunció mientras me acariciaba los cabellos.

–Pensaba que estabas durmiendo –yo me incorporé y lo miré a los ojos.

—No. Casi. Podría ser —Niall parpadeó y bostezó y se movió ligeramente para que estuviésemos menos apretados.

—Niall —yo me senté, todavía abrazada a él.

—Elise —contestó él con una pequeña sonrisa.

—Tenemos que hablar.

Él gruñó, pero sin mal humor. Nos desenredamos y conseguimos bajarnos del sofá sin romper nada. Yo me dirigí al cuarto de baño para limpiarme la falda y, cuando regresé, lo encontré en la cocina trasteando con platos, tostadas, mantequilla y agua caliente para preparar un té.

—¿Tienes hambre? —se volvió al oírme entrar.

—Me muero de hambre.

Niall me abrazó con fuerza. Y así permanecimos, balanceándonos suavemente, hasta que el hervidor de agua empezó a silbar. Yo saqué los platos de la alacena mientras él llenaba las tazas con agua caliente y añadía unas bolsitas de té. Ambos nos sentamos a la mesa, aunque él se levantó casi de inmediato y sacó algo de la alacena que deslizó hacia mí.

—Azúcar de canela —me explicó.

Y yo me eché a llorar.

—¡Oye, oye! —protestó él mientras se sentaba a mi lado y me tomaba de la mano—. Nada de llorar. Es tu preferido, me lo dijiste tú misma.

—¡Por eso lloro! ¡Porque te has acordado!

Niall se echó a reír y me besó antes de enjugar mis lágrimas con los pulgares. Después tomó mi rostro entre sus manos ahuecadas.

—Por supuesto que me he acordado.

Evité comentarle que en esas cosas nada se daba por supuesto.

—Te amo —dije en su lugar y lo besé.

—Yo también te amo —contestó Niall—, aunque seas una rarita en cuanto a lo del azúcar de canela.

—¿Y sobre otras cosas?
—Sí —él volvió a sonreír—. Y sobre otras cosas.

Tomamos el té y comimos nuestra tostada, perfecta con su azúcar de canela, y bostezamos camino del dormitorio donde nos cepillamos los dientes y nos dejamos caer sobre la cama. Yo me dormí casi de inmediato. Cuando desperté, el sol lucía brillante. Y la cama estaba vacía.

Seguí el olor del café. Niall había preparado tortitas. Yo me detuve a la entrada de la cocina. Llevaba puesta la camiseta que él me había prestado la noche anterior y era muy consciente de que tenía los cabellos revueltos y el maquillaje de los ojos corrido. También era consciente de haberle dicho que lo amaba, aunque en esa ocasión lo hubiera dicho él primero. Me senté frente a la fuente de tortitas y él enfrente de mí.

—He estado haciendo una lista para ti —anunció Niall con mucha formalidad.

Yo enarqué las cejas. Las listas no me eran ajenas, pero casi nunca había sido yo la receptora.

—De acuerdo.

Él se aclaró la garganta y deslizó el documento legal hacia mí. Había escrito dos columnas con su letra angulosa y apretada. «Sí», y «No».

En la columna del «Sí», había incluido vendar los ojos y atar las manos. En la columna del «No», con mayúsculas y un «no», extra al comienzo y al final de la frase, estaba «cosas con el culo».

Yo tuve que taparme la boca con la mano para evitar soltar una carcajada. Debajo de la columna del «Sí», había escrito «ropa», con un pequeño asterisco que remitía al pie de página donde había escrito «para ti».

Y eso era todo. No pude evitar reírme a carcajadas.

—¡Niall, oh Dios mío!

—Se me ocurrió que debía ser franco contigo —me explicó con cierta incomodidad. Nos había servido café a ambos, pero él apenas había comido nada–. Lee el resto de la lista.

–Sí a los juguetes que no están destinados a la puerta de atrás. Sí a llamarme, Ama –yo hice una pausa, pero sin dejar de leer–. Me da igual que me llamen Ama, pero gracias. ¿Sí a que me hagan limpiar el baño?

–No soporto los baños sucios –él se encogió de hombros.

–Bueno, estoy dispuesta a dejarte dominar en eso, pero no como algo sexual –observé con cautela–. A no ser que sea lo que te gusta a ti…

–Yo no tengo un gusto específico. Solo pensé que sería lo que te gustaba a ti.

–No es lo mío –contesté antes de devolver mi atención a la lista–. No a llevar en público cosas como un collar de perro, ni que se me ordene hacer cosas como si fuera un perro. No a nada que duela demasiado, como pinzas de la ropa en las pelotas. ¡Por el amor de Dios!

–No creo que me fuera a gustar –me explicó muy serio.

Ante su respuesta sentí una irrefrenable necesidad de tocarlo. Me levanté de la silla y me senté en su regazo, con la lista aún en mi mano.

–No tengo ningún interés en ponerte pinzas de la ropa en las pelotas, Niall.

Ante la expresión de sincero alivio que surcó su rostro no pude por menos que besarlo. El beso también fue por un montón de razones más. Sobre todo por el amor, puro y sin adulterar, abrumador.

Niall me rodeó con los brazos. Dado que yo estaba sentada a horcajadas sobre él, tuvo que levantar la cara para besarme.

–Esto, esto, sin embargo, está bien. Tú encima.

–Me gusta estar encima, nene –hundí el rostro en su cuello durante unos segundos antes de mirarlo a los ojos–.

Muchas gracias por esta lista. No tienes ni idea de cuánto significa para mí. También pienso que has estado viendo demasiado porno. A ver, que no tengo ningún problema con el porno, ni con verlo, en general, pero opino que quizás has estado viendo cosas demasiado tremendas.

—Hice una búsqueda por categoría —admitió él—. Pero hubo muchas cosas que no pude soportar. Lo siento.

—No te disculpes, por Dios —contesté—. El hecho de que lo hayas intentado al menos hace que sienta ganas de besarte por todo el cuerpo. Es algo muy especial, Niall. Pero ¿qué te dije antes sobre el porno?

—Que lo que te gusta y lo que haces no se parece al porno.

—No debería sorprenderme de que te hayas acordado, pero el hecho de que lo hayas hecho hace que te ame tanto ahora mismo que no lo puedo soportar —yo ahogué un sollozo.

—¡No te eches a llorar! —Niall me apretó la mano.

—No lo haré. Bueno, quizás un poco —enterré el rostro en su cuello y respiré hondo para alejar las lágrimas.

Niall me acarició la espalda y yo me acurruqué más contra él. Pensé en lo que me había dicho Alex, en las razones por las cuales nos enamoramos.

—Niall, escucha, no se trata de las cosas que hacemos o dejamos de hacer. Se trata de cómo me haces sentir.

Él me movió un poco, pero sin apartarme de su lado.

—¿Y cómo te hago sentir?

—Cuidada —ni siquiera tuve que pensar la respuesta, las palabras surgieron de golpe—. Comprendida.

—Me gusta cuidar de ti, Elise.

—Haces que me sienta reconocida, Niall. Por dentro y por fuera. ¡Oye, oye! Ahora no vayas a llorar tú.

—Si tú puedes —contestó él con solemnidad, los ojos brillantes—. Yo también puedo.

Pero ninguno de los dos cedió a las lágrimas. Ambos

sonreímos. Yo le aparté los cabellos de los ojos y dibujé con mis dedos el contorno de sus cejas. Me sentía maravillada ante lo hermoso que su rostro se había vuelto para mí. Me apreté más contra él, y respiré hondo.

—Te amo —susurré de nuevo, saboreando las palabras, dulces como la miel. Sabrosas como el vino.

Nos besamos durante un buen rato hasta que ambos empezamos a respirar aceleradamente y él se puso duro. Con un ligero cambio de posición y un poco de recolocación, quedé sentada a horcajadas sobre él. La silla crujió mientras yo me balanceaba sobre él. Cuando noté que intentaba moverse, apreté mis muslos contra sus caderas.

Niall besó la curvatura de mi clavícula, justo por encima del escote y me atrajo hacia sí, apoyando la cabeza sobre mi pecho durante unos segundos antes de levantar la vista hacia mí.

—No sé si podré ser lo que tú quieres.

—Eres exactamente lo que yo quiero. Mejor que eso, Niall, eres lo que necesito —sacudí la cabeza—. Te lo dije, no se trata de juguetes o juegos. ¿Por qué no me crees?

—Porque no creo que debas renunciar a algo que te guste tanto —contestó él muy serio—. Y porque creo que si no te lo doy yo, querrás buscarlo en otra parte.

Su preocupación era lógica.

—Yo no me excito obligando a alguien a hacer algo que no quiere hacer. De modo que, claro que me gustaría empujarte a cruzar los límites y explorar un territorio en el que nunca te has aventurado. ¿No te gustaría hacer lo mismo conmigo si a ti te gustara algo que yo no hubiese hecho jamás?

—No creo que exista nada que yo haya hecho que tú no hayas probado nunca —respondió Niall.

—Y eso te preocupa.

—Sí —él me sujetó una rodilla para cambiar de sitio el peso de mi cuerpo—. Claro que me preocupa.

—No puedo hacer nada por cambiarlo.

—Lo sé —contestó él.

—Para mí todo queda reducido a algo muy sencillo. Me gusta que cuiden de mí. Y me gusta más aún cuando no tengo que dar explicaciones o repetirme. El resto no es más que el glaseado del pastel, Niall —deslicé mis dedos sobre sus labios hasta que abrió la boca, y entonces lo besé.

—El glaseado es lo mejor —murmuró Niall contra mis labios.

—Pero si tomas demasiado —yo sonreí—, te pones enfermo.

—Pero tú ya has mantenido esa clase de relaciones. Tipos que hacían esas cosas. El tipo ese que te rompió el corazón, él hacía esas cosas, ¿verdad? Y el otro, ese con el que estabas cuando nos conocimos —Niall frunció el ceño—. Te va a costar convencerme de que, después de haber disfrutado de todo eso, podrás conformarte con el sencillo y anticuado sexo de toda la vida.

—Hiciste una lista —le recordé—. Estás dispuesto a probar algunas cosas nuevas. ¿Qué más podría desear yo?

—Todo —respondió él.

Tomé su rostro entre mis manos hasta que me miró a los ojos.

—Escúchame, porque no pienso repetirlo. Hace cuatro años yo estuve locamente enamorada de un tipo al que amaba demasiado. Hace tres meses estaba con un hombre al que no amaba lo suficiente. Pero a ti, Niall, a ti te amo en su justa medida. Me encanta estar contigo. No solo follarte sino estar contigo. Cuando estoy contigo me siento plena. Y ahora deja de protestar y quejarte y acepta el hecho de que tú y yo, nene, somos como la sal y la pimienta. Vayamos adonde vayamos, tenemos que ir juntos.

—Es cierto que me gusta cuando me hablas así —Niall sonrió y enarcó las cejas—. Tan seria, como una bibliotecaria cabreada.

–Dime que me amas –yo solté una carcajada.
–Te amo.
–Y ahora hazme el amor –le ordené.

Niall sonrió y asintió, el brillo de su mirada ardiente, y como sucedía con casi todo lo demás que me había dado hasta entonces, su respuesta fue perfecta.

–Sí, señora.

LISTA DE CANCIONES DE LA AUTORA

Sería muy capaz de escribir sin música, pero me alegra mucho no tener que hacerlo. A continuación cito una cuantas de las canciones que escuché mientras escribía *Vainilla*. Os ruego que apoyéis a estos artistas comprándoles su música.

In My Veins –Adrew Bella (con la participación de Erin McCarley)
One Heart Missing – Grace Potter and the Nocturnals
Stars – Grace Potter and the Nocturnals
Wasting All These Tears – Cassadee Pope
Near to You – A Fine Frenzy
Use Somebody – Laura Jansen
Maybe – Lily Kershaw
Over You –Ingrid Michaelson (con la participación de A Great Big World)
Nicotine – Panic! at the Disco
1000 Times – Sara Bareilles
Silence & Scars – Pop Evil
Cry to Me – Solomon Burke
All of Me – John Legend
Maybe – Ingrid Michaelson

ÚLTIMOS TÍTULOS PUBLICADOS EN HQN

Vacaciones al amor de Isabel Keats

No puedo evitar enamorarme de ti de Anabel Botella

Dulce como la miel de Susan Wiggs

Un lugar donde olvidarte de J. de la Rosa

Una boda en invierno de Brenda Novak

El hechizo de un beso de Jill Shalvis

La tentación vive arriba de M.C. Sark

Ardiendo de Mimmi Kass

Deletréame te quiero de Olga Salar

Las hijas de la novia de Susan Mallery

Los hombres de verdad no… mienten de Victoria Dahl

Lazos de familia de Susan Wiggs

La promesa más oscura de Gena Showalter

Nosotros y el destino de Claudia Velasco

Las reglas del juego de Anna Casanovas

www.ingramcontent.com/pod-product-compliance
Lightning Source LLC
LaVergne TN
LVHW091616070526
838199LV00044B/820